KB082114

화이트 타이거

화이트 타이거
다이아몬드 라나 장편소설
이근후 · 정채현 옮김

초판 인쇄 | 2014년 01월 24일
초판 발행 | 2014년 01월 27일

지은이 | 다이아몬드 라나
옮긴이 | 이근후 · 정채현
펴낸이 | 신현운
펴낸곳 | 연인M&B
기　획 | 여인화
디자인 | 이희정
마케팅 | 박한동
등　록 | 2000년 3월 7일 제2-3037호
주　소 | 143-874 서울특별시 광진구 자양로 56(자양동 680-25) 2층
전　화 | (02)455-3987　팩스 | (02)3437-5975
홈주소 | www.yeoninmb.co.kr
이메일 | yeonin7@hanmail.net

값 15,000원

ⓒ 다이아몬드 라나 2014 Printed in Korea
ISBN 978-89-6253-149-7 03892

잘못된 책은 바꾸어 드립니다.

The Wake of the White Tiger

다이아몬드 라나 장편소설

화이트 타이거

이근후 · 정채현 옮김

네팔 민주화의
다이아몬드 라나의
기념비적인 소설!

연인M&B

네팔 문학사에서의 〈화이트 타이거(The Wake of the White Tiger)〉

아룬 란지트(Arun Ranjit)

(『The Rising Nepal』 편집국장 · 네팔-한국 협력위원회 의장)

　전통 예술과 오래된 문화, 그리고 잊지 못할 자연 유산이 풍부한 네팔은 그림같이 아름답다. 문화적인 것들 말고도 곳곳에 보이는 풍요로운 자연의 매력 때문이다. 울퉁불퉁한 잿빛 바위산, 콸콸 쏟아져 내리는 시냇물들과 속삭이듯 조용한 강들이 가운데로 흐르며 물을 대어주고 있는 숲이 우거진 초록 계곡들이 북쪽 지평선의 눈 덮인 산들을 배경으로 독특한 풍광들을 선물하고, 눈 고깔을 쓴 산봉우리들을 비춰 주고 있는 자연 호수들과 연못들은 기막히게 아름다운 모습으로 보는 이들의 눈을 즐겁게 해 주고 있다.

　깨끗하고 평화롭고 시원한 히말라야산맥 골짜기에 자리 잡고 있는 네팔은 온갖 빛깔의 아름다운 꽃들, 갖가지 아이디어들을 표현하고 있는 여러 다른 분야―문학, 예술과 문화―의 창작물들과 각종 사상 및 철학의 학파들이 활짝 꽃 피어난 정원 같다.

　히말라야 문명과 문화의 중심지로서, 네팔은 많은 외국 학자들과 역사가들, 그리고 그 밖의 전문가들에 의해 예술의 보고로 여겨지고 있다. 오늘날에는 예술과 문화에 대해 생각하는 비율이 매우 낮다. 문화의 다양성은 십인십색의 취향에 맞춰 생산되고 소비되고 있다. 게다가 문화는 그 스포트라이트를 정보기술, 생명공학, 생태학, 우주공학, 나노공학 등, 21세기 국가 경쟁력 강화를 위한 전략산업 쪽으로 옮겨 갔다. 그러나 문화상품과 산업상품은 근본적으로 다르다.

문화에서, 문학은 글이나 말로 된 제재를 기술하는 데 사용되는 용어다. 넓은 의미로 말하자면, '문학'은 기술적이거나 과학적인 작품보다는 좀 더 창조적인 글쓰기에서 나온 것들을 기술하는 데 사용되지만, 대개는 시나 드라마, 픽션과 논픽션 등을 포함하여 창조적인 상상력에서 비롯된 작품들을 일컫는 데 사용된다.

문학은 어떤 언어나 어떤 사람들을 묘사한다. 즉 문화와 전통을 신화적, 사회학적, 역사적 혹은 그 밖의 접근법을 사용해서 묘사하는 것이다. 문학이 중요한 것은 그것이 보편적인 것을 얘기하고, 사회적 생활양식에 영향을 주기 때문이다.

네팔에서 진정한 현대문학의 출현은 1920년대와 30년대에 시작되었다. 네팔 문학사상 모든 작가들이 그 시기에 나타나고 있으며, 다이아몬드 라나도 그런 작가들 가운데 주목받는 사람이다.

네팔 문학계에서는 라나가 으뜸가는 소설가라는 말도 하곤 한다. 네팔 문학사에서 그가 차지하는 위치는 확고하며 그의 작품인 『Seto Bagh』(The Wake of the White Tiger), 『Basanti』, 그 밖의 다른 저서들은 네팔 언어로 쓰인 중요한 고전으로 국내외에서 이미 인정을 받고 있다.

특권을 가진 라나 가문에서 태어난 다이아몬드 섬세르 정 바하두르 라나(Diamond Shumsher Jung Bahadur Rana)는 2011년 3월 4일 94세를 일기로 세상을 떠났다. 그는 1940년대 후반에 글을 쓰기 시작한 네팔의 소설가들 가운데 한 사람으로 간주되는 영향력 있는 작가다. 그 시기는 라나 가문의 독재 통치 시기로, 작가들과 시인들의 작품이 출판되는 게 허용되지 않던 때였다.

104년간의 소수 독재정치 하에서는 라나 가문에 의해 선임된 사람들만이 자신의 글을 출판할 수 있었다. 그러나 그마저도 출판될 내용을 먼저 승인받아야 했다. 최근, 그 시기를 회상할 때면 다이아몬드 섬세르는 향수에 젖는다.

글쓰기에서의 그의 관심은 나라의 반정치적 조건들에 의해 영감을 받았다. 라나 가문이 통치하던 시대를 다루고 있는 다이아몬드 섬세르 라나의 『Basanti』는 네팔에서 출간된 최초의 진지한 소설 가운데 하나다.

이는 다이아몬드 섬세르가 실제로는 단지 작가이기만 한 게 아니기 때문이다. 그는 압제적 통치로부터 네팔의 독립을 위해 싸운 자유의 수호자다. 그가 『Basanti』를 쓴 주 이유는 라나 가문 사람들의 심기를 건드리기 위해서였다. 그것은 네팔의 발전을 저해하고 있는 통치권에 대한 하나의 암시였다.

그는 1954년부터 1987년까지 네팔 의회당 당원으로서 적극적인 정치적 삶을 살았다. 이 시기에 그는 다수 정당제도 운동을 하면서 9번이나 투옥되었다. 마지막으로 투옥된 것은 네팔 의회당에서 자유선거를 쟁취하기 위해 6년을 감옥에서 보낸 1960년부터 1966년까지였다.

감옥에 있는 동안 그는 라나 시대에 관한 역사소설 『Seto Bagh』를 썼다. 이 책은 할아버지와 할머니, 아버지와 어머니가 자신에게 들려주곤 하던 가족의 체험담을 바탕으로 한 것이다.

1973년 『Seto Bagh』 (The Wake of the White Tiger)의 출간으로 다이아몬드 섬세르 라나는 문학계에서 진짜 값비싼 보석, 곧 '다이아몬드'가 되었다. 『Basanti』, 『Satprayash』, 『Pratibaddha』, 『Anita』, 『Griha Prabesh』 그리고

『DhanKo Dhabbha』 등의 소설들도 그에게 명성을 안겨 주었지만, 그 가운데서도 『Seto Bagh』, 『Basanti』 그리고 『Pratibaddha』 등으로 그는 국내외의 각종 상을 받았다.

　네팔 소설들이 영어로 제대로 번역된 것은 1972년부터였다. 최초의 번역 소설은 Parijat가 Blue Mimosa라는 필명으로 쓴 『Sirisko Ful』이다.
　다이아몬드 섬세르 라나가 쓴 역사소설 『Seto Bagh』는 그레타 라나(Greta Rana) 여사가 『The Wake of the White Tiger』라는 제목으로 번역하고, 1984년 발리카 라나(Balika Rana)가 출판했다.
　대체로 보면 네팔의 소설 작품들이 영어로 번역되기 시작한 것은 1972년부터였다. 그러나 2000년까지 이 30년 동안에 번역 출판된 것은 다 합쳐 봐야 소설가 11명의 작품 12종이 고작이었다. 2001년부터 2006년까지 9종의 다른 소설들이 번역되었다. 하지만 2006년부터 2010년까지는 겨우 4종의 작품만이 번역되었다.
　네팔 소설이 외국어로 번역된 것을 살펴보면, 그 역사는 매우 짧고 한 손으로도 셀 수 있을 정도다. 이런 점에서 볼 때, 원래 『Seto Bagh』라는 제목으로 쓴 다이아몬드 섬세르 라나의 『The Wake of the White Tiger』가 한국어로 번역된 것은 특히 문학계뿐만 아니라 네팔 역사와 문화의 사기를 북돋워 준다는 점에서 성공적이고 괄목할 만한 일이다. 이 작품은 또한 세계문학과 문화 분야에 새로운 차원을 하나 더 보태 줄 것이다.

　원래는 『Seto Bagh』인 『The Wake of the White Tiger』는 다이아몬드 섬세르 라나의 기념비적인 소설이다. 1800년대 후반을 시대적 배경으로 한 이야기는 왕궁과 라나 가문의 집에서 펼쳐진다. 이 소설에는 권력과 통제를 위한 책략과 대항책들, 정렬과 재정렬 등의 역동적인 반목의 이야기와 함께 실제 사실에 바탕을 둔 로맨틱한 이야기들이 가득하다.

번역자 그레타 라나는 켈트어의 의미에서 'Wake'라는 단어를 제목에 택했다고 서문에서 밝히고 있다. 켈트어로 'Wake'는 단순히 고인이 된 지도자의 유해가 안치되어 있는 곳에 일가친척들이 모여 있는 것뿐만 아니라, 충성심의 재정렬, 무력한 당을 버리고 유력한 당으로 옮겨 가는 것이다.

이 이야기에서 다툼의 골자는 수상인 정 바하두르 라나가 작성한 상속자 명단이다. 소설의 플롯은 계승과 권력을 향한 고삐를 잡는 것을 주요 테마로 다루고 있다. 정 바하두르 라나가 백호를 쏘는 장면이 나오기 전에는 각 장마다 긴장이 형성되고 있다.

왕실과 라나 가문 사람들은 모두 기만이나 혼인 동맹 혹은 순수한 아첨을 통해 권력의 원천에 선을 대려고 하고 있다. 특권계급인 섬세르 가문과 정 바하두르 가문은 모두 다 개인적인 이득을 위해 자신들의 연줄을 당기고 있다. 정 바하두르의 압도적인 존재감과 영향력으로 인해 갈등이 표면으로 드러나지는 않지만 여전히 배후에 남아 있다.

하지만 정 바하두르의 죽음으로 그때까지 보이지 않게 숨어 있던 권력 투쟁의 물꼬가 터진다. 백호를 쏨으로써 'Wake'가 시작되고, 음모들이 공공연하게 드러나며, 가족 내의 즉 섬세르 가문과 정 바하두르 가문 사이의 살육과 비통함으로 이끌어 가는 반목이 폭발하게 만든다.

이 소설은 모순으로 가득 차 있다. 제목의 바탕이 되는 정 바하두르의 죽음은 그 자체로 아이러니컬하다. 그는 자기 자신이 만들어 낸 제도에 의해 고독하게, 테라이의 더위에 질식해서, 집과 자신의 가족으로부터 멀리 떨어진 채 죽도록 강요당하고 있는 것이다. 그는 순장 관습을 폐지했으나, 그의 부인들은 그의 뒤를 따라 순장한다.

그가 죽은 뒤 섬세르 가문과 정 바하두르 가문 사이에 계승을 둘러싼 치명적인 반목이 분출하여 결국 섬세르 가문이 권력을 쟁취한다. 그러나 권력투쟁에서는 성공했으나, 그들은 자신들끼리 나누었던 신뢰와 애정과 사랑을 잃고 만다.

비록 역사적인 주제를 바탕으로 하고 있기는 하지만, 『The Wake of the White Tiger』는 이야기 전체에 걸쳐 독자들의 마음을 어떻게든 놓치지 않고 사로잡고 있다.

작가는 계속해서 이어지는 각 장에서 권력투쟁과 통제의 긴장을 고조시켜 가며 그것을 사랑과 로맨스의 순간들과 함께 얽어 놓는데, 이런 순간들이 실제의 플롯에서 독자들에게 산뜻한 변화를 제공하고 있다.

소설에서 이야기는 일찌감치 고조된 긴장으로 시작해서 두 가문 사이의 폭력적인 불화 속에서 겉으로 표출되고 드러난다. 소설은 도처에서 벌어지는 살육 그리고 죽음과 함께 다소 침울한 짧은 글로 끝나지만, 승리자들도 패배자들과 마찬가지로 잃는다는 것과 더불어, 허망한 권력투쟁에 관한 동영상을 제공한다.

꾸밈없는 말과 응집력 있는 구조와 플롯을 가진 소설은 시간을 내서 읽을 만한 가치가 있다. 구체적인 현장을, 그리고 역사적인 주제를 바탕으로 하고 있기 때문에, 독자는 정말로 자기 이야기처럼 느낄 수 있다.

그런 소설은 네팔 역사에 친숙하지 않은 독자에게도 흥미롭고 판에 박히지 않은 방식으로 라나 가문이 통치하던 시기의 정치적 상황과 환경을 통찰할 수 있게 해 준다.

『Seto Bagh』 (The Wake of the White Tiger)는 이미 영어, 힌두어, 프랑스어와 일

본어판으로 출간되었으며, 『Basanti』는 힌두어와 독일어 번역본으로 출판되었다.

또 『Seto Bagh』 (The Wake of the White Tiger)를 바탕으로 한 TV 드라마 한 편이 이미 네팔 TV에서 방영되었으며, 『Basanti』도 장편영화로 제작되었다.

결론적으로 사회나 심리학, 정치 등의 주제를 묘사하는 여러 다른 역사 소설들은 네팔 밖의 사람들이 네팔 소설들의 평가를 즐기게 해 주고, 손상되지 않은 모습 그대로를 유지하며 오랜 세월 정복과 직접적인 식민지화를 피해 온 지구상의 유일한 고대국가 네팔에 대해 더 잘 알게 해 준다.

'문화 식민주의'의 유산은 없다. 눈을 감고 "나마스떼(Namaste)"라고 말해 보라. 거기에 '식민지 정신' (즉 열등감)은 없다. 그리고 그것이 "나는 당신 안에 있는 신성을 숭상합니다."라고 말하는 것처럼 느껴지기 시작한다.

1984년에 'Seto Bagh' 가 'The Wake of the White Tiger' 라는 제목의 영어 번역본으로 처음 출판되었을 때, 다이아몬드 라나 작가는 번역자에게 서문을 쓸 권리를 주었다. 그는 번역자(그레타 라나)가 그에게 설명을 들었던 것처럼 독자들에게도 제목을 선택한 이유에 대한 설명을 해 주길 바랐다.

왜 Seto Bagh의 직역인 The White Tiger 대신 'The Wake of the White Tiger' 를 선택했을까? 단순히 정 바하두르(Jung Bahadur)의 죽음과 그에 대한 결과가 고대 영국 현인들의 명언들을 읽고 얻은 깨달음을 연상시켰기 때문이다. 후손들은 영향력 있는 고인을 애도하기 위해 모일 것이고 그의 죽음으로 생긴 공백을(강력한 지도자는 언제나 정치적인 공백을 남긴다) 채우기 위해 후손들 간의 갈등이 생길 것이다. 이것은 정 바하두르가 그의 가문 사람들에게 남긴 것과 별반 다르지 않았다. 장례식이 끝나고 시간이 더 걸렸지만, 한동안 이러한 갈등이 끓어올랐다. 그래서 다이아몬드

11

섬세르 정 바하두르 라나의 소설은 대영백과사전에서 아시아의 나폴레옹이라고 인용한 선각자 정 바하두르에 관한 흘러간 역사이다.

그 시기에 대한 소설이 얼마나 많은 부분이 진실이고 허구인지 현재까지도 논란이 되고 있다. 확실히 결혼 전의 저거트 정(Jagat Jung)과 왕녀 사이의 정사는 어린 나이의 결혼으로 결국 세상에 알려진 그들의 사랑에 근거하여 다이아몬드 라나(Diamond S.J.B. Rana)가 쓴 이야기다. 다이아몬드 라나는 훌륭한 '재담가'였다. 지금 온라인상에서는 사라져 가는 종류의 '재담가'이다. 어떠한 디지털 텍스트도 '재담가'의 불타는 열정을 끌어내지 못한다. 그리고 그것은 엄청난 수치이다.

이 소설을 즐기길 바라고 그럴 거라 믿어 의심치 않는다. 그렇긴 해도 작가 다이아몬드 라나가 나와 나누었던 말을 마지막으로 여러분들과 공유하면서 마치겠다. 그가 말하길, "정말 나는 정 바하두르가 잘못했다고 생각하지 않는다. 그 당시에 그는 어렸었고, 다른 사람들이 어떻게 생각하든지 상관없이, 그는 그의 조국을 사랑했으며, 식민지 정복자들에게 둘러싸여 있을 때에 국가의 자주성을 지키기 위해 그의 최선을 다했다."

2014년 1월, 카트만두에서

그레타 라나(Greta Rana)

| 차례 |

"티베트와의 협상이 결렬되었다 하였느냐?"

"송구하오나 그렇습니다, 폐하."

"진정 그들이 우리와 전쟁을 일으키려 하는 것이냐?"

수렌드러 왕이 정 바하두르 총리의 큰아들 저거트 정에게 물었다.

"존경하옵는 폐하!"

저거트 정이 대답했다.

"라사(티베트의 수도)에서의 소요로 인해 우리 상인들은 천만 루피 이상의 손해를 보았습니다. 우리는 즉시 달라이라마에게 항의 문서를 보냈으나 오백만 루피 이상의 배상은 거절당했습니다."

수렌드러 왕은 곁에서 마치 간청이라도 하듯 두 손을 모으고 서 있는 범 바하두르와 디르 섬세르 두 장군을 향해 몸을 돌렸다.

"이미 솜나트에게 티베트에서의 협상 결렬 소식에 대해 들었노라."

왕이 말했다.

솜나트는 궁정학자이자 최고위 현자였다. 산스크리트어와 영어에 매우 정통하여 빅토리아 여왕 통치 시절 정 바하두르 총리를 수행해서 영국을 방문하곤 했다. 솜나트는 영국의 의회 제도에 매료되었다. 그리고

이 제도를 도입하여 네팔 정치의 개혁을 이루자고 정 바하두르 총리를 설득하려고 노력하였다. 그러나 그의 주장을 탐탁지 않게 생각했던 정 바하두르 총리는 결국 솜나트를 모든 정치 일선에서 제외시켜 버렸다.

저거트 정은 솜나트가 이미 라사 사태에 대해 국왕에게 이야기했다는 것을 듣고 있었다. 무슨 꿍꿍이 속셈을 갖고 있다고 의심했다. 장군들은 자기들 입장에서는 단 한마디도 주관적인 의견을 말하지 않았다.

"티베트에는 우리 무역업자들이 별로 많지 않아요."

안쪽 내실에서 왕비의 말이 들려왔다.

"그런데 도대체 어떻게 그들이 천만 루피나 손해를 볼 수가 있지요?"

저거트 정은 대개는 곧바로 말대꾸를 하곤 했었다. 하지만 이번에는, 솜나트의 속내를 파악하기 위해 이리저리 생각해 보느라고 너무 골몰해 있었다.

왕비의 말에 재빨리 덧붙여서 왕이 말했다.

"솜나트의 말에 따르면 천만 루피를 손해 봤다는 우리 주장은 터무니없는 것이다. 티베트에서의 소요로 오백만 루피 정도를 손해 봤다는 것조차도 입증할 수가 없는 상황이 아니더냐."

왕비가 고개를 끄덕이며 말했다.

"그래요. 그가 한 말에 대해 생각할수록, 우리 무역업자들이 일련의 사소한 소란 속에서 어떻게 천만 루피나 손해 볼 수가 있었는지 의아해지네요."

이것은 모두 솜나트의 정치적 계략임을 확인한 저거트 정은 사태를 원만하게 수습하고 자신의 관점을 국왕 부부에게 납득시키려고 애썼다.

"폐하, 티베트 정부에서 나온 이 천만 루피 주장에서 우리 무역업자들이 손해 보았다고 하는 것보다는 이 사건의 역사적 중요성에 더 많은 관심을 가지고 있습니다."

"역사적 중요성이라니, 무슨 말인가?"

"폐하, 그건 얘기가 길어집니다. 황공하오나 폐하의 성은으로 우리가 지금 쟁점을 회피하고 있다는 말씀을 감히 드리고자 합니다. 우리는 한 가지 사안에 대해 논의하러 여기 모였는데 결국에는 또 다른 사안에 말려들고 말았습니다."

"만일 전쟁이 일어난다면……."

왕비가 왕에게 지난날 영국과의 전쟁을 부드럽게 상기시키며 말했다.

"많은 목숨을 잃게 될 겁니다. 지난번 영국과의 전쟁에서 우리는 목숨과 재정에서 모두 혹독한 손실을 겪었어요. 잊지 마세요. 만일 이 논의가 평화적으로 해결될 수 있다면 전쟁을 하려고 할 이유가 없지요. 하지만 자, 당신이 말한 역사적 중요성에 대해 말해 보세요."

바로 그때 예포의 굉음이 연병장을 가로질러 다시 들려왔다. 2만 명의 군대가 완전 군장을 갖추고 바로 다음 날 티베트로 출정하기 위해 거기에 이미 모여 있었다. 정 바하두르는 군대를 사열 중이었다. 그리고 군인들이 앞으로 어떻게 될지 몰라 불안해하고 있는 바로 그 순간에 열아홉 발의 예포를 받고 있었다. 저거트 정은 그 퍼레이드에 참석했어야 했다.

"자, 저거트 정, 어서 말해 보아라."

국왕이 저거트 정을 다그치며 엄한 표정으로 명령했다.

국왕의 추상 같은 명령에 저거트 정이 움찔하며 왕의 발밑에 엎드리자 장군들도 따라서 엎드렸다.

"저……."

그가 말을 시작했다.

"처음에는 모든 통상업무 처리에서 티베트 인들이 네팔의 통화를 수용했습니다. 그러다가 폐하의 고조부이신 프리티비 너라얀 왕께서 통치하시던 시기에 새로운 화폐가 도입되었는데, 티베트 인들이 그걸 수용하기를 거부해서 양국 관계가 긴장 상태에 놓이게 되었습니다. 우리의 원정군이 바로 뒤따라서 시카르쫑(티베트와 네팔과의 전투가 벌어진 곳, 티베트의 완패)에 도착해서 깃발을 올렸고 그 다음 몇 달 동안에 평화조약이 체결되었습니다. 다만 티베트가 그 조약을 파기하는 바람에 바로 그 이듬해에 다시 한 번 전쟁을 할 수밖에 없었습니다. 티베트와 체결한 우리의 조약은 항상 우리에게 유리했습니다. 그 이유는 오로지 우리의 군사력이 그들보다 월등하고 필요하다면 군사력으로 우리의 권리를 주장할 준비가 항시 되어 있었기 때문입니다. 우리 쪽에서는 항의하지도 않았는데 이제 또 한 번 티베트 정부가 양국 간의 조약을 파기했습니다. 더욱이 저들은 평화조약 때문에 그곳에 있는 우리 백성들을 티베트 땅에서 모욕을 당하도록 내버려 두었습니다. 우리가 다시 한 번 티베트를 정복해서 그들이 폐하의 거룩한 용안이 새겨진 동전을 받아들이게 만들지 않으면 우리는 명예를 잃게 될 것입니다. 우리는 네팔 인입니다. 그러니 우리를 괴롭히는 것은 너그럽게 봐줄 수가 없고 또 무엇보다도 우리 국왕 폐하에 대한 불경을 묵인해서는 안 될 것입니다. 폐하의 이름을 온 천하에 떨치셔야 합니다. 폐하! 폐하의 뜻대로 하시옵소서."

비록 솜나트 때문에 이미 왕과 왕비는 티베트와의 전쟁을 단념하기는 했지만, 저거트 정의 감동 어린 충언은 왕과 왕비의 마음을 완전히 바꿔 놓았다.

저거트 정이 자기 의견을 아뢰고 있는 동안 방 안에 들어와 있던 국왕의 두 아들, 트러이록꺼와 너렌드러 왕자는 그의 말에 눈에 뜨일 만큼 감동되었다.

"아 그래, 저거트 정 우린 티베트를 무찔러야 돼!"

왕이 말을 이었다.

"하지만 어떻게 티베트를 무찌르지?"

"속전속결로 움직여야 합니다, 폐하!"

저거트 정은 자신의 말에 마음이 움직인 왕을 보며 힘주어 말했다.

"범 바하두르 장군과 디르 섬세르 장군께서는 지금 즉시 떠나셔야 합니다. 두 장군님께서는 바로 우리 군대를 지휘하실 분들이므로 아침 일찍 출정을 하셔야 합니다."

저거트 정과 두 장군은 일어섰다. 조상 대대로 두 장군의 가족은 궁중에서 왕족들을 섬겨 왔다. 그들의 형인 정은 총리가 되기 전에 궁중 하급관리였던 디르 섬세르 장군의 아내는 왕비의 시녀였다. 왕비는 그녀를 매우 좋아하게 되었다. 왕비와 디르 섬세르의 부인이 한번은 양가의 자녀들이 다 자라면 서로 결혼시키면 어떻겠냐는 약속을 농담 삼아 하기도 했다. 왕비는 이 약속에 대해 몇 번 기회를 봐서 왕에게 넌지시 암시했고, 국왕 폐하께서도 은근히 이 합의를 지지했다. 마음 한구석에

이 약속에 대해 잊지 않고 있는 왕비는 국왕이 출정식을 집전하는 의전실로 따라갔다.

"장군님, 두 형제들만 출전하는 건가요?"

하고 왕비가 물었다.

범 바하두르와 디르 섬세르는 승인을 구하며 조카를 바라보았다.

총리의 아들 앞에서 다른 귀족들은 왕족들에게 말을 하지 못하게 되어 있었으므로 저거트 정이 나서서 대답했다.

"마마, 우리 군대의 출정 계획에 따르면 범 바하두르 장군이 일만 명을 거느리고 께룽을 경유하여 라사를 공격하는 동안 디르 섬세르 장군은 같은 수의 군대를 이끌고 카사를 경유, 라사로 진군할 것입니다."

범 바하두르 장군과 디르 섬세르 장군은 왕족의 축복을 받기 위해 앞으로 나섰다. 범 바하두르 장군은 이미 희끗희끗한 머리에 키가 크고 말라 보였다. 반대로 디르 섬세르 장군은 작지만 단단하고 힘이 넘쳐 보였으며, 검은 머리털에 팽팽한 긴장감이 흐르고 결의에 찬 표정을 짓고 있었다.

왕족들에게서 차례로 축복을 받은 두 장군이 막 떠나려는 순간, 정 바하두르가 도착했다. 그 바람에 그들의 출발은 잠시 지연되었다.

"왕자의 결혼에 대해선 아직 아무 말이 없군."

왕이 정 바하두르를 바라보며 말했다.

"존경하옵는 폐하, 까시 왕에게 전갈을 보냈으나 아직 답을 받지 못했사옵니다."

정 바하두르가 대답했다.

젊은 왕세자 트러이록껴는 영리하고 지적이었다. 진지하게 얘기하고 있는 중에 자기의 주의를 다른 주제로 쉽게 바꾸려는 부친의 방식에 그는 짜증이 났다. 그래서 그는 대화를 가로막았다.

"정 바하두르, 우리의 방어 체제는 어떻게 정비하셨나요? 티베트와 전쟁하기 위해 우리 군대를 모두 이곳에 집결시키면 적의 공격을 쉽게 받을 수 있어요. 그것에 대해서는 어떻게 생각하시나요?"

"생각이 있습니다, 폐하!"

정 바하두르가 말을 이었다.

"버커트 장군이 유사시 티베트에서의 우리 군을 증강하기 위해 삼만 오천 명의 증원군을 훈련시키고 있습니다. 평상시에는 우리의 방어를 책임질 군대입니다."

"버커트는 당신 가족 아니오?"

"예, 그렇습니다. 폐하!"

원래 심성이 고운 왕비가 갑자기 울기 시작했다. 정 바하두르가 자기의 동생들과 조카들을 전쟁에 내보낸다는 것은 사태가 정말로 심각하다는 뜻이기 때문이었다. 왕이 눈물을 흘리는 왕비를 한쪽으로 데려가더니 모두가 침묵 속에서 지켜보는 동안 귓속말로 왕비를 달래며 속삭였다.

저거트 정이 제일 먼저 자리를 떴다. 그는 의전실을 떠나면서 늘 하던 대로 의례적인 인사를 했다.

"신이시여, 우리 국왕 폐하를 축복하소서. 국왕 폐하 만세! 폐하의 적들이 소멸되어 폐하의 명성이 멀리 널리 퍼지게 하소서."

의전실은 다시 한 번 침묵에 잠겼고, 오직 왕과 왕비의 속삭임만이 그 침묵을 깨뜨릴 뿐이었다. 그러다 왕이 갑자기 범 바하두르 장군을 향해 물으면서 그 침묵이 깨어졌다.

"어떻게 하면 우리가 그대에게 경의를 표할 수 있겠느냐?"

범 바하두르 장군이 미처 대답하기 전에 정 바하두르가 불쑥 끼어들며 말했다.

"디르 섬세르는 식구가 많고 재정 문제에 직면해 있습니다만…… 폐하께서 원하시는 대로 하시옵소서."

범 바하두르와 디르 섬세르는 서로를 상당히 존경했고, 행운과 불운을 함께 나누면서 거의 모든 방식으로 하나가 되어 있었다. 왕이 어느 한 사람에게 무엇을 주기로 결정하든, 그는 언제나 상대와 나누었으므로 그들 사이에는 질투가 없었다.

범 바하두르는 주저 없이 정 바하두르의 말을 지지했다.

"폐하, 폐하께서 만약 디르 섬세르를 예우하신다면 폐하께서는 우리 가족 모두를 예우하시는 것입니다."

왕은 디르 섬세르를 향해 말했다.

"사나나니, 당신 자녀들은 모두 어린가 아니면 결혼할 나이가 되었는가? 내가 그대의 아들 비르 섬세르를 여러 번 보지 않았던가?"

"그 아이는 이제 겨우 중위입니다."

정 바하두르가 말했다.

왕은 등을 돌려 왕비와 한 번 더 귓속말을 한 다음 왕이 말했다.

"디르 섬세르 그대의 가족에 대해선 염려 말게. 신께서 그대의 적들을 물리칠 힘을 그대에게 주시기를 기원하네. 티베트와의 전쟁이 끝나면, 비르 섬세르와 왕녀와의 결혼식을 올리는 것을 보는 게 우리의 바람이라네."

신들과 왕들의 방식은 얼마나 이상한가! 왕비가 디르 섬세르의 부인과의 약속 때문에 이런 결정을 했던 건 아닐까? 어떤 행운의 천사가 비르 섬세르에게 잠시 미소를 지었거나 아니면 그저 단순히 수렌드러 왕의 변덕이었던 건 아닐까? 그게 무엇이든 간에 두 장군은 기쁨에 넘쳤고 사기가 올랐다.

비르 섬세르가 왕녀와 결혼할 거라는 건 틀림없어 보였다.

02

네팔 군은 막강한 적과 맞서 싸워야 했다. 라사로 가는 길은 길고 험했으며, 험준한 산길과 살인적인 강들을 건너야 했다. 군대는 다음 날 참을 수 없는 더위 속에서 행군하게 될지 아니면 거센 폭풍설을 뚫고 가야 할지 전혀 알지 못했다. 적과 싸워야 하는데 이런 모든 장애까지 극복해 가면서 싸워야 한다는 것은 정말 만만찮은 일이었다.

군대에는 젊은이들이 많이 섞여 있었다. 그중에는 결혼한 사람도 더러 있고, 이제 막 결혼하려는 사람도 많이 있었다. 그들 중 많은 수가 전사하고 부상당했으며, 눈을 잃고 사지가 절단되었으니, 이 때문에 만연한 분노가 수도 전체에 퍼지기 시작했다. 특히 전사자와 부상자의 가족들은 자신들에겐 불필요한 전쟁으로 인한 피해에 분개하였으며, 그토록 많은 사람들의 목숨을 부주의하게 전쟁터로 내몰아 앗아간 총리에 대한(그것이 사실인지 아닌지는 아무도 알 수 없지만) 증오와 추악한 소문으로 술렁거렸다.

"정 바하두르에게 빔센 타파(1775~1839, 네팔의 초대 총리, 네팔의 국가적 영웅이라 여겨지는 인물)의 위대한 군대는 골칫덩어리이다. 그러므로 총리는 국고에 부담되는 그들을 더 이상 유지할 생각이 없다. 그가 그 군대를 티베트로 보

낸 이유는 딱 하나, 그들을 없애 버리려는 거다."

그들 중에서 종교적으로 엄격한 사람들은 총리에 대한 해묵은 원한을 풀기 위해 이 기회를 이용했다. 그들은 정 바하두르가 영국으로 가는 길에 성스런 브러허머뿌트러 강을 건넘으로써 신성모독을 저질렀고 그 때문에 계급제도가 없어졌다고 주장했다.

"그는 불가촉천민이니 우리 총리가 될 자격이 없다."

정 바하두르와 빅토리아 여왕에 대한 해묵은 소문들이 그의 평판을 떨어뜨리는 데 이용되었다. 그 소문들은 그를 수행해서 영국에 다녀온 측근자들에 대한 잘못된 인식에 기반을 둔 것들이다. 주로 영국의 조약 절차에 전혀 알지 못하고 교육을 받지 못했기 때문에 그들은 정 바하두르가 빅토리아 여왕과 비밀스런 정사를 가졌다고 의심했다. 정 바하두르는 여왕의 따뜻한 영접을 받았으며 그들은 의미 있는 의견 교환을 하면서 마음에서 우러난 관계를 즐겼는데, 그건 그저 네팔이 영국과 좋은 관계를 유지하는 것처럼 영국도 네팔과 그러기를 몹시 바라고 있기 때문이었다. 그들의 회담은 간간이 농담을 곁들여 가며 진행됐으며, 영어를 거의 못하는 정 바하두르 때문에 오히려 더 생기가 돌았다. 영국식 예법에 대한 경의로, 그는 정치가들 사이에서 하듯이 여왕과 악수를 하고, 여왕의 신하로서 그녀의 손에 키스를 했을 뿐인데 그의 뜻과는 다르게 스캔들이 잇달아 일어났다.

또한 영국 여왕이 그에게 바스 대십자 기사 작위를 수여했을 때 카트만두에 있는 그의 정적들은 그 타이틀을 두고 중상모략을 꾸미느라 바빴다. 그들은 기사(Knight)를 밤(Night)으로, 웅장함(Grand)을 기억할 만한 사건(A memorable occasion)으로, 십자(cross)를 성교(Copulation)로, 그리고 바스(Bath)를 욕실(bathroom)로, 혹은 다른 말들로 번역하고는, 정 바하두르가 자신의 자존감과 인기를 떨어뜨리기 위해 여왕의 침실에서 작위를 얻었음을 암시하려고 했다. 솜나트가 비밀리에 자주 왕족들과 접촉하고 정치적 사안들에 점점 더 많이 관여하고 있는 것을 정 바하두르가 좀 더 경계한 것은 바로 이런 터무니없는 소문들 때문이었다. 그래서 자기의 큰아들 저거트 정을 궁정 사무장에 임명하여, 솜나트를 정치 일선에서 제거하고 자기에게 불리한 소문들을 모두 일거에 차단했다.

티베트에서 일어나고 있는 사건들에 대해 가능한 모든 해석 중에서 최고의 해석을 선택하는 것이 이제 저거트 정의 임무가 되어서, 그는 매일같이 왕에게 상황에 대한 보고서를 보냈다.

"최전선에서는 무슨 새로운 소식이 없는가?"

왕이 저거트 정을 보며 물었다.

"디르 섬세르는 어때?"

왕비가 덧붙였다.

"폐하, 디르 섬세르 장군은 괜찮습니다. 그의 부대는 지금 꾸티에서 티베트 군과 전투 중입니다만, 폐하의 성은으로 지난번 승리는 우리 것이었습니다."

왕은 그 소식에 만족스러워하며 저거트 정이 전쟁 상황들에 대해 이야기를 막 시작하려는 참에 중단시키고는

"이리 와서 최근 전쟁 소식을 들으렴."

하며 왕녀를 불렀다.

왕녀는 우아하게 회의실 안으로 들어왔다. 베일을 쓴 그녀는 저거트 정을 보더니 주저하며 자리에 앉았다.

"이리 오너라. 이쪽은 정 바하두르의 아들 저거트 정이다. 마침 지금 전쟁 소식을 들려주려던 참이란다. 디르 섬세르가 승리를 거둔 것 같구나."

왕녀는 왕비 옆으로 옮겨 앉았고, 저거트 정은 선 채로 그녀에게 절을 했다.

"앉으세요."

왕녀가 그에게 부드럽게 말했다. 마치 첫 새벽빛의 황금빛 광선이 장미 꽃잎을 애무하기라도 하듯 저거트 정은 그녀가 뭐라고 말하는 입술을 보았으나 그녀가 무슨 말을 하는지 알아듣지 못했다.

"앉으세요."

그녀가 한 번 더 말했으나, 이번에도 그는 그녀의 말을 듣지 못하고 선 채로 보고를 계속했다.

"꾸티를 함락시키고 난 다음 디르 섬세르 장군은 내부 깊숙이 공격해 들어가서 수녀금바에 정찰 캠프를 세웠습니다. 저희는 그 소식을 오늘 아침에야 받았습니다."

"께룽 전선에선 무슨 소식 없는가?"

"범 바하두르 장군의 부대는 왈렝충에서 보기 좋게 승리를 거뒀고,

티베트 군은 대패했다고 합니다. 우리 측 첩보원의 보고에 따르면, 티베트 군은 매복해 있다가 우리 군을 습격하려고 께룽에 집결하는 중이었답니다. 따라서 총리가 아홉 개 여단과 포병대를 께룽에 급파했습니다."

"결혼에 대해서는 무슨 말을 못 들었는가?"

소스라치게 놀란 저거트 정이

"누구의 결혼을 말씀하시는 겁니까! 폐하, 브리꾸티와 스롱 총 곰포의 결혼입니까?"

"아니다. 왕녀와 비르 섬세르의 결혼이다. 자네 부친에게서 그 일에 대해 들은 것이 없는가?"

"아, 예. 들었습니다."

왕녀가 얼굴을 붉히며 방에서 급히 나가자 부모들은 그녀가 당황하는 모습을 보며 웃지 않을 수가 없었다. 그러나 저거트 정은 조용히 바라보고 있었다.

왕과 왕비에게는 아무도 감히 말을 하지 못한다. 모든 권력과 지위를 가진 정 바하두르조차도 지켜야 하는 엄격한 격식이 있었으나, 이런 일은 저거트 정에게는 해당되지 않았다.

총리의 아들이라는 이점 외에도 저거트 정은 젊음과 유쾌한 매너, 누구라도 인정하지 않을 수 없는 절제라는 선물들을 가지고 있으며, 무엇보다도 잘 생겼다. 그와 접촉한 사람들은 물론이고 그에 대해 소문으로만 알고 있는 사람들까지도 대개는 그를 몹시 좋아했다. 저거트 정은, 말할 필요도 없이, 자기 마음을 직선적으로 말하는 것을 두려워하지 않았다. 그의 승리하는 방법들 덕분에 그는 가장 곤란한 순간에도 언제나 끝까지 관철하곤 했다.

"누가 장남인가, 자넨가 아니면 비르 섬세르인가?"

왕이 물었다.

"행운에서는 비르 섬세르이고 나이에서는 저입니다."

"그게 무슨 뜻이지?"

"폐하, 오직 시간이 말해 줄 것입니다."

그는 자기가 시작한 말을 계속하기가 망설여지는 것 같았다.

"내가 보기엔 비르 섬세르가 어리기는 하지만 결혼은 먼저 하게 될 거라는 말을 하려는 것 같소."

왕이 왕비를 보고 미소를 지으며 말했다. 그들의 대화를 우연히 엿듣고 있던 왕녀의 친구들과 하녀들은 웃음을 참느라 애를 썼다.

"아니, 그게 아니옵니다. 결혼이 아니옵니다, 폐하."

저거트 정이 재빨리 대답했다.

"그럼, 뭔가?"

"가족 전체에서 제가 손위입니다만, 그래도 비르 섬세르가 저보다 먼저 장군으로 승진하게 될 거라는 말씀이옵니다. 행운에서는 그가 손위라고 말씀드린 것은 그런 뜻이옵니다."

"그가 어떻게 자네보다 먼저 장군이 될 수 있는가?"

"왜냐하면 정 바하두르 총리께서 누구든 왕녀와 결혼하는 사람이 먼저 장군으로 승진할 거라고 결정했기 때문입니다."

저거트 정이 대답했다.

지금 대화에 상당히 많은 관심을 가지기 시작한 국왕 부부에게 이 기회에 정보를 알려 주려고 하는 것 같았다.

"섬세르 가족이 돈이 없다는 게 사실인가?"

왕이 물었다.

그게 사실이긴 했으나, 저거트 정은 자기의 삼촌 가족을 깎아내리기가 망설여졌다. 하지만 그는, 왕 앞이 아니라도 뻔뻔스러운 거짓말을 그리 썩 잘 하지 못했다. 될 수 있는 대로 듣기 좋은 말들을 써 가면서 그가 말했다.

"일단 왕실과 결혼이 성사되어 관계가 맺어지면, 그 가족의 운은 좋아지게 되어 있습니다. 그들의 사회적 지위가 자동적으로 상승될 테니 재정적으로도 도움이 되겠지요. 그 이상 무엇이 더 필요하겠습니까, 폐하?"

그러나 아직 만족하지 못한 왕비는 그를 재촉하며 말했다.

"우리에게 섬세르 가족의 상황에 대해 더 들려줘요."

"저, 제 삼촌 디르 섬세르 장군에게는 아들이 열일곱 명 있고 딸이 일곱 명 있습니다. 그런 대가족에게는 재정적인 어려움이 있게 마련이지요."

하고 그가 무뚝뚝하게 대답했다. 국왕 부부는 전에도 다 들었던 터라 이런 말들이 새삼스러울 게 없었지만, 사랑하는 왕녀의 친구들과 시녀들에게는 뜻밖의 충격적인 새로운 사실이었다.

03

궁정 사무장인 저거트 정은 선저여라고 하는 왕궁의 관저에 묵었다. 부벽이 새와 동물 모양으로 잘 다듬어진 방갈로였고, 산울타리로 둘러진 출입구 양쪽에 서 있는 키 큰 히말라야 소나무는 보초병처럼 근엄하면서도 바람이 불어 가끔씩 위대하고 근엄한 소리가 나기도 했다. 그래서 왕궁의 방갈로는 늘 상쾌한 향기가 감돌아 연꽃이 둘러져 있는 연못의 물고기들까지도 저거트 정을 환대해 주고 있는 것 같은 이국적인 풍경이 저거트 정의 마음을 더 풍요롭게 했다. 그래서 그는 나라 안팎에서 들여온 새들을 새장에 매달아 이곳저곳에서 새소리가 나게 하였다. 카트만두(네팔의 수도)에서 가장 바쁜 저거트 정이였지만, 안팎의 풍경에 매료되어 그의 임무인 무기고를 시찰하며 무기를 보충하다가도 문득문득 아름다운 풍경에 빠지기도 하고, 꽃과 나무와 새소리에 매료되기도 하는 궁정 최고의 더욱 멋진 관리가 되어 갔다. 그는 외무, 내무, 재무부 장관을 맡았고, 대법원까지도 겸임하는 궁정 최고의 저거트 정이 되었다. 매일같이 그의 뒤를 따르는 관료들의 숫자도 놀라웠지만 저거트 정의 책임과 의무는 완전할 정도로 나라의 힘이 되어 갔다. 이런 바쁜 일정을 보고받는 왕과 왕비도 국정 보고를 받으며, 전쟁에 관한 보

고도 함께 들으며 국정을 논하였는데, 경우에 따라 두 왕비와 왕녀도 함께하였다. 공주들이 그 모든 보고에 크게 관심을 보이는 건 아니었다. 왕녀는 개인적으로 신심이 깊어서 대부분의 시간을 기도하고 경전을 읽으며 보냈다. 이 점에서 그녀의 지나친 성향이 가족들에게는 걱정거리였다.

그러던 어느 날이었다. 왕녀는 전쟁 상황 보고가 한창 진행되고 있을 때 접견실에서 살그머니 빠져나와 자기 방으로 돌아왔다.

"여기서 뭣들 하고 있는 게냐?"

그녀는 자기 방에 하녀들이 있는 것을 보고는 물었다.

"왕비 마마께서 저희더러 왕녀 마마께 심지 만드는 기술을 가르쳐 드리라고 하셨습니다."

왕녀는 잠자코 소파에 앉아 베금파리와 수건더라자가 다리를 마사지해 주는 동안 심지를 자르기 시작했다. 또 다른 하녀 빠르버띠는 왕녀에게 면 심지 만드는 법을 보여 주고 있었다.

"왜 이렇게 빨리 돌아오셨어요, 왕녀 마마?"

또 다른 하녀 자무나가 물었다.

"저거트 정이 전쟁 상황 보고서를 읽고 있는데 난 그거 좋아하지 않아."

역사에는 영웅들과 여걸들이 가득하다. 어느 시대에나 인간은 미덕을 실제로 보여 주고 용기 있는 행동들을 높이 찬양했다. 사랑은 찬미되고 불멸의 것이 되었으며, 따라서 우리들 각자에게 그 영광의 화신은 언제나 우리에게 더 가까이 있는 매력적인 인물들 속에 있게 마련이다. 왕궁의 하녀들에게는 그 사람, 그 영웅이 바로 저거트 정이었다.

그러니 참으로, 그들이 저거트 정을 주제로 나누는 대화에 귀가 솔깃해질 수밖에 없는 게 오히려 당연하다.

"마마의 혼인은 이미 정해지셨으니, 국왕 폐하께서는 저거트 정과 레디 더너를 중매하셔야 할 것 같은데요."

빠르버띠가 의견을 말했다.

레디 더너는 국왕의 동생인 우빼드러의 딸이며, 왕녀와 그녀는 서로 몹시 좋아하는 사이였다. 하지만 정치적인 이유 때문에 그들은 계속 따로 살고 있으며, 레디 더너는 바그 궁에서 살고 있었다.

그녀는 정기적으로 하누만 도카(카트만두 중심부에 있는 구왕궁 출입구, 원숭이 석상이 안치되어 있다고 해서 붙여진 이름)로 사촌을 만나러 왔지만, 지금은 분위기를 바꾸기 위해 아버지를 따라 산에서 휴양하고 있었다.

"귀부인 신분으로 그렇게 황량하고 외로운 곳에서 어떻게 시간을 보내고 계신지 궁금해요."

자무나가 말을 이었다.

"그분을 저거트 정 대령님과 혼인시켜 주십사 하고 저희가 아뢰어야겠어요. 아무튼 요즘엔 어느 공주 마마가 터꾸리 집안과 결혼하시는 게 더 이상 관습이 아니잖아요. 만약 왕녀 마마께서 섬세르 집안과 혼인하실 수 있다면 레디 더너 마마께서 정 바하두르 집안과 혼인 못하실 이유가 없을 것 같습니다. 저희가 왕비 마마께 아뢰어야겠어요."

"좋은 생각이네요."

갑자기 끼어든 목소리의 주인공은 뿌스퍼러타라는 이름을 가진 또 다른 하녀였다.

"왕녀 마마께서는 그 생각에 대해 어떻게 생각하세요?"

왕녀는 즉답을 피하며 그저 심지 자르는 일만 계속하고 있었다.

"예, 누군가는 폐하께 그 생각을 아뢰어야 하겠지요."

빠르버띠가 재잘댔다.

"두 분이 결혼하시면 얼마나 사랑스러운 부부가 될까요? 아내는 정말 수다쟁이고, 남편은 나무랄 데 없는 조신이니 말이에요. 행운의 여신이 틀림없이 그분들에게 미소 지으실 거예요. 아무튼 저거트 정만큼 잘 생기고 인기 좋은 남편을 어디서 구할 수 있겠어요?"

"너, 말 잘했다."

자무나가 대답하며 말을 이었다.

"얼마나 남자다우신지, 모든 면에서 업적을 쌓으셨지, 바로 인간 신이고 진짜 살아 있는 천사라니까."

그들이 계속해서 저거트 정에 대해 열광하며 최고의 찬사를 계속 쏟아 냈으나 그 누구도 비르 섬세르에 대해서는 언급하지 않았다. 저거트 정 만큼 부자도 아니고 세력도 없었으므로 그는 경쟁 상대가 아니었다. 저거트 정과 함께 거론하는 것 자체가 모욕이었을 것이다.

그러나 왕녀는 그들이 자기의 약혼자에 대해서도 말해 주기를 속으로는 간절히 바랐으나, 그에 대해서는 하녀들이 단 한마디 찬사도 없자

마침내 이렇게 물었다.

"너희들은 온통 저거트 정 얘기뿐이로구나. 다른 사람들은 눈에 보이지도 않아?"

왕녀는 하녀들이 당연히 비르 섬세르에 대해 말하기 시작할 거라고 기대했다. 그러나 아무도 알아듣지 못했고 대화는 거의 아까 멈췄던 데서부터 다시 이어졌다.

"저거트 정은 저에게 굉장한 호의를 베풀어 주셨어요."

하고 빠르버띠가 말했다.

"그분께 축복이 있기를, 지금처럼 언제나 훌륭하고 성공하시기를."

"나도 그래. 그분의 관대함을 절대 못 잊어."

뿌스퍼러타가 끼어들었다.

자무나의 손자는 저거트 정이 중위로 승진시켜 주었고, 빠르버띠의 아버지는 처벌받을 수 있는 죄를 사면받았으며, 뿌스퍼러타의 삼촌은 저거트 정이 중간에 들어서 왕궁으로부터 상을 받은 것 같았다. 이 모든 일들이 날이 가면서 밝혀졌다.

"사실은 이런 호의는 우리 아버지가 베푸신 거야. 그런데 어째서 저거트 정이 모든 칭송을 받아야 하는지 난 모르겠네."

왕녀가 다소 짜증스런 표정으로 말했다.

"아, 왕녀 마마. 훌륭한 건 주는 사람이 아니라 주게끔 만드는 사람이랍니다."

늙은 하녀들이 왕녀의 말을 가로막았다.

왕녀의 다리를 마사지하고 있던 수건더러자가 갑자기 입을 열었다.

"전에 언젠가 저희 아버지가 저거트 정에게서 차비에 쓰라고 오백 루피를 받았습니다."

한 사람에게 그렇게 칭찬을 많이 하는 것은 왕녀가 볼 때 기이했다.

대개는 남자의 이름을 감히 입 밖에 내지도 못할 정도로 인습적인 늙은 하녀들 입에서 나오는 말들이 거의 신성모독 수준이었다. 문득 어떤 낯선 알아차림이 있었다. 그녀의 가슴에 따뜻함이 흘러넘쳤다. 그녀는 조용히 방을 빠져나갔다.

04

섬세르 가족이 가난하다는 소문이 들불처럼 퍼져나갔다. 사람들은 그 소문에 대해 공공연하게 말했고, 비르 섬세르에 대해 이를테면 그는 먹을 게 풍족하지 않아서 괜찮은 음식이라도 좀 얻어 볼까 하는 바람으로 아저씨인 총리와 시간을 보낸다. 그는 추하고 어리석다는 고약한 말들을 했다. 그의 이름은 구렁텅이로 떨어졌고 그는 혐오와 기피 대상이 되었던 반면 저거트 정의 미덕은 어디서나 찬양되고 그는 모두의 영웅이 되었다.

"그냥 저거트 정을 만지기만 해도 네 죄가 씻길 것이고, 그의 얼굴을 한번 보는 것만으로도 불가능한 일을 달성할 수 있다."

이것은 신화였다.

저거트 정은 자신의 후한 특성과 관대함으로 사람들에게 마법을 걸었다. 사람들은 그의 당당한 체격과 인간적인 매력에서 풍기는 카리스마에 매료되었다.

왕세자 트러이록껴는 저거트 정을 통해 정치적 야망을 달성하려는 계획을 세우곤 했다. 열심히 일하고 위엄을 갖춤으로써, 왕자는 위대함의 모든 특성들을 가지고 있었다. 왕자와 그의 동생 너렌드러는 저거트

정을 높이 평가하며 그와 친하게 지냈으나, 트러이록껴의 정치적 목표
는 정 바하두르에게서 정권을 빼앗는 것이었다. 그리고 그는 결국엔 바
로 저거트 정을 통해 그렇게 할 수 있게 될 거라고 믿었다.

왕녀의 귀에는 가는 곳마다 저거트 정에 대해서는 온통 찬양 일색이
고 비르 섬세르에 대해서는 비하하는 말들만 들려왔다. 편견 없는 마음
을 가진 그녀는 이런 소문들이 단순히 저잣거리에서 무성하게 나도는
과장된 가십거리라고는 추호도 의심할 수가 없기 때문에 저거트 정에
대한 호기심이 일어났다.

달이 가고 해가 바뀌면서 그녀는 어린 시절을 뒤로하고 결혼 적령기
에 접어든 여인으로 성장했다. 성장에는 그 나름의 문제들이 있었다.

왕녀는 처녀가 된 지금도 자신의 마음이 성장기를 온통 지배했던 그
소문들의 영향에서 벗어나지 못하고 있음을 알게 되었다. 저거트 정에
대한 만인의 찬사 덕분에 그에게 마음이 끌렸다. 그리고 왕녀는 그에

대한 열렬한 욕망을 품기 시작했다.

저거트 정 자신은 이런 사실을 전혀 알아차리지 못했다. 어쨌든, 그는 왕녀와 사랑에 빠지는 일은 꿈에도 생각 못했다. 물론, 그는 임무를 수행하는 과정에서 그녀를 만난 일이 수없이 많았다. 그는 늘 그녀에게 존중과 존경을 보였지만 그 이상은 아니었다.

하지만 언젠가 한 번 그녀가 그에게 거의 유혹적인 미소를 지어 보인 적이 있었는데, 저거트 정은 더 친밀해지자는 무언의 초대로 보이는 그 미소에 뭘 어찌해 볼 용기가 없었다. 그러나 그 일로 인해 그는 자기 숙소로 돌아가는 길에 그녀에 대해 생각하게 되었다.

왕녀는 저거트 정을 바라볼 수 있는 자기 방의 창문으로 단숨에 달려갔다. 그녀는 자기 방에서 브라민(카스트 계급 중 제일 상급에 속한다)인 서시껄러를 보았다. 그녀는 경전을 소리 내서 읽고 있는 중이었다.

"서시껄러 선저여에 누가 사는지 모르지?"

"황송하옵게도 왕녀 마마께서 제게 말씀해 주시지 않는다면 제가 어찌 알겠사옵니까?"

"저거트 정이야."

왕녀는 나지막한 소리로 대답했다.

"왕녀 마마께서 알고 계신다면 저한테 물으시는 요점이 무엇이옵니까?"

서시껄러는 어리둥절했다. 왕녀는 그저 미소만 지어 보였다.

미망인이며 솜나트의 딸인 서시껄러는 눈치가 빠르고 총명한 여자였다. 그녀는 왕녀의 동기가 뭘까 짐작해 보며 말했다.

"혹시라도 섬세르 가족이 이 상황에 대해 듣기라도 한다면 정 바하두르 집안과 섬세르 가족 사이에 문제가 생길지 모릅니다. 왕녀 마마께서 원하시는 게 뭐든 비밀스럽게 하세요."

왕녀가 그 말에 반박했다.

"그런 일이 어떻게 비밀이 지켜질 수 있겠어. 내가 그 사람에게 하는 것처럼 사랑하고 흠모하는 건 죄가 아니야. 나는 그저 인간이라고."

서시껄러는 처음엔 왕녀가 그저 저거트 정에게 흠뻑 빠져 있고 이 사랑의 열병은 점차 사라질 거라고 생각했었다. 그러나 왕녀가 그에 대한 사랑을 숨기지 않고 표현하는 것을 보고는 대경실색했다.

"그 사람과 결혼하실 생각은 안 하시는 게 좋을 것 같습니다."

그녀는 벌벌 떨면서 말했다.

서시껄러의 우려에 왕녀는 자신의 감정을 지나칠 정도로 솔직하게 드러냈다. 그녀는 모든 것을 털어놓았다. 그녀의 사촌인 레디 더너는 비르 섬세르와 결혼해서 자기가 저거트 정과 편히 결혼하게 해 줄 것이다. 두 여자 사이에 그런 취지에 대한 이해가 있었고, 거기에는 더너의 아버지인 우뺀드러 왕자의 암묵적인 승인이 있었다. 그는 비밀을 지키겠다고 약속했으며, 서시껄러 말고는 그 사실에 대해 들은 사람이 아무도 없다. 이 모든 얘기를 다 듣고 난 서시껄러가 양심의 가책 따위는 다 잊어버리고 미소를 짓자 그녀의 여주인은 즐거운 웃음을 터뜨렸다.

05

우빼드러 비크람 왕자는 카트만두의 답답한 분위기로부터 벗어날 변화가 필요해서 가족들을 동쪽 구릉지대로 데리고 갔다. 시원한 산 공기가 그의 소진된 신경을 진정시켜 주었고, 그에게 마음의 평화를 가져다 주었다.

다른 한편, 왕녀는 카트만두에 레디 더너가 없는 것이 뼈저리게 느껴졌다. 왕녀는 사촌과 의논하고 싶은 개인적인 문제들이 있었는데, 그런 문제들을 편지로 의논하는 그런 짓은 말도 안 되는 것이다.

왕녀는 점점 커져 가는 저거트 정을 향한 감정과 엄격한 사회적 관습 사이에서 갈등하며 자신이 물 밖으로 나온 물고기와 같다고 한탄하며 하루하루를 말없는 고뇌 속에 보내고 있었다. 식욕은 갈수록 없어지고, 그녀는 자기의 짝사랑에 대한 생각으로 스스로를 괴롭히며 잠 못 이루는 밤이 계속되었다.

하루 온종일 그녀의 시선은 온통 저거트 정의 일거수일투족에만 쏠리고 있었다. 때때로 그는 승마복을 입고서 자기 말 옆에 항상 따라다니는 관리들과 조신들을 거느리고서 나타나곤 했다. 자기의 매력적인 왕자 저거트 정이……

　사람들은 저거트 정을 절대적으로 숭배했다. 그리고 그를 향한 그들의 무조건적인 사랑의 표현은 그를 네팔의 상징이며 그에게서 나타나고 있는 네팔의 아름다움의 상징이라고 생각하게 만들었다. 왕녀는 그의 확실한 인기에 항상 만족스러웠다. 그래서 저거트 정과 그의 말이 눈앞에서 사라질 때마다 그녀는 저거트 정이 얼마나 인기 있고 카리스마 넘치는 사람인가를 생각하며 스스로를 달래곤 했다.

　게다가 그녀의 하녀들은 궁정의 유력자들과 접촉하면서 모든 조신들과 고관들에게 별명을 붙여 주었다. 정 바하두르는 유령, 솜나트는 영국 브라민, 저거트 정은 하얀 말벌로 알려져 있었다. 이런 별명들은 왕녀를 즐겁게 해 주었다. 그래서 선저여로 시선을 돌리면서 그녀는 저거트 정이 혼자 꿀벌 통에 빠져 꼼짝 못하는 불쌍한 독신 말벌이라고 생각하곤 했다.

　'불쌍한 것, 틀림없이 외로울 거야. 거기서 혼자 어떻게 살아갈 수 있을까?

그러고는 마치 누군가가 자기 생각을 읽고는 저거트 정을 향한 그녀의 간절한 육체적 갈망을 알아채기라도 하는 것처럼 혼자 얼굴을 붉히곤 했다. 그러다 마침내 더 이상 긴장을 견딜 수가 없게 되면 이국적인 무늬의 커버가 씌워진 호화로운 침대로 몸을 던지곤 했다. 베개는 갈색 벨벳이었고, 그녀는 눈처럼 하얀 모기장과 새틴 이불 커버를 가지고 있었다. 그러나 이런 낙원 같은 호화로움에도 불구하고 그녀는 저거트 정의 육체와 영혼에 대한 갈망 때문에 마음의 평화를 갖지 못했다. 그녀 마음속 거울에는 언제나 그의 잘생긴 얼굴이 보였다. 저거트 정은 그녀와 그토록 가까이 있었는데도 너무 멀었다. 입을 쩍 벌리고 있는 관습과 인습의 크고 깊은 틈이 그들을 갈라놓고 있었기 때문이다. 자신의 문제를 보기 위해 그녀가 어떤 방법을 선택하든, 그것은 해결방법이 없어 보였고 그래서 그녀는 자신의 심한 고통을 함께 나눌 누군가가 있었으면 하고 바랐다. 그녀는 쉴 새 없이 하녀에게 물어보곤 했다.

"꿈꿈, 너 사랑이 뭔지 알아?"

"아니요, 마마. 전 모르옵니다."

그러나 서시껄러는 사랑에 대해 아는 체를 하며 그들 모두에게 설명하려고 했으나, 왕녀 외의 다른 사람들에게는 그녀의 말이 별 의미가 없었을 것이다. 게다가 서시껄러는 왕녀의 시녀들 중에서는 그녀의 비밀을 알고 있는 유일한 사람이었으므로, 그녀는 사랑에 대해 자신이 믿고 있는 것을 말할 때 그걸 이용하곤 했다.

"사랑은 그 사람이 정말로 거기 있든 없든 왕녀 마마의 두 눈앞에서 영원히 춤추는 잘생긴 젊은이예요. 왕녀 마마 가슴은 그를 애타게 그리워해서 그가 거기 있으면 세상이 가득 차고 그가 없으면 세상이 텅 비게 되죠. 그가 떠나고 없으면 왕녀 마마 마음은 그를 더 그리워하겠지요……."

이것은 왕녀가 겪고 있는 바로 그것이었으나 다른 하녀들에게는 아무 의미도 없는 말이어서, 그들은 서시껄러에게 그 말을 더 명쾌하게 해 달라고 조르곤 했다.

"사랑은 남자와 여자를 묶어 주는 불멸의 끈이에요."

그녀는 모두가 깔깔 웃어 대도 오직 자기의 여주인만을 위해서 이런 말을 계속하곤 했다.

"사랑에 빠져 본 적 있어, 서시껄러?"

왕녀는 이렇게 묻곤 했다.

"아뇨, 마마. 하지만 사랑에 대해 아는 건 있어요."

"하지만 어떻게?"

"위대한 사람들이 사랑에 대해 글을 써 놓은 게 있거든요. 어떤 글을 읽으시더라도 사랑은 불멸이라는 걸 아시게 될 거예요."

어린 나이에 과부가 되어 부모 집으로 돌아왔기 때문에 서시껄러는 또래의 다른 여자들과는 달리 공부할 시간이 많았다. 그중에서도 특히 그녀가 아주 자세하게 이야기하는 걸 좋아하는 서사시적인 사랑 이야기가 있었다. 왕녀는 잠들기 전에 열심히 귀 기울여 듣곤 했다.

그녀의 안락한 침대에 누워 에로틱한 아로마 향기와 서시껄러의 사랑 이야기를 들으며 비틀넛(야자나무의 일종인 빈랑나무의 열매로, 이것을 잎에 싸서 청량제로 씹는다)을 씹으면 졸음이 오는데, 이 졸음이 그녀로 하여금 또 다른 세계로 빠져들게 했다. 여전히 자기 침대 속에 있지만 전혀 다른 세계로.

저거트 정은 얼굴에 미소를 띠며 그녀의 방에 가곤 하는데, 그럴 때마다 그녀는 그의 갑작스러운 출현에 놀라곤 한다. 부끄러운 기색이 없는 그는 천천히 그녀에게 다가간다. 그러면 그녀의 하녀들은 모두 황급히 도망치곤 한다. 그가 다가가면 그녀는 몸에서 낯선 감각들을 느끼곤 한다.

"왕녀 마마."

하며 저거트 정은 큰절을 하며 그녀의 손을 잡는다. 그의 무례함에 어안이 벙벙해진 왕녀는 와락 눈물을 쏟는다. 그녀는 저거트 정에게 그러지 말라고 하면서 그를 밀쳐 낸다.

그녀의 이런 행동이 저거트 정을 괴롭힌다.

"더 살 이유가 전혀 없어."

저거트 정은 상처 입은 자존심 때문에 울다가 분노를 이기지 못해 자살하겠다고 으름장을 놓지만, 그녀의 눈에서 어렴풋이 빛나는 연민의 빛을 알아보고는 후회하곤 한다. 그러고는 눈에 눈물을 글썽이며 그녀를 간절하게 애원하듯이 바라본다.

그 눈물을 보면 그녀는 갑자기 미소를 짓는다. 수용하는 그리고 아마도 용서하는 미소다. 그의 두려움과 아픔은 사라지고 저거트 정은 그녀를 두 팔로 따뜻하게 꼭 끌어안는다. 열렬히 타오르는 두 사람의 몸은 격정이 그들을 압도하면서 영혼 깊은 곳에서부터 서로에게 다가간다. 두 사람은 마침내 자신들의 진정한 가슴의 욕망을 발견했다.

바로 이 부분에서 왕녀는 잠에서 깨어나곤 했는데, 그녀의 숭고한 사랑과 아름다움은 어둠의 날개 위에서 새벽이 올 때까지 계속되었다. 그건 그녀의 왕자 꿈이었다.

06

저거트 정은 이른 점심을 먹고 있었다. 그가 먹는 음식은 보통 왕궁 주방에서 만들어지고 여자들이 쟁반에 담아 날라 와서 그에게 차려내 곤 한다. 오늘은 서시껄러가 요리사로 변장을 하고는 음식을 황금 접시와 황금 사발에 담아내 왔다. 저거트 정은 금을 입힌 도자기들을 보고는 의아해하며 물었다.

"어째서 날 위해 황금 접시들을 쓰는 거요?"

통상적으로 황금 접시에 음식을 먹을 수 있는 것은 왕족들만의 특권이었던 것이다. 서시껄러는 다른 여자들이 모두 방에서 나가기를 기다렸다가 대답했다.

"이 접시들은 왕녀 마마께서 손수 준비하셨습니다."

음식을 조금씩 먹어 보면서 저거트 정이 물었다.

"아, 그럼 이건 왕녀 마마께서 남겨 주신 거란 말이요?"

"아닙니다."

왕녀 마마께서 특별히 당신을 위해 만들어 보내신 겁니다."

"왕녀 마마께서 이렇게까지 힘들게 하실 필요는 없었는데."

그는 이렇게 말하며 음식을 조금씩 입으로 가져갔다.

"힘드시긴요. 왕녀 마마께서는 대령님을 위해 요리하시는 걸 즐기시는 걸요."

서시껄러는 이렇게 말하며 얼굴의 땀을 닦았다.

"하지만 어째서 날 위해?"

"왕녀 마마께서는 당신을 위해 음식을 장만하시는 게 큰 즐거움이십니다."

"무슨 말인지 못 알아듣겠는데요."

"특별히 당신을 위한 것이라는 뜻입니다."

그는 음식에서 손을 뗐다. 그는 어찌할 바를 몰라 당혹한 발걸음으로 의자 사이를 돌아다녔다. 불편한 생각들이 밀려들어 왔다.

"이게 대체 다 뭐지?"

그가 들릴 듯 말 듯 중얼거렸다.

"난, 정말 모르겠어요. 이건 마치 사랑 같네!"

"사랑이라니!"

그가 화들짝 놀라며 외쳤다. 서시껄러는 그의 눈을 똑바로 쳐다보며 말했다.

"왕녀 마마께서는 당신을 미친 듯이 사랑하고 계십니다, 대령님."

청천벽력 같은 그 말들에 그는 얼굴이 화끈거리고 오싹하는 전율이 등줄기를 훑고 지나가며 다리가 후들거렸다. 처음부터 의심을 품긴 했지만, 이제 자신의 의심이 사실로 확인되었으나 그는 그런 사실을 마주할 준비가 되어 있지 않았다. 그의 생각으로는 그런 것을 생각하는 것조차 불경스러운 일이었으므로, 그는 어찌해야 할지 도무지 알 수가 없었다. 바로 지금 그가 만약 왕녀가 장만한 음식을 받지 않는다면 왕녀는 모욕을 받을 것이고, 그가 만약 서시껄러가 보는 앞에서 그 음식을 먹는다면 그건 그에 대한 왕녀의 사랑을 기꺼이 받아들이는 게 될 것이

다. 그는 이러지도 저러지도 못하고 궁지에 빠졌다.

그의 마음은 지지자들에게서 받은 경고 한마디를 기억해 내느라 바빴다.

"까시(신장 위구르 타림분지 서쪽 끝에 있는 오아시스 도시)의 판다들은 당신 마음과 가슴을 그들의 노예로 만들려고 하고 있습니다. 그들은 검은 고양이의 배를 갈라 심장을 꺼내 그것을 갠지스 강물로 삶은 다음 마법을 걸어 카트만두로 보냈습니다. 이건 모두 당신을 마법으로 홀리기 위함이니, 주의하세요!"

사람들이 아무리 못된 마술이니 주술, 마법, 기원이니 하는 것들을 맹목적으로 믿음으로서 카트만두의 모든 돌들이 거의가 마술적인 중대한 의미를 가졌다 해도, 그는 그 경고를 믿지 않고 무시했다. 그런데 이제 까시로부터의 마법을 건 사람이 다름 아닌 왕녀일지도 모른다는 사실을 그가 알기 시작했다.

자기 생각에 너무 골몰한 나머지 그는 서시켈러가 방을 나가는 것도 알지 못했다. 그는 음식에 마법이 걸려 있을 수 있는지 보려고 그릇들을 철저하게 검사했다. 접시에는 튀긴 자고(물고기 이름)가 있고, 사발에는 닭고기 수프가 조금 있었다. 그는 시장기가 조금도 느껴지지 않아 자고에는 손도 댈 수가 없었고, 수프 맛을 보려고 하자 손이 심하게 떨렸다.

"도대체 나한테 어떻게 이런 일이 일어날 수 있지? 우리 가문은 몇 세대 동안이나 왕궁에서 일해 왔는데 어째서 내가 이런 불경스런 일에 휘말릴 수 있는 거지—안 돼—물리쳐야 돼. 왕녀 마마의 사랑에 굴복하지 않겠어. 설사 그게 나한테 끔찍한 결과가 닥친다는 말을 그녀에게 해 둬야 한다는 뜻이라도 말이야. 왕녀 마마에게 말해야겠어. 하지만 난 이 축복받은 땅에서 그런 불명예스러운 짓을 할 수는 없어."

그런데 그때 또 다른 목소리가 그에게 말했다.

"여기서 그녀를 섬기고 그녀가 원하는 것들을 거역하지 못하는 게 바로 넌데, 어떻게 네가 왕녀 마마의 사랑을 거부할 수 있단 말이지?"

그래야 한다거니 안 된다거니 하는 논쟁들로 머릿속이 시끄러웠다. 그의 머릿속은 바로 그런 모든 생각들로 계속 시끄러워 현기증이 날 지경이었다. 수프 그릇을 들여다보자 그를 향해 미소를 지으며 끄덕이는 한 여인의 얼굴이 보였다.

"저거트 정, 난 인간의 정상적인 모든 욕망을 가진, 내가 나를 어쩌지 못하는 여자예요. 내 영혼은 당신의 사랑을 갈망하고 있어요. 젊고 순수한 두 사람의 사랑은 죄가 아니라 축복이에요. 진정한 사랑은 존경의 대상이지요. 우리 두 영혼을 하나로 만들어 주세요!'

그 말을 마치고는 그 이미지는 서서히 사라져 갔다. 저거트 정은 자기의 신경이 극도로 예민해져서 자기의 상상력이 그냥 자기를 놀리고 있다고 생각했다. 그는 심한 두려움으로 심장이 마구 뛰고 감각이 마비되어 명한 상태로 자기 방으로 갔다. 저거트 정은 땅 위에서 일어나는 모든 재난에 직면해서 그것을 극복할 수 있는 남자, 용기 있고 신의를 존중하는 남자였다. 그러나 이번 경우에서처럼 여자들, 사랑과 음모와 기만 같은 것들은 전혀 예기치 못한 재난이었다. 그것은 그의 천성에는 전혀 낯선 것이었다. 일찍이 그런 경험을 해 본 적이 단 한 번도 없었으니까.

해가 지자 그는 더욱더 불안해졌다. 절망에 빠져 밤새 뒤척이다가 새벽녘이 되자 그는 모든 사랑이 완전히 비관적으로 느껴졌다. 그에게 지워진 모든 짐의 무게가 너무 무거워서 그는 누군가에게 털어놓지 않으면 미칠지도 모르겠다고 느껴져서 솜나트를 부르러 사람을 보냈다.

솜나트는 그가 자기를 부르자 상당히 놀랐다.

그도 그럴 것이 저거트 정이 궁정의 최고위 관리가 되고 나서 솜나트는 다소 별 볼일 없는 존재가 되었던 것이다. 기이하게 여긴 그는 선저여로 달려왔다.

"신의 축복이 함께하시고 만수무강하시기를 빕니다."

저거트 정을 만나자 그는 신의 가호를 빌었다. 그는 저거트 정을 보고는 충격을 받았다. 기분이 좋을 때는 성자이고 기분이 나쁠 때는 악마인 남자, 그토록 강한 성격의 소유자인 남자가 짜부라지고 괴로워하며 광채 없는 다이아몬드가 되었다. 그 남자의 시선에 깜짝 놀라 솜나트는 저거트 정이 먼저 입을 열기를 서서 기다렸다.

"어떻게 시작해야 할까요?"

저거트 정이 말을 이었다.

"누군가에게 말을 하고 나야 쉴 수 있을 것 같아서요. 그런데 이 모든 걸 어떻게 말해야 할지. 신이시여, 제 집안에 무슨 일입니까. 전, 지옥에 있는 것만큼이나 비참해요."

"도대체 무슨 일입니까?"

솜나트가 물었다.

저거트 정은 마음을 가라앉히면서 왕녀와 자기에 대한 그녀의 사랑에 대해 말해 주었다. 솜나트는 물론 자기 딸 서시껄러에게서 모든 걸다 들었던 터라 전혀 놀라지 않았다. 그는 저거트 정에게 왕녀가 저거트 정과 결혼하지 못하면 자결하겠다고 맹세했다고 귀띔해 주었다. 그말을 듣자 저거트 정은 더 이상 참을 수가 없어서 그만 식은땀과 분노의 눈물을 흘리고 무력감이 두 눈에 가득 찼다. 상처 입은 짐승처럼 그는 애원하다시피 솜나트에게 도움을 청했다.

"그런데요, 이건 있을 수 없는 일이에요. 불가능한 일이라고요. 그건 망신이에요. 서시껄러가 이걸 다 해명하지 않을 수 없겠지요?"

"왜 아무것도 아닌 일로 자신을 괴롭히십니까? 그건 어쨌든 인간의 본성일 뿐입니다. 사랑, 애정, 연민, 이런 것들은 셀 수도 없이 오래전부터 사회를 이끌어 온 미덕들이에요. 진정한 사랑은 성스러운 것입니다. 힘내세요. 어째서 당신은 사랑을 죄악으로 보는 겁니까? 어째서 영국에서는 연애결혼이 아주 정상적이고 또 법적인 인가와 종교적인 인가를 다 받을까요?"

"하지만 왕녀 마마의 결혼은 이미 정해졌잖아요."

저거트 정이 나직하게 항의했다.

솜나트는 결혼하지 않는 여자는 많은 남자들 중에서 얼마든지 선택할 수 있지만, 최종 선택은 언제나 다른 사람들이 아니라 바로 그녀의 권리여야 한다는 점을 납득시키려고 했다. 그러나 그는 저거트 정을 설득할 수가 없었다. 저거트 정이 자신이 받고 있는 신뢰를 배신하게 될까 봐 두려워했기 때문이다.

"전, 도저히 여기 있을 수가 없어요. 어디론가 떠나야겠어요."

"어떻게 떠나실 수 있겠습니까. 그들이 당신에게 마법을 걸어 놓았는 걸요. 어딜 가든 그곳에 여전히 문제가 있을 겁니다."

"주문이라고. 나한테, 그들이 어떻게 그런 짓을 할 수 있었죠?"

"서시껄러가 가져간 음식이 마법에 걸려 있었어요. 왕녀 마마가 그 음식에 마법을 걸었지요."

저거트 정은 턱 밑이 파래졌다. 그는 담배를 꺼내서는 불을 붙이더니 뻑뻑 빨아 댔다. 잠시 생각하더니 그가 입을 열었다.

"솜나트, 그 주문들을 풀어서 해롭지 않게 만들 무슨 방도가 틀림없이 있겠지요?"

"물론 방도야 있지요. 하지만 그렇게 하면 그 주문을 건 사람은 미쳐 버릴 테고 어쩌면 그녀는 죽을지도 모릅니다. 당신도 미쳐 버릴 수가 있어요."

그리해서 그 아이디어는 거기서 끝났다. 솜나트는 다른 방법으로 그를 안심시키려 하고 있었다. 그는 베다와 푸라나(고대 인도의 힌두교 경전)의 말들을 인용했지만, 그가 뭘 하든 별 소용이 없었다.

다음 날 저거트 정은 사람을 보내 재무장관을 불렀다. 그의 판단을 믿고 있었기 때문이다. 그러나 그는 사랑은 어쨌든 죄악이라는 것을 받아들이기를 거부하면서 왕녀와의 결합이 가져오게 될 재정적인 이익에 초점을 맞추기까지 했다. 그래서 저거트 정은 그의 조언을 받아들이지 않았다. 고통스런 며칠을 보낸 후 저거트 정은 왕실 의사인 꺼비라즈에게 와 달라고 청했다.

"그런데요, 의학에서는 아무 데서도 당신이 사랑에 빠져선 안 된다고 말하지 않습니다. 그러나 대답 없는 짝사랑은 재앙이지요. 까딱하면 미칠 수도 있고 자살할 수도 있어요. 잘해야 걸핏하면 우는 병에 걸리는 정도겠지요."

그는 저거트 정에게, 결혼 당사자들보다는 두 집안의 편의라는 이유로 중매결혼이 성행하는 사회에서조차도 사랑에 빠지는 건 이상한 일이 아니라는 것을 납득시키려고 했다.

저거트 정으로부터 조언을 부탁받은 사람들은 누구라 할 것 없이 모두 왕녀와 결혼해야 한다고 하는 것 같았다.

07

선저여는 늘 왕녀의 관심을 끌어당기는 곳이었고, 그녀의 관심은 온통 한 장소와 그 안에서 일어나는 일에 쏠려 있었다.

그녀의 마음은 선저여에서 살고 있었으며 저거트 정에 대한 열정에 비해서 다른 모든 것들은 부차적인 것이 되어서, 정신적으로나 육체적으로나 다른 어떤 것에도 노력을 기울일 수가 없게 되었다.

왕녀가 자기 때문에 얼마나 괴로워하는지 알아차렸음에도 불구하고 저거트 정은 여전히 침묵을 지켰다. 그는 왕녀의 삶과 행복이 자기에게 달려 있다는 것을 잘 알고 있었지만 자신의 공적이고 사회적인 의무 때문에 그녀에 대한 사랑을 표현하지 못했다.

어느 날 밤 그는 왕녀의 꿈을 꾸었다. 창백하고 수척해진 모습으로 왕녀가 그에게 다가왔다.

"인생은 살아갈 가치가 없어요. 전, 자살할 거예요."

"안 돼요, 안 됩니다. 왕녀 마마를 보호하는 게 저의 임무입니다. 저희는 당신들을 위해 우리 자신의 삶을 희생할 겁니다."

"그렇다면 우리, 우리 사랑의 결실을 맺읍시다."

그러자 그는 그녀 앞에 무릎을 꿇으면서 간청했다.

"그건 우리의 명예를 더럽히는 일입니다. 그건 용서할 수 없는 죄예요."

그 말이 떨어지기가 무섭게 그녀는 그를 피해 크꾸리(곡선으로 된 네팔의 단검)를 뽑더니 자신의 목을 깊이 베었다. 그녀의 목과 입에서 피가 솟아나오면서 그녀는 무너지듯 바닥에 쓰러져서는 격렬하게 경련을 일으켰다.

"사랑이 어떻게 죄가 될 수 있어요?"

그녀는 이렇게 외치더니 곧이어

"저거트 정 살려 주세요. 난, 죽어 가고 있어요."

하면서 의식을 잃었다.

그는 온몸이 땀에 흠뻑 젖은 채 부들부들 떨며 잠에서 깨어났다. 그 꿈은 그에 대한 왕녀의 사랑의 강렬함과 한결같음을 보여 주었다. 그의 마음은 몹시 괴로웠다. 그의 경력과 성실성이 위기에 처해졌으나 다른 한편으로는 그녀의 안녕이 그에게 달려 있기도 했다.

지금의 직위를 맡은 이후로 줄곧 그는 실제 군복무를 요청할 계획을 갖고 있었다.

그는 혼자 힘으로 티베트를 굴복시키는 꿈을 꾸곤 하였다. 그러나 왕녀와의 이 모든 일들 때문에 그의 야망이 끝나 가고 있었다. 군인이 되기 위해 태어나는 이와 같은 나라에서, 그는 군인으로서의 자신의 가치를 증명해 보일 기회가 없을 것이다.

생각이 거기 미치자 그는 몹시 쓰라렸다.

바로 그때 왕궁 쪽을 건너다보다가 한밤중까지 그를 지켜보고 있는 왕녀의 모습이 시야에 들어왔다. 그는 도저히 참을 수가 없었다. 온 세상이 다 잠들어 있고, 내일이 오면 어떻게 될지 분명한데, 그는 잠 못 이루고 괴로워하면서 여기 서 있는 것이었다. 대체로 그는 감정에 쉽게 좌우되지 않지만 이제 모든 것들이 변해 버렸다. 자신의 방조차도 극장이 되어 이제 더 이상은 그에게 은신처가 되어 주지 못했다.

그는 앉아 있기가 힘들었다. 쉬려고 하면 어김없이 생각들이 밀려
와 그를 압도해 버리곤 했던 것이다. 그의 가장 소중한 꿈들이 모두
산산이 부서져 버렸다. 그는 신경을 좀 진정시킬 요량으로 정원으로
나갔다.

초승달이 얇은 구름 뒤로 조용히 떠올라 있었다. 그는 거기 서서 가을
의 부드러운 산들바람을 맞으며 한순간 평온해졌고 그의 아픈 가슴은
아픔이 진정되었다. 그러나 그게 얼마나 갔을까?

그의 가슴에서 불이 다시 한 번 타오르기 시작했다. 자신이 빠져 있는
상황에 대한 생각과 자신이 왕녀가 바라는 대로 감히 사랑하게 된다면
그로 인한 불명예에 대한 생각 때문이었다.

'난, 추방당하고 버림받겠지.'

속으로 생각했다.

바로 그때 벽을 따라 그림자 하나가 스치는 것이 보였다. 그의 심장이

빠르게 뛰기 시작했다. 변장한 왕녀 마마일 거라고 생각한 저거트 정은 어느 나무 뒤에 숨어서 그 그림자가 가까이 오기를 기다렸다. 그 사람 그림자는 가까이 오더니만 땅바닥에 넘어지고 말았다. 다시 일어난 그 림자는 저거트 정을 알아보고는 무슨 말을 하려고 하다가 다시 넘어졌 다. 이번에는 땅 위에 누운 채로 의식을 잃고 말았다.

산에서 내려오는 산들바람이 정원을 통과하며 불어 갔다. 남쪽으로 고요한 밤의 어두운 지평선을 배경으로 왕궁의 실루엣이 보였다. 저거 트 정은 기절해 있는 형상에게로 다가갔다. 그 형상은 왕궁의 하녀이며 댄서인 이스커 빠리였다.

이스커 빠리는 왕궁에서의 삶이 단조롭고 따분하다는 것을 알게 되 었다. 아무리 호화로워도 그녀는 새장 안에 갇힌 새처럼 느껴져서 풀밭 과 개울가를 돌아다니고 저녁이면 로디 거르에서 또래들과 어울릴 수 있었던 고향 마을에서 누렸던 자유를 간절히 그리워했다.

자연의 눈부신 모든 아름다움에 둘러싸여 살던 산의 여인. 새들의 지 저귐과 사향노루들의 질주, 그녀의 삶과 생활 리듬의 전부였던 산악림 의 과일들과 꽃들. 왕궁의 화려함은 주로 엄격하고 판에 박힌 일상적인 일과와 따라야 하는 딱딱한 의전 절차 때문에 아무 의미가 없었다. 그 녀는 자기 고향 마을로 돌아가려고 달아났는데 그만 선저여의 정원으 로 들어오고 만 것이었다.

저거트 정은 그녀의 얼굴에 물을 뿌려 주고 와인을 좀 마시게 했다.

정신이 돌아오자 그녀는 벌벌 떨면서 부끄러워했다. 얼마간은 수치 스러운 그 상황에서 벗어나려는 시도로 그녀는 두서없이

"왕녀 마마께서 저를 보내셨습니다."

라고 말했다.

저거트 정은 그녀의 말을 믿지 않을 이유가 없었고, 그녀가 감히 거

짓으로 왕녀의 이름을 이용했을 거라고 생각하지 않으려고 했다. 마법에 걸린 음식을 먹은 바로 그날부터 왕녀는 그를 마법으로 꼼짝 못하게 했다.

세상이 자기 앞에서 뱅뱅 돌기 시작해서 그는 거의 균형을 유지할 수가 없었다. 자신을 진정시키려고 브랜디를 한입에 쭉 들이켰다. 그것은 마법 같은 효과가 있어서 몇 잔 더 마시자 곧 아주 정상적으로 느껴지기 시작했다. 그는 영혼이 비록 괴로울지라도 그것을 술로 모두 달랠수 있다는 걸 알게 되었다. 그는 약간 신경질적으로 소리 내어 웃었다.

자신의 정원에서 하녀와 둘만 있는 것이 적절치 않다는 것을 깨달았기 때문이다. 그러나 또 한편으로는 그 하녀는 왕녀 자신이 보낸 것이니 어찌해야 좋단 말인가? 이때쯤 이스커 빠리는 정신이 완전히 돌아왔으나 저거트 정은 계속 술만 마시고 있었다.

"하, 이 여자를 이용해서 나에 대한 왕녀의 집착을 끊어 버려야겠어. 내가 이스커 빠리를 사랑하게 되면 왕녀는 날 미워하겠지. 그러면 그녀의 마법의 묘약도 나한테 아무 소용없을 걸."

이스커 빠리는 수줍어하며 그를 바라보았다. 그녀는 이팔청춘 한창 나이였고, 비록 두 뺨이 수치심과 두려움으로 빨갛게 달아오르긴 했으나 두 눈은 궁지에 몰린 가젤의 눈처럼 몹시 흥분해 있었다. 그녀는 감히 그의 얼굴을 똑바로 쳐다보지 못했지만, 매혹적인 커다란 눈으로 그를 슬쩍슬쩍 훔쳐보았다.

그녀의 매력이 그에게 별로 의미가 있는 건 아니었다. 아니면 그가 속으로 생각한 것처럼, 그는 그저 자기를 끌어당기는 왕녀의 매력을 끝내고 싶었다. 그는 이스커 빠리에게 술을 권했으나 그녀는 선뜻 받아들이지 않았다.

"저는 못 마십니다."

하고 그녀가 수줍게 말했다. 그렇게 말하면서 그녀는 풍만한 가슴을 내밀었다. 지금까지는 한 번도 여자의 몸에 손을 대 본 적이 없었지만, 그녀의 움직임이 그를 불타오르게 했다.

그래서 그는 그녀를 꽉 움켜잡고는 그녀의 목에다 브랜디를 들이부었다. 그녀는 저거트 정의 팔에 안겨서 꿈틀거리며 입으로 푸푸 소리를 내더니 순간적으로 도망치며 어느 나무 아래로 달려갔다. 그를 보고 매혹적으로 웃으면서.

달빛 아래서 그녀 몸의 움직임은 그로서는 도저히 감당할 수 없는 버거운 것이었다. 해서 마치 발정이 난 짐승처럼 목에 뭐가 걸린 듯 웃으며 그녀를 뒤에서 끌어안았다.

그가 술에 취했다고 생각한 그녀는 그의 팔에 안겨 춤을 추기 시작했다.

"자, 어서! 이스커 빠리, 춤을 춰서 날 즐겁게 해 줘 봐. 다른 모든 사람들처럼 나도 내 슬픔을 달래게 해 줘."

무용수인 그녀는 저거트 정 앞에서 엉덩이를 매혹적으로 살랑거리며 관능적으로 흔들었다. 남자의 몸이 주는 즐거움이나 알코올의 맛이 그녀에게 새로운 건 아니다. 그러나 왕궁에서의 생활은 그녀에게서 그런 즐거움을 박탈해 버렸다. 술 때문에 몸이 달아오른 그녀의 춤은 그가 완전히 술에 취해 고래고래 소리 지르며 그녀를 격려해 줄 때까지 점점 더 에로틱해졌다. 마침내 그녀는 그의 발밑에 쓰러졌다.

"이스커 빠리, 널 데려가 줄게. 날 파멸시켜 줘. 죄악의 밑바닥까지 보여 줘."

그는 신음하며 말을 이었다.

"내 인격을 영원히 망쳐 줘!"

그러면서 그는 혼란스러운 감정으로 자기의 옷과 신성한 실끈들을 찢었다.

　그러는 내내 그녀에게 자기 옷을 벗겨 달라고 사정하면서, 열에 들뜬 손으로 그녀의 매혹적인 몸을 움켜잡고 있었다. 그러더니 그는 헛소리를 하면서 의식을 잃었고, 그가 그러는 동안 내내 이스커 빠리는 거기 누워 있었다. 꼼짝도 않고, 기다리면서…….

08

사랑에 굶주리고 환멸을 느낀 왕녀는 자리에 눕고 말았다. 그녀에게 위안이 되고 힘을 내게 해 줄 수 있는 것은 아무것도 없었다. 치료해 보려고 온갖 방법을 다 써 보았으나 속수무책으로 그녀는 뼈만 앙상하게 남았다.

헌신적인 왕녀의 부모들에게 이건 그야말로 심각한 근심거리였으므로, 왕은 영국 공사관에서 의사를 데려오라고 종용했다. 하지만 왕비는 너무 보수적이어서 백인이 지어 준 약을 복용하면 자기 딸이 오염돼서 카스트와 종교적 무구함을 잃게 될 거라고 믿었다. 왕비는 주술사들을 데려오고 싶어 했다. 그러나 여러 번 시도했으나 실패한 것을 본 왕은 아유르베다 현자들조차도 믿지 못하게 되었다. 왕비는 딸이 마법에 걸려 있다고 주장하기 시작했다. 그들이 한창 입씨름하고 있는데 저거트정이 들어왔다.

빛나는 카리스마는 온데간데없이 그는 완전히 딴사람 같았다. 그가 이렇게 된 것은 왕녀가 그에게 주문을 걸었기 때문이라는 소문이 돌고 있었다. 그는 심지어 타파털리에 있는 자기 아버지 집이 더럽고 오염되었다며, 마노하라라 불리는 9층짜리 자기 집에 틀어박혀, 여기서 며칠,

선저여에서 며칠을 보내고 있었다.

무슨 짓을 해 봐도 왕녀에 대한 열망은 식을 줄을 몰랐다. 이스커 빠리의 노련한 기술 덕분에 그는 이제 섹스에 대한 욕망이 더욱 커졌다. 이스커 빠리의 따뜻함과 생명력은 그저 왕녀에 대한 갈증만 더 키웠을 뿐이다. 그의 순결함은 사라지고, 솜나트의 학구적인 논쟁에 대해서는 완고함을 유지하던 강철 같은 의지도 한 무희의 육체적 매력 앞에서는 굴복하고 말았다.

저거트 정은 자신이 알고 있는 사랑의 지식을 왕녀와 함께 나누고 싶었으나, 그에게 왕녀는 신기루 같았다. 왕녀의 부모님에 의해 이미 혼인이 정해진 도달할 수 없는 신기루. 저거트 정은 술독에 빠져 슬픔을 잊는 것 외엔 기댈 것이 없었다. 그래서 그는 완전히 딴사람이 되었고, 술에 취해 울기나 하고 병들어 죽어 가는 연인이 되었던 것이다. 국왕 부부를 보자 그는 불행한 표정을 감추며 절을 했다.

"자네 부친은 어디 계신가?"

왕이 물었다.

"폐하, 아버님은 나끔에 있는 군수공장에서 분주합니다. 저희는 티베트에 주둔해 있는 군대로부터 방수되지 않는 무기들에 대한 불만사항들을 보고받았습니다. 저의 부친을 비롯해서 모두가 왕녀 마마의 건강 상태에 대해 걱정하고 있습니다."

국왕 부부는 동시에 입을 열어 딸의 병에 대해 그리고 어떻게 그녀를 치료할 수 있는 게 아무것도 없을 수 있는지 이야기하기 시작했다. 그러나 어쩌면 그가 그들보다 더 잘 이해했을 것이다. 그가 거기 서 있는 동안 그녀의 입가에 맴도는 희미한 미소의 진짜 의미는 오직 그만이 알고 있었으니까. 그는 그녀를 행복하게 해 주었다. 비록 불편한 행복이긴 하지만, 그래도 행복하기는 했다.

"내 생각엔 앤 마법에 걸렸다니까요."

왕비가 말했다.

그녀의 말을 무시하면서 왕은 영국 의사가 와서 딸을 진찰했으면 좋겠다는 강한 뜻을 한 번 더 피력했다. 왕은 초자연적인 수단으로 몸의 병을 치료하는 방법들을 전혀 신뢰할 수가 없었다. 부모들 사이에 다시 한 번 언쟁이 시작되고, 왕녀가 절망스런 눈으로 그들을 바라보자, 이번에는 왕녀의 시녀들이 소리 내어 울기 시작하는 게 아닌가. 자기의 병이 뭔지 부모님들이 이해할 수만 있다면 치료는 아주 간단할 텐데─ 그녀는 한숨을 내쉬었다.

"수상은 두 분 폐하께서 걱정하지 마십사고 간청합니다. 저희는 결국 우리의 약들이 효과를 볼 것이라고 생각합니다. 요즘엔 아유르베다 약들이 아주 좋아서 저희는 이 약들을 투여하려고 합니다. 왕녀 마마께서는 괜찮아지실 겁니다. 두 분 폐하께서는 너무 걱정하시면 안 되시옵니다."

왕은 하는 수 없어 왕비의 주장과 수상의 위안을 받아들여야 하긴 했으나, 그렇다고 해서 불안이 가시진 않았다.

"저 애의 맥박이 짚이지도 않는단 말이다."

왕이 딸의 손을 잡으며 신경질적으로 말했다.

저거트 정이 좋아하는 두 가지 취미가 있었다. 하나는 사냥이고, 또 하나는 아유르베다 의학을 정리 편찬하고 약을 직접 실험해 보는 것이었다. 그의 업무가 하도 과중해서 시간을 거의 낼 수 없었음에도 자신의 취미에 대해 그가 얼마나 열정을 갖고 있는지는 모두가 알고 있는 사실이었다. 그걸 잘 알고 있는 터라, 왕비는 왕녀를 좀 살펴보라고 그를 종용했다.

"저거트 정, 그대가 맥박 좀 재 보게."

왕비가 말했다.

침대로 다가가면서 저거트 정이 말했다.

"왕녀 마마, 손을 제게 주시겠습니까?"

"괜찮아. 난, 아무 문제없어."

하며 왕녀는 손을 등 뒤로 감추고 눈을 감았다. 두 눈을 감아도 그를 볼 수 있었다. 저거트 정은 무지개 색깔의 찬란한 빛에 완전히 둘러싸여서 마치 그녀를 껴안기라도 할 듯 서 있었다. 왕녀의 심장이 마구 뛰었다. 한편 왕비는 초조해졌다.

"너무 수줍어하지 말고, 제발 예의 바르게 행동해라. 어쨌든 저거트 정은 의사와 다름없고 넌 그의 약이 필요하니, 저거트 정이 너의 맥을 짚어 보게 하렴."

왕비는 딸의 손을 낚아채서는 저거트 정의 손에 넘겨주었다.

그건 여느 의사가 손을 잡는 것과는 전혀 다른 느낌이었으며, 그 역시 그저 여느 환자의 손을 잡고 있는 것처럼 느껴지지는 않았다. 그들은 이 첫 번째 신체 접촉에서 말 그대로 달아오르고 가슴이 울렁거렸다. 지금까지 근심에 싸여 광채라곤 없던 왕녀의 얼굴이 갑자기 확 달라졌다. 그러고는 둘의 눈이 마주치자, 둘 다 강렬한 감정에 빠져 버렸다.

저거트 정은 왕녀의 맥을 짚고, 혀와 눈을 검사했다. 왕녀의 눈 속에서 그는 그 모든 것을 보았다, 간절한 바람과 절망을. 그 눈 속에 자신의 모든 간절한 바람의 열쇠가 들어 있었다. 이윽고 저거트 정이 의견을 말했다.

"신체적으로는 왕녀 마마께서 아무런 문제도 없는 것 같습니다."

"제가 그렇게 말했잖아요. 저 앤 마법에 걸렸다고요."

왕비가 토를 달았고, 저거트 정과 거기 있던 모든 사람들, 심지어는 왕까지도 이 말에 동의할 수밖에 없었다.

그래서 그에 적합한 모든 신들이 달래졌고, 수없이 많은 탄트라 기도와 더불어 수없이 많은 봉헌이 이루어졌다. 그러나 그 어느 것도 왕녀의 상태를 호전시키지는 못했다. 날이 가고 달이 가고, 그렇게 몇 달이 흘러갔다.

09

왕과 두 왕비가 왕녀의 침실에 들어왔다. 왕녀는 거기 누워, 온갖 돌팔이 의사들에 둘러싸여 앓고 있었다. 점성술사들, 주술사들, 탄트라 점쟁이들 그리고 마법사들이 모두 거기 모여 진찰을 한다고 한꺼번에 시끌벅적 떠들어 대고 있었다. 결국 그들은 왕녀는 육체적으로는 아무 병이 없다고 이구동성으로 단언했다. 그들은 이건 마음의 병으로, 심한 우울증의 하나라고 주장했다. 그녀에게는 자신을 괴롭히는 정신적 고통을 극복할 만한 강한 정신력이 없었고, 그래서 그녀 자신의 갈망들, 즉 그녀의 영혼과 몸을 갉아먹고 있는 바로 그 갈망들을 따를 자유가 주어져야만 했다. 이것만이 완전히 치료할 수 있는 유일한 방법이었다.

그 소식을 듣자 정 바하두르와 저거트 정은 전문가들의 의견을 듣기 위해 서둘러 궁으로 갔다. 정 바하두르가 왕녀의 침대로 다가갔다.

"제발 걱정하지 마세요, 왕녀 마마. 왕녀 마마께서 이러시는 걸 보니 저희들 모두가 괴롭습니다. 영국인 의사조차도 이건 단순히 왕녀 마마를 갉아먹는 신경성 우울증이라고 하고 또 특히 솜나트와 꺼비라즈도 이 문제에 대해서는 완전히 의견이 일치하고 있습니다. 마마, 무엇 때문에 수척해지셨는지 저희에게 말씀해 주십시오!"

아무런 말이 없었다.

"전쟁 때문에 두려우십니까, 마마? 제발, 걱정하지 마십시오. 저희는 곧 전쟁에서 이길 겁니다. 지금도 우리 군대는 모든 도시와 마을들을 점령하고 있습니다. 디르 섬세르 장군은 노익장을 과시하며 원기 왕성해서 모든 것을 계획에 따라 수행하고 있습니다. 자자, 너무 겁먹지 마세요."

분노가 속에서 치밀어 올랐다. 그녀는 오직 대담하게 그들에게 사실을 말하고 싶을 뿐이었다. 왕녀는 비명 지르고 그들에게 소리치고 싶었다. 자기는 티베트에서의 전쟁은 전혀 개의치 않는다고, 자기가 원하는 것은 저거트 정이 전부라고 그들에게 말하고 싶었다. 그녀는 무력감을 주체할 수가 없었다. 두 눈에 눈물이 가득 고이더니 흐느껴 울기 시작했다.

"자, 자, 왜 우세요? 설마 낙담하신 건 아니시지요? 귀신이라도 보셨나요?"

울음이 그치지 않았다.

"이 궁에서는 귀신이 아무도 해치지 못합니다."

하녀 하나가 자진해서 나서며 말했다.

"당연히 못하지. 내가 여기 붙어 있는 귀신을 쫓아내기 위해 모든 걸 다 했단다."

하고 왕비가 덧붙여 말했다.

"마마께옵서는 마마의 위대하신 할머님이신 라젠드러 럭치미 마마처럼 반드시 잘 해결하실 겁니다."

정 바하두르가 말했다.

"그분의 일대기를 들어 보신 적 없으십니까? 그리고 그분의 용기와 철이 어떻게 네팔의 운명을 구했는지도요?"

"왕녀는 들은 적이 없소."

왕이 말했다.

"그래서 들어야 돼요. 그 얘기를 들으면 지금의 위기를 이겨 내야겠다고 결심할 만큼 마음이 단단해질 거요. 왕녀 마마에게 그 이야기를 들려주시오, 정 바하두르."

그러나 그 집안의 타고난 이야기꾼은 저거트 정이었다. 그래서 다행스럽게도 그의 아버지가 라나 바하두르 샤 국왕의 어머니이신 라젠드러 럭치미의 이야기를 들려주라고 그에게 명령했다.

"왕께서 아직 어리실 때 대비께서 섭정으로서 다스리셨는데 그 상황을 이용해서 작은 영지의 왕들이 모두 고르까를 공격했습니다. 라젠드러 럭치미 대비마마께서는 조금도 동요하지 않으시고 전쟁터에 군대를 보내 모반자들을 모든 전선에서 물리치셨습니다. 그리하여 그분은 반란을 일으킨 이 나라들을 네팔에 합병시키셔서, 그분의 치세 9년 동안 네팔의 영토와 특권이 강화되었습니다."

이쯤에서 정 바하두르는 왕녀에게 그런 불굴의 정신의 후예는 사소한 감정적 고통에 낙담해선 안 된다는 것을 일깨워 주는 게 적절하겠다고 생각했다.

그런데 자기의 용감한 조상에 대한 생각 때문인지 아니면 자신의 갈망의 대상인 저거트 정이 마침 와 있다는 사실 때문인지, 왕녀는 침대에서 일어나 앉기 시작했다.

"왕녀 마마께서는 변화를 위해 멀리 떠나서야 됩니다. 기후를 바꿔보는 것이 공주마마께 많은 도움이 될 테고 걱정거리들이 모두 금방 사라질 겁니다."

하고 정 바하두르가 제안했다.

"저 애를 쉬염부나트로 보냅시다."

왕비와 왕이 합의하며 고개를 끄덕였다.

쉬염부나트 스투파(카트만두에 있는 네팔 최고의 사원으로, 유네스코가 지정한 세계문화유산 중 하나다. 쉬염부나트는 '스스로 존재함'이라는 뜻이라고 하며 석가모니가 카필라성을 떠나 명상처를 찾다가 들른 곳이라는 전설이 내려온다. 라마 불교신자들의 숭배지이며 성지이다)는 작은 언덕의 꼭대기에 있어서 카트만두 계곡 전체가 한눈에 내려다보인다. 탑의 황금빛 정상이 반짝반짝 빛나는 하얀 돔 꼭대기에서 햇빛 속에 희미하게 빛나고, 정상의 동서남북 사면에는 각각 부처의 눈(만물을 꿰뚫어 보는 부처의 눈으로, 법안이라고도 한다)이 그려져 있어 계곡과 기도 드리러 올라가는 탄원자들을 내려다보고 있다. 계곡 사람들은 대개 쉬염부나트까지 걸어 올라간다. 그것은 순례의 하나이지만, 왕녀는 걷지 않는 법이므로 그녀는 가마를 타고서 탑 바로 밑에 그녀를 위해 마련된 게스트 하우스까지 올라갔다. 게스트 하우스까지 그녀를 가마에 태워 갈 수가 없어서 부득이 아주 조금은 걸어갈 수밖에 없었기 때문이다.

어느 날 그녀가 그곳을 방문하자, 사원 전체에 비상막이 둘러쳐졌다. 계곡에 있는 어느 사원이든 왕족이 방문하면 늘 그러하듯 모습이 공개되지 않게 하려는 것이었다.

왕녀 마마를 세심하게 호위하는 저거트 정은 그녀가 탄 가마 바로 곁에서 여행 내내 한 손으로 가마를 받치며 걸어갔다.

왕궁에서 어느 정도 떠나오자, 왕녀는 그에게만 들릴 정도로 낮은 목소리로 그에 대한 자기의 느낌을 표현하기 시작했다. 그러다 보니 잠깐 사이에 사원에 도착한 것 같았다. 하녀들과 하인들은 기도를 드리기 위해 왕녀의 뒤를 따라 사원까지 달려갔으며, 종소리는 쉼 없이 울리고 지저귀는 새들의 소리에 섞여 점점 크게 들려왔다.

쉬염부나트 언덕은 무성한 푸른 풀들로 덮여 있었다. 멀리서 보니 언덕은 초록 옷을 입은 신부였다. 가지각색의 야생화들은 그녀의 목과 이마에 두른 보석 같았다. 8월이어서 모든 것이 밝고 활짝 피어났다. 하늘은 깨끗하고 푸르렀으며 굼뜬 구름 한둘이 이따금씩 흘러가곤 했다. 태양은 하늘 높이 걸려 떠 있고, 근처의 숲은 태양의 열기에 맞서 매혹적이며 시원했다. 잠시 후 왕녀는 한 떼의 원숭이들을 좇아 시원한 숲으로 들어갔다. 보디가드인 저거트 정이 그녀 뒤를 바싹 좇았다.

그들은 함께 초록빛 어둠 속으로 사라졌다.

10

왕녀는 쉬염부나트에서 돌아와 관례대로 가족들에게 여신에게서 축복받은 제물들을 가족들에게 나눠 주었다.

그들 입장에서는, 그녀의 부모들은 딸이 놀랄 만큼 아주 달라진 모습을 보고는 놀라며 즐거워했다.

"어떤 복을 달라고 여신께 청했니?"

하고 그들이 물었다. 그러나 그녀는 대답하지 않았다. 그녀가 원하는 건 오직 저거트뿐이었고 그와 결혼하게 해 달라고 기도했었다.

그녀는 그저 미소만 지으며 왕비 옆에 앉았다.

딸의 얼굴에 만족감과 행복감이 가득한 것을 보고는 왕비는 자신의 젊은 시절이 그리워졌다. 특히 그녀는 국왕 수렌드러와의 결혼이 공식 발표되던 날과 그 뒤에 이어진 수많은 사원 방문들이 생각났다.

"넌, 틀림없이 비르 섬세르를 위해 기도했겠지?"

왕비가 말했다. 그러나 비르라는 이름이 왕녀의 귀에 청천벽력처럼 와 닿았다. 순간 왕녀의 얼굴에서는 빛이 사라졌다. 그녀는 왕비에게 모든 것을 다 털어놓고 싶었으나 두려웠다. 그래서 화제를 바꿨다.

"아바마마. 우리의 궁정장, 저거트 정 대령이 부당한 대우를 받고 있

다고 불평했어요."

"누가 그랬다고, 저거트 정이?"

"네."

"우리가 그 사람한테 뭘 어쨌는데?"

사실은 저거트 정은 불평한 적이 없었다. 그러나 왕녀의 두 오빠, 트러이룩껴와 너렌드러가 왕에게 어떤 문제들을 꺼내 놓으라고 왕녀를 부추겼다. 이 두 왕자는 저거트 정이 정 바하두르의 뒤를 이어 다음 번 총리가 되도록 계획을 세우고 있었으며 누이동생이 자기들의 계획에 합류하게 만들었다. 그 상황에 그들이 함께 있는 유일한 목적은 누이가 왕에게 탄원할 때 그녀를 지원하려는 것이었다. 일단 말을 꺼내고 나자 왕녀는 계속하지 않을 수가 없었다.

"정 바하두르 총리는 아들들이 아닌 자기 형제들 가운데에서 후계자를 선택하려고 해요. 그래서 저거트 정은 이건 자기들의 세습권에 대한 위반이라고 생각합니다."

"대체 무슨 말을 하고 있는 게냐?"

왕비가 물었다.

"우리의 법에서는."

트러이록껴가 말했다.

"장자가 언제나 아버지의 왕위를 물려받습니다. 마찬가지로 저거트 정도 총리 지위를 자기가 물려받아야 한다고 생각하는 겁니다."

"부당한 것은 자기의 아들들을 무시한다는 겁니다."

라고 너렌드러가 덧붙여 말했다.

"네, 사실입니다."

형이 합세하며 말을 이었다.

"그의 요구는 아주 정당합니다."

총리의 직무는 언제나 분쟁의 원인이었다. 국왕 자신이 총리를 선택했더라면 유혈이 낭자했을 것이다. 그래서 저거트 정이 자기 딸에게 그런 다루기 힘든 주제를 꺼내는 건 국왕이 가장 원치 않는 일이었다.

"저거트 정이 우리 딸에게 그런 주제를 끄집어낼 권리는 없지."

국왕은 노발대발하면서 저거트 정을 부르러 사람을 보냈다.

저거트 정이 자기 앞에 나타나자, 왕이 물었다.

"대체 어쩌자고 이런 문제를 왕녀에게 끄집어내는 건가? 자네 부친이 이 말을 들으면 어떻게 생각하겠는가? 다른 사람들이 이 일을 알게 되면 몹시 불쾌할 수도 있어."

저거트 정은 왕이 무슨 이야기를 하는지 거의 알아들을 수가 없었다.

그의 마음과 가슴은 온통 왕녀에게만 가 있는 터라, 왕이 자기들의 연애 사건을 알았구나 싶어 속으로 벌벌 떨었다. 그는 절망적으로 말했다.

"저의 실수를 인정합니다, 폐하."

그의 시선이 흔들리는 것을 보고는 왕녀가 미소를 보여 줌으로써 그를 격려하려고 했으나, 그는 왕녀를 볼 수조차 없이 이마의 구슬땀을 닦기 시작했다.

두 왕자는 그가 이렇게 두려워하는 것을 보고는 깜짝 놀랐고 그의 마음속에서 무슨 일이 일어나고 있는지 이해할 수가 없었다. 하지만 저거트 정이 사죄하자 왕은 그 문제는 그쯤에서 끝내기로 마음먹었다.

방 안에는 숨소리 하나 들리지 않았다. 사태를 수습해 볼 요량으로 트러이록겨가 끼어들어 저거트 정에게 티베트 전쟁 소식을 자기들에게 말해 달라고 부탁했고, 전선이 어떻게 되어 가고 있는지 알고 싶은 국왕도 저거트 정에게 보고를 하라며 다독거렸다.

쭈뼛거리며 저거트 정은 주머니에서 편지 한 장을 꺼냈다. 그것은 비르 섬세르 장군에게서 온 개인적인 편지였지만, 혼란스러워진 저거트 정은 왕족들 앞에서 그것을 전부 읽어 내려갔다.

존경하는 형님.

전쟁은 우리에게 이롭게 진행되고 있고 우리는 까시를 점령할 목적으로 꾸티를 향해 전진하고 있습니다. 우리는 티베트 군이 범 바하두르 장군에 맞서 반격을 개시하려는 시도로 쭝가에 군대를 집결시키고 있다는 보고를 받았습니다.

믿을 만한 소식통에 의하면, 중국인들이 도시 방어를 지원하기 위해 군대를 보내고 있다고 합니다. 그들이 그러는 동안 우리 군대들은 라사로 진격할 겁니다. 군대에는 무기와 탄약을 포획하라는 명령이 내려졌습니다. 시까르쫑 언덕의 가죽 대포 두 문을 포함해서 말입니다.

왕녀 마마와 결혼할 특권을 가지게 되었다는 말을 형님도 틀림없이 들으셨겠지요. 우리 가족 전체에게 몹시 자랑스러운 일이어서 어떻게 감사의 말씀을 표현해야 할지 모르겠습니다. 왕비 마마께서 이곳 마하데우 사원에서 열린 등불 축제에 참석하실 예정입니다. 형님께 부탁인데, 길이 몹시 위험하니 여행하시는 동안 왕녀 마마와 동행해 주십시오. 형님이 책임지고 그분을 안전하게 모셔 주십사 하는 게 저의 바람입니다.

충성스러운 동생
비르 올림

11

"부부(유모)."

왕녀는 나른한 목소리로 유모를 불렀다.

"얼른 유모, 늦겠어."

희미한 오렌지빛 여명이 벌써 동쪽 지평선 위로 나타났고, 공기 중에는 낯선 고요함이 있었다. 수정 샹들리에서 나오는 빛이 방 안을 호박빛으로 감쌌다. 대기실에서 늙은 유모 딜버하르는 자신의 아침 기도를 단조롭게 영창하고 있었다.

안에서 부르는 소리에 그녀는 깜짝 놀라 손마디가 굵어 거칠어진 손으로 헝클어진 회색 머리칼과 주름지고 질긴 가죽 같은 뽀로통한 얼굴을 매만지며 달려갔다.

이가 없는 그녀는 어울리지 않게 어린애처럼 잇몸으로 숨을 삼키면서 발을 끌며 방으로 들어왔다.

"흠, 마마 불도 안 끄고 주무셨군요."

그녀는 방 안에서 어슬렁거리며 단조로운 영창을 다시 시작했다. 그녀가 맡은 귀한 어린애(왕녀)는 그녀를 무시하며 환하게 밝은 방에서 그냥 하품만 했다.

날이 밝았다. 새벽의 찬란함이 샹들리에가 던지는 빛과 합쳐져서 방에 뜻밖의 광채를 주었다.

"세상에, 웬일로 마마께서 이렇게 일찍 일어나셨대요?"

부부가 찬송가를 부르다 말고 웅얼거리며 물었다. 왕녀는 그저 혼자 미소만 지으며 게으른 고양이처럼 침대 위에서 아주 기분 좋게 기지개를 켰다.

그녀의 갑작스러운 행동이 늙은 유모를 당황스럽게 만들었지만, 노파는 왕녀가 내일의 감미로운 기대로 날밤을 새웠다는 것을 전혀 모르고 있었다.

이날은 그 어떤 날보다도 특별한 날이었다. 그녀가 긴 여행을 떠날 거라고 예고된 날이기 때문이다. 그것도 그녀가 좋아하는 저거트 정 외에는 다른 누구도 동행하지 않고. 그녀의 미소에는 저거트 정과 함께 떠나는 여행에 대한 기대와 불안이 동시에 내포되어 있었다. 그 무엇도 이번 기회의 행복을 망치는 것은 원치 않으니까.

그 늙은 쪼그랑 할멈이 말했다.

"음, 그 개구쟁이 같은 미소는 뭐죠? 떠나시려면 아직 멀었는데."

"아, 아니야. 부부 벌써 늦었어. 길이 너무 나빠서 될 수 있는 대로 일찍 떠나야 돼."

사실, 동쪽 구릉지에는 도로가 전혀 없었다. 그들의 목적지인 마하데브 사원까지는 도로라기보다는 그저 사람들이 지나다니며 밟아서 생긴 좁은 길이 있을 뿐이었다. 비가 많이 온 관계로 비좁은 오솔길은 미끄럽고 발이 푹푹 빠질 정도로 질척거려서 다른 왕족들은 모두 다 여행을 취소했다.

하지만 그 사원에서 열리는 의식은 특별히 왕녀를 위한 것이었으므로 그녀는 반드시 참석해야만 했다. 그래서 그녀는 그날 아침 저거트

정 대령 휘하 소대의 호위를 받으며 떠나기로 되어 있었던 것이다. 그
녀가 빨리 가고 싶어 안달하는 건 그와 더 많은 시간을 보낼 수 있기 때
문이었다.

그때쯤, 하녀들은 벌써 방에 들어와 분주하게 출발 준비를 하고 있었
지만, 그녀는 그들에게 주의를 기울이지 않았다. 그녀는 자기가 입을
사리와 장신구들을 고르느라 여념이 없었다. 최고로 멋있게 보이기 위
해서라면 뭐든 다 할 생각이었다. 드레스 룸으로 들어간 그녀는 자신에
게 대단한 모험이 될 이번 여행을 위해 혼자서 준비하기 시작했다.

그녀의 몸은 작지만 탄탄하고 균형이 잘 잡혀 있었다. 단단한 엉덩이
와 가는 허리에서부터 쭉 뻗은 허벅지는 날씬하고 비단결 같았다. 오팔
빛 피부가 이른 아침의 햇살 속에서 빛났다. 거울 앞에 서서 그녀는 자
기 배를 톡톡 치더니 작고 예쁜 가슴을 내밀었다.

그런 다음 머리에서 핀을 빼니 부드럽고 윤기 흐르는 머리가 검은 폭

포처럼 어깨 위로 쏟아져 내려왔다. 머리를 빗질하기 시작하더니 다시 머리 가름을 지고는 장미 향수를 뿌린 욕조 안으로 들어갔다. 여느 때 같으면 적어도 일곱 명의 하녀들이 일곱 개의 성스런 강에서 길어온 물을 제각기 부어 주며 그녀가 오늘 아침의 의식 절차를 거행하는 것을 거들었을 것이다.

그들은 비슈누 신의 이름을 나지막이 부르며, 자신들의 여왕을 정화하기 위해 그렇게 하곤 했다. 하지만 이날 아침 그녀는 하녀들과 성스런 물을 무시하고서 장미 향수를 뿌린 물속으로 들어갔다 바로 나왔다. 드레스 룸 밖에서 하녀 하나가 성스런 물에서 목욕하지 않았음을 일깨워 주었지만, 그런 간청은 소 귀에 경 읽기였다.

"뭐, 사악한 시대가 닥쳐온 건지!"

하며 여인네가 못마땅한 듯이 말했다.

"왕궁에서 경건함이 사라지면 현자들이 말합니다. 우리에게 저주가 내려 대홍수가 온 땅과 온 하늘을 덮칠 거라고요!"

그러나 왕녀는 옛사람들의 이 불길한 예언에 그저 콧방귀를 뀌며 수건으로 물기를 닦았다. 그녀가 나오자 시녀들이 향유로 몸을 마사지해 주었다.

그녀는 장미 꽃물에 젖은 머리가 아직 채 마르지 않았는데도 옷을 입고는 거울 앞에 앉아 시녀들이 머리를 꽃으로 장식해 주기를 기다렸다. 한편 다른 손들은 그녀의 사리에 금별과 은별을 박음질하느라 바빴다. 화장을 하고 난 그녀는 거울을 자세히 들여다보며 자신의 아름다움에 탄복했다.

귀에서는 다이아몬드들이 반짝반짝 빛나고, 머리와 코와 치아는 진주처럼 눈이 부셨다. 그녀는 자신의 모습이 마음에 들어서 늙은 부부를 불러 자기를 칭찬해 달라고 했다. 눈이 상당히 높은 노파도 그녀의 아름다움에 감탄을 금치 못했다. 다른 하녀들은 왕녀를 둘러싸고서는 찬사를 아끼지 않으며 그녀가 어떤 사랑의 여신과 경쟁을 해도 뒤지지 않는다고 자신감을 가득 채워 주었다.

하늘에는 태양빛이 가득했고 먼 산봉우리들은 황금빛으로 이글거렸다. 그들 모두가 일어서서 자기들의 여주인의 아름다움과 조국의 아름다움을 동시에 찬탄하고 있을 때였다.

누군가가 복도를 황급히 달려오는 소리가 들리더니 서시껄러가 문을 벌컥 열고 들어왔다. 그녀는 왕녀를 위한 특별 뉴스에 눈을 반짝반짝 빛내며 숨도 쉬지 못했다. 다른 하녀들 앞에서는 소식을 전할 수가 없어서 그녀는 킬킬 웃으며 쓰러졌다.

"무슨 소식 있니?"

왕녀는 자기들만 아는 비밀 암호로 물었다. 그러자 서시껄러는 같은 암호로 저거트 정이 아래에서 기다리고 있다고 대답했다.

왕녀도 아래 안마당에서 그렇게 시끄러운 것이 저거트 정이 도착해서일 거라고 나름 추측하고 있던 참이었다. 그녀는 지금 드디어 자기가 사모하는 저거트 정과 함께 여행을 떠날 시간이 되자 기뻐 어쩔 줄 몰랐다.

부부는 킬킬거리고 암호로 주고받는 것에 짜증이 나서 서시껄러를 호되게 질책했다.

"그 웃음은 다 뭔가요? 왕녀 마마께서는 성스런 물에 목욕하실 시간도 없을 만큼 초조하시니 웃을 일이 전혀 없을 텐데. 사람이 죄와 사악함을 잊으면 좋겠지요."

"죄이거나 죄가 아니거나!"

서시껄러는 다시 한 번 비밀 암호로 문장을 끝내며 쓰러져서는 킬킬거렸다. 다른 하녀들은 멀찌감치 떨어져서 보고 있고 왕녀는 서시껄러의 말을 못 들은 체했다.

"그래, 그러고 싶다면 죄와 악을 가지고 장난치세요."

딜버하르 부부가 굳은 표정으로 훈계를 했다.

"폐하께서 그 말을 들으시기라도 하면 제가 책임을 져야겠지요."

딜버하르 부부는 레즈비언 성향이 있어서 서시껄러를 어루만지며 쾌락을 느낄 때가 종종 있었다. 그녀에게서 성적 매력을 느꼈던 것이다.

서시껄러는 물론 아무에게도 이런 사실을 밝힌 적은 없었지만 늙은 여인의 질책에 화가 치밀어서 이렇게 대꾸했다.

"당신이 사모하는 사람, 세상에서 가장 용감한 남신이 왕녀 마마님을 호위하기 위해서 아래층에서 기다리고 계시다고. 최고로 아름답고 멋진 모습으로 말이야."

이렇게 말하는 그녀의 목소리에는 야유가 섞여 있었고, 딜버하르 부부를 바라보며 냉소적으로 웃었다.

딜버하르 부부가 당황한 표정을 지으며 물었다.

"누구를 말씀하시는 겁니까. 저거트 정 대령이요?"

"물론이지, 이 늙은 마녀야. 모든 여인들의 가슴을 두근거리게 만드는 남자, 당신이 사모하는 남자, 이 쭈그렁 할멈아, 네팔의 고결한 사랑이고 우리 왕녀 마마님의 연인인."

"닥쳐, 이 바보야."

왕녀는 서시껄러를 꾸짖으면서도 그녀가 마침내 자기의 비밀을 밝혀준 게 내심 흡족해서 그녀에게 살짝 윙크를 보냈다. 드디어 늙은 유모에게도 이해되기 시작했다. 자기가 돌보는 사람이 왜 그렇게도 빨리 떠나지 못해 안달했는지를.

"아, 그러니까 그게 이 야단법석의 이유로군요."

부부가 느릿느릿하게 말했다.

"뭣 때문에 그렇게 흥분하는 거야, 부부?"

왕녀가 물었다.

"마마, 이 마녀한테는 관심 갖지 마세요. 마마와 저거트 정 사이에 뭔가가 있다는 것을 사람들이 알게 된다면 대소동이 일어날 걸요. 형제간에 반목이 생기고 왕녀 마마의 이름은 더럽혀질 겁니다."

부부는 애원하듯 말했다.

"난, 싸울 만한 가치가 있는 유일한 여자잖아."

왕녀는 쾌활하게 말했다.

"개 두 마리는 언제나 고기 한 점을 놓고 싸운답니다."

늙은 여인이 음울하게 말했다.

"저거트 정과 비르 섬세르를 개라고 말하려는 거야?"

서시껄러가 비웃었다.

"부부, 당신은 사람들 욕하는 걸 너무 좋아해."

왕녀가 받아넘겼다.

"알게 되시겠지만 왕녀 마마, 전 경고하는 겁니다. 남자들이란 어떻게 해서든 자기의 욕망을 채우려 든다는 걸요. 어떻게 해서든요."

왕녀는 심장이 잠시 멈추더니 마구 뛰었다. 순간적으로 충격을 받았으나, 잠시 후 그녀의 마음은 아래층에서 기다리고 있을 저거트 정에 대한 생각으로 가득했다.

12

친애하는 더너 언니.

며칠 안에 우리는 마하데브 사원에 갈 건데, 가는 길에 언니 보러 갈 거야. 약속한 대로 그리고 언니가 부탁한 대로 비르 섬세르의 사진을 가져갈게. 언니한테 말하고 싶어 죽을 지경인 소식이 아주 많아. 그게 뭔지 언니는 짐작도 못할 걸. 제발 아무한테도 말하지 말아 줘.

며칠 전에 쉬염부나트(카트만두 시내에 있는 라마교 사원으로 원숭이가 많이 산다고 해서 속칭 원숭이 사원이라고도 불린다. 세계문화유산에 등재되어 있다)에 갔었어. 원숭이들을 쫓다가 우연히 숲 속으로 들어가게 됐거든.

언니도 아는 바로 그 남자가 내 뒤에서 바싹 따라오고 있었어. 난 너무 부끄러운데 그 사람은 숲 한복판에까지 나를 따라오고 있는 거야. 내가 어쨌을지 상상할 수 있겠어? 심장이 입으로 튀어나올 지경이어서 난 있는 용기 없는 용기 다 쥐어짜서는 그 사람에게 화를 내며 말했지. 왜 언제나 내 주위에서 따라다니느냐고.

"당신을 보호하기 위해서입니다." 라고 그가 말하잖아.

"난, 누구도 나한테 손대지 못하게 할 거예요."

내가 단호하게 말했더니 그 사람이 이러는 거야.

"마마, 저는 왕녀 마마께 손댈 필요가 없습니다. 그러나 왕녀 마마의 마음만 제게 주신다면 전 온 세상을 다 얻게 될 겁니다."

세상에! 말도 잘하지! 난 그 사람이 무슨 말을 하건 상관없는 척하려고 했지만 그를 보고는 미소 짓지 않을 수가 없었어. 그 사람은 아무 말 하지 않고 내 곁에 바싹 붙어 서서 웃기만 하는 거야.

그 장소에서 그 사람이 내게 그토록 가까이 있다는 것이, 그것도 오직 우리 둘만 있다는 것이 내겐 뭐라 형언할 수 없는 느낌이었어. 그건 마치 내가 감정에 압도되고 그것과 싸울 힘이 나한테는 없는 것 같았어.

그래서 그 느낌에 꽉 잡혀서 온몸에 힘이 빠지는 것 같더니 그만 주저앉고 말았지. 내가 미쳐 가고 있다고 생각하지? 아무튼 그 후에 무슨 일이 있었는지는 만나서 다 얘기해 줄게.

사랑하는 동생
왕녀

편지가 더너에게 도착한 건 그들이 방문하기 며칠 전이었다. 더너는 저거트에 대한 왕녀의 느낌이 어떤 건지 잘 알고 있었다. 둘이는 벌써 자기들끼리 더너가 사촌 대신 비르 섬세르와 결혼해야 한다고 정해 놓고 있었기 때문이다. 그런 이유로 비르 섬세르의 사진을 부탁했던 것이다.

그녀가 자기 신랑이 될 사람에 대해 꿈꾸고 싶은 기분이 드는 건 지극히 정상이다. 설사 그 자신은 그런 사실을 모르고 있다 해도 말이다.

그녀는 그 편지를 읽고 또 읽었다. 마치 그렇게 하면 자기가 비르 섬세르를 볼 수 있고 그와 가까이 있을 수 있을 것처럼.

그녀의 발을 마사지하고 있던 시녀 럭치미는 그 모습을 보며 호기심이 생겨서 여주인에게 물었다.

"그거 바그 궁에서 온 편지인가요?"

"넌, 알 것 없다."

더너는 날카롭게 말한 것이 후회가 되어 다소 부드럽게 말했다.

"난, 가까운 장래에 이곳을 떠날 거야. 네가 아버지를 돌봐드려야 해."

이 말에 시녀는 호기심이 한층 더 생겼다. 그래서 그녀는 자기의 마하라니에게 어디 갈 생각이냐고 물었다.

더너는 하마터면 그녀에게 왕녀의 계획을 말할 뻔했으나 생각을 돌려 가까스로 참았다. 만족하지 못한 럭치미는 다시 한 번 졸랐다.

"내가 영원히 여기 머물 수는 없잖니."

더너는 둘러대며 말했다.

그녀가 둘러대는 모습을 보며 럭치미는 자기 여주인이 머지않아 하게 될 결혼에 대해 언급하는 것이라는 확신이 생겨 자청하고 나섰다.

"저는 지참금의 일부로 마마와 함께 가겠어요."

"아, 그들은 대가족이라서 새 얼굴을 보면 아마 짜증만 날지 몰라. 그 러면 너도 불편할 거야. 지금은 그런 생각하지도 마라. 아마 사오 년 후 면 널 부를 수 있겠지."

"마하라니, 저는 마마 혼자 섬세르 집안에 가시게 할 생각이 전혀 없 습니다. 방해가 되지 않도록 떨어져 있겠습니다. 귀찮게 하지 않을 거 구요, 아무하고도 말도 하지 않을 게요. 틀림없이 다 잘될 거예요."

더너가 미처 대답하기도 전에, 시따르(기타 비슷한 악기) 연주에 실려 고전 적인 노랫소리가 온 집안에 울려 퍼지는 바람에 그들의 대화는 서둘러 끝났다. 두 여인은 몰랐지만, 시따르 반주에 맞춰 노래하는 사람은 비 르 섬세르였다. 그는 풍부하고 울림이 있어 듣기 좋은 목소리를 가지고 있었다. 비르 섬세르는 천부적인 가수였으며 특히 애수에 젖은 사랑 노 래가 특기였다.

그런 특별한 때에 비르 섬세르가 동쪽 구릉지에 있는 그 집에 오게 된 것은 우연의 일치였다. 그의 분대는 티베트로 가는 중이었는데, 작전 훈 련 중에 그가 산등성이에서 떨어지는 바람에 의식을 잃은 채 더너 마하 라니의 집으로 수송되었던 것이다. 한나절 가량이나 그렇게 누워 있다 가 의식이 들어서 보니, 자신이 가구가 잘 갖춰진 어느 방에 있는 게 아 닌가. 그 방 한구석에 호화로운 벨벳 덮개가 씌워진 시따르가 놓여 있는 것이 눈에 들어왔다. 그는 덮개를 벗고 연주하기 시작했는데, 그가 노 래하고 연주하는 소리가 위층의 방에 있던 두 여인을 방해했던 것이다.

"럭치미, 응접실에 내려가서 누가 노래를 부르고 있는지 보고 와."

럭치미는 응접실로 내려가서 방으로 들어서다가 비르 섬세르의 눈과 마주쳤다. 첫 번째 눈길에서 두 사람은 서로에게 미소를 지으며 그들 젊은 가슴에 짜릿한 느낌이 동시에 일어났다. 이젠 그의 이름을 묻기도 너무 부끄러워, 럭치미는 그냥 몸을 돌려 계단을 도로 올라갔다. 그녀는 숨을 헐떡이며 방에 들어왔다.

"마하라니, 오늘 아침에 그 사람들이 데려온 의식 잃은 그 남자예요."

"그래, 그게 누군데?"

"잘 모르겠지만 티베트 옷을 입고 있어요."

"어떻게 보이냐구, 최소한?"

"어, 젊고 잘 생겼어요."

더너는 호기심이 생겨서 그토록 아름다운 음악을 연주하고 있는 사람이 누구인지 보려고 직접 아래층으로 내려갔다. 응접실에 들어갔을 때 그녀가 본 것은 소파에 앉아 자기 노래에만 빠져 있는 비르 섬세르의 모습이었다. 그녀가 온 줄도 모르고 비르 섬세르가 노래 부르는 동안 그의 목소리와 그의 모습에 매료되어 더너는 그 자리에 못 박힌 듯 서 있었다.

잠시 후 노래를 끝내고 비르 섬세르는 눈을 들어 보았다. 키가 크고 날씬하며 값비싼 옷을 입고 있는 더너를 보자 그는 당황했다. 그는 어쩔 줄 몰라 하자 더너도 그랬다. 그녀는 얼굴이 빨개지고 실크 블라우스 아래에서 가슴이 부풀어 올랐다. 비르 섬세르는 그녀도 아름다웠지만 별로 감동을 받지 못하고 공연히 두리번거리며 럭치미를 찾았다.

"뭘 찾고 계세요?"

더너가 물었지만 그는 대답하지 않고 그저 시따르를 원래 있던 자리에 도로 갖다 놓았다. 그가 외국인이어서 대답하지 못하는 거라고 생각하면서 더너는 그가 네팔 말을 할 줄 아는지 물었다.

"물론 할 줄 압니다. 전, 네팔 사람인 걸요."

그가 차갑게 말했다.

"그런데 왜 티베트 옷을 입고 있지요?"

"이게 우리 군복이기 때문입니다."

"아, 언제부터요?"

"우리가 티베트에 선전포고한 날부터요."

그는 어떤 알지 못하는 이유로 자기의 군복에 대해 과도하게 호기심을 보이는 이 여인을 뚫어지게 보았다. 그의 눈길에 더너는 어쩔 줄 몰라 하며, 이 나그네 때문에 완전히 얼이 빠졌다.

"당신은 전혀 좋아 보이지 않는군요. 어디서 사고를 당하셨나요?"

그녀는 대화를 끌고 가기 위해 물었다.

"이 방에서 바로 여기에서 예기치 못한 사고가 일어났습니다."

그는 자기 가슴을 가리키는 시늉을 하면서 대답했다.

"언제요?"

"말씀드렸잖아요, 지금 막이라고요."

더너는 그가 자기를 만난 것을 말하고 있다는 생각에 맥을 못 추었고, 비르 섬세르의 입장에서는 불과 얼마 전에 자기가 럭치미에게 머리끝부터 발끝까지 빠져 버린 것을 그녀에게 설명할 수가 없었다. 어쨌든 그는 럭치미가 누구인지도 모르지 않는가.

그가 말을 계속했다.

"이 방에서 가장 놀라운 일이 일어났습니다. 예기치 않게 저는 바로 여기서 사랑에 빠졌습니다. 하지만 저는 다른 사람과 결혼하기로 이미 정해져 있답니다."

특유의 빙빙 둘러대는 방식으로 그는 럭치미에 대해서 그리고 그녀가 누구인지에 대해 더너에게 묻고 싶었지만 그의 계획은 빗나갔고, 결국엔 자신이 그녀에게 사랑에 빠져 있음을 감추지 못했다.

더너는 이 모든 것에 전율을 느끼며 최면에라도 걸린 듯 비르 섬세르 앞에서 바닥에 주저앉고 말았다. 그 순간부터 그녀의 생각에서는 이 나그네가 비르 섬세르보다 우선시되었다. 그녀는 마치 꿈속에서처럼 그를 빤히 바라보았다. 지금 그들은 너무나도 비슷하지 않은가? 서로를 사랑하지만 다른 사람과 결혼하기로 약속되어 있으니.

"제가 바로 조금 전에 당신 여동생을 보지 않았나요?"

"아뇨, 저는 이집 외동딸인 걸요."

그의 생각은 벗어나 다시 럭치미에게로 옮겨 갔다. 그녀가 없으니 자기 생각에 따라 흠 없는 완벽한 이미지가 되었다.

더너는 그가 이렇게 뭔가에 골몰하는 것은 배가 고파서 그런 거라는 생각이 들었다. 그러고 보니 동트기 전부터 아무것도 먹지 않았다는 걸 깨닫고는 서둘러 과일과 우유를 좀 갖다 주었다. 배가 고픈 나머지 게걸스럽게 음식을 입에 밀어 넣는 동안, 그녀는 앉아서 과일을 깎으며 엄마가 아이한테 타이르듯 좀 천천히 먹으라고 했다.

"당신이 결혼할 사람이 누군데요?"

그녀가 부드럽게 물었다.

입에 사탕수수를 한가득 물고 있어서 설사 대답하고 싶었어도 하지 못했을 것이다. 그래서 그는 침묵을 지켰다. 하지만 그녀의 호기심은 그리 쉽게 떨쳐 버려지지가 않아서 다시 한 번 물었다.

그는 사탕수수 찌꺼기를 뱉으며 말했다.

"저는 정말이지 그녀의 이름을 당신께 말씀드릴 수가 없습니다. 재수가 없거든요. 하지만 왕과 왕비께서 오늘 마하데브 사원에 오실 때 제 신부도 같이 오실 겁니다."

그의 말을 가로막으며 더너가 말했다.

"오 이런, 두 분 폐하께선 도로 사정이 나빠 여행을 취소하셨는데 모르셨어요?"

그는 음식을 밀어 놓았다. 그의 기분이 너무 갑작스럽게 변하는 바람에 더너 마하라니는 너무 놀랐다. 그와 동시에 호기심이 새롭게 일었다.

"어째서 그 소식에 음식을 먹지 못할 정도로 그렇게 심란해하세요?"

그가 산속의 외딴 곳인 바로 이곳에서 자기의 신부가 될 사람, 왕녀를 만나기를 고대해 왔다는 것을 오늘 처음 만난 이 사람에게 어떻게 말할 수 있었겠는가. 그녀가 전해 준 소식이 그의 모든 꿈을 어떻게 산산조각 냈는지 그녀는 이해하지도 못할 텐데.

"당신 아내가 왕족 일행을 수행하기로 되어 있어서인가요?"

더너가 물었다.

"글쎄요, 사실은 아직 우리가 결혼한 건 아니에요. 군대가 티베트에서 돌아올 때까진 결혼하지 못하게 되어 있거든요."

더너가 한숨을 내리쉬었다.

"만약 그렇다면 걱정하실 게 아무것도 없네요. 사소한 것을 가지고 마음 끓여 봐야 소용없지요. 저도 아직 결혼하지 않았어요."

눈을 깜빡거리며 요염하게 그를 바라보면서 그녀는 말을 계속했다.

"이제 안으로 들어가서서 다른 내실에서 좀 쉬세요. 우리 얘기는 나중에 마음 놓고 하도록 하지요."

그가 놀라며 말했다.

"왜 여기서 쉬면 안 되지요? 특별히 하실 일이라도 있으신가요?"

"당신은 다른 방에서 쉬시는 게 좋겠어요. 오늘 여기로 오실 손님들이 계신데 당신에게는 방해만 될 거예요."

그의 질문에 더너는 마음이 흔들렸다. 왕녀가 그날 오후에 오기로 되어 있는데, 몇 가지 이유로 더너는 만약에 자기가 이 뜻밖의 손님에게 방문자의 신원을 말해 주면 그는 떠날 테고 그러면 자기는 그와의 다시는 못 만나게 될 거라고 느꼈던 것이다.

"제 사촌이에요. 큰 삼촌의 딸이지요. 그녀가 오늘 절 만나러 여기 올 거예요."

비르 섬세르는 그 방문자가 럭치미라고 생각하며 말했다.

"제게 언니를 만날 특권이 있다면 동생도 만날 수 있지 않나요? 이해가 잘 안 되는데요."

그러자 더녀가 초조해하며 말했다.

"저기요, 그녀가 저보다 어리긴 해도 지위가 높거든요. 그러니 그녀가 도착했을 때 당신이 여기 계시는 건 옳지 않겠지요. 그녀는 오래 머물진 않을 거예요. 그러니 그동안만 다른 방에 가서 쉬고 계세요."

"그런 사정이라면 전, 캠프로 돌아가겠습니다."

비르 섬세르가 시무룩하게 말했다.

"우리가 당신 음식을 벌써 장만해 놓았는데 그러실 수는 없지요."

어쨌든 비르 섬세르에게는 그녀가 부탁한 대로 하는 것 외엔 대안이 없었다. 그렇게 한다고 해서 그가 불편할 건 없었다. 집이 비록 아주 작긴 하지만 깨끗하고 가구도 호화로웠기 때문이다. 이 집의 모든 것들이 집주인의 막대한 부를 확실하게 보여 주었으나 그건 속 빈 부요 외로운 사치였으며, 거기 있는 모든 것이 적법한 것이기는 하나 그 뒤에는 온통 좌절감과 쓰라린 느낌뿐이었다. 그 방을 나서며 비르 섬세르는 주저하다가 몸을 돌려 물었다.

"당신 이름이 뭡니까?"

말없이 그녀는 자기 손가락에서 '더녀'라고 돋을새김되어 있는 반지를 빼서는 아무 말도 하지 않고 그에게 주었다. 그땐 미처 알지 못했지만, 그건 비르 섬세르에 대한 그녀의 사랑의 제단 위에 바친 첫 번째 희생이었다.

13

"쉬엄부나트 여행에 대해 편지에 쓴 게 전부 사실이야?"

더너가 사촌에게 물었다.

"물론이지, 내가 언니한테 거짓말했겠어?"

왕녀는 부끄러운 듯 대답했다.

"그런데 너 좀 무섭지 않았니?"

"그가 단단히 결심을 했다면 무서워해 봐야 무슨 소용 있었겠어?"

"그게, 네가 만약에 극도로 화가 났다는 걸 보여 주면, 그 사람은 결국 두 손 들고 말았을 테지."

"하지만 난 그 사람한테 미소 짓지 않을 수가 없었고 웃지 않을 수가 없었어. 그 바람에 내 화가 좀 꺾였고 오히려 화가 사라진 것 같기도 해."

"남자한테 모든 걸 다 줄 준비가 되어 있는 여자라고 해서 그렇게 오랫동안 여전히 화를 낼 수 있다고는 생각하지 않아."

"오, 그는 날 너무 흥분시켜. 난, 너무 흥분해서 내 심장 뛰는 소리가 들릴 정도였다니까."

왕녀는 꿈꾸듯 말했다.

"아, 그래. 나도 그 느낌 잘 알아."

그녀는 지금 사촌이 경험한 얘기를 들으면서 흥분되기를 기대했다. 그러더니 곧 이어 터져 나오는 웃음을 억제하지 못해 쿡쿡 웃기 시작했다. 자기 마음이 바로 옆방에 격리되어 있는 나그네에게 온통 가 있었기 때문이다. 그녀의 웃음에는 전염성이 있어 왕녀도 함께 웃었다. 방 안에 두 사람의 웃음소리가 울려 퍼졌다.

한편 옆방에서는, 두 사촌들의 웃음소리에 비르 섬세르는 호기심이 생겼다. 그는 일어나서 그 방과 붙어 있는 문으로 걸어가더니 거기에 있는 작은 구멍으로 자세히 들여다보았다.

눈부실 정도로 아름다운 그 두 여인을 보다가, 그는 왕녀를 알아보았다. 그의 사촌 저거트 정도 거기 있었다. 그들과는 떨어져서, 창문을 통해 전개되는 산맥의 풍경에 마음을 빼앗긴 채.

남쪽으로는 마하버라트 산맥이 놓여 있고, 북쪽으로는 사슬처럼 이어진 고립된 강들과 폭포들로부터 받침 접시 모양의 계곡의 세계로 통하는 가우리 샹카르 레인지가 있다. 모든 강들이 어느 작은 계곡에서 만나는데, 그곳에는 콸콸 흐르는 히말라야의 물들을 건네주는 나룻배가 하나 있었다. 더너의 집이 있는 곳이 바로 이곳이었고, 이 집의 바로 북쪽에 마하데브 사원이 있었다.

푸른 산봉우리들과 얼음 눈 들판에 둘러싸여 있는, 신들에게 딱 어울리는 배경과 그 바로 위에는 피처럼 붉은 진달래속 식물들과 그 밖의 이국적인 산꽃들이 점점이 수를 놓은 초록빛 초원. 은빛 강줄기들이 마치 우아한 대지의 목에 걸린 보석 박힌 목걸이 같았다. 저거트 정은 눈앞에 펼쳐진 광경에 압도되어 자기 뒤쪽 방 안에서 진행되고 있는 대화에는 관심도 없었다.

한편 왕녀는 가져온 비르 섬세르의 사진을 핸드백에서 꺼내서 더너

에게 건네주었다.

"자 여기, 어서 한 번 봐."

그러나 더너가 보기를 거절하는 바람에 사진은 탁자 위에 엎어진 채
로 놓였다.

"자 어서, 언니. 어쨌든 난 특히 우리의 결혼에 대해 언니랑 의논하기
위해 왔잖아."

더너는 계속 바닥만 침울하게 응시했고, 아직도 옆방에서 엿보고 있
는 비르 섬세르는 두 여자가 하는 말을 전혀 알아들을 수가 없었다.

"자 어서, 더너. 대체 무슨 일이 있었던 거야? 언니 마음이 바뀌었다
고는 말하지 마."

왕녀가 의기소침하게 말했다.

그러나 더너는 이미 그날 아침 운명이 그녀의 문간 계단에 데려다 놓
은 나그네와 사랑에 빠져 버려서, 지금은 왕녀의 비르 섬세르와 결혼

문제에 대해 의논할 기분이 전혀 아니었다. 지금은 그에 대해 적게 들을수록 더 좋았다. 게다가 그는 기껏해야 꿈속의 사람일 뿐이었다. 그를 한 번도 본 적이 없으니. 이름도 모르는, 자기가 사랑하는 그 남자가 옆방에서 기다리고 있다는 생각에 초조해져서 그녀는 비르 섬세르의 사진을 옆으로 밀쳐놓았다.

"정말 미안해, 하지만 난 이제 비르 섬세르와 결혼할 수 없어. 다른 사람과 사랑에 빠졌거든. 용서해 줘."

이게 웬 마른하늘에 날벼락인가. 왕녀는 입장이 곤란해졌다. 왕녀는 식은땀을 흘리며, 조금은 심약해졌다.

"그 남자 누구야?"

"어떤 젊은 남자."

"누구이고, 어디 출신이야?"

"몰라. 이름도 물어보지 못했는걸."

"이름도 모르는 사람과 사랑에 빠졌다고. 아무것도 아는 게 없는 누군가와 어떻게 사랑에 빠질 수 있는지 모르겠네."

왕녀는 비꼬는 목소리로 말했다.

"그게 말이야, 바로 그런 식으로 일어났어. 그 사람은 군인이고 티베트 군복을 입고 있어. 군대가 티베트에서 돌아오는 대로 곧 결혼하기로 되어 있대. 사실 그의 신부가 될 사람이 너의 부모님들을 수행해서 마하데브 사원에 오기로 되어 있어서, 취소됐다는 소식에 아주 심란해했어. 이게 내가 그에 대해 아는 전부야."

"이미 다른 사람과 결혼하기로 약속되어 있는 사람과 어떻게 사랑에 빠질 수가 있지?"

"거기에 대해선 대답할 수 없지만 뭔가가 반드시 일어날 거야. 난 그럴 거라고 확신해."

사촌의 결심과 솔직함에 왕녀는 좌절의 눈물을 흘리고 말았다. 그러나 그녀는 급히 비단 손수건으로 눈물을 닦기 시작했다.

"그건 그렇고, 이 멋진 남자를 어디서 만났어?"

"여기."

"뭐, 바로 이 집에서?"

"응, 바로 조금 전에."

"그럼, 그 사람이 지금 어디 있는데?"

하고 왕녀는 두리번거렸다. 마치 어떤 낯선 남자가 방 구석구석에서 나타나기라도 할 것처럼.

"그 남잔 내 가슴에 있어."

"더너, 미쳤어?"

"아, 그래, 맞아. 나 미쳤다."

더너가 웃으며 말했다.

왕녀는 이제 더너가 자기에게 못된 장난을 하고 있는 게 아닌가 하는 의심이 들기 시작해서 다시 한 번 비르 섬세르에게로 화제를 돌려야겠다고 더 굳게 마음먹었다. 여기서부터 비르 섬세르는 그들이 하는 말을 더 분명하게 들을 수 있었다. 왕녀의 고집 때문에 그녀의 목소리가 더 커졌고, 더너의 고집도 마찬가지였다. 왕녀가 말했다.

"비르 섬세르의 사진을 가져오느라고 오는 내내 고심했는데 최소한 보기라도 좀 해."

그러자 더너가 갑자기 소리를 질렀다.

"하지만 비르 섬세르는 가난하잖아. 빈곤은 저주야. 빈곤이 창문으로 뛰어 들어오면, 사랑은 문으로 뛰어나가지. 난, 그 사람이랑 결혼하고 싶지 않아."

"그래, 나도 그 얘긴 들었어. 그는 집에 먹을 것이 별로 없어서 삼촌 집에서 먹다 남은 음식을 기다린다고 그러더라."

사실 이건 그저 남의 험담을 하고 다니는 사람들이 지어낸 소문에 불과했다. 비르 섬세르는 일식이 있던 날 태어났고, 그 때문에 일정한 나이가 되기 전에는 부모 집에서 살지 못했던 것이다. 그가 정 바하두르의 집에서 기거하는 이유는 오직 이 때문이지 먹을 게 없어서는 아니었다.

옆방에서 들려오는 바로 이 주제에 대한 대화에 분노가 끓어올랐다. 바로 조금 전만 해도 자기에게 그렇게 친절하던 더녀가 지금은 자기를 깎아내리고 있는 걸 보니 비르 섬세르는 그만큼 더 화가 났다.

이번에는 왕녀가 왈칵 울음을 터뜨렸다.

"더녀, 아무도 언니한테 비르 섬세르와 결혼하라고 강요할 수는 없어. 하지만 난 어떡하지? 그 사람은 가난할 뿐만 아니라 호색한이기도 해서 언제나 헤픈 여자들 꽁무니를 따라다닌다는 말도 들린단 말이야. 나 어떡해야 돼?"

엿듣는 사람에게는 불행하게도, 그건 악몽 같았다. 그는 방의 벽들을 만져 보았다. 그것들이 실제인지 아닌지, 혹은 자기가 겪고 있는 일들이 그저 불쾌한 꿈일 뿐인지 보려고. 그러나 그건 모두가 실제였다.

"부모님이 이미 섬세르 집안과 약속하셨는데 내가 지금 뭘 할 수 있겠어?"

왕녀는 울면서 말했다.

"네가 동의하지 않으면 아무도 널 억지로 결혼시킬 수 없어. 부모님들은 먼저 네 의견을 물어보셨어야 돼."

"하지만, 바로 그게 문젠데, 부모님은 하셨지. 하지만 그땐 내가 너무 어려서 사랑이 뭔지 몰랐어. 그래서 그냥 그분들의 제안을 따랐던 거지. 내가 다른 사람과 사랑에 빠질 줄 내가 어떻게 알았겠어?"

"그래, 나도 그거 실감하고 있어. 네 느낌 너무 잘 이해할 수 있다고."

"더너, 솔직하게 말해 줘. 언니 말대로, 정말 사랑에 빠진 거야?"

더너는 얼굴을 붉히며 고개를 끄덕였다.

왕녀는 가슴이 터질 것 같았지만 미소를 지으려고 했다. 그러나 지금 그녀의 마음은 사촌의 행복과 자신의 행복 사이에서 두 갈래로 찢어졌다. 둘은 수다를 떨었다. 왕녀는 더너에게 저거트 정에 대해, 자기가 쌍안경으로 어떻게 그의 일거수일투족을 밤낮으로 따라다니며 보았는지에 대해, 그리고 그가 어떻게 모든 사람들의 연인인 동시에 자기 가슴속 연인이며 반면에 비르 섬세르는 싫어하는지에 대해 더너에게 들려주었다. 그러자 더너 마하라니는 이어서 맹세했다.

어떤 상황에서라도 절대 비르 섬세르와는 결혼하지 않겠다고. 둘 다 저거트 정이 창밖을 내다보고 서 있는 곳을 흘끗 보았다.

"그런데 저 사람은 뭘 보고 있는 거지? 저 사람 머리는 정상인가? 저렇게 내내 저기에 서 있기만 하는데 지루하지 않나?"

"전에는 저렇지 않았어. 아주 당당한 성격이었거든. 사람들이 저 사람을 얼마나 경외하고 존경하는지 언니도 봤어야 하는데. 그런데 지금은 순한 양 같아. 그리고 그건 내 안에서 자기의 온 세상을 찾아서 내가 곁에 있을 땐 더 이상 원하는 게 없기 때문이래. 나도 저 사람이 내 곁에 있을 땐 같은 걸 느껴."

한편, 가엾은 비르 섬세르는 분노로 끓어올랐다. 왕녀만 없다면 지금 당장 저거트 정에게 달려들 텐데. 왕녀의 말들이 그의 가슴과 그의 명예를 아프게 비틀어 놓았다. 저거트 정은 얼마나 나쁜 간통자인가. 마구 짓밟아 죽이면 딱 맞을 풀밭 속의 한 마리 뱀 같았다. 자기에게 정말로 간통자인 저거트 정의 머리를 벨 권리가 있다는 생각이 섬광처럼 그의 마음을 뚫고 지나간 건 바로 그때였다.

그리고는 본능적으로 크꾸리를 빼들었다. 공교롭게도 바로 그 순간에 저거트 정은 비르 섬세르가 있는 그 방으로 들어왔다.

그 집의 다른 곳에서 산들을 보고 싶었기 때문이다. 그는 방문을 열고는 벌써 자기의 크꾸리를 휘두르고 있는 사촌에게로 의심 없이 곧장 걸어갔다.

비르 섬세르가 거칠게 찌르며 들어오자 저거트 정도 칼을 빼들면서 튀듯이 뒤로 물러났다. 비르 섬세르는 맹렬하게 공격하고 또 공격했지만 저거트 정은 모든 공격을 그럭저럭 피하며 받아넘겼다. 비르 섬세르의 코에서 피가 흐르기 시작했고 이마에는 넓고 깊은 상처가 생겼다. 실은 그의 사촌도 약간의 사소한 상처를 입었다. 이때쯤 비르 섬세르는 송장처럼 보였고 분노로 핏발 선 눈들은 안구에서 빠질 것처럼 부풀어 올랐다.

두 여인은 소란스러운 소리를 듣고는 그 방으로 달려왔다. 더너는 못 박힌 듯 망연자실 서 있고, 격노한 왕녀는 당장 싸움을 그치라고 명령했다. 그녀의 명령이 떨어지자마자 싸움은 끝났고 무기들은 칼집으로 들어갔다.

"대체 이 사람 누구야?"

비르 섬세르가 복종의 표시로 무릎을 꿇고 있는데 왕녀가 외쳤다. 남자들은 둘 다 아직 숨을 헐떡이고 있어서 자신을 소개할 용기가 있었다 해도 할 수가 없었다. 왕녀는 레디 더너를 돌아보며 저거트 정을 공격한 사람의 정체를 알고 싶다고 요구했다.

아직도 이 사람이 그토록 욕을 먹은 비르 섬세르라는 것을 깨닫지 못하고 있는 가엾은 더너 마하라니가 말했다.

"이 사람은 오늘 아침 어떤 주술사가 데리고 온 군인이야. 사고를 당해서 몸이 좋지 않아. 하지만 목소리는 좋아."

그러나 극도로 흥분한 왕녀는 계속해서 비르 섬세르는 짐승처럼 도살되어야 한다고 소리치며 단언했다.

"이 사람 누구야? 누구냐고?"

왕녀는 비명을 질러 댔다.

한편 저거트 정은 크꾸리로 자기를 먼저 공격한 사람은 비르 섬세르이므로 자기는 결백하다고 분명히 말했다. 비르 섬세르도 자신의 입장에서 결백하다고 주장했다.

"제 삶의 빛이 사라졌습니다. 그래서 그냥 앙갚음을 하고 있을 뿐입니다."

"그런데 넌 누구냐? 난 이해를 못하겠다. 말해라."

왕녀가 고함치며 말했다.

"저―저는, 마마, 저는 비르 섬세르이옵니다."

비르 섬세르는 말을 더듬었다.

"무슨 말이야, 비르 섬세르라고. 당신 말은, 당신이 디르 섬세르의 아들이란 말이야?"

"예, 왕녀 마마. 제가 디르 섬세르 장군의 아들이옵니다. 제 이름은 비르이옵니다."

더너는 곁에서 보고만 있었다. 그녀는 아직도 충격에서 헤어나지 못하고 혼란스러웠다. 그러나 왕녀에게는 이제 모든 것이 명확해졌다. 그녀는 이제 저거트 정과 결혼하는 것이 그다지 쉽지 않을 거라는 것을 알게 되었다. 이제 그것은 사느냐 죽느냐의 문제가 된 것이다. 그녀는 첫 번째 움직임에서 큰 실수를 저지르고 말았다. 너무 늦게야 부부의 경고를 기억해 냈다.

"개 두 마리는 언제나 고기 한 점을 놓고 싸운다."

14

"어쩌다 얼굴에 피가 났나, 젊은이?"

비르 섬세르는 고개를 들어 질문하는 사람의 눈을 들여다보며 그가 우뺀드러 왕자라는 것을 알고는 얼른 일어나 경의를 표했다.

왕녀는 벌써 떠났고 비르 섬세르와 더너 마하라니는 그의 상처를 닦아내느라 분주했다.

"이 사람은 누구지?"

우뺀드러 왕자가 딸에게 물었다.

"누군지 잘 모르겠어요. 오늘 아침에 아파서 누가 여기로 데려왔어요."

더너는 거짓말을 했다.

"저는 비르 섬세르이옵니다."

비르 섬세르가 자진해서 신원을 밝혔다.

"디르 섬세르 장군의 아들?"

우뺀드러가 물었다.

"예, 전하."

"그건 그렇고, 자네 이마가 조금 아프겠지만 내 생각엔 가슴의 상처

가 더 아프겠는걸. 하지만 걱정하지 말게. 곧 행운이 찾아올 거야."

우뺀드러는 알 듯 모를 듯 말하고는 휭하니 나가 버렸다.

우뺀드러가 갑자기 나타나 예언 같은 말을 하기 전까지는 그가 마치 허수아비처럼 느껴졌으나, 지금 우뺀드러 왕자의 말이 그에게 새로운 희망을 주었다.

우뺀드러 왕자는 신앙심이 깊은 사람으로, 성자로서 그리고 상당한 탄트라 예언자로서 공경받았다. 그는 타고난 학자였으며, 거기다가 고결하고 관대하기까지 했다. 어떤 때에는 사원 계단에 막대한 돈을 뿌리는가 하면, 또 어떤 때에는 변덕이 나서 시적인 운문으로 말하기도 했다. 그는 요기(요가 수행자)로서 공경받았지만, 때로는 변덕스러운 과격 행동 때문에 뒤에서 비웃는 사람들도 있었다. 그런가 하면 다른 사람들은 그를 혁명가라며 두려워하기도 했다. 그가 무엇이든 간에, 그는 비르섬세르에게 다시 한 번 삶에 맞설 용기를 주었다.

비르 섬세르는 난생처음으로 자신이 가난하다는 사실이 혐오스러웠다. 그는 왕녀가 자기랑 결혼하지 않는 것은 자기의 가난 때문이라고 믿었다. 부유한지 그렇지 못한지가 중요했다. 부를 가진 사람들은 권력도 가졌다. 비르 섬세르는 그 모든 것의 부당함이 너무 쓰라리게 느껴져서 부라 일컬어지는 이 괴물과 그것을 소유한 사람들을 후려갈기고 싶어지곤 했다. 오직 부유한 사람들에게만 호의적인 사회질서는 전부 다 완전히 파괴되어야 했다.

비르 섬세르는 불행하게도 자기 시대를 멀리 앞서갔다. 요즘이라면 아마도 그의 생각에 동조하는 사람들이 많이 있겠지만 그땐 아니었다. 오늘날이라면 아마도 그는 사회적 압박과 정치적 선전을 통해 변화를 가져올 수도 있었다. 그러나 그 당시에는 유일하게 꺾이지 않는 힘은 폭력의 힘뿐이었다. 하지만 그가 조국의 운명을 바꾸겠다고 선서하는 일이 일어난 건 바로 그날이었다. 부유한 사람들을 파멸시키기 시작하겠다고 약속한 것은 바로 그 선서였다. 설사 그들이 자신의 가족이라 해도, 어쩌다 그들이 그를 사랑한 사람들 속에 있다 해도 말이다. 그는 스스로에게 그들 모두를 파멸하고 모든 권력을 자기 힘으로 잡겠다고 다짐했다.

그가 증오의 광란 상태로 질주하면서 상처에서 흐르는 피를 멈추게 하려고 필사적인 노력을 하는 것을 바라보며, 더너 마하라니는 방 한 구석에 조용히 앉아서 흐느껴 울고 있었다. 그의 절망이 심한 통증에서 오는 거라고 생각해서 그녀는 물었다.

"아프세요?"

"흥, 상처 따위야 무슨 상관입니까. 제가 심란한 건 저의 나쁜 운 때문이랍니다."

그는 그녀에게 비통한 심정으로 말했다. 가까스로 마음의 평정을 되찾은 그녀는 그의 상처에서 흐르는 피를 멎게 하고 상처를 치료해 주었다.

점심 후엔 그의 기분이 조금 나아져서, 실제로 여주인에게 어째서 왕녀가 방문하는 것을 그에게 비밀로 했는지 물어볼 만큼 되었다.

만일 그녀가 진실을 말할 용기만 있었더라면 그에게 지금까지 일어난 일의 자초지종을 털어놓을 수도 있었을 것이다. 그러나 그녀는 감히 그러지 못했다.

그에게 사촌의 신원을 말하면 그가 가 버릴까 봐 그녀는 두려웠다. 그녀는 그가 평범한 가수라고 생각했고 또 그런 그와 사랑에 빠졌기 때문이다. 그녀는 지금 너무 창피하고 조심스러워 이 모든 것을 그에게 말을 할 수가 없었다.

그녀는 살짝 미소 지으며 눈물을 닦았다. 그녀는 눈길과 얼굴 표정으로 말이 할 수 있는 것보다 훨씬 더 많은 것을 말하고 있었다.

"마하라니, 말씀해 주세요. 저는 떠나려는 참이었는데 어째서 당신은 저를 여기 있으라고 고집 피우셨나요?"

그가 물었다.

"당신은 절 마하라니라고 부르지 않아도 돼요. 그럴 필요 없습니다."

더너가 매혹적으로 말했다. 그녀는 비르 섬세르가 가까이 있기를 간절히 바랐지만 그에게 그렇게 말할 용기가 없었다. 그러나 비르 섬세르가 계속 우기는 바람에 그녀는 결국 다른 방도가 없었다.

"당신이 며칠 머무른다면 당신을 더 잘 알게 될 수 있을 텐데, 당신한테 왕녀에 대해 말하면 전부 수포로 돌아갈 거라는 생각이 들었어요."

비르 섬세르가 비아냥거리며 말했다.

"아씨와 왕녀께서는 제가 실제로 하는 것보다 저에 대해 더 많이 아시는 것 같은데요. 내가 삼촌 집에서 먹다 남은 찌꺼기를 기다려야 한다는 말이나 그렇게 악명이 자자하게 호색한이라는 말을 들어 본 건 처음입니다. 제 위에 산더미처럼 쌓여 있었던 명예와 직위에 대해 알게 된 것은 바로 당신 입을 통해서입니다."

이런 말을 하는 그의 얼굴은 비통함을 띠고 있었고, 그의 눈에는 어두운 복수의 그림자가 지나갔다. 그는 이 사촌들의 말에 깊은 상처를 입었다. 가장 큰 상처는 사회가 자기처럼 가난한 사람을 웃음거리로 만들어도 된다고 보는 것이었다. 그래서 그는 이기심과 그에 대한 자부심을 혐오했다.

더너는 발작적으로 울기 시작했다.

"미안해요, 정말 미안해요. 제발 날 그렇게 나쁘게 생각하지 말아 주세요. 당신이 비르인 줄 몰랐어요."

그녀의 입장이 다소 수긍이 가기는 했지만 그는 그녀를 안심시켜 줄 기분은 전혀 아니었다.

"쯧쯧, 저는 개의치 마세요. 전, 그저 남은 음식이나 기다리는 비열하고 후안무치한 놈이니까요."

"당신이 뭐든 상관없어요. 이미 누군가에게 속해 있을 거잖아요."

그녀가 되받아 대꾸했다.

"누가요? 제가요? 농담하시는군요. 저는 이 세상에 단 한 사람도 없습니다."

"왜 그런 말을 하세요?"

"그것은 제가 가난하다는 이유 하나로 충분하죠."

"형제가 열일곱 명이나 있는 사람이 도대체 어떻게 혼자일 수 있죠?"

그녀는 비르 섬세르가 이복형제들과는 전혀 접촉이 없다는 것을 알지 못했다. 그는 아버지의 첫 번째 부인의 유일한 소생이었고 생애 대부분을 삼촌인 정 바하두르와 함께 보냈다.

"그래요, 전 제 것이라고 부를 수 있는 사람이 아무도 없는 완전 외톨 이랍니다."

"그 반지를 끼고 있으면서 어떻게 그런 말을 하죠?"

"이 반지가 뭐요?"

"그 반지에 있는 하트요, 거기엔 헌신과 사랑이 담겨 있어요."

그녀는 격하게 말했다. 그는 무표정한 얼굴로 대답했다.

"글쎄요, 전 너무 가난해서 이걸 팔아야 할지도 모릅니다."

"당신이 어떻게 하든 상관없어요."

그녀의 말에는 강한 감정이 실려 있었다.

이때쯤엔 그도 그녀가 자기를 얼마나 깊이 사랑하는지 알게 되었으 나, 처음의 실망으로 인한 비통함에 너무 괴로워서 그녀가 그를 속였던 말을 액면 그대로 받아들이려고 단단히 마음먹었다. 우빼드러 왕자가 방으로 갑자기 들어오기 전까지 두 사람 사이에는 긴장감이 감돌았다. 때마침 비르 섬세르는 차갑고 불손한 태도로 작별인사를 하면서 따뜻 하게 대접해 줘서 고맙다는 말을 하고 있는 참이었다.

"여기 있다, 딸아. 널 위해 이층에서 비르 섬세르의 머리를 가져왔 다."

그는 상반신 사진 한 장을 더녀의 무릎에 던지고는 다시 횡하니 나가 버렸다.

우빼드러는 영어 전문용어를 몹시 좋아해서 사진에 대한 영어 구어 체 표현을 사용한 것이다. 하지만 비르 섬세르는 우빼드러의 탄트라 힘 에 마음이 쓰여, 자기 머리가 여전히 어깨에 잘 붙어 있는지 확인하려 고 머리를 꼬집어 보았다. 이 단순한 동작이 그들 사이의 딱딱한 분위 기를 누그러뜨려서 둘 다 깔깔대며 웃었다.

사진을 집어서 그녀에게 도로 건네주며, 그걸 '비르 섬세르의 머리'

라고 해도 된다고 말해 둘은 다시 함께 깔깔 웃었다. 그러더니 왕녀가 가지고 온 것이 바로 그 사진이라는 것을 알아채고는 그의 얼굴에 구름이 덮였다. 마침내 그는 왕녀가 사촌의 집을 방문한 목적을 이해했다.

더너 마하라니는 애원하듯 그의 얼굴을 찬찬히 살피며, 그에게서 잠시도 눈을 떼지 않았다. 그녀를 마주 바라보며 그는 많은 사람들이 한 여자가 한 남자를 선하게도 악하게도 만들 수 있다는 말을 떠올렸다. 그녀의 손길이 닿으면 악이 선이 되고, 쓰디쓴 물이 넥타르가 될 수 있다. 그녀의 눈 속에 그리고 그녀의 깊은 사랑에 빠져서 그는 조금 전까지 자신의 생각을 점령하고 있던 시녀 럭치미에 대해서는 완전히 잊었다. 부와 지위에 대한 그의 탐욕은 그녀의 손길 앞에서 눈 녹듯 녹아 버렸다. 그는 자기의 사랑의 여신과 비르 섬세르의 사진이 더너의 화장대 위에서 마침내 제자리를 찾았다는 걸 알게 되었다.

15

'나쁜 소식은 빨리 퍼져 간다'는 말이 있듯이, 비르 섬세르와 저거트 정이 싸웠다는 소식이 그들보다 먼저 카트만두에 도착했다.

비르 섬세르가 집에 도착해 보니 동생들은 안마당에서 놀고 있었다. 그중 나이가 많은 커드거와 라나, 탄드라와 빔은 나무 벤치에 함께 앉아 있는데, 커드거보다 나이가 조금 더 많은 덤버르는 다른 형제들과 같은 지위를 누리지 못했다. 그는 소첩의 소생이라서 총리 지위 계승에서 중요한 역할을 하는 라나라는 이름을 갖지 못했기 때문이다. 그래서 그는 그들의 발치인 바닥에 앉았다. 서로 반갑게 인사를 나눈 다음 커드거는 덤버르와 어린 동생들더러 자리를 좀 비켜 달라고 했다. 비르 섬세르가 저거트 정과의 사이에서 일어난 사건들을 함께 의논하기 위해서였다.

그는 산등성이에서 떨어진 것부터 저거트 정과 싸운 것까지 처음부터 끝까지 하나도 빼놓지 않고 다 말했다. 그러나 레디 더너와의 로맨스에 대해서는 한마디도 하지 않았다.

형제들은 충격을 받았고, 형과 왕녀가 결혼할 가능성은 사실상 종지부를 찍은 것으로 보았다. 네팔 사람들에게 왕녀는 미덕과 명예의 상징이었으며, 그녀는 모든 사람들에게서 대단한 사랑을 받았다.

왕가에서 비르 섬세르와 저거트 정이 싸웠다는 것을 알게 되기라도 하면 실제로 심각한 결과가 초래될 것이었다. 정 바하두르도 화가 나서 펄펄 뛸 텐데. 왜냐하면 그는 자기 집안과 샤 왕조 사이에 혈연관계를 맺으려고 오랫동안 계획하고 있었기 때문이다. 그 사건 소식은 그에게는 잔인한 타격이 될 것이었다.

비르 섬세르의 형제들은 문제 전반에 걸친 명확한 그림을 그려 내는 데 그리 오래 걸리지 않았다. 대중들은 언제나처럼 매우 친절하게도 왕녀는 섬세르 집안이 가난하기 때문에 이 집에 시집가고 싶어 하지 않는다는 악의적인 소문을 틀림없이 퍼뜨릴 테고, 그렇게 되면 온 집안의 평판은 땅에 떨어질 것이었다.

"그래서 말인데……."

쩐드러가 침울하게 입을 열었다.

"왕궁에서 나온 소식을 들었는데 형을 범죄자라고 욕한다더군."

그 말에 비르 섬세르는 비난받는 건 당연히 언제나 가난한 사람들이라고 응수하고 싶었으나 꾹 참았다.

"불명예스럽게 사느니 차라리 죽는 게 나아."

라나가 격렬하게 외쳤다.

"그래, 우리가 죽어야 한다면 먼저 그들을 모두 혼내 주자."

커드거가 소리쳤다.

이것은 마치 비르 섬세르가 수치와 굴욕의 그날 자기 자신에게 했던 선서의 메아리 같았다.

그리고 형제들은 서로서로 격려하면서 음모를 꾸미고 계획을 세웠다. 그렇다. 그들은 비르 섬세르를 돕기 위해, 그의 선서를 지키고 운명을 성취하기 위해 죽을 각오를 한 것이다.

그들이 손질하지 않아 너저분한 안마당에서 분주히 의논하고 있는데, 밖에서 딸가닥거리는 말발굽 소리가 들려와 다들 위층의 한 방으로 올라갔다. 마차가 한 대 안마당으로 들어오더니 그들의 또 다른 형제인 뎁이 나타났다.

그는 어릴 때 아들이 없는 부자 삼촌 키리스너 바하두르의 양자가 되었다. 그의 살아가는 모습은 자기 형제들보다는 정 바하두르 집안의 형제들과 더 잘 맞았다. 그가 자기 형제들을 좋아하지 않는 것은 아니었다. 그들을 사랑하지만 그저 그들의 빈곤에 적응이 안 돼서 정 바하두르 형제들과 어울리는 게 더 쉬울 뿐이었다. 섬세르 형제들 입장에서는 뎁에 대해 매우 신중한 견해를 가지고 있었다. 그가 정 바하두르의 독재 체제와는 완전히 대조되는 의회 민주주의 체제를 믿고 있었기 때문이다. 그런 것들을 그의 지나치게 자유로운 견해라고 생각해서 섬세르 형제들은 뎁을 자기들의 은밀한 일에는 절대 끼워 주지 않았다.

"이제 그만 얘기해야겠다. 뎁이 여기로 오고 있어."

비르 섬세르가 서둘러 말했다.

"자 어서 커드거, 내가 뭘 해야 하는지 말해 줘. 총리께 가야 할지 티베트에 계신 아버지께 편지를 써야 할지. 아니면 그냥 조용히 입 다물고 사태가 어떻게 되어 가는지 보기만 해야 할까?"

커드거는 무릎에 턱을 괴고 앉아 물 담뱃대를 계속 빨고 있었다. 뭐가 문제인가, 저거트 정에게 상처 주지 않고 형과 왕녀의 결혼을 성사시킬 마법의 힘이 자기한테 있다면 좋으련만.

이때쯤 뎁은 벌써 계단을 올라오고 있었고, 쩐드러는 생각에 잠겨 얼굴을 구긴 채 나지막이 말했다.

"봐봐, 제일 좋은 건 가서 저거트 정과 왕녀와 상의하는 거야. 어쨌든 그녀의 평판도 땅에 떨어질 판이잖아. 우리 집안의 평판이야 말할 것도 없고. 형이 빨리 그렇게 할수록 좋지. 결국, 정말로 중요한 건 누가 그녀와 결혼하는가 하는 게 아니야. 형이건 저거트 정이건, 우리 집안 출신이라면 누구든 상관없는 거야. 그러니 형은 말다툼하지 말고 그냥 문제만 해결하는 게 좋아. 가능한 한 빠르면 더 좋고."

"아주 좋은데, 정말 좋아."

커드거는 안도의 한숨을 내쉬고, 비르 섬세르도 이게 아마 자신이 할 수 있는 유일한 방법이라고 느끼며 동의하는 표시로 고개를 끄덕였다. 그들이 행동방침에 막 합의하고 나자마자 뎁이 방으로 들어왔다. 중국 푸들들을 앞세우고, 몸에서는 향수 냄새와 시가 향을 풍기면서.

그는 머리끝부터 발끝까지 철두철미 빅토리아풍 귀족이었다. 살찐 턱살과 환하게 빛나는 얼굴로 그는 그들을 향해 다가왔다. 그러나 그의 형제들의 가난에 찌든 모습과 마구 어질러진 방을 보는 순간 얼굴에서 빛이 사라졌다. 그는 사냥용 반바지와 코트를 입고 있어서 바닥에 쪼그리고 앉기가 사실 거의 불가능했는데 방에는 의자라곤 단 한 개도 없었다.

형제들의 궁기 흐르는 모습에 그는 말을 잃었다. 커드거의 튜닉은 다 헤졌고, 라나의 바지는 뼈만 앙상하게 남은 양쪽 무릎이 다 드러났으며, 쩐드러의 옷은 누덕누덕 기웠고, 빔은 떡 벌어진 그의 뼈대 위에 온갖 넝마를 다 걸쳐 놓은 것 같은 형상이었다. 그런가 하면 제일 큰 형인 비르 섬세르는 티베트의 쭈바(티베트 고산지대에 사는 유목민들이 주로 입는 긴 양가죽 코트)와 장화를 신고 있는데 그 모습이 마치 옷 한 번 갈아입지 않고 라사에서부터 몇 날 며칠 걸어온 노동자 같았다. 뎁은 발을 이리저리 움직이면서 거기 서 있었다. 그의 승마용 반바지는 너무 지나치게 화려해서 형제들의 누더기나 넝마들과는 뚜렷하게 대비되었다.

"뎁에게 무슨 바람이 불었을까?"

커드거가 여전히 물 담뱃대로 연기를 후 하고 내뿜으며 빈정거렸다.

"넌, 요즘 우리 근황을 모르나 본데?"

"비르 섬세르 형이 별로 안 좋다는 말을 들어서 형을 만나러 타파털리에 갔는데 형이 거기 없지 뭐야. 그래서 여기 온 거야."

"아, 우리도 알지. 뎁이 아무 까닭 없이 이 누추하고 낡은 집에 올 리가 있겠어."

라나가 톡 쏘듯 말하자, 그들 모두 뎁을 놀려 대며 웃었다. 그에게 그렇게 하는 게 그들의 버릇이었다. 그들은 뎁의 앞에서는 절대 심각한 문제를 논의하지 않는다는 불문율 같은 게 있었던 것이다. 바로 그때 덤버르가 뎁을 보러 달려왔다.

그는 나긋나긋하고 키가 컸지만 젊음의 매력은 온데간데없이 사라졌다. 그의 옷은 온통 구멍 투성이어서 몸을 간신히 가릴 정도였기 때문이다. 뎁은 당황스러워 어쩔 줄 몰랐다. 이들이 모두 자기와 피를 나눈 형제들이고, 이들이 모두 한 아버지의 아들들이기 때문이었다.

당혹스러움을 감추려고 그는 금으로 된 담배 케이스를 꺼내 담배를 고루 나눠 주었다. 담배를 피우기에는 너무 어리다고 생각되는 쩐드러와 빔 그리고 필시 자신의 낮은 지위 때문에 머뭇거리는 덤버르를 제외하고는 모두가 한 개비씩 움켜잡았다. 뎁이 덤버르에게도 담배를 내밀자 그는 담배를 난생처음 보는 양 탐욕스럽게 움켜잡았다.

"웬 사냥복이냐, 뎁?"

비르 섬세르가 물었다.

"아, 우리 고다바리(카트만두의 근교에 있는 지명)로 소풍 가거든."

"좋겠네. 또 누가 가는데?"

"정 바하두르 형제들 모두."

"여자애들도?"

"아니, 걔네들은 못 가. 걔네들은 지금 집에 있어야 돼. 걔네들 왕자들과 결혼설이 있거든."

"그래, 새로운 소식이네. 넌, 그런 소식 어디서 들었어?"

"걔네들 궁정 예법 훈련 중이던데, 다른 이유가 뭐 있겠어? 걔네들, 너희들이 볼 때 좀 부담스러울 정도로 완벽한 예법과 경어를 전부 배우고 있다고."

"누가 걔네들한테 그런 예법들을 모두 가르치고 있지?"

"저거트 정이야. 걔네들은 지금 마노하라에 머물고 있어, 타파틸리가 아니고. 그리고 왕궁 시녀 다섯 명이 걔들한테 우아하게 행동하는 것을 교육시키려고 특별 파견됐던데."

"정확하게 누가 누구랑 결혼한다는 거냐?"

비르 섬세르가 재촉했다.

"몰라. 내가 아는 건 여자애 셋이 왕족과 결혼할 거라는 게 전부야."

그러나 비르 섬세르에게는 이것으로는 충분하지 않았다. 그는 총리가 있는 자리에서 왕이 자기 아버지에게 했던 약속에 대해 더 알고 싶었다. 그는 왕녀의 결혼에 대해 상의하기 위해 뎁을 구슬려 보려고 했다. 하지만 뎁은 의도적으로 그 문제를 피하려고 했다. 정상적으로 돌아가는 상황에서라면 그 결혼은 확실했을 거라는 걸 그는 알고 있었다. 하지만 다른 많은 조신들처럼 그도 그 결혼에 대해 우려하는 생각을 가지고 있었다. 왜냐하면 호화로운 환경에서 자라난 왕녀가 비르 섬세르처럼 가난한 남자와 결혼하는 것은 몹시 수치스러운 것이었기 때문이다. 그래서 그는 사실대로 말하는 대신 저거트 정의 동생인 지트 정이 둘째 왕녀와 결혼한다는 얘기가 있다고 말했다.

　　만족할 수는 없었지만 그 화제를 더 이상 밀어붙일 수도 없어서 비르 섬세르는 저거트 정도 고다바리에 같이 가냐고 물었다.

　　"알겠지만 구릉지로 여행 갔다 온 후로 저거트 정은 좋지 않아. 사실은 지금 그를 보러 가려고 해."

　　"이런 우연의 일치네."

　　비르 섬세르가 말을 계속했다.

　　"그 형이랑 할 일이 좀 있는데, 너랑 같이 갈 수도 있겠구나."

　　하지만 뎁은 저런 옷을 입고 있는 비르 섬세르와 동행할 생각을 하니 몸이 오그라들어서 비르 섬세르에게 옷을 갈아입으면 어떻겠냐고 했다. 비르 섬세르는 티베트 쭈바보다 별로 나을 것도 없지만 뎁의 입장을 생각해서 커드거의 옷으로 바꿔 입었다. 이걸 본 뎁은 자기가 먼저 가서 비르 섬세르를 위해 마차를 다시 보내면 어떻겠냐고 했다. 그는 늦어서 그러는 거라고 애원했지만 사실은 비르 섬세르처럼 지저분해 보이는 형제와 같이 있는 걸 보이고 싶지 않았던 것이다. 그러나 소용없는 일이었다. 형제들이 이구동성으로 비르 섬세르를 함께 데려가라고 했기 때문이다. 몸부림쳐 보았으나 허사였다.

그들이 막 떠나려고 하는데 커드거와 뎁, 쩐드러, 빔의 외삼촌인 께서르 타파가 와서는 뎁에게 어머니가 보자고 하신다는 말을 전했다.

뎁은 언짢았다. 디르 섬세르의 두 번째 아내인 그의 친어머니는 그가 사치스럽게 사는 것에 대해 찬성하지 않았으나 그에게 그런 말을 해 봐야 아무 소용없었다. 그런데 이번에는 설교를 하려고 기다린 게 아니라, 좀 우울한 소식을 전해 주려는 것이었기 때문에 그는 놀랐다. 계승 문제에서 그의 형제들 대신 총리의 아들들에게 새로운 역할이 주어질 거라는 것이었다. 그녀는 자기 남편과 남편의 형제들이 너무나 오랫동안 형인 정 바하두르의 파워게임을 피땀 흘려 도와주었는데 결국엔 그들은 자신들의 고통에 대한 대가인 권력을 나눠 갖지 못하게 되는가 싶어 속이 몹시 상했다.

철두철미 민주주의자인, 아니 스스로 그렇게 자처하는 뎁은 눈곱만큼도 신경 쓰이지 않았다. 그는 입헌군주제라는 사상에 완전히 확신을 가지고 있었고, 강하고 무자비한 자들만이 승리를 거두게 되어 있는, 책략과 그것을 뒤엎는 반대 책략을 가진 네팔 정책들에 완전히 화가 나 있었다. 의회제도만이 이 모든 것에 종지부를 찍을 거라고 그는 믿었다.

"왕세자께서 원하시는 게 바로 그거예요, 어머니. 하지만 폐하께서는 절대 찬성하지 않으실 걸요. 그리고 왕은 결국 왕이니까 왕의 결정이 결정적이겠지요. 전 그 일에 대해 걱정하지 않아요, 어머니. 계승이라는 구태의연한 역할은 계속될 테니, 어머니는 그냥 기다려 보시기만 하세요."

노부인을 납득시키고 나서, 그는 누더기 같지만 자신들에게는 가장 좋은 옷을 입고서 경의를 표하기 위해 기다리고 있다가 자신의 이름을 부를 때를 기다리고 있는 하인들을 찾으려고 방을 나섰다. 물론 하인들은 그들의 주머니에 뭔가가 조금이라도 들어오기를 바라고 있었다. 뎁에게 있는 것이라곤 금화 한 줌이 전부였다. 그것을 주머니에서 꺼내 곁에 서 있던 덤버르에게 주면서, 덤버르 자신의 것은 남겨 두고 하인들에게 나눠 주라고 부탁했다.

덤버르는 혼란스러워 말을 더듬었다. 말을 더듬는 게 그의 유일한 홈이었다. 그것을 신들의 축복이라고 느끼는 사람들도 더러 있기는 하지만, 어린아이들이 몰래 자기 흉내를 낼 때면 덤버르는 그렇게 느껴지지가 않았다. 그는 뎁이 안마당으로 걸어 나간 다음에도 여전히 적당한 말을 찾으려 하고 있었다. 뎁은 거기서 비르 섬세르와 자기의 중국 푸들들이 벌써 마차 안에서 자기를 기다리고 있는 걸 보았다.

16

　저거트 정은 가벼운 실크 사르왈과 벨벳 튜닉을 입고, 가슴에는 다이아몬드가 박힌 단추들과 보석 브로치를 달고 있었다. 귀에서는 다이아몬드와 금이 반짝이고, 슬리퍼까지도 이국적인 자수가 수놓아져 있었다. 왕녀와 사랑에 빠지게 된 그는 게으르게 자기 임무의 대부분을 동생들에게 위임했다. 동생들이 수시로 그의 자문을 구하러 찾아오는 시간을 빼고는 백일몽을 꾸며 보냈다.

　무기력하게 그는 거울 앞에 서서 곱슬곱슬한 머리칼을 이렇게 해 봤다 저렇게 해 봤다 하면서 빗질을 했다. 남자의 허영심을 이렇게 과시하는 행동을 목격한 사람들은 그의 동생들인 지트와 퍼드머, 런비르, 라리트, 덤버르, 허르써 등이었다.

　그들은 모두 배가 같은 한 어머니 소생도 아니고, 또 그들의 어머니들이 모두 동등한 지위를 누리지도 않았지만, 섬세르 집안과는 달리 아버지가 같은 아들들 사이에는 아무런 차별이 없었고, 정 바하두르는 자기 아들들을 모두 계승자 명단에 올려놓았다. 이런 면에서는 정 바하두르는 철저한 민주주의자였다.

　섬세르네와는 대조적으로, 이 집은 응접실에 기품 있는 취향의 값비

싼 가구들을 자랑삼아 들여놓은 부유한 집안이었다. 형제들은 편안하고 우아한 장식과 고상한 매너리즘으로 집안을 장식했다. 마노하라에 쉽게 드나들 수 있던 솜나트는 그 집 응접실에 들어가는 것이 허용되었으나 다른 사무관들은 안마당 아래에서 쑥덕공론들이나 하고 있었다.

지금처럼 그들과 자주 함께 의논하면서, 솜나트는 영국 헌법에 따른 정치 개혁을 논쟁하곤 했다. 그는 논쟁할 때면 언제나 민주적인 구조 없이는 지배자도 피지배자도 안전을 보장받을 수 없다는 것을 예를 들어 가며 주장했다. 그가 좋아하는 예는 1789년 수천 명이 학살된 프랑스 혁명과 그와는 대조적으로 급속한 경제 발달, 즉 프랑스와는 달리 두려움 없는 진보로 이끌었던 영국의 정치제도였다.

정 바하두르 형제들은 절대로 그의 의견에는 동의할 수가 없었다. 그들이 신뢰하는 것은 오직 자기들의 아버지인 정 바하두르와 그가 확립해 놓은 정치제도뿐이었다. 열띤 토론이 계속되는 동안 안마당에 있는 식객들은 당연히 언제나 정 바하두르 가족들에게 찬성하고 솜나트를 조롱했다. 그건 물론 그저 아첨일 뿐이고, 또 형제들도 아첨의 본성을 더 많이 통찰하기는 했겠지만, 그들은 그래도 사람들이 진짜로 정 바하두르 가족에게는 찬성하고 솜나트에게는 그렇지 않다고 믿고 싶어 했다.

그날 저녁 비르 섬세르와 뎁이 그곳에 들어섰을 때에도 바로 그런 토론이 한창 벌어지고 있었다. 그들은 방에 들어가자마자 곧 논쟁에 휘말리게 되었다. 뎁은 솜나트를, 비르 섬세르는 정 바하두르 형제들을 지지하면서. 토론이 열띠다 못해 흥분 상태에 이르렀을 때, 자기 방에서 여전히 머리를 빗고 있던 저거트 정이 방에서 나오지 않은 채 평결을 내렸다. 자기 아버지의 체제가 최고이며 누구나 다 정부 안에서 어떤 역할을 하도록 충분한 기회를 제공한다고. 영국 체제는 외국의 것이라 적합하지 않다고 그는 단언했다.

뎁은 섬세르 집안 출신이라 감히 비난할 수가 없어서, 솜나트, 이 불쌍한 사람만 아첨꾼들로부터 욕을 엄청 먹었다. 뎁은 민주주의에서는 어떤 경우든 다수의 견해가 늘 우세하며, 현 체제가 다수의 의지라면 어쩔 수 없는 것이라고 생각하면서 잠자코 있었다. 물론 솜나트는 다수의 의견에 대해 훨씬 더 솔직한 관점을 가지고 있었다. 그는 뎁이 소풍이라는 더 중요한 문제를 의논하기 위해 손아래 정 바하두르 형제들과 함께 방에서 나가자 발끈 성을 내며 자리를 떴다.

비르 섬세르는 뒤에 남아 있다가 저거트 정의 방으로 가서 형에게 보여야 하는 경의의 표시로 그에게 절을 했다.

저거트 정은 그저 빗질만 계속했다. 저거트 정이 있는 방으로 비르 섬세르가 들어갔다는 사실은 그 집안의 여자들을 모두 가슴 설레는 흥분을 느끼게 했다. 어쨌든 이 사람은 왕녀의 신랑이 될 사람 아닌가. 그래서 그들은 엿보러 그 방 주위로 모두 몰려들었다. 면도도 하지 않은 초췌한 모습에 초라하기 짝이 없는 옷을 입은 그의 모습은 그야말로 대실망이었다. 특히 저거트 정의 여동생들에게 에티켓을 가르치러 와 있는 궁의 시녀들에게는 더 실망스러웠다.

머뭇거리며 비굴하게 비르 섬세르가 말했다.

"우리 사이에 있었던 그 오해를 풀려고 왔어."

"무슨 오해?"

"우뺀드러 왕자 전하의 집에서 우리가 싸웠던 그 사건 말이야."

"뭐ㅡ어, 아무 짓도 안 한 나를 향해 공격해 놓고 넌 그걸 오해라고 하는구나. 그건 네 편에서 미리 계획한 건데 어떻게 감히 그걸 오해라고 할 수 있지?"

"그래서 내가 여기 온 거잖아. 그걸 깨끗이 하려고 말이야. 그건 정말로 오해였기 때문이야."

"이해할 수가 없네. 무슨 오해냐고."

저거트 정은 여전히 거울을 들여다보며 말했고, 비르 섬세르는 물끄러미 벽을 응시했다.

"내 말 좀 들어 봐, 그날 우린 군사 기동훈련 중이었어. 우리들 중 몇 명은 적의 군복을 입고 있었고 우리의 목표는 랑겔리타르를 공격해서 점령하는 거였지. 타파는 내가 크꾸리를 들고 그에게로 달려들면 그냥 콱 죽기로 되어 있었어. 그런데 그러기는커녕 장난치면서 달아나기 시작하지 뭐야. 그래서 그를 쫓아갔지. 그러다 난 정말로 산등성이에서 떨어져서 정신을 잃었거든. 내가 기동훈련 중에 없어진 걸 아무도 알지 못했는데, 그곳에 사는 한 주술가가 날 발견해서 우뺀드러 왕자 궁에 데려다 놓은 거야. 내가 있던 그 방에 형이 막 들어왔을 때 내 마음은 아직도 기동훈련을 하고 있는 중이었고, 내가 크꾸리를 들고 쫓아간 사람은 타파였어. 왕녀가 소리를 지를 때에서야 난 정신이 완전히 돌아왔어. 왕녀에게는 용서를 구했고, 지금은 형의 용서를 빌고 있어. 내가 고의로 공격한 건 아니었어, 장담해. 그건 오해였는데, 내가 그걸 달리 뭐라고 하겠어? 그건 어쩌면 우리의 우정을 깨뜨리려고 운명이 장난치는 그런 불행한 사건 가운데 하나일지도 모르지."

저거트 정은 자기 귀를 거의 믿을 수가 없어서, 빗을 집어던지며 물었다.

"날 알아보지도 못할 만큼 혼돈 상태였다는 거야?"

"맞아, 내 말이 바로 그거야. 기동훈련 중에도 우린 실전처럼 하게 되어 있어. 정신을 잃기 전 난 무턱대고 화가 나서 달려가고 있었거든. 게다가 난 배가 너무 고파 죽을 지경이었어. 내가 형 얼굴도 못 알아보고 무턱대고 달려든 게 이상하지 않아?"

"난, 그런 줄 몰랐지. 난, 네가 왕녀와 레디 더너가 말하는 것 때문에 나한테 화가 몹시 나서 복수하고 싶어 하는 줄 알았어. 당연히 난 나 자신을 방어했고, 그렇게 돼서 우리가 서로 싸우게 된 거지."

"그래서 말인데, 형이 원한다면 그 집 사람들한테 확인해 봐도 돼. 하지만 난 내가 어떻게 해서 그 방에 있었는지 혹은 누가 날 거기 데려다주었는지 알지도 못했어."

"아냐, 벌써 물어봤지. 네가 거짓말하고 있다고는 생각하지 않아. 자, 술이나 한 잔 하면서 잊어버리자고."

몇 달 전만 해도 저거트 정은 술을 마시지 않았다. 그러나 사랑에 빠지게 되고 그렇게 힘든 감정적인 상황에 놓이게 되자, 그런 것들이 그를 바꿔 놓았다. 전에는 그의 고결한 습관들과 임무와 헌신에 대한 찬사뿐이었지만, 사랑에 빠지게 되고 나서부터 어쩌면 자신이 사랑하는 사람을 절대 갖지 못할지도 모른다는 생각을 직시하게 되자 모든 것들이 바뀌었다. 그래서 그는 언제부터인지 알 수 없는 먼 옛날부터 좌절한 연인들을 마비시켜 온 술에서 위안을 찾았다.

그의 집인 마노하라는 튜더 양식의 9층 건물이었다. 천장의 버팀목들은 이국적으로 조각되어 있었고, 모든 것이 세심하게 선택되고 잘 유지되었다. 정원들도 거의 작은 기적에 가까웠고, 그 집의 모든 것이 집 주인의 꼼꼼한 취향과 까다로움을 말해 주고 있었다. 그가 병이 났다는 소식이 퍼졌기 때문에 바로 그날 수많은 사람들이 그의 빠른 쾌유를 빌기 위해 찾아왔다. 그가 잘 되기를 비는 사람들 중에는 군악대를 끌고 와서는 그들을 맞이하기 위해 그가 집의 작은 탑 위로 올라가자 쾌활한 곡을 연주하기도 했다. 그날은 만족스러운 날이었고 저거트 정은 자기에게 보여 주는 모든 사랑과 애정에 상당히 당황스러웠는데, 지금 여기서는 비르 섬세르가 그들 사이의 오래된 화합을 회복하려고 와 있다.

이젠 마음이 완전히 느긋해져서, 저거트 정은 술을 홀짝거리며 말했다.

"그날 왕녀 마마도 몹시 흥분해서 진정시키기가 힘들었지. 너무 화가 났어."

"누구한테 그렇게 화가 난 거야?"

"우리 둘 다 한테지, 물론."

"그건 그렇고, 정 바하두르 삼촌이 들으시면 후환이 있을 텐데."

"그리고 이 소식이 꾸티에까지 들어가면 디르 섬세르 삼촌이 얼마나 충격을 받으실지 생각 좀 해 봐."

저거트 정이 무서워하며 말했다.

"그 소식이 벌써 궁에 들어갔으니까 그거야 시간문제지."

비르 섬세르는 담배에 불을 붙였다.

"바로 그 때문에 내가 궁에 들어가지 않는 거야. 실제로 구릉지대에서 돌아온 이후로 난 이 집 밖으로 나간 적이 없다니까."

"하지만 대체 왜?"

"아무것도 이해 못하겠니? 너랑 왕녀 마마가 약혼한 사이인데, 싸우다 내가 너한테 상처를 입혔다는 걸 들으시면 그분들은 몹시 화내실 거야. 그러니 내가 대체 어떻게 얼굴을 보일 수 있겠니. 하지만 이제 네가 모든 걸 다 설명했으니 다 괜찮아질 거라고 생각해."

그 지점에서 희망과 용기가 비르 섬세르의 영혼 속으로 들어왔다. 그는 다시 담배를 크게 한 모금 들이켜고는 거의 앞뒤가 안 맞는 말을 했다.

"왕녀는 나하고 결혼하고 싶어 하지 않아. 만약 그분들이 왕녀 마마에게 강요하신다면 왕녀 마마는 자살할 걸. 그러니 도대체 내가 그녀와 결혼할 수 있겠어?"

"그러면, 그녀는 누구랑 결혼하고 싶어 할까?"

저거트 정은 짐짓 모르는 체하며 말했다.

"뭐, 그야 물론 그녀는 형을 사랑하고 있지."

"누가 그런 말을 해?"

"우빼드러 왕자님의 궁전에서 다 들었어."

"그렇다면."

거북해하며 저거트 정이 말을 이었다.

"어떤 조치가 필요한지 네가 말해 주면 되겠구나."

"내가 어떻게 형을 대신해서 그런 결정을 할 수 있겠어. 무엇보다 먼저 형은 왕녀 마마와 결혼하는 것에 관심이 있어, 없어?"

"어떤 남자든 다 있겠지."

"그럼, 형. 관심 있는 것만으로는 부족해. 형은 그녀게게 가장 적합한 결혼 상대자야. 그러니 그녀에게 적극적으로 사랑을 고백하고 그녀의 행복을 지켜 줘야만 해."

"그녀를 행복하게 해 주지 못한다면 나의 부가 다 무슨 소용 있겠나."

저거트 정이 의견을 말했다.

"아, 그녀의 신분을 존중해야 하는 것뿐만 아니라 평생 동안 그녀에게 경칭을 써야 하는 거야. 비록 그녀가 형의 아내가 된다 해도 그녀에게 절을 해야 하는 사람은 형이고, 형이 승진을 하거나 어떤 명예를 받을 때마다 그녀에게 경의를 표해야 하는 사람은 바로 형이야."

"네 말을 잘 알아들을 수가 없구나."

저거트 정은 이해할 수 없다는 듯 말했다.

"이게 전부 필요하단 말이냐? 네팔에서 언제부터 자기 아내의 신하가 되어야 했지?"

"이건 그녀가 네팔 주권의 상징인 왕녀이기 때문이야. 형이 그녀의 남편이 될 수는 있겠지만 형은 영원히 그녀의 신하인 거지. 그녀가 형더러 남은 음식을 먹으라고 하면 형은 복종해야 할 걸."

"넌, 이런 걸 전부 어떻게 아니?"

"형의 아버지께서 나한테 말씀해 주셨어. 이런 것들은 그분이 합의하신 조항과 조건들이야. 이런 문제에선 우리도 영국의 전통을 따르기 때문이지. 누군가의 아내가 왕족 혈통의 왕녀라면 남편은 하위 신분을 받아들여야만 하는 거야."

"음, 영국 전통들이 우리를 더 문명화되게 만들어 준다면 왜 안 되겠어?"

하고 저거트 정이 어깨를 으쓱해 보이며 대답했다.

"한 가지가 더 있어. 형은 또 다른 아내를 얻을 수가 없어. 안 그러면 그녀와 그녀의 여성성을 모욕하게 될 거야."

"그런데 비르, 그건 너무 웃긴다. 왜 내가 사회적 권리와 법적 권리를 다 박탈당해야 하지?"

"그녀가 왕녀이기 때문이지."

저거트 정은 다시 한 번 어깨를 으쓱해 보였다.

"그녀를 얻는데 다른 여자가 왜 필요하겠어?"

"그러면 됐고. 그러니 형이 그녀를 미친 듯이 사랑하고 그녀와 결혼하기를 간절히 원한다는 탄원서를 그녀에게 쓰는 게 좋겠다."

저거트 정은 풀이 죽어 앉아 있었다.

"그래 봐야 아무 소용없다는 거 알잖아."

그는 왕이 왕녀는 비르 섬세르와 결혼하게 될 거라는 명예를 건 약속을 어떻게 했었는지를 자세히 말했다. 아무도 왕실 법도를 우롱할 수는 없었다. 왕녀는 처음에는 왕실의 법도를 따르려고 했으나, 점차 저거트 정과 사랑에 빠져 그와 결혼을 하고 싶었다. 그러나 저거트 정과 비르 섬세르가 삼촌 집에서 싸운 이후로는 절대 아무하고도 결혼하지 않겠다고 결심했다.

저거트 정이 우울하게 말했다.

"일이 이렇게 됐는데, 그녀에게 탄원서를 쓰는 게 도대체 무슨 소용 있겠냐?"

비르 섬세르의 마음속에서 아이디어들이 마구 솟아나왔다. 저거트 정에 대해 품었던 나쁜 감정들은 모두 사라지고 저거트 정이 왕녀와 결혼할 수 있는 거라면 무슨 짓이든 기꺼이 할 각오가 되어 있었다. 말할 필요도 없이 그래야 자기도 더너에게 청혼할 수 있게 될 테니 저거트 정에게 탄원서를 쓰라고 종용하는 것이다.

"서로 사랑하는 두 사람 사이에 끼게 될 줄은 상상도 못했어. 형의 결혼을 위해서 내가 할 수 있는 일이라면 정말로 뭐든 다 할 거야. 그리고 이 탄원서를 왕녀한테 내가 직접 갖다 줄게."

"설마 너 진심은 아니지? 그녀가 나랑 결혼할 건지 네가 직접 그녀에게 물어보는 건 생각할 수도 없을 텐데."

"난, 할 수 있어."

"하지만 왜지?"

"하이고! 제발, 질문은 그만하고 쓰기나 하셔."

그의 말이 이기심이 없는 것 같기는 하지만 저거트 정은 여전히 불편했다. 우뺀드러 왕자의 집에서 있었던 사건이 완전히 잊히지 않았기 때문이다. 그래서 그들은 설왕설래하기 시작했다. 어찌됐건 결국은 비르 섬세르가 이겼다. 말씨름하다 보니 레디 더너에 대한 자신의 사랑을 저거트 정에게 털어놓지 않을 수가 없었기 때문이다. 그러니 저거트 정이 그를 대신해서 왕녀와 결혼하지 않는다면 그가 어떻게 그녀와 결혼할 희망을 가질 수 있겠는가.

그런 말이 나오고 나자 저거트 정의 의심은 눈 녹듯 사라져서 그는 편지를 쓰기 시작했다. 한편 비르 섬세르는 더너에게 뭐라고 말할까 꿈꾸느라고 바빴고, 또 마음 한구석에는 더너의 집에서 맨 처음 사랑에 빠졌던 이상형의 소녀에 대한 끊임없는 잔소리도 있었다. 그는 그녀를 다시 못 본다 해도 개의치 않았다. 비르 섬세르에게는 갈 길이 멀었고, 이건 겨우 시작에 불과했으니까.

이윽고 저거트 정이 편지를 다 써서 넘겨주며 말했다.

"내가 느끼는 것을 하나하나 다 설명하려고 했어. 가능한 한 짧게. 내가 놓친 게 있으면 뭐든 말해 줘."

비르 섬세르는 마음이 편해졌다. 그를 괴롭히는 유일한 것은 왕의 소망을 거스르고 있다는 사실이었다. 다른 한편으로는 그는 이제는 왕녀와 결혼하지 않아도 되었기 때문에 더너와 어쩌면 이상형의 소녀까지도 가지게 되기를 꽤 기대하고 있었다. 이젠 한 여자에게만 매일 이유가 없으니까.

그는 남은 술을 단숨에 다 마시고는 만면에 미소를 띠면서 편지를 집어 들었다.

"곧 돌아와, 답장 가지고."

저거트 정이 말하며 낮은 소리로 덧붙였다.

"우리 한 병 더 따서 축하하자고."

비르 섬세르는 방을 나와서 삼촌들과 자기 아버지의 초상화로 장식된 대리석 계단을 내려갔다. 계단을 다 내려왔을 때 그는 저거트 정의 막내 여동생 한 명을 만났다. 그녀는 하녀들의 도움을 받으며 묘한 자세로 층계를 따라 걷고 있었다.

"비르, 언제 왔어요? 오빠가 여기 있는 걸 알지도 못했네. 언제 결혼할 거예요?"

그녀의 말에 기분이 묘해졌다. 그녀가 마치 자기를 꾸짖으려는 것 같아서 그는 묵묵히 걷기만 했다.

"어머나, 왜 그냥 가요? 어디 아파? 무척 수척해 보이는데, 구릉지대가 오빠한텐 잘 맞지 않았나 봐."

그러나 그는 여전히 그녀가 자기를 놀리고 있다는 느낌이 들어서 걸음을 조금도 늦추지 않았다.

"아니, 뭐지? 왕녀 마마에게 말하는 입은 너무 고결해서 다른 사람과는 말할 수 없다는 건가?"

그는 걸음을 멈추고 보일 듯 말 듯 미소를 지으며, 그녀에게 손을 흔들어 인사했다. 미소는 지었지만 그는 종잡을 수 없는 기분이 들면서 웃어야 할지 울어야 할지 몰랐다. 어느 모로 보든 패배와 굴욕을 맛보는 건 자기였다. 어쨌든 그는 지금 궁으로 가는 길이었다. 다른 사람의 행복을 위해 자신의 미래를 희생하러.

17

왕녀가 태어난 날부터 그녀의 부모들은 그녀의 지참금을 모아 왔다. 그래서 지금 그녀의 결혼 날짜가 다가오자 왕궁 안에는 지나치다 싶을 정도로 분주해하는 건 오히려 당연한 일이었다.

어디에나 사람들이 있었다. 침구 만드는 사람들, 누비이불을 누비는 사람들, 여자 재봉사들, 금을 세공하는 사람들, 은을 세공하는 사람들이 모두 하나같이 궁정 사무관들의 뒤를 따라다니며 관심을 가져 달라고 야단법석이었다. 재무부에서는 관리들이 중국의 인형과 우산에서부터 금은 식기들에 이르는 보석 트렁크들을 분류했다. 회계원들은 재정 문제들을 해결하느라 바빴으며 언제나처럼 엄청나게 값을 깎고 있었다. 10개의 안마당에 전부, 궁이 소유하고 있는 안마당 하나하나마다 왕녀의 결혼 준비를 돕기 위해 특별히 와 있는 사람들이 가득 모여 있었다.

왕비는 전혀 내켜하지 않아 하는 딸을 끌고 다니며 그날 저녁 준비를 감독하고 있었다. 왕녀는 마치 자신의 파멸을 향해 걸어가는 것처럼 마지못해 어머니를 따라다녔다.

어머니와 딸이 두 번째 안마당에 막 이르렀을 때 비르 섬세르가 어디

선가 갑자기 그들 앞에 모습을 나타냈다. 그를 보자 왕녀는 마음이 울컥하면서 안색이 변했다. 그녀가 얼마나 멸시했던 인간인가! 차가운 두려움이 그녀를 사로잡아 땀방울들이 얼굴에 맺혔다. 그녀의 어머니는 이런 것을 전혀 눈치 채지 못한 것 같았다. 그녀는 딸의 예비 신랑인 비르 섬세르를 보고는 몹시 즐거워 보였으며 통상적으로 세심하게 인사를 나눈 다음 이렇게 물었다.

"자네와 저거트 정에 대해 들리는 말들이 뭐지? 둘이 다투고 있나?"

"글쎄요. 사실은, 마마. 저도 그 같은 소문을 들었습니다."

비르 섬세르는 침착하게 대답했다.

"소문이라고?"

왕비가 물었다. 그녀는 몹시 당황해서는 딸에게 조금 역정을 내며 말했다.

"사실을 잘 알아보고 나한테 말했어야지."

왕녀는 어머니의 말에 뼛속까지 얼어붙는 것을 느꼈고, 어머니의 얼굴에 나타난 표정을 보자 다리에서 힘이 빠졌다.

"넌, 저 두 사람이 싸우는 걸 보았다고 말했잖니. 저 두 사람을 보긴 본 거야?"

"네, 그럼요."

왕녀는 자기 발을 열심히 내려다보며 작은 소리로 말했다.

"두 사람은 싸우고 있었어요. 한 명은 손목에 상처가 났고 다른 한 명은 이마에 상처가 났지요."

그녀는 비르 섬세르의 이마에 뚜렷이 보이는 흉터를 어머니에게 보여 주고 그 자리에서 그를 고발하고 싶었으나, 그녀가 뭐라고 말하기도 전에 비르 섬세르가 가로채며 말했다.

"사실은, 마마. 왕녀 마마께서 저희들이 싸우는 것을 보시긴 하셨지

만 그것은 그냥 모의 전투였습니다. 폐하께서도 아시겠지만 저희들은 스스로를 지키기 위해 티베트 군에 맞서 언제든 싸울 준비가 되어 있어야 하기 때문에 수시로 이런 기동훈련을 훌륭히 해내야 합니다. 저는 매복하고 있는 티베트 군이고 저거트 정은 자신을 방어하는 네팔 군인이었습니다. 어찌 됐든 제가 그곳에 있었던 것은 정말 우연이었습니다. 그날 아침 저는 산등성이에서 떨어져서 상처를 입었기 때문입니다. 그것은 전부 오해였습니다. 그래서 저거트 정이 왕녀 마마께 보내는 편지를 가지고 그 문제를 일거에 명백하게 하기 위해 제가 이곳에 온 것입니다."

"이 어리석은 것, 넌 사소한 일을 가지고 법석을 피웠구나."

그러면서 동시에 왕비가 딸을 돌아볼 때 그녀의 눈에는 한 가지 의문이 있었다. 분명히 어떤 오해가 있을 수 있었는지 자신이 정확하게 이해하지 못했기 때문이다. 어떻게 저렇게 철저하게 거짓말을 할 수 있는지, 왕녀는 당황스러웠다.

도대체 자신이 어떻게 뭘 오해할 수 있었겠는가. 그녀는 비르 섬세르에게 반박하려고 했으나 때마침 비르 섬세르가 저거트 정의 편지를 꺼내들었고, 읽을 줄 모르는 왕비는 왕녀에게 위층에 가서 읽으라고 했다. 그녀는 순순히 그렇게 했고 비르 섬세르는 왕녀의 뒤를 따르는 시녀들의 뒤를 말없이 따라갔다.

이층으로 올라가며 왕녀는 화가 머리끝까지 나서 할 수만 있다면 "개 두 마리가 언제나 고기 한 점을 놓고 싸운다."고 절규하고 싶었으나 자제하면서 그에게 이렇게만 말했다.

"이봐요, 도대체 전부가 거짓말이고 허세군요. 두 사람이 싸운 건 바로 나 때문이라는 걸 내가 너무나 잘 알고 있는데."

비르 섬세르는 시인하며 말했다.

"사실입니다. 그러나 저희들은 이제 다시 친구가 되었으니 그 문제를 계속해서 다시 끄집어낼 이유가 없습니다."

"어떻게 그런 일이 있을 수 있죠?"

"음, 저희는 먼저 모든 것을 하나하나 설명했어야 했습니다만……."

그는 하인들 앞에서는 공개적으로 말할 수 없다는 힌트를 주려는 시도로 머뭇거리며 하녀들을 흘낏 둘러보았다. 그러나 그녀는 하녀들을 물리기는커녕 그가 저거트 정을 비판하고 싶어 한다고 생각하며 그에게 화를 냈다.

"난, 모든 것에 대해 전부 다 알고 있어요."

그녀는 격노해서 자기 앞에서 저거트 정이 비판받아선 안 된다고, 그리고 만약 끝내 비르 섬세르와 결혼해야 된다면 스스로 목숨을 끊어 버리겠다고 분명하고 단호하게 못을 박았다.

불쌍한 비르 섬세르는 그런 그녀에게 정말 극약이 필요하냐고 물었다. 그녀의 눈에서는 눈물이 흘러내렸다.

"저 좀 보세요."

그가 말했다.

"왕녀 마마께서 저거트 정을 사랑하시는 거 저도 압니다, 그렇지요? 그래서 모든 것을 깨끗이 정리하고 왕녀 마마님이 바라시는 대로 문제를 해결하려고 여기 온 겁니다."

"그게 무슨 말이에요?"

그녀가 물었다. 그는 그렇게 하녀들이 전부 다 있는 데서 몹시 곤혹스러워서 대답하는 대신 그들을 똑바로 쳐다보면서 말했다.

"짐작 못하시겠어요?"

마침내 왕녀는 그의 말뜻을 알아차리고는 하녀들에게 나가라고 지시했다. 그들이 나가고 나자 그는 좀 더 자유롭게 말할 수 있을 것 같았다. 거기에 저거트 정과 함께 마셨던 위스키가 그에게 용기를 주어 말이 술술 풀리게 해 주었다.

"제게 사실대로 말씀해 주십시오, 마마. 저거트 정과 사랑에 빠지셨지요?"

대답 대신 그녀는 눈길을 떨어뜨렸지만 그녀의 얼굴 표정이 그가 알아야 할 필요가 있는 모든 것을 다 말해 주었다.

"그와 결혼하고 싶으시지요?"

그 생각을 하자 전율이 그녀의 척추를 타고 흘렀다.

"누군들 안 그렇겠어요."

그녀가 대답했다.

"다른 사람들에 대해 여쭙는 게 아닙니다. 전, 왕녀 마마 자신에 대해 여쭙고 있습니다. 그러니 부디 저한테 솔직하게 대답해 주시기 바랍니다."

"난, 당신이 올바른 해결 방법을 가지고 있다고 생각했어요. 그런데 당신과는 아무 상관없는 일에 대해 나한테 묻고 있군요."

"그 질문에 대답하실 수 없다면 저도 저의 계획을 실행에 옮길 수가 없습니다. 이것은 그렇게 간단한 것입니다."

그녀는 그에게 다시 화가 나려고 했지만 아래를 흘낏 보고는 그가 더너의 반지를 끼고 있는 것을 알아챘다. 할머니가 자기들에게 똑같은 반지를 하나씩 주셨다. 자기 반지는 저거트 정에게 주었으므로 이 반지는 더너의 것이 틀림없다는 것을 그녀는 확실히 알게 되었다. 그것을 보자 비르 섬세르가 더너를 사랑하는 게 틀림없다는 생각이 들며 분노는 사라지고 갑작스럽게 밀려오는 동정으로 바뀌었다.

"당신이 더너의 반지를 끼고 있는 걸 보니 틀림없이 그녀와 결혼할 생각인가 봐요."

그녀의 얼굴에 미소가 번졌다.

"당신이 말하고 싶은 것이 이건가요?"

비르 섬세르는 미소를 지었으나 그의 가슴은 그렇게 미소 짓지 못했다. 그의 가슴은 비통함과 복수심으로 가득 찼다.

"사실, 서로가 다 만족할 수 있도록 모든 것을 정리하려고 왔습니다."

"당신은 기껏해야 최근에 모든 것을 다 망치는 데 성공했는데 대체 어떻게 그렇게 할 수 있다는 말이지요?"

"마마, 저를 믿으시고 그냥 모든 것을 제게 맡겨 주십시오."

"어떻게 생각해야 할지 모르겠네요. 당신이 지금 끼어들기 시작하면 어떤 식으로든 그 사람에게 해가 될지도 모르고, 또 나는 그 사람을 거절하는 것으로 벌써 모든 것을 끝냈는데."

"절, 믿어 주십시오."

"당신은 모든 것을 확신하고 있는 것 같네요."

이렇게 말하는 그녀의 얼굴이 잠시 환해지면서, 이때까지 그녀를 잡고 있던 양심의 가책을 잊었다.

"마마, 저거트 정은 희망을 버리지 않았는데 마마께서 왜 버리셔야 합니까?"

그러면서 그는 과장된 몸짓으로 저거트 정의 편지를 꺼내서는 그녀에게 건네주었다.

그녀는 그 편지를 읽었다. 조금 전까지 찌푸렸던 얼굴에 순수한 기쁨의 표정이 퍼져 나갔다. 그녀의 얼굴을 찬찬히 뜯어보면서 비르 섬세르는 이제 마음속에 아무런 의심 없이 그녀가 자신의 사촌을 진심으로 사랑한다는 것과 자기는 절대 그녀와 결혼할 그 어떤 희망도 품을 수 없다는 것을 믿게 되었다.

"그가 말하길, 당신이 모든 것을 보살펴 줄 거라는군요. 그게 사실이에요, 당신이 그렇게 할 건가요?"

"네, 사실입니다."

그녀의 눈에 기쁨의 눈물이 고였다. 그 눈물을 사리의 한쪽으로 닦으면서 그녀는 그 편지를 블라우스 속 심장 바로 옆에다 찔러 넣다가 하마터면 비르 섬세르의 얼굴을 스칠 뻔했다. 그녀는 비르 섬세르에게서 풍기는 술 냄새에 코를 찡그리며 물었다.

"술 마셨어요?"

"조금요."

"그럼, 이 모든 것이 알코올의 영향을 받아 약속되고 있는 것인가요?"

그녀는 다시 한 번 자기를 괴롭히지 않을까 의심하면서 이렇게 말했다.

"전혀요. 저 술꾼 아닙니다. 술에 취하지 않았습니다, 마마. 저거트 정이 억지로 마시게 하지 않았다면 한 방울도 안 마셨을 겁니다."

"저거트 정이 술을 마셔요?"

"네, 요즈음은 늘 술을 마시고 있는 것 같아요."

비르 섬세르는 심술궂게 한마디 하고 말했다. 아마도 아직 자기의 모든 희망을 망쳐 놓은 저거트 정에게 복수하고 싶은 욕망에 자극받는 것 같았다. 왕녀는 일어나더니 급히 방을 나갔다. 사실 너무 급히 나가는 바람에 비르 섬세르는 저거트 정에 대해서 한 말이 그녀를 화나게 만들지는 않았을까 하는 생각이 들었다. 그리고 그 사소한 말이 저거트 정에게 해가 되기보다는 자기 자신에게 더 해가 되는 건 아닌가 해서 두려웠다. 그가 자기의 사촌을 깎아내린 성급함을 저주하면서 신경이 몹시 날카로워져 있는데 왕녀가 돌아오는 소리가 들렸다. 그녀는 외국산 술을 두 병 가지고 들어와서는 그를 보자 미소를 지으며 말했다.

"부탁인데, 이것을 저거트 정에게 주면서 내가 보낸 거라고 하세요."

"하지만 마마, 그의 편지에 답장 안 하실 겁니까?"

"아, 그건 내일 해도 되겠지요."

"마마께서 편지를 빨리 쓰실수록 더 좋을 것 같습니다. 지금 바로 하실 수 있는데 왜 내일까지 기다리지요?"

비르 섬세르의 독촉을 받으며 그녀는 종이 몇 장과 깃펜을 꺼내들고 편지를 쓰려고 책상에 앉았다. 그러나 비르 섬세르가 거기 있는 것이 조금 당황스러워서 그녀는 적당한 말이 떠오르질 않았다.

"뭐라고 쓰죠? 느낌을 종이 위에 옮기는 건 너무 힘들군요."

"마마, 어째서 그런 말씀을 하십니까? 더너에게 보내는 편지에서 쉬염부나트를 방문하신 것에 대해서는 왕녀 마마의 느낌들을 아주 적절하게 쓰셨잖습니까."

그녀는 자기가 더너에게 쓴 편지를 그가 이미 읽었을 정도로 그와 더너가 벌써 그렇게 친밀한 사이가 된 것에 놀랐다.

"그런데, 지금은 내가 좀 혼란스럽네요."

그러나 비르 섬세르가 막무가내로 종용하는 바람에 그녀는 종이 위에 뭔가를 몇 줄 쓰려고 했다.

내 삶의 주인이여!

당신 편지 많이 감사합니다. 모든 것이 용서되었어요. 비르 섬세르가 책임지고 문제들을 해결하는 데에 찬성했다는 것을 알게 되어 기쁩니다. 그가 훌륭한 사람이라는 표시겠지요. 그는 얼마나 선견지명이 있고 존경할 만한 사람인지요. 다음 편지에 더 많이 쓸게요.

영원히 당신의 사람
왕녀

왕녀가 편지 위에 향수를 뿌리고 봉투에 넣자 비르 섬세르는 그녀의 인장을 거기에 찍은 다음, 그녀가 비르 섬세르에게 편지를 건네주었다.

"제 삼촌의 딸들이 왕자님들과 결혼할 거라는 것이 사실입니까?"

그가 물었다.

"아, 네. 그건 틀림없는 사실이에요. 그들은 정말로 사랑하고 있어요. 왕세자는 큰 딸 둘과 결혼하고 너렌드러 왕자는 그들의 동생과 결혼하게 되어 있어요."

"나한테 일어났던 것처럼 모든 게 그저 공허한 꿈만은 아니라고 기대해 볼까요?"

"아, 그건 사실이에요, 그럼요. 그들은 벌써 시녀들을 마노하라로 보내 소녀들에게 궁중 예법을 가르치고 있어요."

편지를 집어 든 다음 비르 섬세르는 그녀를 떠났다. 자신의 방 창문으로 그녀는 그가 말을 타고 멀어져 가다가 이윽고 그가 시야에서 사라질 때까지 눈으로 좇으며 지켜보았다. 그녀는 지금 주위의 모든 것에서 강한 즐거움이 느껴졌다. 달콤한 꿈을 꾸면서 그녀는 자신의 집에서 저거트 정과 함께 있는 건 어떤 것일까 상상의 나래를 폈다. 그녀는 비르 섬세르가 자기들을 위해서 하고 있는 모든 것에 대해 그에게 얼마나 감사한가를 느꼈다.

그 편지를 전해 줄 것인가 찢어 버릴 것인가, 마음이 두 갈래였다. 한편으로는, 그녀는 왕이 친히 그에게 약속한 사람인데 왜 자기는 왕녀와 결혼해선 안 된단 말인가, 하는 생각이 들었다. 아무튼 자살한다는 게 그녀의 생각만큼 쉽지는 않을 터였다. 그녀가 자기의 아내로서 함께한다면 그는 권력과 부를 가질 수 있고, 네팔을 자기 발밑에 둘 수도 있을 텐데. 왜 자기가 저거트 정을 위해 그 모든 것을 희생해야 한단 말인가?

그는 속으로 생각했다.

"그래, 네팔의 역사 전체가 피로 점철되어 있고, 오직 강한 자들과 무자비한 자들만이 언제나 성공했다. 우리의 모든 연민과 이상주의는 우리가 경배하는 돌과 금속으로 만든 우상들만큼이나 차갑다. 붓다의 가르침은 권력과 부를 향한 억누를 수 없는 강한 욕망으로 가는 길을 제시해 주었다. 이 편지는 찢어 버려."

그러나 다른 한편에서는, 그리고 좀 더 생각해 보고 나서 그는 자기는 왕녀를 절대 행복하게 해 줄 수 없다는 것을 깨달았다. 지금 억지로 자기와 결혼한다면 그녀는 그저 비참해지기만 할 것이다. 결국, 결혼은 서로 간의 행복 안에서 두 영혼이 결합하기 위한 것이다. 그가 지금 왕녀와 결혼한다면, 그들은 서로를 비참하게 만들기만 하고 결국엔 지옥으로 가는 길을 함께 기어가게 될 것이다. 두 영혼을 파괴하느냐 구하느냐는 그에게 달려 있었다.

마침내 그는 결심했다. 자기는 절대 이미 저거트 정의 소유가 되어 있는 왕녀의 영혼을 가지게 되기를 바랄 수는 없으며, 또 자기는 패배하더라도 최고의 미소를 지을 것이며 명예롭게 손해를 감수하겠다고.

"저녁이 되면 밤을 저주하는 대신 등불을 켜라. 너의 가난에도 불구하고 너를 사랑하는 레디 더너의 품에서 안식처와 위안을 찾아라. 이제 왕녀의 꽁무니를 쫓아다니면 그녀와 레디 더너를 모두 잃게 될 것이다."

이렇게 확신하면서 그는 자기는 사업에서 실패할 수가 없다는 것, 실패란 자기 가족의 불명예보다 더 나쁜 것을 의미할 것이라는 걸 깨달았다. 이런 생각들을 하면서 그는 마노하라에 도착했다.

저거트 정은 술에 취한 채 혼자 있었다. 그는 왕녀의 사진을 들고서 그것이 마치 피와 살이 있는 연인이라도 되는 양 그것을 껴안고 그것에게 애정을 나타내며 이야기를 들려주고 있었다. 그 광경에 비르 섬세르는 갑자기 비린내가 나서 왕녀로부터 받은 술도 편지도 전해 주지 않았다. 그는 그날 저녁 저거트 정이 자신의 행동에 기뻐하고 감사해할 줄 알았는데, 그러기는커녕 그는 그냥 혼자서 곤드레만드레 취해 가고 있었다.

바깥쪽 테라스에서는 저거트 정의 두 여동생들이 그가 아까 눈여겨 보았던 것과 똑같이 또다시 발을 절면서 이상하게 걷고 있었다.

"마마."

비르 섬세르는 조롱하듯이 말했다.

"제가 마마의 발에 뭐가 잘못됐는지 아는 즐거움을 누려도 될까요?"

그들은 대답하지 않고 시녀들의 도움을 받으며 그저 계속 절뚝거리기만 했다.

"이게 뭐지? 너희들은 궁에 들어가서 왕세자비에 오른 다음에야 나한테 이야기할 건가?"

그가 빈정대며 말했다.

그러나 그들은 그에게 밝게 미소 지어 보이며 말했다.

"기분 나빠 하지 마. 우린 오빠가 술에 취한 줄 알았거든. 그래서 오빠 말을 무시했던 거야."

"그래, 나 술에 취했다. 기뻐서 취했지."

그가 대꾸했다.

"그래, 그런데 왜?"

그는 그들이 언젠가는 왕비들이 될 테니까 그들 때문에 기쁜 거라고 말해 주었다.

"에이, 그만해. 우린 누구하고도 결혼하기로 되어 있지 않아."

그때 그들 중 동생이 건방지다고, 또 자기들을 '마마'라고 불렀다고 그에게 잔소리했다.

"나리, 그 소식을 어디서 들으셨어요?"

시녀 하나가 물었다.

"마마, 그러니까 왕녀 마마한테서. 난, 지금 궁에서 막 오는 길이거든."

그는 환하게 미소를 지으며 말했다.

"맙소사, 그런 옷을 입고서?"

언니는 이렇게 말하고, 그 둘은 펄펄 뛰며 얼굴을 붉혔다.

하지만 비르 섬세르는 조금도 동요하는 기색 없이 그냥 이렇게 말했다.

"그건 그렇고 너희들 다리가 뭐가 잘못됐니? 감염되고 있나? 아까 여길 떠날 때는 한 명만 절뚝거리고 있었는데 지금은 너희들 둘 다 그러잖아? 통풍이야?"

이 말에 그들은 깔깔 웃으며 서로에게 엎어졌고, 비르 섬세르는 그들이 웃는 건 여기저기 찢어진 자기 옷 때문이라고 생각하면서 자기가 미처 보지 못한 구멍이 또 있나 보았다. 그것이 그의 사촌들을 더 한층 깔깔 웃게 만들었다.

잠시 후, 시녀 한 명이 말했다.

"나리, 제가 알려드려야겠네요. 이분들은 절뚝거리시는 게 아니에요. 궁정의 품위 있는 걸음걸이를 연습하시는 겁니다."

하녀는 여자아이들을 돌아보며 말했다.

"아씨들, 그렇게 웃으시면 안 됩니다. 왕족들은 조용히 말씀하셔야 하고 모든 것을 조신하게 하셔야 합니다. 사람들은 아가씨들이 말씀하시는 것을 듣기 위해 따라다녀야 합니다. 이것이 제왕의 인격입니다만 지금 당장은 여러분 중 한 분도 제대로 걷지도 못하십니다."

비르 섬세르는 여자애들이 자기가 아니라 그들 자신을 놀림감으로 만들고 있다는 것을 깨닫고는 그들에게 왕실 걸음걸이를 보여 달라고 부탁했다. 그들은 수줍어하면서 그를 거실로 데리고 갔다. 거실에서는 그들의 여동생이 오빠들과 재미있게 웃으며 놀고 있었다.

"웬 농담이야?"

비르 섬세르가 라리트 정에게 물었다. 라리트는 대답하지 않고 여동생이 말했다.

"우린 뎁의 생각 때문에 웃고 있는 거야. 그는 우리의 정부 체제에서는 아무도 안전하지 않다고 믿고 있어. 왕조차도 말이야. 우리가 보기엔 그는 제정신이 아닌 것 같아."

런비르 섬세르가 말했다.

"그는 헌법에 복종할 뿐만 아니라 왕과 총리도 복종시킴으로써만 생명과 재산이 정말로 늘 안전하다고 생각해. 얼마나 바보 같은지. 제정신이 아니야."

퍼드머를 제외한 나머지 정 바하두르 형제들은 그들 중 아무도 이해하기는커녕 그게 뭔지조차 알지 못하는 뎁의 정치적 견해에 대해 말이 난 김에 서로 거들어 가며 몹시 통렬한 비평을 해 댔다. 지금 당장은 비르 섬세르도 비난하는 다수 쪽에 동의했다. 그건 단순한 이유에서였다. 민주적인 체제에서는, 그 개인적으로는, 자신의 정치적 목표들을 어떻게 깨닫게 될지 알지 못했기 때문이다. 따라서 그도 자기는 자신의 가족을 압박하고 그들을 헌법 같은 그런 것에 복종시키려는 생각을 한다는 것 자체가 미숙한 거라고 하면서 뎁을 비난했던 것이다.

그들은 모두 뎁이 늘 하곤 하는 말이나 생각들을 비판하면서 그를 흉내 내기 시작했다. 이를 테면 "우리가 사회적 장벽을 제거하고 불가촉천민 신분을 폐지할 때에만 진보하게 될 거야." 같은 말들을.

허르써가 뎁의 걸음걸이까지도 흉내 내자 그들 모두 허리가 끊어져라 웃어 댔다. 비르 섬세르의 허리는 더 아팠다. 아직도 샴페인 두 병을 허리에 쑤셔 넣고 있었기 때문이다. 그것들을 꺼내서 모두가 보는 데에서 테이블 위에 올려놓았다.

그들은 그 술 두 병을 보자 모두 입을 다물고 조용해졌다.

"그게 뭐야?"

여자애들이 물었다.

"프랑스산 샴페인이야. 최고지."

그가 대꾸했다.

"그것들이 어떻게 카트만두까지 왔지?"

사실은, 프랑스 황제가 정 바하두르에게 선물한 것을 다시 정 바하두르가 수렌드러 왕에게 선물한 것이지만, 그것을 알 턱이 없는 비르 섬세르는 대답하지 못했다. 그것들이 어디에서 왔는지 알고 있는 퍼드머가 모든 것을 설명해 주는 동안 여자애들은 단순히 병 모양이 예뻐서 감탄을 연발하며 가격이 얼마나 되느냐고 물었다.

"값을 매길 수가 없지."

비르 섬세르가 대답했다.

그러나 자매들 모두가 열렬한 수집가들인지라 가격이 얼마든 따지지 않고 수집해서 쌓아 놓곤 했다. 그들은 그 병들이 너무나도 간절히 갖고 싶어서 비르 섬세르가 마침내 팔 때까지 끈질기게 값을 깎고 또 깎았다. 그에게는 돈을 원하는 그 나름의 이유가 있었지만, 왕녀가 실의에 빠진 자기의 연인에게 보낸 귀중한 선물은 이런 식으로 팔렸다.

18

날이 밝았다. 역사에 한 페이지를 더하면, 전통의 파노라마에 화려한 행렬 하나를 더해지는 것이 네팔이었다. 이날, 왕녀와 비르 섬세르의 천궁도(인간이 태어난 곳과 시간에서 본 하늘의 지도)가 비교되고 그들의 결혼에 대해 최종 결정이 날 것이었다. 모든 것이 순조로워야 했으므로, 결혼은 길한 시간이라고 판단되는 시간에 거행될 것이었다.

왕궁의 주 정원을 깨끗이 청소하고 나서 신선한 소똥으로 일정한 의식 절차에 따라 정화했다. 대나무 아치 하나가 높이 세운 단 위로 세워지고 과일과 꽃으로 장식되었다. 기름 등불들로 둘러싸인 높이 세운 단에는 버밀리온 가루와 쌀을 흩뿌려 놓았다. 솜나트는 단의 동쪽에 가서 앉아, 천문학적 계산에 열중해 있었다.

정원의 뒤쪽에 위치한 좌석들은 귀빈들이 앉도록 배열되었다.

왕비가 도착하자 개회가 선포되었다. 왕비 마마는 사제들에게 필요한 것이 있으면 뭐든 비용에 개의치 말고 요청하라고 권고했다.

왕족의 가까운 친척들과 들러리 집안의 가까운 친척들이 모두 여기저기 자리를 잡고 앉았다. 특별한 의식에 반드시 참석해야 하는 가까운 가족 구성원들만 초대되었다. 이런 경우 관례상 국외자들은 초대하지

않게 되어 있었기 때문이다. 총리는 자신의 형제들인 저거트 섬세르, 키리스너 바하두르와 함께 이제 막 도착했다. 그들은 모두 왕비 마마에게 경례를 올리고는 두리번거리며 신랑을 찾았다.

"비르 섬세르는 어디 있나?"

정 바하두르가 자기 형제들에게 물었다.

"그 애가 늦는군."

"그 애는 수줍음을 타서 어디에 숨어 있을 겁니다."

저거트 섬세르가 말하자, 그 말에 왕비는 큰 소리로 명랑하게 웃었다.

바로 그때, 왕이 들어왔다. 신하들이 절을 하고 경례를 하는 와중에 그는 왕비가 왜 웃고 있는지를 물었다. 시끄러운 소리들이 잦아들고 다른 사람들은 모두 무릎을 꿇은 채로 있었다.

"비르 섬세르가 수줍어서 숨어 있는 것 같아요."

왕비가 대답했다. 그 말을 들은 왕이 농담을 했다.

"아, 당신 우리가 결혼했을 때 어떻게 행동했는지 잊어버린 모양이구려."

왕비가 얼굴을 붉히자 그 모습이 몹시 왕의 마음에 들었다. 해서 다른 모든 사람들에게는 각자 할 일들을 계속하라고 지시하고는 왕은 계속해서 찬사를 늘어놓았다.

"당신 정말 매력적인데, 여보. 어느 모로 보나 신부 못지않아요."

"그만하면 됐어요. 폐하께서 절 놀리실 필요는 없습니다."

왕비는 귀찮은 체했지만 사실은 남편의 찬사에 당황하며 이렇게 대꾸했다. 그녀는 왕을 외면하며 다시 한 번 의식을 위해 거기 와 있는 스무 명 남짓의 사제들에게로 관심을 돌렸다. 그러나 왕은 아랑곳하지 않고 다시 말했다.

"당신을 놀리고 있는 게 아니오. 내 말 못 믿겠으면 정 바하두르한테 당신이 얼마나 매혹적인지 물어보세요."

정 바하두르는 그들의 대화에 거의 주의를 기울이지 않고 있었지만 자기 이름이 들리자 그들이 무슨 말을 하고 있는지 어느 정도 요점을 잡아내기는 했다. 합장을 하며 그가 말했다.

"네, 정말입니다. 폐하 말씀은 무조건 옳습니다. 왕비 마마께서는 오늘 건강과 아름다움의 그림처럼 보이십니다. 어떤 옷을 입고 계시든 이전의 그 어느 때보다 더 좋아 보이십니다."

"아니, 당신! 이런 아첨꾼. 폐하가 뭐라고 하시든 당신은 그저 늘 예스만 하지. 자신의 것은 없나 보죠?"

하고 그녀가 놀렸다.

왕은 소리 내서 웃고 정 바하두르는 미소를 지었으며 왕비 자신은 계속 큰 소리로 깔깔대며 웃었다. 국왕 부부의 명랑한 분위기가 전염되어서 이 특별한 날의 분위기를 만들었다.

오래지 않아 정 바하두르의 나머지 형제들이 도착했고 그의 아들들도 도착했다. 특히 보석으로 장식된 호화로운 의상을 입은 저거트 정은 더할 나위 없이 멋지고 당당해 보였지만 그의 기분은 눈에 띄게 불안해 보였다.

국왕 부부는 대기실로 자리를 옮겼다. 왕녀의 시중을 드는 모든 여자들이 그곳에서 여주인을 잃는 것에 몹시 비통해하며 눈물을 흘리고, 그야말로 시끌벅적 소란스러웠다.

왕비 자신도 눈물을 참기가 힘들다는 걸 알면서 비통해하고 있는 여자들에게 계속 참고 있지 않는다고 나무라는 것으로 자신의 감정을 자제하려고 했다.

"이런, 너희들 모두 조용히 해라. 왕녀가 멀리 가는 게 아니잖아. 옆집인 섬세르 집안으로 가는 것뿐이야. 그만 울라고 내가 말했다, 당장 그쳐."

그러는 그녀의 눈에도 눈물이 고이기 시작했다. 왕비가 고통스러워하는 모습이 다른 여자들을 더욱 감정적으로 만들 뿐이었다. 왕은 몹시 연민을 느껴 왕녀의 측근자들 모두에게 책임의 정도에 따라 각각 천 루피에서 10만 루피까지 예외적으로 후한 하사금을 수여했다. 그러자 왕비는 당연히 이 하사금은 바로 그날 지급되어야 한다고 강조해야겠다는 생각이 들어 총리에게 그렇게 하라는 지시를 내렸다.

실제 액수는 정 바하두르에게는 약간 충격적일 만한 금액이었다. 그는 아무튼 국고에 그만한 돈이 있기는 할까 의심스러웠지만, 키리스너 바하두르와 상의한 결과 재정 상태에 관한 자신의 의심이 전적으로 옳다는 것을 확인한 다음에도 눈 하나 깜짝하지 않았다. 하지만 명령은 명령이므로, 키리스너 바하두르는 필요한 양을 채우기 위해 자신이 할 수 있는 게 뭔지 알아보려고 국고로 갔다.

4시가 되어도 예비 신랑의 흔적은 여전히 보이지 않았다.

"시간이 다 되어 가는군요. 우리는 이제 딸을 데리러 가야겠습니다."

왕비가 공표했다.

붉은 옷에 장신구로 잔뜩 치장을 한 왕녀가 들어왔다. 그녀는 아름다워 보였다. 그러나 그 모든 아름다움 뒤에 슬픔의 망령이 매달려 있었다. 그녀가 간청했다.

"어마마마, 어젯밤에 끔찍한 꿈을 꾸었는데, 제가 죽는 게 아닌가 해서 두려워요."

그녀는 흥분해서 흐느껴 울기 시작하면서 말을 이었다.

"어마마마, 전 결혼하고 싶지 않아요. 결혼하면 죽을 거라고요. 저한테 그런 일이 일어나지 않게 해 주세요. 어마마마, 제발요."

왕비는 마음이 아파서, 이제는 눈물을 거의 참을 수가 없었지만 무엇보다도 그녀는 용감한 척하고 있을 필요가 있었다.

"바보 같은 꿈 때문에 무서워하다니, 이게 다 뭐냐? 대체 네 꿈이 어땠는데?"

왕녀가 꿈 얘기를 자세히 들려주자, 보고 있던 사제들은 그건 정말로 불길한 꿈이라는 것, 그리고 이 결혼을 강행한다면 왕녀가 사고사를 당하게 될 거라는 것을 확인했다.

이런 모든 걱정과 어수선한 와중에서, 왕녀는 한편으로는 그녀가 이전의 말썽이 재발할까 봐 걱정하는 아버지 손에 이끌려서, 그리고 왕녀가 울음을 그치지 않고 얼마나 울었는지, 결혼에 대해 생각하면 불안해서 밤새 어떻게 잠을 못 잤는지, 그런 이야기들을 모든 사람들이 알게 될까 봐 걱정하는 하녀들과 함께 겁을 내며 단 위로 올라갔다.

왕은 울고불고 하며 식음을 전폐했다는 이런 모든 이야기들과 몸을 상하게 하는 따위의 행위에 눈살을 찌푸렸고, 반면에 정 바하두르는 왕녀가 자기 집안에 시집 오고 싶어 하지 않는 게 도대체 있을 수 있는 일인가 하고 의아하게 생각했다.

정 바하두르는 이제 왕녀의 여윈 모습을 보고 왕이 결혼에 대한 마음을 바꿀까 봐 걱정되어, 가능한 한 문제를 밝혀 보려고 앞으로 나섰다.

"신부가 우는 것은 아주 당연한 일입니다. 누구나 결혼하는 날 밤에는 다 울지요. 틀림없이 운이 좋을 것입니다. 많이 울수록 더 행복해질 테니까요."

왕은 이 말을 듣고 좀 진정이 되었고, 한편 왕비는 간밤의 무서운 꿈에 대해 두려워하고 히스테리를 보이는 것은 당연한 것이라고 여김으로써 더욱 안심했다.

"왕녀야, 이리 오너라. 꿈에서 뭐가 어쨌다고? 사람이 그런 터무니없는 것을 믿으면 안 된다."

왕은 울고 있는 아이를 위로하며 말했다. 그러나 그녀는 줄곧 울기만 했다.

이렇게 한창 소란스러울 때 비르 섬세르가 평소에 입던 옷 그대로 단정치 못한 옷차림과, 하루 동안 자란 구레나룻을 면도도 하지 않은 모습으로 나타났다. 그는 지치고 너저분한 꼴로 그리고 아직 잠에서 깨어나지도 못한 모습으로 온 세상을 보았다.

그의 가족들 모두가 그의 칠칠치 못한 모습에 다소 충격을 받아 그가 정말로 미쳤나 보다고 생각했다. 그런 소문도 있었기 때문이다. 그런데 이제 조카의 측은한 상태를 보자 그들은 그게 틀림없는 사실이라는 확신이 들었다.

그러나 지금은 신부에 대해서도 신랑에 대해서도 더 이상 심사숙고할 시간이 없었다. 플루트와 심벌즈 소리에 맞춰 길한 시간이 공표되고 있기 때문이다.

국왕 폐하는 솜나트를 불러 천궁도에 뭐라고 되어 있는지 공표하라고 했다. 솜나트는 더듬고 머뭇거리며 말하기 시작했다.

"이─이 거─것─이 길한 시간이옵니다만, 폐하, 그─그러나……."

하면서 그는 말을 거의 하지 못했다.

"공표하지 않는 게 차라리 낫겠습니다."

"대체 무슨 말을 하고 있는 거냐?"

국왕 부부와 총리가 거의 동시에 캐물었다.

솜나트는 떨면서, 숨도 제대로 쉬지 못하고 그저 거기 서 있기만 했다. 정 바하두르가 한 번 더 재촉하자 그제야 입을 열었다.

"이 결혼은 불운합니다."

"뭐라고?"

그들 모두가 큰 소리로 외쳤고, 왕비와 총리는 동시에 연단을 향해 달려갔다.

"이런 천궁도들이 어떤 식으로 읽혀지든, 그리고 저희들은 가능한 한 모든 방법을 다 시도해 보았습니다만, 저는 저 두 분이 화합이 안 되신다고 단언합니다. 비르 섬세르는 식(월식 또는 일식)이 있는 날에 태어난 관계로 그의 천궁도를 왕녀 마마의 천궁도와 어울리게 할 방법이 전혀 없습니다. 혹시라도 두 분이 결혼하신다면, 신부께서 사고사를 당할 가능성들이 거의 백 퍼센트입니다. 필시 바로 결혼하신 날 밤에요. 이것이 저희가 계산한 결과입니다. 그렇지 않은 척하는 것은 죄받을 일이겠지요. 이제 모든 것은 폐하께 달려 있습니다."

국왕 부부는 말을 잃었다.

처음으로, 그들은 이 순간의 공포를 바꾸기 위해 자신들이 내릴 수 있는 어떤 명령도 생각해 낼 수가 없어서, 그들은 총리가 도와주기를 기대했다. 처음으로, 정 바하두르도 침묵을 지켰다. 왕은 네팔에서 가장 소중한 사람일지 모르지만, 인간의 운명에 그토록 많은 영향을 미치는 천체들을 지배하지는 못하는 게 분명했다. 남편과 총리 모두에게서 위로를 찾고 있는 왕비는 아무것도 찾지 못해 왈칵 울음을 터뜨렸다. 내빈들도 벼락이라도 맞은 모습이었다. 비르 섬세르만이 기분이 좋았다.

그는 자기는 왕녀와 결혼하지 못하게 될 거라는 사실에 진작부터 스스로 체념하고 있었으므로, 솜나트의 평결이 그에게는 조금도 영향을 주지 않았다. 그는 조용히 아무의 관심도 받지 않은 채 정원에서 나왔다.

정 바하두르는 속으로 저주를 퍼부었다. 그는 자기가 보기에는 인간의 모든 염원과 행복을 영원히 가로막는 미신에 불과한 이런 모든 종교의식과 천문 금기들을 저주했다. 그의 목적은, 예를 들어 '사티'(아내의 순사, 옛날 인도에서 아내가 남편의 시체와 함께 산 채로 화장되던 풍습), 즉 미망인을 산 채로 화장하는 것 같은, 이런 좀 더 큰 악폐들을 영원히 뿌리 뽑는 것이었다. 왜냐하면 그는 그런 것들을 인간의 더 큰 존엄성을 구속하는 사슬이라고 여겼기 때문이다. 하지만 그는 그런 혁명적인 생각들을 제안할 수도, 그런 변혁을 시도해 볼 수도 없었다. 말할 수 없이 큰 파장이 일어날 수 있었기 때문이다. 하지만 이 결혼이 성사되는 것은 몹시 보고 싶었다. 그래서 그는 솜나트에게 대기실로 따라 들어오라는 신호를 보냈다.

19

"정말!"

왕비는 흐느끼며 말했다.

"우리 딸의 꿈이 어쨌든 실현되기는 했네요. 하지만 네팔의 국왕께서는 꿈에 무슨 중요한 의미가 있다는 것을 믿지 않으시죠."

왕비는 아마 더 계속했을 것이다. 마음이 몹시 심란했기 때문이다. 그러나 그때 주 정원에서 떠들썩한 소리가 들려오는 바람에 그녀의 푸념 섞인 장광설은 중단되고 말았다.

정원에는 600명 남짓의 정부 노동자들로 꽉 차 북적거렸다. 땀과 먼지가 반쯤 벌거벗은 그들의 몸에 달라붙어 있었고, 그들의 몸은 자신들이 나르고 있는 무거운 자루 아래서 팽팽하게 긴장되어 있었다. 그들은 그 무거운 자루를 지고서 느릿느릿 계단을 오르며, 자기들의 거친 방식으로 서로를 불러 대고 있었다. 그들은 마치 짐 나르는 짐승들처럼 톡 쏘는 악취를 풍기고 있었다. 그들은 있는 그대로의 모습을 드러내며 자신들을 자세히 내려다보고 있는 국왕 부부의 관심을 피하지 않았다.

"어휴, 대체 이 끔찍한 냄새가 어디서 나는 거지?"

왕이 자기의 민감하고 귀족적인 코를 비단 손수건으로 막으면서 외

쳤다.

"저 사람들 뭐하고 있는 거예요?"

왕비가 말했다. 그녀도 냄새를 막아 보려는 노력으로 코를 찡그려야
했다.

그들은 자기들의 신하들 가운데 최하층민들이 숨을 헐떡이며 계단을
오르는 것을 말없이 지켜보면서 뒤로 물러섰다. 그들의 온몸은 이로 뒤
덮여 있었다. 머리카락에서부터 악취 풍기는 겨드랑이와 땀에 흠뻑 젖
은 가슴까지. 불결한 인간에게서 나는 고약한 냄새가 그곳에 가득 찼
다. 자신들에게 아낌없이 향수를 뿌려 대는 까다로운 정 바하두르 형제
들은 역겨운 냄새에 구역질이 났다.

하지만 키리스너 바하두르는 밀치고 당기면서 그들 사이를 뚫고 나
와 경례를 하며 말했다.

"폐하, 폐하께서 하녀들에게 주라고 제게 명하신 칠십만 루피를 대령

했사옵니다."

노동자들과 그들의 짐을 빤히 쳐다보고 있던 폐하는 모든 자루들을 국고로 돌려보내기로 결심했다. 그러더니, 순간의 기분에 따라―누가 알겠는가―그는 자루 하나는 남겨 두기로 결정했다. 그 속에 들어 있는 작은 경화들을 검사하기 위해서였다. 국고가 바닥났기 때문에 그 동전들의 액면가가 소액인지 아닌지를. 아니면 지금 눈앞에 펼쳐지고 있는 불가해한 장면이 동전이 많을수록 양이 그만큼 더 많아 보일 거라고 키리스너 바하두르가 생각해서인지 아닌지를. 그것이 얼마였든 간에, 돈은 돌려보내졌다.

키리스너 바하두르의 기쁨일 테고, 하녀들의 원통함일 터였다. 폐하가 자신이 갑자기 하사하려는 현금의 양에 당황했는지, 아니면 노동자들의 악취에 당황했는지, 그들은 절대 모른다. 그러나 그들에게 더 치명적인 것은, 그들은 돈에 관한 한 자기들은 아무것도 받을 게 없다는 걸 보았음을 알고 있다는 것이었다.

돌아가는 노동자 무리가 와글와글 떠드는 소리가 잦아들었을 때, 우빤드러 왕자가 계단을 올라왔다. 그들과는 대조적으로, 붉은색 튜닉에 빳빳한 도티(남자들이 허리에 두르는 천)를 두른 그는 신선하고 깨끗해 보였다. 그는 계단 아래에서 키리스너 바하두르와 노동자들을 맞닥뜨렸다.

돈 자루들을 물끄러미 보면서 그는 분명하지는 않지만 찬성하지 않는 의견을 표명했다. 그는 마땅히 대중에게 속한 것인 국고의 돈을 사용하는 것, 그것으로 소수 특권층의 즐거움을 사는 것은 신성을 더럽히는 것이라고, 그것은 성스런 소를 죽이는 것과 같은 것이라고 느꼈다. 그래서 최대한 두루뭉술하게, 그는 돈을 '소의 살'이라고 넌지시 말했다. 그것이 정말 소고기인 것처럼 왕궁의 거룩함까지 오염시키는 것이라고.

불행하게도 그의 세련된 간접 언급은 귀머거리들의 쇠귀에 경 읽기였다. 국고의 우두머리도 땀 흘리는 머슴들도 철학적 수사법에 빠져 버렸다. 그래서 우뺀드러 왕자는 괴짜라는 대중 여론을 따르면서, 그들은 어깨를 으쓱해 보이고는 숨을 헐떡이는 방식을 고수했다.

그런데 이 불가사의한 이상주의자가 계단 꼭대기에 서 있었다. 그 사람 앞에는 형과 형수가 자신의 진보적인 생각들을 혐오하는 사회 집단에 둘러싸여 있었다. 그는 사회 개혁에 관한 쟁점들에 관해 정 바하두르와 너무 자주 다퉈 왔다.

왕자가 찬성하지 않는 다른 정부 정책들은 제쳐 두고라도. 그들의 반목과 아울러 일반적으로 '시대를 앞서가는' 사람의 삶에 구름을 드리우는 일종의 사회적 매장이 우뺀드러 왕자가 동부 구릉지대에 은둔해 사는 것을 더 좋아하는 이유다.

방을 둘러보며 그는 미소를 지었다. 그러고는 왕에게 직선적으로 말했다.

"최고의 군악대를 가질 수 있을 때 어째서 슬픔에 젖은 만돌린 튕기는 소리에 만족하고 계십니까?"

비유를 유난히 좋아하다 보니 그는 비르 섬세르를 만돌린이라고, 저거트 정은 당연히 군악대라고 언급했다. 전자는 전망이 거의 없고 아직도 재정 자산이 적은 친구이며, 반면에 저거트 정은 잘 알려져 있고 많은 것을 성취한 사람일 뿐만 아니라 덤으로 부유하기까지 했다.

하지만 왕은 자신의 생각 속에 너무 깊이 빠져 있었고, 우뺀드러 왕자의 말은 왕비가 이해하기에는 너무 어려웠다. 그녀는 사실, 그의 말을 액면 그대로 받아들였다.

"우리는 비르 섬세르와 우리 딸의 천궁도를 비교하고 있었는데, 당신이 들은 것은 만돌린이 아니고 판체 바자(다섯 가지가 한 세트로 되어 있는 네팔의 악기로, 상서로운 상황에서 연주된다)였어요."

"결혼식이 언젠데요?"

그녀가 대답했다.

"바로 그거예요. 천궁도가 궁합이 안 맞아서 우리도 어떻게 해야 할지 모르겠어요."

"친애하는 왕비 마마, 그런 경우라면 그들은 결혼할 수 없겠네요. 그래서 말인데, 비르 섬세르가 더너와 결혼하면 어떨까요."

"아니, 그가 왕녀에게 위험하다면, 당신 딸이라고 괜찮겠어요?"

왕비가 뜻하지 않은 시동생의 제안에 깜짝 놀라며 물었다.

"절대요. 더너는 탄트라 만트라를 전부 다 알고 있어서, 어떤 별도 그 아이를 해치지 못합니다."

그는 자랑스럽게 말했다. 그 이상 다른 얘기가 없어, 그는 왔던 것만큼이나 급하게 떠났다. 그는 자신이 방문한 목적을 달성했으므로 그가 더 머물러 있는 게 아무런 의미가 없었던 것이다.

그의 형인 국왕은 그가 왕의 주의를 전혀 끌지 못한 채 왔다가 간 것을 거의 알아차리지도 못했다.

20

"자, 어느 행성이 비르 섬세르와 왕녀의 천궁도에 부정적인 영향을 행사하는지 말해 보게."

정 바하두르가 솜나트에게 답을 요구했다.

"천궁도를 내놔 봐, 같이 보게. 어서! 나 지금 조바심이 나고 있거든!"

솜나트는 조금 전만 해도 몇 가지가 일치하지 않는 것 같다고 했었지만, 그것은 왕족들이 그 결혼을 중단시키게 하려는 속임수였다. 자신의 직업에 관계된 상황에서 그가 거짓말을 한 것은 이번이 처음이었고, 그래서 정 바하두르의 격한 분노 앞에서 계속 거짓말을 할 용기는 없었다. 그는 다리가 후들거리며 꺾이기 시작하더니 갑자기 털썩 주저앉고 말았다.

정 바하두르는 그 제스처를 오해했다. 그의 마음은 솜나트가 어떻게 항상 은밀히 자기를 공격하려고 하는지, 또 그는 어떻게 끊임없이 헌법에 대해 설교하고 있는지에 대한 생각들로 가득 차 있었다. 정 바하두르는 조만간 그를 처벌할 방법을 찾을 작정이었는데, 지금 솜나트가 자기 앞에서 불경한 포즈를 취하고 있지 않은가.

"네가 감히 어찌, 감히 네가 어찌…… 내가 서 있는데 앉을 수 있단 말

154

이냐?"

악 다문 이 사이로 쇳 소리를 내며 그가 말했다.

"천궁도를 내놔, 지금 당장!"

정 바하두르의 얼굴은 격노로 붉어졌고, 그의 목소리는 누가 들어도 위협적이었다. 사시나무 떨 듯 떨며 솜나트는 일어나서 주머니에서 주섬주섬 종이 한 장을 꺼내더니 총리에게 건넸다. 불행하게도, 그건 천궁도의 도표가 아니라, 그 자신이 지지하는, 영어로 적어 놓은 헌법 초안이었다. 그의 입장에서는 의도하지 않은 실수였으나, 영문으로 된 문서를 알아본 정 바하두르는 자기가 읽을 줄 모르는 것을 조롱할 목적으로 솜나트가 일부러 그렇게 했다고 믿었다.

"도대체 네가 누구라고 생각하는 게냐? 네가 학자라는 이유만으로 나를 놀려? 넌 내가 천궁도와 영어로 쓰인 것도 분간하지 못한다고 생각하는 건 아니겠지, 어?"

이쯤 되자, 솜나트는 더 이상 버틸 수가 없어서 사태의 진상을 털어놓았다.

그의 이런 모습에 정 바하두르는 조금도 당황하지 않았다. 사실, 그는 계략과 음모들에 둘러싸이는 데는 상당히 익숙했지만, 대개의 경우 자신이 알아내서 그것들을 싹부터 잘라 버리곤 했었다. 그러나 지금 여기서는 따져 묻지도 않았는데 이 브라민이 고백을 하고 있는 것이었다. 솜나트가 뭔가를 숨겨 오고 있다는 것을 자신이 알아차렸다 해도, 그게 뭔지 정확하게 확인할 수는 없었으리라. 그런데 지금 그가 허세를 좀 부렸을 뿐인데 실제로 그가 생각했던 것 이상의 정보에 접근하게 된 것이다.

"자 어서! 너, 난 바보가 아니야. 난 네가 무슨 짓을 꾸미는지 다 알고 있다고. 그러니 아직도 나한테 거짓말을 한다면, 굽어 살피소서, 널 끝

장내고야 말겠다!'

이를 딱딱 부딪쳐 가며, 솜나트는 비르 섬세르가 천궁도를 조작하라
며 자기에게 금을 얼마나 주었는지(샴페인 판 돈으로) 정 바하두르에게 이야
기했다. 그가 말하길, 비르 섬세르는 자신은 우빼드러 왕자의 딸과 결
혼하고 왕녀는 저거트 정과 결혼하기를 원한다는 것이었다. 왕녀는 저
거트 정과 사랑에 빠져서 그와 결혼하고 싶어 하니 솜나트의 유일한 대
안은 비르 섬세르와 왕녀의 천궁도가 맞지 않는다고 공표하는 것이었
던 것 같다. 그래서 그렇게 한 것이었다.

정 바하두르의 반응은 뒤섞인 것이었다. 왕녀가 자신의 며느리가 된
다는 생각에 뛸 듯이 기뻤으나, 동시에 디르 섬세르의 반응이 걱정되기
도 했다.

"이게 다 어떻게 해서 벌어진 일이지?"

그는 아직도 세세한 부분에 대해 궁금해하며 물었다.

그래서 솜나트는 어쩔 수 없이 왕녀와 저거트 정의 연애 사건과 그녀가 강제로 비르 섬세르와 결혼해야 하면 자살하겠다고 어떻게 협박했는지에 대해 더 자세한 얘기를 들려주지 않을 수가 없었다. 그는 또 두 사촌이 싸운 일에 대해서도 들려주었다.

정 바하두르는 결국 자기가 이 이야기를 동생인 디르 섬세르에게 자세히 들려줘야 한다는 것을 깨달았다. 디르 섬세르는 결혼이 새롭게 정해진 것을 전적으로 받아들이겠지만, 가장 먼저 할 일은 왕족에게 새 소식을 전해서 새 약혼이 순조롭게 진행되도록 해야 했다. 그래서 이번에는 좀 더 부드러운 톤으로, 솜나트에게 이 소식은 아무한테도 발설하지 말고 왕과 왕비에게 소식을 전하라고 명령을 내렸다.

그는 만면에 미소를 띠며 내실로 들어가서는, 자기가 일을 전부 처리했으니 아무것도 걱정하지 말라고 국왕 부부를 열심히 설득했다. 왕은 정 바하두르가 우뺀드러 왕자를 만나 그에게서 얼마간 영향을 받은 게 아닌가 하고 생각하며 농담 삼아 말했다.

"터무니없는 소리를 하고 있네. 당신 내 정신 나간 동생한테서 영향을 받은 게 틀림없구먼."

"아니, 둘째 왕자님께서 여기 오셨습니까?"

정 바하두르는 둘째 왕자도 분명 왕녀와 비르 섬세르 사이가 어떻게 됐는지 다 알고서 여기에 와서 벌써 조언을 하고 갔구나, 하는 생각에 만족스러웠다.

"그렇소, 물론 왔었지. 그는 여느 때처럼 여기 와서 자기의 기발한 생각들을 말하고 있었소."

폐하가 대답했다.

"폐하, 바라건대 그리 말씀하지 마시옵소서. 폐하의 동생께는 사건들을 자신에게 이롭도록 조종하는 초자연적인 방법이 있사옵니다. 사실,

왕자님께서는 레디 더너를 비르 섬세르와 결혼시키시기로 이미 정하셨습니다."

깜짝 놀란 왕비가 말했다.

"그가 어떻게 그렇게 했지요? 그렇다면 더너가 탄트라에 아주 정통하다는 게 사실인가?"

이것은 서막일 뿐인지라, 정 바하두르는 기다리고 있었다. 그런데 더 이상 아무 말도 없기에, 그는 그들의 딸과 저거트 정의 연애 사건 이야기를 전부 다 그들에게 들려주었다. 그들은 마치 옛날이야기를 듣는 것처럼 그의 이야기에 흠뻑 빠져 넋을 잃고 들었다. 그러나 얘기가 끝나자 그들은 한마디도 하지 않고 그냥 일어서더니 사치스러운 저녁 만찬이 나오게 되어 있는 연회실로 가 버렸다. 한편, 총리와 국왕 부부의 이야기를 엿듣고 있던 하녀 하나가 달려 나가 소식을 퍼뜨렸다.

"왕녀 마마께서 결국 저거트 정과 결혼하시게 될 것 같아. 하지만 이 소식 너만 알고 있고 아무한테도 말하면 안 돼."

그리고 당연한 일이지만 비밀에 붙여져야 한다는 조항이 있어 결국 그만큼 더 빨리 퍼졌다.

"언제 하신대?"

그 소식이 왕궁 구석구석 다 퍼지면서 모두가 저마다 물었다. 누구나 다 그 소식에 크게 기뻐했으며, 어디에나 웃는 얼굴들이 있었다. 어쨌든 이것은 왕녀가 그토록 오랫동안 원했던 일 아닌가?

21

왕과 왕비, 두 폐하와 총리가 연회장으로 들어갔을 때는 거기 모여 있는 사람들이 벌써 상당히 많은 양의 수입산 술들을 해치운 다음이었다.

"먹고, 마시며 즐거운 시간들을 가지십시오. 여러분이 많이 드실수록, 두 분 폐하께서는 더 행복하실 겁니다."

정 바하두르가 열광적으로 외치자, 두 폐하는 서로 미소를 교환했다.

솜나트가 천궁도에 대해 부정적인 결과를 공표한 것이 불과 잠시 전이었던 것 같은데. 이제, 국왕 부부의 빛나는 얼굴 표정만으로도 벌써부터 나돌고 있는 왕녀가 저거트 정과 결혼할 거라는 소문이 사실로 확인된 셈이었다.

"오, 이런, 솜나트."

왕은 사람들의 머리 너머로 솜나트를 불렀다. 상황이 잘 풀려서 행복한 '영국 브라민'은 푸딩 그릇에 입을 박고 있다가, 왕이 부르는 소리를 듣고는 즉시 앞으로 달려 나갔다. 왕과 왕비는 솜나트의 코밑수염과 입, 턱에 푸딩이 잔뜩 묻어 있는 것을 보고는 웃음을 터뜨렸다. 왕은 그 순간 너무 기쁜 나머지 들떠서 그런 것이었든 아니면 건망증 때문이었든 간에, 무슨 말을 하려고 했었는지는 잊어버리고서 솜나트에게 자신

의 손위 두 왕비를 보러 가라고 해야겠다 마음먹었다. 그들은 왕자들의 어머니들이었다. 국왕 부부는 총리와 함께 연회실을 나와 작고 고상하게 꾸며진 식당으로 들어갔다. 그 식당 한가운데에는 우윳빛의 레이스 식탁보가 덮인 작은 만찬 식탁이 이미 차려져 있었다. 아직 낮인데도 샹들리에가 짙은 황백색 빛을 던지고 있었다.

왕은 총리와 함께 이 식탁에 앉았고, 채식주의자인 왕비는 따로 앉았다. 세 명의 하녀들이 시중을 들며 와인 한 병을 벌써 따를 준비를 해놓고 있었다. 그러나 정 바하두르가 와인을 맛보더니 그건 여성과 아이들을 위한 것이라고 했다. 그는 자기가 왕에게 선물한 그 샴페인 두 병을 따야 한다고 왕비를 졸랐고, 왕비는 그건 결혼식을 위해 간직해야 한다고 우겼다.

"그러실 필요 없습니다, 마마."

정 바하두르가 고집을 부렸다.

"결혼식을 위해서는 저희가 벌써 프랑스 샴페인을 많이 주문해 놓았습니다."

허를 찔린 왕비 폐하는 하는 수 없이 그러마고 하면서 자신의 시녀인 베금빠리에게 가서 가져오라고 했다.

바깥 안마당에서는 연극이 막 시작되어, 그들은 창가로 옮겨 연극을 보았다. 하지만 2막이 내릴 때가 되어도, 왕비는 베금빠리가 한 발도 움직이지 않고 거기 있는 것을 보았다.

"뭐가 잘못된 게냐, 어. 귀머거리가 됐어? 내가 너한테 그 술 두 병 가져오라고 말하지 않았니? 그물에 싸여 있는 거 두 병 말이다."

그러나 베금빠리는 발을 내려다보며, 초조하게 발을 이리저리 움직이면서 뭐라 입속말로 중얼거렸다. 그걸 보자, 왕과 총리도 그녀에게 짜증이 나기 시작했다. 총리는 마치 그녀가 귀머거리에 벙어리라도 되는 듯 몸짓으로 말하다가 고함을 버럭 질렀다.

"두 분 폐하께서 말씀하신 거 못 들었느냐?"

기어들어 가는 소리로 베금빠리가 중얼거렸다.

"그 두 병은 없어졌습니다, 주인님."

"맙소사, 왜 어디로 없어졌단 말이냐?"

왕비가 캐물었다. 베금빠리는 기가 질려 국왕 부부가 퍼부어 대는 빗발치는 질문에 땀을 흘리기 시작했다. 마침내 베금빠리는 눈물을 왈칵 쏟으며 왕녀가 가져갔다고 고백하기에 이르렀다.

"하지만 무엇 때문에, 그 아이는 술을 마시지 않는 걸로 아는데?"

왕이 이상하리만치 공허한 목소리로 말했다.

"물론이죠. 그 애는 술을 마시지 않아요."

왕비가 딱 잘라 말했다.

"그렇다면 술을 왜 가져갔을까?"

그녀의 남편이 대답했다.

"전들 어찌 알겠습니까."

국왕 폐하가 베금빠리를 돌아보며 말했다.

"그 애가 술을 마시나?"

그 말에 베금빠리는 고개를 젓기 시작했다.

"그런데 그 애가 왜 그 술을 가져갔지? 자, 설명해 봐. 기다리고 있잖
니."

베금빠리는 너무 무서워 숨도 못 쉴 정도였다. 그녀는 말할 용기가 나
질 않았다. 그 광경을 보다 못해 정 바하두르가 벌을 받지는 않을 거라
고 그녀를 안심시켜 주자, 그녀는 조심스럽게 왕비를 바라보며 그 진상
을 털어놓기로 결심을 했다. 왕비의 표정은 히스테리가 폭발 직전에 있
었다. 그런데다가 전부 다 털어놓지 않으면 끔찍한 꼴을 보게 될 거라
는 왕비의 으름장에 더럭 겁이 났다. 그녀는 결국 와인이 없어지게 된
전말을 전부 털어놓고 말았다.

왕녀가 어떻게 해서 그 술들을 저거트 정 대령의 선물이라며 비르 섬
세르에게 주었는지 베금빠리가 털어놓는 동안, 그때까지 두려움에 꼼
짝도 못한 채 그 자리에 있던 다른 두 하녀들은 울음을 터뜨렸다.

그녀에게서 사실을 다 듣고 난 국왕 부부는 그 문제를 더 이상 깊이
파고들어 갈 필요가 없다고 느꼈다. 게다가 그들은 결혼 계획이 바뀐
상황에 대해 아직 큰 왕비와 의논하지도 못했다. 이 문제를 하인들 앞
에서 의논하는 것은 적절치 못한 일일 것이었다. 그래서 베금빠리는 겨
우 한숨을 돌리면서, 이때다 싶어 다른 두 하녀들과 함께 방을 슬그머니
빠져나갔다. 잔뜩 기대했던 샴페인이 없어져 버린데 대하여 아쉽기는
했지만, 국왕 폐하는 정 바하두르에게 샴페인 대신 화이트호스를 한 병
따라고 명령했다. 정 바하두르가 영국에서 가지고 온 그 위스키는 그대

162

로 보관되어 있었다. 정 바하두르는 찬장에서 화이트호스 한 병을 꺼내왔다. 그는 영어를 읽을 줄은 몰랐지만 라벨에 쓰여 있는 브랜드 이름은 말할 수 있었다.

"이것도 사실은 샴페인만큼 순합니다. 샴페인보다는 못하지만요."

두 개의 술잔에 화이트호스를 따르면서 정 바하두르가 말했다. 한결 마음이 가라앉은 베금빠리가 두 개의 글라스에 탄산수를 채워 가지고 돌아왔다. 역시 왕비 마마는 왕에게 술을 마시지 말라고 여전히 만류하고 있었으나, 소심한 그녀는 정 바하두르의 강한 고집을 이길 수는 없었다.

"이런, 이건 특별히 왕을 위해 만들어진 것입니다. 폐하처럼 위대한 사람들이 이런 술들을 사시지 않는다면 증류주 양조장들은 파산할 테고 그들은 위스키를 어떻게 만드는지 잊어버리겠지요. 우리의 경전에도 국왕 폐하께서 술을 드시면 안 된다고 명기된 데는 없습니다."

정 바하두르는 다소 강한 어조로 왕이 술을 마셔야 한다고 권했다.

국왕 부부는 눈길을 주고받더니 왕비 마마가 말했다.

"그래요, 그럼 좋아요. 작은 잔 하나 정도는 해롭지 않겠지요?"

만족스러운 듯 손바닥을 비비면서 정 바하두르는 자랑스럽게 말했다.

"이건 최고 브랜드입니다. 이것보다 좋은 건 없습니다. 하지만 한 잔 더 하셔도 해가 되지는 않을 것입니다. 빅토리아 여왕께서 친히 한 상자를 통째로 제게 선물하셨지요."

"여왕께서 친히 당신에게 술 한 상자를 선물하셨다고요?"

왕비 폐하는 여왕이 술을 선물로 주었다는 것에 놀라 물었다.

"네, 이 위스키가 영국에선 최고이고, 여왕께선 최고의 품질을 가진 자국 생산품을 자랑스러워하십니다."

하고는 그는 자기의 잔을 들어 국왕 부부를 위해 건배한 다음 마셨다.

그러나 왕비는 질문을 멈추지 않았다.

"빅토리아 여왕이 뭐가 최고인지 어떻게 알죠? 여왕들은 틀림없이 술을 마시지 않을 텐데."

"왕비 마마, 그렇지 않습니다. 빅토리아 여왕은 술을 드십니다. 모든 연회나 아주 중요한 행사에서요."

그는 이런 것들이 어째서 외교 의전의 관습과 전통인지, 그리고 빅토리아 여왕이 술을 마시는 것이 부도덕하다는 것이 아니라는 것을 이해시키기 위하여 장황하게 설명하기 시작했다.

왕은 자기 딸의 상황에 대한 문제와 자신이 결국 내려야 될 결정에 대한 생각들에 빠져서 정 바하두르의 말을 듣고 있지 않았다. 그와는 달리 왕비는 말 한마디 한마디에 매달려서 여왕이 술을 마시는 건 품위 없는 행위라는 생각에 자기 얼굴이 빨개졌다.

"빅토리아 여왕이 많은 사람들 앞에서 당신에게 건배했다면, 카트만두에 떠도는 당신에 관한 그 많은 소문이 이상할 것도 없군요."

왕비는 모호하게 슬쩍 비췄다.

대화가 거기서 갑자기 끝났다. 하녀들이 음식을 날라 오기 시작해서 음식을 먹기 위해 식탁에 앉았기 때문이다. 정 바하두르는 구운 자고새 맛을 음미해 가며 왕성하게 먹기 시작했고, 왕은 여전히 생각에 잠긴 채 깨지락거리기만 했다.

"영국에서는 왕녀들의 남편을 어떻게 선택하지?"

왕이 음식을 먹으며 물었다.

정 바하두르가 그 질문의 목적을 놓칠 리가 없었으므로, 그는 위엄 있게 대답했다.

"아, 거기서는 스스로 선택합니다."

"하지만 부모들이 왕녀의 선택에 동의하지 않으면 어떻게 되나?"

국왕 폐하가 이의를 제기했다.

"길게 보면 별 차이가 없습니다. 거기서는 어떤 경우든 신부의 동의 없이는 결혼이 이루어질 수 없으니까요."

정 바하두르가 말했다.

왕은 웃으며 일어나더니 손과 입을 씻고 턱수염에 향수를 뿌렸다. 날은 이미 어두워졌고, 그래서 왕비는 기도를 드리려고 방에서 나갔다. 왕과 총리는 여전히 그들의 마음을 무겁게 짓누르고 있는 왕녀의 결혼에 대해 의논을 하기 위해 큰 왕비의 처소로 갔다.

22

그들이 큰 왕비의 처소에 들어갔을 때 왕비는 음식을 장만하느라 바빴다. 불타는 숯들이 채워져 있는 은으로 만든 화덕이 두 개 있고, 식기도 몇 개 있는데 모두가 은제품이었다.

"무슨 요리요?

국왕 폐하가 물었다.

"폐하의 저녁 식사입니다."

왕비가 대답했다. 왕이 자기는 벌써 먹었다고 그녀에게 말하려는 참에, 저거트 징이 간청하는 포즈로 합장하고서 말했다.

"마마, 어째서 마마의 그 부드러운 손을 이런 요리를 하시느라 망가뜨리십니까?"

"나는 폐하의 특별한 식기들을 다른 사람이 만지는 게 싫어요. 그게 이유예요."

화이트호스로 약간 취기도 오른 데다 얼굴에 희미한 미소를 띠며 징 바하두르가 대꾸했다.

"마마께서 그렇게 열심히 일을 하시면 저희같이 비천한 하인들이 무슨 할 일이 남아 있겠습니까?"

166

그들이 둘 다 약간 거나하게 취한 것을 보고는, 그녀는 그동안 자기가 무시당한다고 느꼈던 억눌린 격분을 모두 쏟아 내면서 그를 야단쳤다.

"정 바하두르 당신은 취중에 하는 말로 나한테 아양 떨지 않아도 돼요. 난 당신의 계획과 편애에 대해 다 알고 있어요. 당신들 두 사람이 나에 대해 선입견을 가지고 있다는 것도 완전히 잘 알고요. 그게 내가 오늘 의식에 가지 않은 이유죠. 내 아들들한테도 거기 참석하지 말라고 했어요."

왕과 총리 모두 이 공격에 꿀 먹은 벙어리가 됐다. 그녀가 어째서 그들이 자기에게 선입견을 가지고 있다고 느꼈는지 물어볼 용기도 없었지만 그러지 않아도 되었다. 그녀는 입술을 깨물면서 여전히 화가 나서 붉으락푸르락하며 말했다.

"내 동생의 하녀들은 모두 십만 루피씩 받았더군요. 나는 하녀가 단 둘뿐인데도 완전히 무시당했어요. 하기야, 아무도 날 더 이상 왕비라고 생각하지 않는데 뭘 기대할 수 있겠어요."

"그러나 왕비 마마, 다른 왕비의 하녀들도 아무것도 받지 못했습니다. 돈은 모두 돌려보내졌거든요."

정 바하두르가 응수했다.

"아, 그래요. 나도 그건 알아요. 날 바보로 만들지 말아요. 그 동전 자루 중 하나가 벌써 내 동생의 금고로 들어갔다는 것도 알죠. 내가 가진 것이라곤 금 한 줌밖에 없는데 말이야. 그것도 전부 던져 버리겠어. 내가 못하나 보라지!"

정 바하두르가 이의를 제기했다.

"하지만 마마, 그 작은 동전들은 거의 가치가 없어서 만약 그것들을 마마 앞으로 가져왔더라면 마마께서는 모욕을 받으셨을 것입니다. 그 동전 네 개가 겨우 일 파이사(파키스탄, 네팔, 인도의 통화 단위로 10파이사가 1루피이다)밖

에 안 되거든요."

표면에 드러난 것은 사소한 문제였다. 관례상, 왕궁에서는 금은 통화만이 사용되었기 때문에, 청동 동전 자루는 진기한 물건—그 이상 아무것도 아니었다. 그러나 큰 왕비는 자신이 홀대를 받는 방식에 대해 반발하기 위해 그 문제를 이용했다. 그녀는 모든 것에서 다른 왕비와 똑같은 발언권을 주장하고 싶었던 것이다.

"아무것도 하려고 하거나 설명하지 말아요. 폐하 자신이 나한테 마음을 쓰지 않으시는데 어떻게 다른 사람들이 나를 존경하기를 기대할 수 있겠어요?"

그렇게 말하는 그녀의 눈에 자기 연민의 눈물이 가득 고였다.

"저를 용서하십시오. 마마께서 원하시는 만큼 동전을 보내 드리겠습니다."

그 화제는 그쯤에서 끝내기를 바라며 정 바하두르가 말했다.

왕은 넋이 빠져 미소를 지으며, 왕비의 귀에 대고 작은 소리로 속삭이기 시작했다. 그가 뭐라고 하는지 정 바하두르에게는 물론 들리지 않았지만, 왕비의 얼굴에 행복한 미소가 번지는 것으로 보아 그녀의 남편이 그럭저럭 문제를 매끄럽게 매듭짓는 것으로 판단되었다. 그래서 정 바하두르는 그들의 발치 바닥에 앉았다.

"난, 이미 먹었소."

왕이 분명히 말하고는 그릇들을 치우라고 명했다.

"그리고 술도 마셨소."

왕비가 흉내 내며 놀렸다.

"그래요, 정 바하두르가 주었소. 거절하는 건 무례일 테니."

왕이 그녀에게 말하는 동안 내내 정 바하두르는 머리를 긁적이며 왕의 말을 뒷받침해 주었다.

"그 술 대신에 샴페인 한 모금 할까 생각했었는데 그 술들이 사라진 것 같습니다."

"아, 그 술은 내가 가지고 있어요."

왕비가 대답했다.

"그건 전하께서 가지고 계신 것과는 다른 것일 겁니다. 저는 제가 국왕 폐하께 선물한 프랑스산 샴페인 두 병에 대해 말씀드리고 있는 겁니다."

"원한다면 계속 우겨요. 하지만 나한테 그것과 똑같은 것들이 있다는 건 알아요."

정 바하두르는 왕비에게 그 술을 가져다 달라고 부탁하고 싶어 죽을 지경이었으나 감히 그러지 못했다. 하지만 국왕이 그 병들을 보자고 함으로써 그를 도와주었다. 그래서 왕비는 서둘러 하녀들을 보내 그 술을 가져오게 했다. 그 사이 왕은 정 바하두르에게 솜나트와 그가 천궁도를 조작한 일을 왕비에게 들려주라고 했다. 그러나 왕비는 이야기를 듣는 내내 대부분 수수께끼 같은 태도를 보이다가, 솜나트가 천궁도가 아닌 어떤 영문 문서를 정 바하두르에게 건네주는 대목에 이르러서야 비로소 웃음을 터뜨렸다.

"내 아들들도 아주 똑같아요."

그녀가 분명하게 말했다.

"이런, 그분들께서는 뭘 하셨습니까?"

정 바하두르가 약간 당황한 어조로 물었다.

"그 애들 둘 다 당신 딸들과 사랑에 빠져서는 다른 사람은 아무도 생각하려고도 하지 않아요. 사랑이 먼저고 결혼은 그다음이죠. 정말로 이상한 관습인데, 도대체 어디서 그런 관습이 생겼을까요?"

정 바하두르가 그토록 고대했던 소중한 꿈들이 바야흐로 실현되려고 하는 것 같았다. 기쁨으로 금방이라도 가슴이 터질 것 같이 느껴질 때는 평정을 유지하기가 힘들었다. 그는 자신의 집안이 받은 영광스런 명예 앞에 머리 숙여 절을 하며, 하녀들이 그 술병들을 가지고 돌아올 때까지 계속 국왕 부부에게 이야기하고 있었다. 놀랍게도 그 술은 정말 똑같은 술이었다. 그가 나폴레옹 3세에게서 선물 받은 바로 그 술이었다. 그것은 그들 모두를 멍하게 만든 수수께끼였다. 하녀 하나가 자진해서 정 바하두르의 딸들이 그 술을 왕세자에게 선물했다고 알려 줄 때까지. 그 술들은 완전히 한 바퀴 여행한 셈이다.

"당신 딸들은 당신이 생각하는 것만큼 어리지도 순진하지도 않군."

왕이 웃으며 말했다.

정 바하두르는 행복에 겨워 말없이 한 병을 땄다.

"제발 폐하, 드시지 마세요."

왕비가 말했다.

"하지만 폐하, 이건 식욕 촉진제입니다. 이것이 폐하의 소화를 도와주고, 갈증을 풀어 주고, 피를 맑게 해 줍니다. 많이 드실수록, 폐하께서는 더 젊어지고 더 건강해지시는 게 느껴지실 겁니다."

반대하는 사람이 아무도 없어, 왕은 한 잔 가득 넘치게 마시고 왕비는 그를 탐탁지 않은 눈으로 보았다.

"여보, 당신 동생은 너무나 단순해서 당신이 그 술들을 가지고 있다는 건 알지도 못해요. 불쌍한 늙은 베금빠리의 혀가 힘들었지."

왕은 술을 단숨에 들이마실 때만 잠시 쉬면서 왕비에게 이렇게 말했다. 그러나 이 말은 왕비로 하여금 부를 축적하느라 너무 바빠서 술 같은 하찮은 것들은 신경 쓸 겨를이 없는 사람들에 대해 비아냥거리는 말을 하게 만들었다. 그래서 화제를 바꾸기 위해 왕은 하녀들에게 솜나트를 찾아보라고 내보냈고, 그렇게 해서 주의를 딴 데로 돌렸다. 그동안 그는 정 바하두르에게 영국인들과 장관들이 마치 나무들이 잎사귀를 바꾸는 것만큼이나 빨리 바뀌는 그들만의 특별한 의회제도에 대해 자기들에게 말해 달라고 부탁했다.

왕은 장관들이 그렇게 자주 바뀌는데도 어떻게 정부가 안정적일 수 있는지 좀 의아했다. 그가 볼 때 그건 전부 눈속임이었으며, 그는 빅토리아 여왕이 자신이 그것을 재가한 것은 말할 것도 없고 그것에 대해 알고 있다는 것도 믿을 수가 없었다. 사실, 정 바하두르가 영국에 있을 때 장관들 뿐만 아니라 여왕까지도 네팔이 입헌군주제를 받아들여야 한다고 그를 설득하려 했었다. 그는 그 견해를 분명하게 거부했었다.

이때 솜나트가 방으로 들어왔고 왕은 그에게 영국인들이 네팔의 국내 정치 문제들에 대해 조언하려고 시도했던 일에 대해 물었다.

정치는 그가 좋아하는 것인지라, 솜나트는 우선 국왕 폐하의 지혜와 통찰에 대해 듣기 좋은 말을 장황하게 늘어놓았다. 솜나트의 주장에 의

하면, 영국인들이 네팔에 대해 헌법을 바꾸라고 충고했을 때 그들은 네팔을 진심으로 걱정하는 의도를 가지고 있었다고 한다. 그는 그건 평화와 안정을 위해서였다.

"우리는 그들의 하인이 아니야."

왕비가 화가 나서 말했다.

"그들의 명령에 따르게 하려는 거지. 맙소사, 그들은 대체 자기들이 누구라고 생각하는 거지?"

"마마, 우리보다 많이 배운 사람들이 우리에게 충고할 때는 우리가 노예가 되지는 않습니다. 오히려 거기에서 도움을 받습니다."

솜나트는 영국의 입헌군주제도가 좋다는 것을 은연중에 부각시키려고 하는 바람에 대답이 너무 즉각적이어서 마치 말대답하는 것처럼 들렸다. 그들을 불쾌하게 만들지 않았을까 불안해진 그는 두 손을 쥐어짜며 서 있었다.

정 바하두르는 그저 그를 비웃으며 말했다.

"저는 저 사람의 정치적 야심을 알고 있습니다. 그는 이른바 헌법이라는 것으로 폐하를 망쳐 놓고 싶어 하지요. 영국의 것과 같은 구조가 네팔에는 좋을 게 없습니다. 바보 천치나 다르게 생각할 수 있겠지요. 결국엔 무정부 상태가 되고 말 것입니다."

국왕 부부는 이 말에 큰 소리로 웃고, 솜나트는 그들에게 엄밀한 의미에서의 헌법은 군주제를 안전하게 지켜 줄 거라고 말할 용기가 자신에게 있으면 좋겠다고 생각했다. 그러나 그는 그럴 배짱이 없었고, 그래서 입 다물고 조용히 있었다.

왕에게는 논의를 시작한 감춰진 동기가 있었다. 그는 시간을 내서 저거트 정을 계승자로 지명하라고 정 바하두르를 설득하고 싶었던 것이다. 정 바하두르의 입장에서는, 자신이 가지고 있는 카스키와 람중의 마하라자라는 칭호를 각 라나 총리에게 차례로 물려주고 싶었다. 솜나트는 자신의 생각들이 성공할 수 있다는 것을 받아들이도록 그들을 납득시키고 싶었다. 세 사람 모두 자신의 꿍꿍이가 있어서 그 어떤 관점으로도 논의가 잘 될 수가 없었다.

하지만 논의가 좀 더 진행되자, 정 바하두르는 자신이 왕에게서 얻고자 하는 것을 얻었다. 왕을 움직이고 있는 동기는 정 바하두르를 마하라자로 만들어 주면 그의 계승자가 되려는 저거트 정의 요구는 역사적인 선례를 남기게 된다는 것이었다. 솜나트는 마하라자가 둘이면 입헌 군주제를 확립하기가 훨씬 더 쉬워질 거라는 생각에 왕의 결정을 지지했다. 왕비의 입장에서 보면, 왕가의 혈육이 마하라자의 집안과 혼인을 맺게 될 테니 왕비는 행복했다. 정 바하두르는 시리 띤 사라까르(세 번째 통치)라 불릴 테고, 폐하는 시리 뺀치 사르까르(다섯 번째 통치)라 불리게 될 것이었다.

그런 기분 좋은 분위기에서 왕녀와 저거트 정의 결혼이 최종적으로 결정되었다. 빈 샴페인 병 두 개가 이 결정을 만들도록 해 준 행복감을 증명해 주고 있었다.

23

세계의 여신 어머니인 에베레스트 산의 북쪽으로 거대한 산들과 눈 덮인 사막의 땅, 도로는 존재하지 않고 대부분의 네팔인들에게는 적개심에 차 있고 신비에 싸여 있는 곳으로 보이는 땅이 있다. 티베트다. 인명과 물량에서 막대한 손실을 입은 후에 디르 섬세르 장군은 라사에 도착했고, 그로부터 한 달 후에 범 바하두르 장군이 뒤따라왔다. 바로 그곳에서 그들은 달라이라마와 평화조약에 서명을 하고는, 승리를 거두기는 했지만 지친 군대를 이끌고 다시 카트만두로 떠났다.

군대가 돌아오고, 왕녀와 저거트 정의 결혼이 알려지자, 정 바하두르 집안의 가족들은 흠 없이 깨끗한 옷과 보석을 과시하며 마노하라에 모여들었다. 정 바하두르의 형제들 모두가, 각자 자신의 지위에 걸맞게 치장하고 그곳에 나타났다. 정 바하두르 자신은 다이아몬드가 박힌 마하라자의 머리쓰개를 쓰고 영국과 프랑스, 중국에서 받은 온갖 메달들을 과시하고 있었다. 그와 함께 온 막내 동생 디르 섬세르 장군은 보석을 살 여유가 없어 다른 형제들과 경쟁할 엄두도 내지 못하고 그저 티베트 전쟁에서의 뛰어난 무공으로 받은 두 개의 메달만 달고 있었다.

정 바하두르가 디르 섬세르와 함께 안마당에 들어서자 모두들 일어

서서

"각하, 만수무강하소서."

라고 외치며 열렬한 갈채를 보냈다.

비단옷을 입고 다이아몬드 머리쓰개를 자랑해 보이는 고위 사제가 앞으로 나서며 경의를 표하고, 정 바하두르는 자기 형제들과 덕담을 나눴다. 디르 섬세르는 자기 아들과 왕녀의 혼인이 수포로 돌아갔다는 사실에 전혀 원망하고 있는 것 같지 않은 것처럼 보였다. 그는 오히려 이 결혼을 좋은 쪽으로 받아들였다. 아무튼 왕녀가 자신의 친척인 저거트 정과 결혼을 한다는 것은 넓게 보면 왕녀가 자기 집안으로 시집오게 되는 것이고 그렇게 되면 자기들의 특권이 커지게 될 거라며 자신을 위로하고 있었다.

하지만 그런 상황을 그만큼이나 아주 유순하게 받아들인 열일곱 명이나 되는 그의 아들들은 단 한 명도 보이지 않았다. 그들은 그것을 커다란 굴욕으로, 산산이 부서진 꿈으로 보았고, 그것을 전부 자기들의 가난 탓으로 돌렸다. 그들은 뚱한 얼굴로 옷이라고 입었으니 옷이구나 싶은 비참한 옷을 입고서 떼를 지어 왔다. 그들의 나머지 가족들이 뽐내는 화려한 부 한가운데에서, 섬세르네 식구들은 정말 보기에도 딱하고 민망했다.

그들의 친형제인 뎁조차도 그들이 무슨 역병에라도 걸린 것처럼 피했다. 거기에 가족들만 있었더라면 그리 나쁘지는 않았을 테지만, 네팔에서 내로라하는 사람들은 거의 다 모여 집과 안마당이 차고 넘칠 정도였다. 그런 모습에 그들의 굴욕감은 더 커져만 갔다.

신랑은 바로 그날 허누만 도카로 떠날 준비를 하고 있어서, 악단이 연습하는 악기 소리와 행렬 준비로 바쁜 하녀들과 하인들이 날카롭게 질러 대고 외치는 소리들이 한데 섞여 불협화음을 만들어 내고 있었다.

마노하라에서 허누만 도카에 이르는 4마일에 걸친 길은 꽃줄과 리본으로 장식되어 거리들은 다채로운 빛깔로 뒤덮이고 모든 건물들은 흥겨운 모양새를 갖췄다. 이것은 도시 전체를 완벽하게 성형수술하기 위해 장인들과 장식가들이 몇 달 전부터 밤낮없이 작업한 결과였다. 그건 마치 카트만두 자체가 신부인 것 같았다.

행렬은 어땠는가. 스무 마리의 코끼리, 전부 다른 모양의 마차들, 각 연대별로 다른 군복을 입은 군인들, 골드 레이스로 테두리 장식을 한 노란색 악보를 들고 있는 네와리족(카트만두를 중심으로 살고 있는 네팔의 한 종족으로 주로 말라 왕조와 사하 왕조의 문화 중심에 있는 종족이다) 악사들, 그리고 각양각색의 여신들을 나타내는 뎁 무용수들이 동원되었다. 무용수들과 초록색과 흰색과 빨간색 옷을 입은 처녀들과 황금 불상이 있었다. 삼촌들은 코끼리를 타고 형제들은 말이 끄는 마차를 타고 있었다. 그러나 행렬의 초점은 바로 신랑이었다. 그는 은으로 만든 닫집 가마 안에 앉아 호화롭게 장식된 코끼리를 타고 갔다. 군악대가 갈채를 연주하면서 행렬이 시작되었다.

수많은 사람들이 왕실 결혼식을 보려고 방방곡곡에서 힘들게 여행해서 왔다. 관습상 공적으로는 섞이는 것이 금지되어 있는 남자와 여자들은 행렬이 지나가는 노선에서 저마다 전망이 좋은 자리를 차지했다. 좋은 옷이라고는 거의 없는 그들은 그중에서나마 가장 나은 옷을 입고,

비록 옷은 더럽고 해졌어도 은이나 놋쇠 장신구들을 자랑스럽게 달고 있었다.

많은 여자들이 등에 어린아이를 업고 나왔는데, 아주 많은 아이들이 영양실조로 보였다.

사람들과 짐승들이 일으키는 먼지 구름과 땀 냄새가 고위 인사들을 짜증나게 했다. 그래서 그들은 향수 뿌린 손수건으로 코를 틀어막아 냄새를 차단하고 싶다는 생각들을 했다. 정 바하두르만이 유일하게 군중들의 역겨운 냄새에도 아랑곳하지 않았다. 사람들은 그를 보자 곧 그에게 여러 가지 빛깔의 가루들과 꽃들을 뿌려 대며 우렁찬 소리로 '자이 마하라자'를 외쳤다.

거기 정 바하두르가 앉아 있었다. 얼굴에 '공적인' 미소, 영국에 있는 동안 배운 미소, 외교적인 미소를 띠고 있는 국가의 '사실상'의 통치자가. 그러나 거기에는 한 가지 다른 게 있었다. 이 남자의 눈 뒤에는 행복이나 온화함은 거의 없었기 때문이다. 그의 얼굴은 심각하고 음산했으며, 눈매는 날카롭고 꿰뚫어 보는 듯했다. 경계심을 늦추지 않고, 항상 불안하고 의심에 가득 차 있으면서, 어떻게 이런 사람이 넉넉하고 열린 마음으로 공적인 큰 갈채를 받을 수 있었을까? 그가 어떻게 자신이 그랬던 것처럼 자기와는 전혀 다른 세계에서 오는 사람들과 진정으로 하나가 될 수 있고, 자신이 그랬던 것처럼 권력의 좁은 통로를 통과할 수 있었을까? 더욱이 일자무식인 군중이 어떻게 이것을 알게 되었으며, 그런 굉장한 기회에 함께하는 것에 행복해하면서 그 미소를 관대함의 미소로 받아들이게 되었을까?

행렬이 허누만 도카에 도착하는 데 몇 시간이 걸렸다. 그들이 도착하자마자 사람들이 달려 나와 그들을 위해 준비한 축제를 열었다. 딱 한 번 외국의 술로 자신들의 슬픔을 잊어 볼 기회가 주어지자, 술에 잔뜩 취한 어리석은 사람들이 많이 있었다. 외교적인 의전에 좀 더 눈을 뜬 사람들은 먼저 왕의 발밑에 동전을 바침으로써 그에 대한 경의를 표하러 갔다. 이 모든 와중에 저거트 정과 그의 형제들은 왕녀를 알현했다. 그녀는 흐느껴 울고 있었다. 부모의 집에서 영원히 떠나게 되어 있는 사람으로서는 충분히 그럴 만했으므로, 그녀의 시아버지는 내내 그녀를 위로해 주었다.

그다음 날, 그녀는 남자 형제들의 부축을 받으며 거실로 안내되었다. 여자 손님들이 그녀의 얼굴을 보는 영광을 갖게 해 주기 위해서였다. 그녀는 여전히 울고 있었지만, 그것은 심한 고통의 눈물이 아니라 오래 기다린 끝에 마침내 자신이 바라던 남자와 함께하는 꿈의 세계를 깨닫게 된 안도의 눈물이었다. 그동안 내내 그녀의 부모들은 울지 말라고 그녀를 타일렀다. 자신들이 눈물을 참지 못할 것 같아서였다.

저거트 정은 그녀를 기다리고 있었다. 그는 지금 장군의 머리쓰개를 쓰고 황금 결혼 예복을 입고 있었다. 그의 인생의 동반자인 왕녀가 사람들 손에 이끌려 내실에서 나와 거기 섰다. 그녀를 한 번 보자 그는 아무것도 섞이지 않은 행복감에 가슴이 몸에서 터져 나올 것 같은 느낌이 들었다. 눈에 눈물이 가득 고여 앞이 잘 보이지도 않았다. 그는 이날까지 참을 수 없이 고통스러웠으나, 이제 더 이상은 아니다, 더 이상은.

부부가 성스런 불 앞으로 이끌려 나가자 결혼 예식이 베다 의식에 따라 엄숙하게 거행되었다. 이것은 승리를 거둔 경우였다.

다시 한 번 결혼식을 새롭게 올리러 신랑 집으로 행진해 갈 때, 야외극은 전날의 것보다 더 볼만했다. 이번에는 물론 왕세자와 너렌드러 왕자도 함께했고, 그래서 전체적인 행사가 더 거창한 행렬과 의식이 되었다. 경찰관, 군인 그리고 궁정관리들 등 모든 사람들이 이 과정을 함께했다. 신부의 혼수로 말할 것 같으면, 그걸 다 싣고 가기 위해 코끼리

500마리가 필요할 정도였다. 영국 총독 어스킨 씨 부부는 자기들의 눈을 믿을 수가 없었다. 전 세계의 물건들이, 프랑스에서 마차들이, 오스트레일리아에서 말들이, 이 작은 나라로 날라져 온 것 같았기 때문이다. 단지 이 한 번의 결혼식을 위해서 말이다. 신부와 신랑은 실제로 금으로 만든 닫집 가마에 앉아 있어서 마치 천국의 옥좌 위에 앉아 있는 것 같았다.

한낮에 출발한 행렬은 저녁이 되어서야 겨우 마노하라에 도착했다. 손님들에게 저녁 만찬이 제공되는 동안, 신부와 신랑은 넓은 응접실에서 그들이 잘 되기를 빌어 주는 사람들과 수행원들에 둘러싸여 있었다. 왕녀는 아직도 무거운 베일을 쓰고 있어서 행진해 오는 동안 도시의 그 멋진 장관을 볼 수가 없었다. 그래서 그녀의 남편은 그녀를 테라스로 데리고 나가더니 의미심장하게 그녀에게 쌍안경을 주었다. 수줍어하며 그녀가 거절하자, 그는 그 쌍안경을 들고서 계곡 쪽으로 돌렸다.

어디에서나 그 자신과 그의 신부에 대한 사람들의 애정을 보여 주는 불빛과 깃발들이 보였다. 이웃의 작은 마을 티미에까지도 깃발이 걸려 있고, 이런 글귀가 적혀 있었다.

"하늘이 맺어 준 부부, 저거트 정과 왕녀여 만수무강하소서."

그가 자기 아버지와 아버지의 정치제도를 믿었던 것은 얼마나 옳았던가. 이 모든 것을 가능하게 만든 것은 결국 그의 아버지의 성공적인 정치적 수완이었다. 온갖 아첨에 압도되어, 그는 자기와 함께 이 장관의 기쁨을 나누자고 왕녀를 설득했다. 온 세상이 그들의 발밑에 있었다. 그들을 위해 기쁨으로 소리 높이 외치면서. 이것 말고, 그들이 무엇을 더 바랄 수 있었겠는가.

24

"아이고 어머니, 아이고 맙소사! 아파서 죽을 것 같아. 더는 못 참겠어. 못 참는다고, 아이고 아."

"마마, 너무 많이 움직이지 마세요. 일어나지 마시고요. 조용히 누워서 기도를 좀 하세요. 나쁜 일은 일어나지 않을 테니까 제발 불안해하지 마세요."

왕녀는 해산의 진통을 겪는 중이었다. 그녀는 팔다리를 사방으로 휘둘러 대며 어떻게도 할 수 없어 산파를 할퀴어 대면서 침대 위에서 데굴데굴 굴렀다.

"왕녀 마마, 너무 많이 움직이지 마세요. 하녀들의 어깨를 잡고 기도하세요. 그리고 아래로 힘을 주세요. 그러면 도움이 될 겁니다. 제가 약속하지요."

산파가 말했다.

마취제도 없고 소독제도 없이, 해산 중인 한 여성의 생명이 주로 산파와 나이 많고 경험 있는 여자들에게 달려 있었다. 오직 아이를 낳아 본 여자들만이 산고를 겪는 사람을 약초 달인 물로 힘닿는 데까지 보살피며 간호했다.

정 바하두르와 그의 형제들은 널찍한 응접실에 모여 있었다. 병들어 누워만 있는 총사령관 범 바하두르도 그곳에 왔다. 그는 지팡이에 의지해서 비틀거리며 가까스로 마노하라까지 온 것이었다. 그것은 그들 모두에게 중요한 순간이었지만, 손자를 보게 해 달라고 열심히 기도하던 정 바하두르에게는 특히 더 그랬다.

"첫째 아이는 언제나 힘든 법이지."

정 바하두르가 중얼거렸다.

그들은 벽에 걸려 있는 점성술 도표를 보며 얘기를 나누었다. 그런데 범 바하두르가 늘 하는 대로 왕녀의 산고를 티베트 전쟁의 사건들에 비유하면서 두서없이 말하기 시작했다. 그는 그녀의 상황을 전쟁터에서의 삶과 죽음 사이에서 균형을 유지하는 것과 비교했는데, 그것은 얘기를 시작하기에는 꽤 괜찮은 것이었다. 그러더니 그는 항상 그러는 것처럼, 중국인들이 티베트인들을 실망시킨 것에 대해 얘기함으로써 초점을 벗어나기 시작했다. 그가 두서없이 지껄이는 말들 때문에 정 바하두르는 약간 초조해졌다.

"중국인들이 자기들 문제도 그렇게 많은데 어떻게 티베트인들을 도와줄 수 있었겠나?"

그가 무뚝뚝하게 말했다.

"그들한테 무슨 문제가 있는데?"

런노딥이 멍하게 물었다.

"중국의 서민들은 민주주의를 원하는데, 그게 그들의 문제야."

정 바하두르가 느릿느릿 말했다.

민주주의는 그들에게는 좀 더러운 단어였다. 누구든 그런 생각을 가지고 장난치려고 했다간 결국 가혹한 대가를 치렀다. 솜나트와 그의 의회정치주의는 끝내 정 바하두르를 참지 못하게 만들었다. 설사 그가

정 바하두르의 규칙을 폭력적인 수단으로 전복시킬 생각은 전혀 없었다 해도 그의 사상들은 총리의 견해로는 참을 수가 없었던 것이다. 그래서 정 바하두르는 그를 국외로 추방해 버렸다.

유배 중에 그가 미쳤다는 소문이 있었지만, 아무도 그의 사면에 대해 말을 꺼낼 용기가 없었다. 그의 이름 자체가 정 바하두르에게는 저주였던 것이다.

이것을 잊고 있는 런노딥이 명랑하게 말했다.

"솜나트가 중국인들은 변화를 원하게 될 거라고 곧잘 말하곤 하던 걸 잊지 마세요. 그는 만약 중국의 지도자들이 의회주의 제도를 도입하지 않으면 중국인들 수백만 명이 들고일어날 거라고 말했잖아요. 그는 자기가 무엇에 대해 말하고 있는지 알았던 것 같아요. 그렇게 생각하지 않으세요?"

정 바하두르는 자기 동생을 향해 몸을 돌렸다.

"내 앞에서 감히 그 사람의 이름을 들먹이지 마라. 그가 원한 건 자신의 목적을 위해 혼돈을 만들어 내려는 거였어. 그게 다야. 입헌군주제는 외국의 사상이고 우리한테는 전혀 맞질 않아."

그가 하도 차갑게 그리고 단정적으로 이렇게 말하는 바람에 아무도 그에게 반박할 용기가 없었다. 그의 권력은 최고였고, 이제 그의 가족과 왕실의 혈연관계는 굳게 맺어졌다. 이전 해에는 그의 딸들이 왕세자와 그의 형제들과 결혼했고, 지트 정의 둘째 아들은 둘째 공주와 결혼하는 것을 보았다. 그는 명실공히 최고였다. 프랑스의 전설적인 나폴레옹 보나파르트처럼, 그는 기민하게 혼인을 맺어서 그때까지는 단순히 강력한 군정이었던 것에서 하나의 왕조를 만들었다.

그의 형제들은 언제나 그를 지지했다. 자신들의 힘과 권력이 그에게 있었기 때문이다. 끼리스너 바하두르는 솜나트의 생각에 대해 어떤 느낌이 있었으나 정 바하두르에게 도전으로 비춰질 만한 용기는 없었다. 지금 그의 분노를 보면서, 그들은 모두 쥐 죽은 듯이 조용히 서 있었다. 조금 진정되자 정 바하두르가 말했다.

"솜나트는 미쳤어. 그는 내 시스템이 유혈 참사를 일으키게 되고 우리 집안은 일소될 거라고 주장했지. 그는 유일하게 안전한 것은 입헌군주제에 있다는 거야, 흥."

그러면서 그는 형제들에게서 떨어져 혼자만의 자기 생각 속으로 빠져들어 갔다.

영국에 있을 때, 그가 만난 대부분의 장관들이 그에게 네팔에도 입헌군주제를 채택하라고 재촉했었다.

"당신은 진짜 역사적인 운동을 만들게 될 겁니다. 더 나은 것을 위한 운동이요. 그리고 그것을 통해 당신의 이름은 길이 남게 되고요. 당신은 세상이 끝날 때까지 영광을 받게 될 겁니다."

그들은 그에게 이렇게 말했다. 하지만 왜? 왜 그들은 그의 시스템이 이기심과 부패로 이끌어 갈 거라고 그리도 단단히 믿었을까? 왜 그들은 그에게 일반 대중에게 투표권을 주고 교육을 실시하라고 재촉했을까? 그들은 이것은 엄청난 실수가 될 거라는 것을 이해할 수가 없었다. 그들의 나라에서야 그것이 어찌 효과가 없을 수 있었겠는가마는. 누구나 다 권력이나 권위를 원하지만, 책임은 원치 않는다. 그들의 국민, 자신의 국민들은 언제나 누군가 다른 사람이 모든 것에 책임지기를 원할 텐데, 바로 그런 이유로 영국 시스템이 효과가 없을 것이었다. 한 사람 한 사람 모두가 책임을 져야 하는 민주주의는 네팔에서는 바보스런 생각이라는 뜻이었다. 정 바하두르는 과거에 아주 여러 번 그랬던 것처럼, 지금도 그것을 뿌리쳐 버렸다. 상황을 변화시키지 않는다면 금방이라도 유혈 참사가 일어날 것이라는 그들의 경고를 그는 아직 기억하고 있었다. 그 생각을 하자 등골이 오싹해졌다.

바로 그때, 솜나트의 후임으로 온 왕사 부네슈와르가 그 방에 들어오더니 고개를 깊이 숙여 절을 하면서 말했다.

"왕녀 마마께서 장군을 출산하셨습니다."

갑자기 그곳에 소란스럽고 기쁨에 찬 흥분이 가득했다. 비르 섬세르는 그 소식을 왕실에 전해서 왕족들이 마노하라를 방문하는 것을 준비하도록 돕기 위해 왕궁으로 떠났다.

저거트 정이 와서 부모들의 발밑에 금화들을 놓으며 절을 했다. 그러는 사이 할아버지가 된 것이 자랑스러운 정 바하두르는 자신의 첫 손자에게 선물할 장군의 머리쓰개를 가져오라고 명령했다. 그러고 나서 그들은 모두 행복한 마음으로 왕녀의 방으로 우르르 몰려갔다.

왕녀는 똑바로 누워서, 말 그대로 눈과 코와 입만 내놓고는 온몸을 천으로 둘둘 감고 있었다. 그녀는 녹초가 되어 있었다. 그러나 그럼에도 불구하고, 플란넬 포대기에 싸여 있는 아기를 바라보는 그녀의 얼굴에는 보일 듯 말 듯 행복한 미소가 있었다.

그녀의 시아버지는 아기의 머리 곁에 머리쓰개를 놓았다. 아기는 네팔 왕실 군대의 장군이라는 칭호로 불렸다. 왕의 손자이기 때문이었다. 그의 이름은 윤더 프러땁 정이 될 것이며, 그의 탄생을 알리는 예포가 울렸다.

사람들은 벌써 마노하라로 몰려와 저거트 정과 정 바하두르에게 그들의 경의를 표했고, 각 문들마다 밖에 한 떼의 사람들이 모여 서서 한번만이라도 아기를 직접 보게 해 달라고 했다.

이틀간의 휴일이 주어질 것이며 도박도 허락될 것이라는 명령이 내려졌다. 불꽃놀이도 하고, 여러 가지 조명으로 도시 전체를 환히 밝힐 예정이었다.

마노하라에 이르는 주도로 위에 피어오르는 먼지구름이 왕족들이 가까이 오고 있음을 신호로 알리자 감격의 흥분이 군중들 사이에 퍼져나갔다. 정 바하두르는 그들을 맞으러 집 밖으로 달려 나갔다. 이런 날이 오기를 얼마나 갈망했던가. 그의 생애에서 가장 행복한 날 가운데 하루였다.

마침내 왕실 가족들이 도착했다. 값비싼 보석과 향수로 치장한 빛나는 모습으로. 왕의 마차에는 전통적인 환영 방식으로 꽃과 버밀리온 가루와 튀긴 쌀이 뿌려졌다.

정 바하두르의 부인은 왕실의 방문자들을 환영하며 맞아들였고, 두 왕비는 두 사람이 나르는 일인용 가마를 타고 왕녀의 방까지 올라갔다. 왕을 업어 나르는 사람이 걸음을 내딛으려 하자 정 바하두르는 그를 물리치며 자신이 직접 폐하를 업고 올라가겠다고 제의했다. 깜짝 놀란 정 바하두르의 부인은 그가 미쳤다고 생각하며 너무 어린애처럼 군다고 그에게 잔소리를 했다. 그러나 정 바하두르는 너무 기분이 좋아 그 말에는 개의치 않고 수렌드러 왕을 등에 업었다.

왕이 어색해하며 말했다.

"하지 말게. 사돈의 등에 올라타는 것은 죄악이야."

그러면서 왕은 끼리스너 바하두르의 도움을 받아 직접 계단을 올라갔다.

위층에서는 레디 더너와 둘째 공주가 숙녀들을 보살피고 있었다. 수렌드러 왕은 점심때까지 머물면서 도박을 하기로 마음먹었다. 이런 결정이 내려지자, 왕의 점심 식사에 필요한 금 식기들을 가지러 많은 가신들이 궁으로 달려갔다. 이런 그릇들은 한 번 밖으로 나오면 절대 도로 가져갈 수 없었으므로, 이런 일이 있으면 누군가의 행운의 날이 될 것이었다.

멧돼지와 염소, 온갖 가금류가 포함된 성대한 축제가 준비되는 등, 이런저런 할 일들이 진행되었다. 디저트로는 카시미르에서 온 사과와 프랑스에서 온 씨 없는 포도, 왕궁에서 온 갖은 코스들이 그렇게 황홀할 만큼 행복한 날에 호화로움까지 더해 주었다.

왕세자들의 부인들과 함께 앉아 설탕에 절인 과일들과 향신료들을 준비하고 있는 사람은 레디 더너였다. 그들은, 그녀가 장신구를 하나도 하지 않았다고 말하면서 그녀에게 귀걸이 한 쌍과 반지를 끼라며 주었다.

너렌드러의 부인이 말했다.

"새언니, 언니 코걸이는 어디 있어요? 그거 정말 아름다워 보이던데. 왜 그거 안 하셨어요? 그거 하면 언니 부부 생활을 낙원으로 만들어 줄 텐데."

그러나 사랑 없는 결혼이라는 덫에 걸린, 게다가 시댁의 대가족들과 함께 살아야 하는 더너에게는 낙원이란 미지의 것이었다. 그녀는 철저하게 불행했다. 비르 섬세르가 뒤미처 그녀의 시녀인 럭치미를 둘째 부인으로 맞아들였기 때문이다. 구룽지에서의 그 숙명적인 날에 그가 사랑에 빠졌던 바로 그 럭치미였다.

레디 더너에게 있어서 변신은 비극적이었다. 전에는 정말 행복한 자연스러움으로 충만했었는데, 이젠 말보다 눈물이 먼저 나오는 여인이 되었다. 눈물이 앞을 가려 그녀는 식품 창고에 가 봐야겠다는 핑계로 방에서 나왔다.

트러이록껴의 부인들은 하녀들에게 선물과 보석들을 후하게 나눠 주기 시작했다. 어쨌든 거긴 오빠의 집이 아닌가. 아래층에서는 그들이 도박을 하느라 정신들이 없었다.

디르 섬세르는 저거트 정이 자기 삼촌을 수치심으로 얼굴을 붉히게 만들면서 퇴짜 놓은 것에 소액을 걸었다. 결국 디르 섬세르는 저거트 정이 잃을 때마다 놀려 댔고, 이렇게 티격태격하는 것이 그들 사이에 게임의 리듬을 생기 있게 유지시켜 주었다.

두 시간 만에 왕족들이 모두 이겨서 정 바하두르와 저거트 정은 더 이상 즐겁지 않았다. 왕족들 중 누가 잃었다면 물론 여기에는 정 바하두르의 가족도 포함된다. 그 손실을 국고가 부담했을 것이다. 하지만 정 바하두르의 형제들에게는 그런 특권이 없었으므로, 500루피를 잃은 디르 섬세르에게(정 바하두르가 20만 루피를 잃은 것과 맞먹는다) 그것은 그야말로 재앙이었다.

점심을 먹고 집안의 하인들 모두에게 똑같이 팁을 나눠 준 다음, 왕족들은 왕녀에게 작별을 고하러 갔다. 그녀의 아버지는 딸에게 다정하게 말을 걸다가, 그런 날 딸의 눈에 눈물이 그렁그렁한 것을 보고는 충격을 받았다. 아버지가 재촉하자 그녀는 아무 대답 없이 더 이상 참지 못하겠다는 듯 흐느껴 울기 시작했다. 마침내 왕세자 트러이록껴가 그들에게 알려 주었다. 그녀는 저거트 정이 자기 아버지의 뒤를 이어 시리 띤 마하라자가 되고 그 다음엔 자기 아들이 그 뒤를 이어야 한다는 생각을 갖고 있다고.

왕녀가 요구하고 있는 것은 새로운 계승 명부였다. 물론, 자기 오빠가 시키기는 했지만. 정 바하두르의 얼굴에는 아무런 감정이 드러나지 않았다. 그는 며느리가 요구하는 대로 아주 잘할 수 있었다. 그는 비록 트러이록껴의 정치적인 야심을 좋아하지는 않아도, 그를 존중했다. 그러나 그는 무엇보다도 지금 이대로가 구속력이 있고 반드시 필요하다고 여겼다. 그는 그것을 음모와 유혈 참사를 피하기 위해 그렇게 만들어 놓았으며, 그 어떤 간섭도 참을 생각이 없었다. 그는 왕녀의 남자 형제들이 그녀에게 이렇게 하라고 부추겼다는 것을 알고 있었고, 그것이 그를 화나게 만들었다.

생각이 영국인 친구들이 자신에게 했던 경고에 미치자 그는 갑자기 불안해졌다. 그러나 곧 자기는 갈등을 막기 위해 명부를 제정했다는 생각에 다시 기력이 생겼다. 그는 자신이 연민과 사랑과 가족 관계라는 구실로, 저거트 정과 그의 후계자를 위해 그것을 폐기하라는 압박을 왕족들에게서 받고 있다는 걸 깨달았던 것이다. 만약 그가 이런 실수를 하게 된다면 자기 아들들과 자기 형제들 사이에 대를 이어 가는 끝없는 불화가 생길 것이다. 트러이록껴의 얼굴을 똑바로 쳐다보며 그가 말했다.

"사랑과 연민은 저의 후계자들을 위해 필요한 자질이 아닙니다. 그에게 필요한 것은 강한 손과 단호한 결단력입니다. 바람에 이리저리 휘는 버드나무는 제 뒤를 잇기에 적합한 사람이 못됩니다!"

모든 눈들이 왕에게로 쏠렸고 저거트 정은 그를 애원하듯 바라보았다.

국왕 폐하는 땀을 과도하게 흘리기 시작했다. 그는 정 바하두르의 의지에 반대한 적이 한 번도 없었으나, 그럼에도 불구하고 저거트 정이 아버지의 뒤를 잇기를 원했다. 그래서 그는 아주 단호하게 말했다.

"이건 우리의 바람이고 가족 전체가 내 의견에 동의하고 있으니 필요한 준비를 하시오."

"그래요. 우리 모두 저거트 정이 당신 뒤를 잇기를 원합니다."

트러이록껴가 나직하게 말했다.

그러나 정 바하두르는 그들의 요청에 기울 기분도 거절할 기분도 아니었다. 그는 항상 수렌드러 왕에게 공손하게 복종하려고 했으나, 이 한 가지 쟁점에는 그도 따르기를 거부했다. 수렌드러 왕도 전에는 어떤 문제에서도 정 바하두르에게 반대한 적이 없었기 때문에 솔직하게 말한 것을 후회하기 시작했다. 모두가 지치고 일그러진 표정이었다. 왕가의 배우자들은 자기 아버지의 얼굴을 보며 울기 시작하더니, 급기야 정 바하두르의 부인들과 며느리들까지 합세했다. 정 바하두르는 일부러 이렇게 말했다.

"제가 마련해 놓은 시스템은 지금 그대로 유지될 겁니다."

아마 자기 할아버지의 쩌렁쩌렁 울리는 소리에 잠이 깼는지 신생아가 울기 시작했다.

마침내, 왁자지껄한 소리들과 언쟁들이 끝나고 그게 누구든 시리 띤 마하라자가 되는 사람은 직위는 물려받겠지만 봉급과 다른 혜택들은 모두 저거트 정과 그의 후손들에게로 가게 될 것이라는 결정이 내려졌다. 정치사나 행정사 그 어디에서도 선례를 찾아볼 수 없는 이상한 타협이었다.

모두가 이 타협안에 충분히 만족한 듯 보였으나, 트러이록껴와 너렌드러는 그렇게 보이려면 초인간적인 노력이 필요했다. 정 바하두르는 다시 한 번 그들을 끽소리도 못하게 찍어 눌렀다.

  그에 따라 저거트 정과 생각지도 못했던 그의 재정적인 횡재를 기리기 위해 아홉 발의 예포가 발사되었다. 정 바하두르의 모든 형제들이 사심 없이 조카를 축하해 주었고, 정 바하두르의 직위를 계승할 게 분명한 범 바하두르는 저거트 정이 마하라자까지 되어야 한다는 견해를 피력하기까지 했다.

  정 바하두르의 형제들이 그렇게까지 이기심 없이 그에게 헌신하는 것을 믿기가 힘들었지만, 그들은 실제로 그랬다. 그가 자신의 권력을 쌓아 올리게 해 준 것은 바로 이런 진심에서 우러난 지지와 힘이었다. 디르 섬세르와 저거트 섬세르조차도, 물론 두 왕자의 지원을 받아, 정 바하두르에게 저거트 정을 다음 시리 떤 마하라자로 임명하라고 간청하려고 했으나, 정 바하두르는 왕과 그의 배우자들을 발코니로 데리고 나감으로써 모든 사람들의 관심을 딴 데로 돌렸다. 발코니에서 그들은 축하해 주러 온 군중들의 떠들썩한 갈채를 받았다.

  그들은 오랫동안 서서 쌍안경이라는 보조 수단으로 여러 다른 양상으로 축하 행사가 벌어지는 것을 집중해서 보았다. 각종 사원에서 기도하는 사람들, 툰디켈에서 거행되는 군대 의식, 화환으로 장식되어 경배를 받고 있는 저거트 정과 그의 공주의 초상화들을. 사람들은 북소리에 맞춰 행복하게 춤추고 환호성을 지르고 있었다.

  바로 이때 영국 총독이 도착했다. 정 바하두르는 사람들이 자신의 통치에 얼마나 행복해하는지를 보여 주고 싶은 간절한 마음으로 그에게 쌍안경을 넘겨주었다.

  저거트 정은 나폴레옹이자 프리트비 나라얀 샤(네팔의 구르카 왕국의 왕족인 샤 가문의 한 사람으로 1769년에 말라 왕국을 정복해서 네팔의 근대국가를 확립하고 카트만두에 수도를 정했다. 재위, 1743-1775)이고, 왕녀는 어떤 여신이라고 주장하는 깃발들을 건성으로

190

보면서(그런 과장된 표현에 익숙해져 있었기 때문이다), 그는 저물녘 도시의 점멸하는 불빛들을 훑어보았다. 그를 감동시키는 대단한 것은 없었다. 네팔의 국기가 당당하게 펄럭이며 꽂혀 있는 정의의 법정도 없고, 학교도 없고, 대학도 없으며, 병원도 없고, 누더기를 걸친 인간들이 넘실거리는 더러운 바다 외에는 아무것도 없었다. 그것에 그는 욕지기가 났다. 여기서 그들은 다른 누군가의 행운에 몹시 기뻐하고 있다. 그러나 저거트 정의 부가 그들의 빈곤을 없애 주거나 그들의 배를 채워 주지는 못할 텐데. 저거트 정이 군중의 노골적인 아첨 앞에서 자기 아버지의 부와 권력을 계승하려고 애를 쓰는 동안, 그들의 운명은 무지와 굶주림과 착취의 운명이 될 수밖에 없다는 것이 그들을 괴롭히지는 않았다. 그들은 냉담했다. 비록 그들은 배고프고 형편없는 옷을 입고 있지만, 여전히 정 바하두르에 대한 찬양을 소리 높이 외치고 있는데 그것이 영국 총독을 머리 끝까지 화나게 만들었다. 그는, 매우 뛰어나게 아름다운 사원들과 건물들이 그 위에 쌓여 있는 배설물과 썩은 고기의 무게에 못 이겨 어느 날 무너지게 될 거라는 생각을 곰곰 되새기면서 한동안 계속 지켜보았다. 그의 앞에는 숭배하고 밀담을 나누고 음모를 좋아하는 도시가, 틀림없이 아마도 딱 그만한 가치가 있는 그런 정부를 가진 도시가 놓여 있다.

"각하, 뭘 그리 오랫동안 보십니까?"

정 바하두르가 말을 이었다.

"뭐가 가장 인상 깊으십니까?"

"제가 찾고 있는 것을 발견하지 못했습니다. 마하라자, 그래서 오랫동안 보고 있는 겁니다."

총독이 대답했다. 그러자 퍼드머 정이 그의 말을 통역해 주었다.

"그게 뭐죠?"

정 바하두르가 물었다.

"당신의 적대자들의 끈기요."

"우린 적대자가 없어요."

저거트 정이 자랑스럽게 말하자, 정 바하두르가 아들의 견해에 대한 시인의 표시로 고개를 끄덕였다.

영국 총독은 소리 내어 웃으며, 약간 조롱하듯 말했다.

"자신의 적대자들을 존중할 수 있게 되지 못하면, 그들이 절대 여러분에게 솔직하고 평화롭게 맞서지 못할 것입니다."

그러나 무시하는 건지 아니면 이해하지 못하는 건지, 그들은 그의 말을 액면 그대로 받아들여서는 모두 함께 웃어 댔다. 그러나 영국 총독에게는 쌍안경을 통해서 본 굶주리고 더럽고 무지한 현실이 진정 즐거움의 원천이 아니었다. 아니, 그건 전혀 재미있지 않았다.

25

"마하라자 각하, 저는 늙었고 커다란 부당함이 제게 행해졌습니다. 각하, 제가 청하는 것은 정의뿐입니다."

사냥한다는 핑계로, 정 바하두르는 거의 2년 동안이나 광대한 테라이(네팔 남부 인도와 국경을 접하고 있는 지역으로 해발 50m 정도의 평원으로 이루어져 있다)를 돌아다니며 보냈다. 그 이전의 몇 해는 그에게 쉽지 않았었고, 많은 갈등들로 점철되어 있었다. 적어도 자기 아들 저거트 정과의 갈등은 아니었다.

왕세자 트러이록껴는 정 바하두르의 뒤를 이어 정 바하두르 동생인 런노딥 대신에 저거트 정을 시리 떤 마하라자라고 공표하려는 계획을 언제나 가지고 있었다.

정 바하두르의 세대를 위한 시간의 잎사귀들은 시들어 가기 시작했다. 그러니 이젠 그들이 겨울의 황폐한 자취를 넘겨주고 봄과 젊음의 풍부한 빛깔에 자리를 내어줄 시간이었다. 하지만 정 바하두르는 자리를 내주는 것이 그리 쉽지 않았다.

사실, 그는 둘째 동생인 총사령관 범 바하두르를 잃었다. 그의 뒤를 이어, 불굴의 용사 끼리스너 바하두르를 포함하여 세 명이 더 피할 수 없는 사건으로 인해 쓰러졌다. 런노딥은 약한 남자였고, 아이도 없으

며, 항상 말 잘하고 영리한 아내의 설득에 넘어가는 사람이었다. 이 사람이 지금은 총사령관인 동생이고, 곧 정 바하두르를 계승하게 될 동생이었다. 그는 이것을 위해 계책과 계획을 세웠고, 이것을 위해 자신의 아들과 싸웠다. 결국, 저거트 정은 남부군 사령관의 직위와 자기 아버지 사망 후 총리의 직위는 아니고 급료를 받는 것에 만족해야 했다. 급료는 왕의 중재로 얻어진 최종 결과였다. 직위로 말할 것 같으면, 다른 모든 사람들처럼 그의 차례가 되었어야 했을 것이다.

　정 바하두르는 의도를 가지고 그 명부를 작성했었다. 하급자는 절대 총리의 직위를 계승하지 못하게 하기 위해서였다. 네팔은 너무 많은 유혈 분쟁을 보아 왔고, 역모가 일어날 때마다 하급자가 권좌에 올랐다. 정 바하두르는 갈등을 피할 수 있도록 계획을 세웠다. 아니 그렇게 생각했다. 그런데 그는 자기가 죽으면, 곧 그렇게 되겠지만, 막내 동생이며 자신이 총애하는, 그리고 동부군 사령관인 디르 섬세르가 자신의 지시가 반드시 이행되도록 조치를 취할 것이라는 희망에 의존하고 있었다. 저거트 섬세르는 상급 사령관이니, 그런 자격으로 런노딥 다음 차례가 될 것이다. 그러나 그건 디르 섬세르가 누구를 신용하느냐에 달렸다. 평생 동안 디르 섬세르는 단 한 번도 그의 기대를 저버린 적이 없었다. 그러니 자신이 죽은 후에라도 기대를 저버리지는 않을 것이다.

정 바하두르의 시간은 끝났고 그도 그것을 알고 있었다. 하루하루가 지남에 따라 그의 생명력은 활력을 잃어 가다가 초췌한 늙은이가 되었다.

한 3, 4년 전쯤 에드워드 7세 왕자가 테라이를 방문했을 때, 정 바하두르는 수행하는 왕실 의사가 왕자에게 자신이 오래 살지 못할 거라고 말하는 것을 들었었다. 그때 정 바하두르는 60대에도 자신의 임무를 수행할 만큼 열광적이라는 것을 충분히 보여 주었었다. 왕세자 트러이록껴는 퍼러 박사로부터 이에 대한 보고를 듣고는, 다시 한 번 정 바하두르를 압박해서 저거트 정을 그의 계승자로 선포하게 만들려고 했다. 한편 저거트 정은 남부군 사령관이라는 것과 총리의 급료를 받게 될 거라는 사실에 만족하게 되었다. 저거트 정은 편하고 사치스러운 생활을 좋아하니, 왕세자는 그를 조종해서 권력을 궁으로 도로 가져오려면 매제가 총리가 되어야 한다고 생각했다. 하지만 정 바하두르는 이것을 잘 알고 있어서, 그와 왕세자는 그 문제를 놓고 툭 하면 싸우곤 했다.

왕세자의 계획에 반대하기 위해, 정 바하두르는 테라이에 와서 죽으려고 했다. 그는 이곳저곳을 여행하면서, 재판장과 대법원을 합쳐서 하나로 만든 자신의 역할을 충분히 다했다. 그가 정의에 대한 뜨거운 간청에 직면한 것은 바로 파타르가따에서였다.

처음엔 그 불쌍한 사람을 알아보지 못했지만, 늙은 법원 서기가 그 사람이 '그의 지식이 너무 넘쳐흘러서 자신을 거기에 빠뜨려 버렸으며 그래서 자신의 지식과 정신을 모두 잃어버린 위대한 학자' 솜나트라고 분명히 말해 주었다. 여전히 추방된 채로 미쳐 버린 그가 거기 있었다, 탄원하면서.

그 노인의 가슴 아픈 처지를 조사하면서, 정 바하두르는 이 사람이 너무 오래전에 모든 일에서 영국인들을 그토록 감동시켰던 '영국 브라민', 바로 그 솜나트라는 것을 거의 믿을 수가 없었다. 위대한 빅토리아 여제의 법정까지 자기와 함께 여행했던 남자라는 것을.

"솜나트가 원하는 것이 무엇인가?"

그가 물었다.

"마하라자, 저희는 겨우 어제서야 그의 문서들을 받아서 아직 제출하지 못하고 있습니다."

"내일까지 제출하라. 그 문서들은 그때 보고 싶다."

하고는 그는 일어나서 사냥하러 갔다.

여기, 축축하고 짙은 녹색 들판의 한복판에서 죽는 것이 그의 운명이었을 것이다. 가장 가난한 사람조차도 자기 집에서, 사랑하는 사람들에게 둘러싸여 죽을 수 있었지만, 그는 여기서 죽을 운명이었다. 어두운 테라이의 고독, 숨 막힐 것 같은 열기. 이것이 그의 노동의 수확, 그가 이룩해 놓은 시스템에 대한 달콤 씁쓸한 보상이었다. 어째서 오늘, 오래전에 영국인 친구들이 해 주었던 충고가 떠오르는 걸까? 어쩌면, 그가 만약 그 오래전에 그들이 촉구한 대로 의회 제도를 확립해 놓았더라면, 그는 평화롭게 죽을 수 있을 만큼 안전했을지 모르는데. 그는 시간이 시작된 이래로 모든 독재자가 경험했던 것을 경험하고 있었다. 다른 사람들을 묶는 데 사용했던 쇠사슬에 결국엔 자신도 묶일 것이라는 불쾌한 진실을.

자신의 생각 속에 깊이 빠져서 그는 코끼리 등에 앉아 천천히 걸었다.

그날은 사냥감이 별로 없었다. 딱 한 번, 울창한 숲 속 한복판에서 코끼리 부리는 사람에게 멈추라고 명령했다. 정 바하두르는 목표를 조준하고는 발사했지만 총알은 핑 돌면서 초록빛 어둠의 허공 속으로 날아갔다. 결국 그들은 지쳐서 빈손으로 캠프로 돌아왔다.

저녁 내내 그는 말없이 침울해 있다가 이윽고 진지한 분위기를 깨며 아내들에게 이야기를 들려주었다.

"오늘 백호(흰 호랑이)를 보았소."

정 바하두르가 백호를 보았다는 말에 모두가 깜짝 놀라며, 그에게 그 짐승에 대해 설명해 달라고 청했다.

"그놈은 흰색이었소. 눈이 부실 정도로 얼룩 하나 없는 흰색이었다고. 난 그놈에게 총을 쐈지만 크게 빗나가고 말았지. 그런 일은 상상하지도 못했는데 말이야."

그 자리에 있던 사람들은 그 주제를 놓고 열띤 토론들을 하기 시작했다. 그러나 그의 큰 부인은 남편을 걱정스런 눈으로 바라보았다. 지금까지 평생 그가 쏜 총알이 빗나간 적이 없었던 것이다. 이렇게 신이 나서 쓸데없는 수다를 늘어놓던 그가 갑자기 감당하기 힘들 만큼 기침을 해 대기 시작했다. 숨을 헐떡이며, 숨을 쉬느라 애쓴 나머지 눈물이 쏟아졌다. 말을 하려고 하면 할수록 증세는 더 악화됐다.

그와 함께 친구들은 백호는 숲의 마녀나 유령 혹은 여신일지 모른다는 추측들을 하기 시작했다. 그러나 대다수는 그런 말들에 콧방귀를 뀌며 그건 그저 털 빛깔만 빼고는 여느 호랑이와 다를 게 없다고 주장했다. 결국 그 목격담은 충분히 큰 의미가 있으므로 특사를 보내 카트만두에 그 소식을 전하자는 결정이 내려졌다.

다음 날, 정 바하두르와 함께 사냥 여행을 했던 사람들이 열이 나고 위경련을 일으키는 병에 걸렸다. 정 바하두르 자신도 몸이 편치 않아

캠프에서 나가지 않았다. 그날의 사냥은 취소되었고 정 바하두르는 그 대신 법정을 열었다.

많은 사례들을 듣고 판결을 내리고 하다가, 솜나트의 차례가 왔다. 정 바하두르는 그를 알아보지 못했다. 그 전날에는 솜나트가 햇빛에 그을려 거무스름하게 타 있었는데, 지금은 유럽 사람보다 더 희게 보였다.

솜나트의 사례가 오래 계속되자 정 바하두르는 자기만의 생각에 빠져 거의 듣지 않았다. 그러더니 갑자기 자기 라이플을 달라고 해서는 어느 나무를 향해 발사했다. 그는 놀랍게도 빗맞혔다. 거기에다, 그가 두루미 한 쌍을 가져오라고 명령하자 모든 사람이 대경실색했다. 그들이 실제로 본 것은 나뭇가지 위에 앉아 있는 공작 한 쌍이었던 것이다. 총리는 이제 너무 늙어 분간을 못하는 것 같았다.

솜나트의 사례를 처리하고 있던 판사가 의견을 말했다.

"마하라자, 저것들은 두루미가 아닙니다. 저것들은 공작이고, 빗맞았습니다."

그러더니 그는 총리의 행동에 대해서 그런 식으로 의견을 말해선 안 되는 것이었는데 아차 싶어 급히 입을 닫았다.

정 바하두르는 자신의 생각에 너무 몰입해 있어서 그의 말에는 신경도 쓰지 않고 있었다. 솜나트의 피부색이 어떻게 그렇게 갑자기 그렇게 완전히 바뀌었을까? 어째서 자기는 공작이 두루미로 보였을까? 그는 말을 하려고 했으나 말을 할 수가 없어 대신 미소만 지었다. 그러나 그건 패배의 미소였다. 사람들은 입 다물고 조용히 기다렸다. 그러나 오래지 않아 정 바하두르는 일어나더니 자기 텐트로 가 버렸다.

그의 부인들은 '파싸' 놀이를 하고 있다가 그가 몹시 슬픔에 잠겨 망연자실한 모습으로 들어오자 황급히 그만두었다.

그에게 갑작스럽게 일어난 일은 이런 것이었다. 즉, 퍼러 박사는 그의 시력이 약해지다가 머지않아 실명하게 될 거라고 말했었다. 결국 백호는 그냥 보통 호랑이었을 뿐이다. 백호는 그를 기다리고 있는 죽음이었던 것이다.

"난, 이제 얼마 안 남았소."

하면서 그는 자신이 겪고 있는 일을 조용히 그들에게 이야기해 주었다. 말을 마치는 길로 그는 몸져누웠다.

날이 갈수록 그의 상태는 악화되었고 그의 신하들은 노골적으로 큰 소리로 울기 시작했다. 그는 시력을 잃었으며 쇠약해지고 허약해졌다. 그러나 자신의 죽음이 임박했다는 사실보다는 자신이 떠나가는 나라의 상태가 두 배나 더 걱정스러웠다. 그는 실수했다.

정말, 그러나 너무 늦었다. 이젠 너무 늦었다.

죽기 전, 마지막으로 그는 솜나트를 불렀다.

"자네 너무 많은 고통을 받았지."

이렇게 말하고는 더 이상 말이 나오지 않았다.

솜나트는 그가 속마음을 털어놓기를, 적어도 이 마지막 순간만이라도 자신의 생각들에 동의를 좀 얻기를, 자신이 주창했던 모든 것이 정당했다는 인증을 좀 받기를 간절히 바랬다. 그러나 그 역시 마하라자의 상태에 마음이 너무 아파 겨우 입속으로 이렇게만 중얼거렸다.

"부디 절 용서하십시오."

그러고 나서, 런노딥이 후계자로 선포될 때까지는 정 바하두르의 죽음이 비밀에 붙여져야 하는 책임이 솜나트에게 맡겨졌다. 캠프에서 나가는 보고들이 저거트 정의 손에 들어가지 않아야 했다. 저거트 정이 아버지의 임종을 보러 오겠다고 마음먹고 그래서 정세에 대해 왕세자에게 알려 주면 안 될 테니까.

모두의 눈에 눈물이 고였다. 솜나트는, 정 바하두르가 임종을 맞이해서조차도 자신의 지배력을 놓을 용기도 없고 놓을 수도 없구나, 라는 생각을 하면 슬퍼졌다. 자신의 주위에 있는 사람들의 고뇌를 보자 그는 비통해졌다. 자기가 가고 난 뒤에 올 불가피한 충돌에 대해 생각했다. 한쪽에는 자기 형제들, 디르 섬세르도 함께 있고, 다른 쪽에는 자기 아들들이 있으며, 언제까지고 위협하고 있는 디르 섬세르의 열일곱 아들들이 있다. 그는 자신의 두려움을 소리 내서 말하고 싶었으나 할 수가 없었다. 백호의 메시지가 전부 너무 분명해졌다. 그는 자신의 하인이었으며 오랜 세월 자신의 적대자였던 솜나트의 얼굴을 오랫동안 지그시 바라보았다. 그러고 나서 시리 띤 마하라자 정 바하두르의 영혼은 꺼졌다. 평생 최고의 지위를 갖기 위해 싸웠던 '권좌'를 영원히 뒤에 남기고서.

26

백호를 보았다는 소식이 카트만두의 왕궁에 도착했고, 또 그 특별한 사냥 여행에 정 바하두르와 함께 갔던 신하들을 덮친 불가사의한 병에 대한 소식도 같이 왔다.

트러이록껴의 배우자들이 처음으로 정 바하두르와 자기들 남편의 사이가 소원하다는 것에 대해 알게 된 건 트러이록껴와 너렌드러가 그 여행에 관한 생각을 이야기하는 중에서였다. 그래서 트러이록껴가 어떤 사냥 행사에든 가담하지 않으려고 했던 것이다.

"그게 뭐든, 왜 우리 아버지가 전하께 화를 내고 있다는 인상을 전하께 주었을까요?"

큰 부인이 물었다.

트러이록껴는 자기들은 저거트 정이 정 바하두르의 지위를 물려받는 문제로 싸웠다고 그들에게 말해 주었다.

그러자 작은 부인이 물었다.

"무슨 이유로 아버지는 저거트 정을 후계자로 지명하지 않으셨을까요?"

"글쎄, 그분의 이유들은 이해하기 힘들어요. 이유도 아주 많고."

   트러이록껴는 아내들이 자기들의 다이아몬드 목걸이들을 뒤적거리
고 있는 동안 정 바하두르의 말을 설명해 주려고 했다.

   그는 진심으로 그들을 좋아했다. 비록 그들의 타고난 아름다움이 서
로 다르기는 했지만, 두 사람 모두 아름다웠다. 언니는 둥근 얼굴에 키
가 작고 독설가였으며, 반면에 동생은 키가 크고 날씬했으며 천성이 조
용했다. 그들이 자기 말을 귀담아 듣지 않고 있다는 것을 알게 되자, 그
는 자기 동생 너렌드러에게 더 진지하게 집중해서 토론을 계속했다.

   어느 시점에서 너렌드러가 정 바하두르는 자기 형제들의 감정을 상
하게 하고 싶지 않았던 게 아닐까 하는 말을 했다. 그들은 평생을 바쳐
모두가 함께 일했다. 그래서 그는 그들에게 한 자신의 약속을 이행하고
싶었을 거라는 것이었다.

   "말도 안 되는 소리!"

   트러이록껴가 받아쳤다.

"그는 저거트 정이 총리가 되면 우리가 권력을 강탈할까 봐 두려워하는 거야. 그는 우리 모두를 아주 좋아하지만 이 문제에 대해서는 분명히 선을 그었어. 너도 알겠지만, 시스템 전체가 지나치게 독재적이야. 우리가 사람들에게 공정한 대우를 해 주고, 그들을 교육시키고 그들의 관심사에 관심을 가져 주면, 우리 인기는 절대 떨어지지 않아. 우리 장인은 이런 점에 대해서 설명을 해도 듣지 않으려고 하실 거야. 아주 고집불통 노인네야. 그분이 런노딥을 총사령관으로 만든 날부터 난 아예 장인하고는 말하고 싶지도 않다니까."

그의 아내들은 당황해서 어쩔 줄 몰랐다. 지금까지는 그저 옆에서 흘려듣고만 있었지만, 이때는 자기들의 아버지에 대한 부당한 비난으로 들리는 이 말에 항의했다.

"얼마나 부당하고 비열하신지요, 전하."

큰 부인이 트러이록껴에게 말했다.

"우리 아버지는 평생을 바쳐서 당신과 당신의 가족들을 보호했는데, 이제 거의 돌아가시게 되자 당신은 그분을 모욕하시는군요."

그녀의 동생이 울기 시작했다. 그런데 그들의 남편은 그들을 달래 주기는커녕 연신 자기 동생에게 눈짓을 하고 무성한 콧수염을 쓰다듬어 가면서 그들을 놀렸다.

"이런, 우린 당신들 아버지를 모욕하는 게 아니에요. 우린 그저 우리의 좌절감을 말하고 있을 뿐이에요. 그게 다예요."

"그래요, 전하께서 하고 계신 건 그럼 뭐죠? 당신이 우리 아버지의 의도들을 이해하지 못하신다면 어느 누가 이해하겠어요? 다 늙어서 죽어 가는 사람을 모욕하다니, 비열해요. 정말 비열하다고요."

동생은 아직도 울고 있어, 트러이록껴는 그녀의 눈물을 닦아 주면서 달래 주려고 했다. 그러나 그녀는 더 크게 울기만 하고 결국엔 그녀의 언니도 합세해서 같이 울었다.

"아버지가 테라이에서 돌아오시면."

큰 부인이 말을 계속했다.

"사임하시라고 우리가 빌겠어요. 누군들 감사도 못 받는 그런 일이 필요하겠어요? 누가 아버지가 하셨던 것만큼 이기심 없이 폐하를 섬길지 두고 봅시다."

더 많은 눈물이 줄줄 흘러내렸다. 그러나 트러이록껴는 그들을 너무 잘 알고 있었다. 그들은 행복하면 하루 종일 깔깔 웃지만, 아주 사소한 일에도 울곤 한다. 그들의 어린애 같은 천성 때문에 그는 그들을 너무너무 사랑하고 또 그들을 놀리는 것을 즐기는 것이다. 그는 계속 그렇게 했다. 그러자 얼마 안 가 그들은 모두 웃고 있었다. 저거트 정이 다급한 소식을 가지고 왔을 때, 그들은 모두 다시 아주 즐거워하고 있었다.

그들은 형식적인 인사를 교환했고, 특히 트러이록껴의 작은 부인은 우뺀드러 왕자의 아들과 결혼한 자기 자매에 대해 듣고 싶어 했다. 언니는 저거트 정과 어머니가 같은 남매여서 그가 오자 몹시 사기가 올랐다. 물론 웃음 뒤에 있는 진짜 사실과 싸우고 있었던 것에 대해 그에게 들려줄 만큼 많이는 아니지만.

"급한 소식을 가져왔습니다. 우리 아버지가 전하와 너렌드러 왕자님을 뵙고 싶어 하십니다."

하고 저거트 정이 알렸다.

"지금 어디 계신데?"

"그게, 아시는 대로 파타르가따에 도착해 계시는데, 거기서 백호를 보았지만 그때 이후로는 저도 편지를 전혀 받지 못하고 있습니다. 디르 섬세르 삼촌이 곧 여기로 와서 두 분께 좀 더 자세히 설명해 드릴 겁니다."

트러이록껴는 당황스러웠다.

"그분이 왜 날 그리 갑자기 보자고 하실까? 여길 떠나실 땐 나 때문에 그리 좋은 기분이 아니셨는데."

"저는 그렇게 생각하지 않습니다, 전하. 아버지가 전하로 인해 괴로우셨어야 할 이유를 전 모르겠는데요."

"자네 지위에 관한 문제 때문이지. 그게 그분이 나로 인해 곤혹스러우신 이유일세."

"전하께서는 이미 저한테 하실 만큼 하셨습니다. 저는 아버지가 돌아가시면 그분의 급료를 받게 될 것이니, 전하께서 직함과 지위에 관한 문제를 거론하실 필요는 없습니다."

"용기를 잃지 말게."

너렌드러가 말했다.

"누가 총리가 되건 그 사람은 우리 아버지한테서 공식 승인을 받아야 하니까. 우리가 당신 아버지 사후에 당신이 그것을 확실히 받게 해 줄 테니 안심하게."

저거트 정이 회의적인 눈으로 쳐다보자 너렌드러가 덧붙여 말했다.

"만약 아버지가 다른 누군가에게 그 지위를 주려고 하신다면, 우리가 단식 투쟁할 테니, 그냥 기다려 보라고."

저거트 정이 왕녀와 결혼한 이후로는 정 바하두르가 자기 형제들보다는 자기 아들들을 더 많이 신뢰하고 있다는 소문이 있었다. 저거트 정이 자기 아버지의 직함에 관심을 가지더라도 그건 그저 전통을 따르는 것일 뿐이지만, 트러이록껴와 너렌드러에게는 그가 자기들의 권력 게임에서 가장 중요한 담보물이었다.

저거트 정의 누이는 그에게 더 있다가 점심을 먹고 가라고 졸랐지만 그는 벌써 먹고 왔다. 바로 이 시점에서 그는 즉시 여행을 떠나야 하는 그들을 위해 준비해 온 소식으로 왕자들을 놀라게 했다. 그들은 해 질 녘까지 기다리라고 하는 곳에 도착해야 한다는 것이었다.

가족들은 항의하기 시작했다. 그들은 아직 점심도 못 먹은 데다 벌써 정오였다. 상의할 점성가도 없었고, 거행된 의식도, 준비된 화환도 없었다. 이런 모든 것 없이 어느 누가 여행을 떠날 수 있단 말인가? 하물며 왕족은 말할 것도 없다.

너렌드러가 저거트 정에게 말했다.

"가만 생각해 보니, 자네 '띠까' _(이마 한가운데에 칠하는 붉은 점)도 안 하고 화환도 없군. 그러면서 즉시 떠나라고 하다니 우리한테 농담하고 있는 게 분명하네."

"농담이 아닙니다. 저거트 섬세르가 직접 마노하라에 와서 두 분이 즉시 출발하셔야 한다고 알려 드리라면서 저를 보냈습니다."

트러이록껴는 저거트 정의 얼굴을 살폈으나 뭔가가 더 있다 해도 저거트 정은 모르는 게 확실했다.

"그건 그렇고 오늘이 여행하기에 길일인가?"

그가 물었다.

"길일을 기다릴 필요는 없습니다, 전하. 저는 즉시 떠나서 파타르가 따까지 두 분을 호위하라는 명령을 받았습니다."

그는 말하면서 창문을 슬쩍 보았다.

"디르 섬세르 삼촌은 벌써 떠났고, 호위병들이 바로 지금 궁으로 들어오고 있습니다."

디르 섬세르는 가족 중 유일하게 정 바하두르의 죽음의 상황에 내밀하게 관여하는 사람이었다. 정 바하두르는 일생 동안 '사티' _(남편이 죽었을 때 부인도 따라 장례 지내는 순장 제도의 하나) 관습에 반대했음에도 불구하고 그의 미망인들은 모두 그의 화장용 장작더미 위에서 스스로 화장되었다.

디르 섬세르 혼자 형이 법으로 정해 놓은 그대로 승계가 확실하게 이행되게 할 임무를 떠맡았다. 트러이록껴가 주위에 있으면 왕의 승인을 절대 받지 못할 거라는 것을 알기 때문에, 그는 두 형제를 카트만두 밖으로 데리고 나가는 계책을 생각해 냈다. 저거트 섬세르의 가족들과 디르 섬세르는 이 계획을 알고 있었지만 저거트 정은 물론 몰랐다.

하지만 트러이록껴는 의심이 들었다. 창밖을 응시하면서 그는 총리의 개인 경호원들이 왜 디르 섬세르에게 봉사하고 있느냐고 물었다.

"저희 아버지가 그에게 작은 분대 하나를 주었습니다, 전하. 티베트에서 복무한 데 대한 보상이고, 조국에 봉사하면서 용맹을 떨친 데 대한 감사의 표시지요. 그가 그들을 고용하고 있는 건 하나도 이상할 게 없습니다."

"글쎄, 이 모든 일들에 대해 뭔가 솔직하게 말하지 않는 게 있어. 내가 말할 수 있을 것 같은데."

트러이록껴는 이렇게 대답하며 말을 이었다.

그의 아내들은 이의를 제기하며 그가 출발할 때 입을 옷을 고르던 일을 잠시 멈췄다. 그 일은 저거트 정이 온 이후로, 그들은 계속 매달려 있었지만 별다른 진척은 없어 보이는 과업이었다.

"전하, 런노딥은 제게는 아버지 같은 사람입니다. 절대 저한테 불리한 일을 꾸미지는 않을 것입니다."

"이봐, 국가나 정치의 문제가 생겼을 땐 아무도 믿을 수가 없는 거야. 나는 이 모든 일들이 올바르지 않다는 느낌이 들고, 길한 시간에 맞추지 않고 이렇게 급히 떠나는 게 영 불편하네. 분명히 말하는데, 난 오늘 떠나지 않겠네. 그러니 자네가 저 사람들에게 확실하게 말해 두게."

저거트 정이 예를 올렸다.

"틀림없이 그렇게 하겠습니다, 전하. 그들에게 알리겠습니다."

잠시 후 디르 섬세르가 직접 두 왕자 앞에 나타났다. 그리하여 정 바하두르와 섬세르 형제의 출현으로 트러이록껴의 거처는 말 그대로 갑자기 북적거렸다. 모두들 군복을 입고 완전무장한 차림들이었다.

트러이록껴는 자기의 의심이 확실하다고 확신했다. 그는 저들이 모종의 막판 대결을 준비하고 있는 게 틀림없다는 느낌이 들었다. 그는 또 자기 장인이 이미 사망했다고 믿었다. 디르 섬세르는 마치 운 것처럼 눈이 부어 있고, 그 자신도 그의 아들들도 '띠까'를 바르지 않고 있었기 때문이다. 그의 배우자들은 너무나도 순진무구해서, 자기 가족들이 음모를 꾸며 자기들에게 반기를 들 거라고는 꿈에도 생각지 못하고, 퍼드머 정에게 어느 길로 여행할 거냐고 물었다.

트러이록껴가 솔직하게 말했다.

"오늘은 여행하기에 길일이 아니니 내 어찌 떠날 수 있겠소. 제발 여행을 연기합시다."

디르 섬세르가 흠칫 놀라며 말했다.

"하지만 모든 준비가 끝났습니다. 예포와 의식용 아치도 준비해 두었습니다. 더 중요한 것은 영국 총독이 왕자님께서 출발하시는 걸 보려고 곧 이리로 올 거라는 것입니다. 저희가 지금 연기하면 사태가 복잡해지기만 할 뿐입니다."

"하지만 총리께서는 여행하려면 반드시 길한 시간에 하라고 늘 강조하셨습니다."

너렌드러가 항의했다.

정 바하두르의 얘기가 나오자 디르 섬세르의 얼굴은 무심결에 눈물이 흘러넘쳤고, 그의 마음은 과거로 거슬러 올라가 헤매 다녔다. 코트 대학살의 소란했던 몇 년 간, 러크나우의 구원, 티베트 원정 등. 디르 섬세르는 군인이었고, 이제는 늙어서 백발이 성성했다. 그에게는 아버지이자 어머니였던 형이 죽었고, 그는 형에게 이런 은혜를 입었다. 런 노딥의 승계가 공지되고 승인을 받기 전까지는, 어떤 상황에서도 왕족 이나 정 바하두르의 아들들은 그의 죽음에 대한 소식을 들으면 안 되었 다. 그 일을 수행하는 것이 그의 책임이었으나, 그는 할 수가 없었고, 감히 할 용기가 나질 않았으며, 지금 하려다 못하고 있다.

"전하, 오늘 떠나지 않으시면 결과가 썩 유쾌하지 못할 것 같습니다."

디르 섬세르가 말했다.

그는 이렇게 말하지 않을 수가 없었으나, 트러이록껴는 결과에는 흥 미가 없었다. 그는 떠나지 않기로 마음을 먹었고 그것으로 끝이었다. 그렇지만 그 말고는 아무도 그다지 심란한 것 같지 않았다. 그의 아내 들은 아직도 그가 여행할 때 입을 옷을 준비하느라 법석을 떨고 있고, 너렌드러는 생기에 넘쳐 퍼드머 정과 백호에 대해 토론하고 있었다. 잠 시 후, 그는 디르 섬세르의 눈을 들여다보며 말했다.

"난 오늘 궁을 떠나지 않을 겁니다. 이 여행을 취소하세요. 그러면 왕 실 사제가 주말에 하루를 정할 겁니다."

그러나 디르 섬세르도 지지 않고 말했다.

"그러나 저희는 폐하의 명령에 의해 이렇게 하고 있는 것입니다. 왕의 명령에 복종하는 데 길한 시간은 필요 없습니다. 부디, 준비하십시오."

트러이록껴는 궁지에 몰렸다. 그는 자기 아버지는 언제나 정 바하두 르와 그의 형제들에게는 일을 진행하는 데 있어서 자유 재량권을 주었 다는 것을 알고 있었다. 또 왕의 명령에 복종하는 것 외에는 선택의 여 지가 없다는 것도 알고 있었다. 그는 마음이 산란해서 방 안을 왔다 갔 다 하고, 초조해진 디르 섬세르는 기를 쓰며 그를 떠나게 하려고 했다.

결국 디르 섬세르가 출발 예포를 쏘라고 명령하자 트러이록껴는 어 쩔 수 없이 출발할 준비를 하는 수밖에 없었다. 어쨌든 이것은 디르 섬세르의 군대다. 이 군대와 함께 그는 반역을 저지른 러크나우인을 샅샅이 뒤져 찾아냈었고, 이 군대와 함께 그는 티베트로 갔었다. 디르 섬세르는 용감했다. 그의 부하들은 그를 사랑했다. 만약 막판 대결을 하게 된다면 그들이 복종할 사람은 다름 아닌 디르 섬세르였다. 트러이록껴는 빛나는 정신과 카리스마적인 인격의 소유자였지만, 그의 지성도 이 군대의 지지 없이는 자신이 파멸하게 될 거라고 그에게 말해 주었다. 이 순간이 그의 미래를 위태롭게 할 수도 있었다.

"우리 장인이 왜 부르셨을까?"

그가 다시 한 번 물었다.

"백호를 잡았나 봅니다. 그렇다면 당연히 그걸 왕자님께 보여 드리고 싶겠지요."

비르 섬세르가 대답했다.

백호에 대해 언급하자 너렌드러와 저거트 정이 떠나고 싶어 안달하는 바람에 트러이록껴는 이제 따라가는 수밖에 없었다. 왕자들은 서둘러 점심을 먹고 옷을 갈아입었다. 옷을 입는 동안 트러이록껴가 너렌드러에게 넌지시 말해 두었다. 자기는 정 바하두르는 죽었고, 이건 단순히 자기들을 밖으로 내보내려는 속임수라는 의심이 든다고.

"난, 우리한테 이거 해라 저거 해라 하고 말하는 총리를 두고 있는 것이 지겹다."

하고 그가 동생에게 말했다.

"아, 그건 우리가 저거트 정이 총리가 되게 하면 다 바뀔 거야."

하고 너렌드러는 신이 나서 말했다.

"저거트 정에게 의지하는 건 큰 실수일 걸. 그는 정신력이 약해. 너무 쉽게 흔들린다고. 우리한테 필요한 건 군대와 시민 모두의 지지야."

"맙소사, 진심이야? 대체 우리가 어떻게 그걸 우리 뜻대로 움직일 수

있단 말이야?'

"지금은 나도 몰라. 하지만 돌아올 때까진 잘 생각해 볼게. 우린 계획을 세울 거야. 그거 말고……."

진주와 다이아몬드가 박힌 왕세자의 관을 건네주는 시종에게 이렇게 말했다.

"권력을 다시 궁으로 가져오기 전까진 다신 그걸 쓰지 않겠다."

두 형제 모두 나와서 가족들에게 작별을 고했다. 트러이록껴는 안전하고 행복한 여행이 되라고 빌어 주는 영국 총독과 악수를 했다. 그 자리에 있던 사람들 중에서 그가 관을 쓰지 않고 있는 것을 감지한 사람은 바로 영국 총독 부인이었다.

"전하, 오늘은 전하의 아름다운 관을 쓰지 않으셨네요."

그녀가 소견을 말하자 쩐더러 섬세르가 통역을 해 주었다.

"이런 여행에는 너무 거추장스러워서요."

트러이록껴는 단호하게 말했다.

총독 부인은 그냥 미소를 지었지만 네팔의 정세에 대해 더 잘 이해하고 있는 그녀의 남편이 한마디 했다.

"왕관을 쓰고 계시면 머리가 편치 않지요."

쩐더러가 이 영국 속담을 옮길 적절한 말을 찾지 못해서였는지 아니면 그가 의도적으로 또 다른 메시지를 트러이록껴에게 전해 주고 싶어서였는지는 절대 아무도 알 길이 없으나, 아무튼 네팔 말로 이렇게 통역되었다.

"권력을 갈망하지 않는 게 좋다. 권력을 피하는 사람들이 현명하다."

그러나 트러이록껴는 주의를 기울이지 않고 너렌드러와 함께 마차로 걸어갔다. 저거트 정이 보조좌석 위로 끌어올려 주었고, 그들은 떠났다.

27

디르 섬세르가 꾸민 모든 서투른 모의의 최종 결과는 런노딥이 시리 띤 마하라자와 총리가 되고 다른 모든 사람들은 상속자 명단에 있는 위치에 따라 승진하는 것이었다.

파타르가따로 가는 중이던 세 사람은 그 소식을 듣자마자 달려 돌아왔다.

저거트 정은 동부군 사령관의 직위를 얻었고, 지트는 남부군, 퍼드머는 북부군 사령관이 되었다.

왕세자 트러이록꺼는 무엇보다도 이 시스템을 종식시켜야겠다고 결심했다. 정 바하두르는 자신의 힘든 노력과 일편단심 헌신했기 때문에 총리가 되었고 수렌드러 왕으로부터 직함을 받았다. 그러나 트러이록꺼는 이런 특권들이 어째서 정 바하두르의 형제들에게 세습되어야 하는지 그 이유를 알 수가 없었다. 그는 저거트 정이 직함을 받고, 자신들은 조신 제도를 재도입함으로써 궁의 권력을 민정, 군정과 동등한 수준에 놓을 생각이 있었다. 이것이 그의 계획의 기초였으며 그렇게 하기 위해서 그는 자기 주위에 다른 주요 집안, 특히 타파스나 바스니예트, 판데 집안 출신의 지지자들을 많이 모았다. 이런 모든 사람들과의 사이에서 다리 역할을 하는 사람은 너렌드러 왕자였다.

너렌드러 왕자는 왕세자에게, 이런 사람들이 왕세자가 현 총리 및 장군들과 다투고 있다는 것을 알게 되자 깜짝 놀랐다는 보고를 했다.

"그 사람들은 정 바하두르와 우리 아버지는 서로 이해하고 있었고 그래서 모든 것이 국왕의 암묵적인 승인으로 행해졌다고 생각하고 있었어."

저거트 정이 거기서 끼어들며 말했다.

"하지만 아버지 시대에는 모든 것이 군주의 번영을 위해 행해졌는데, 런노딥 삼촌은 정말 뭐든 앞장서서 하지 못하세요. 그건 디르 섬세르 삼촌의 잘못이죠, 아시겠지만……."

그러나 그 말에 귀 기울이는 사람은 아무도 없었고, 대신 트러이록 껴는 적대적인 그 세 집안이 자기에게 호의적인지 아닌지 진지하게 물었다.

"그들은 충분히 우호적이야."

"아우야, 우리는 잘 되기를 빌어 주는 사람들이 필요한 게 아니야. 디르 섬세르는 우리 앞에서 우리가 잘 되기를 빌었지만, 우리 등 뒤에서는 우리의 목적을 달성하는 데 최대의 걸림돌이다. 우리한테는 자신들의 권리를 위해서라면 기꺼이 싸울 의향이 있고, 뿐만 아니라 자신들의 권리를 위해서는 기꺼이 죽을 수도 있는 사람들이 필요한 거야."

"그럼, 내가 그들에게 뭐라고 말해야 할까?"

너렌드러가 물었다.

"우리와 함께하겠다면, 디르 섬세르 반대 운동을 시작하자고 말해."

"하지만, 하지만 전하! 타파스와 바스니에트 집안은 모두 디르 섬세르 삼촌의 친척들입니다."

"그래, 나도 아주 잘 알고 있네. 그렇지만 우리가 그건 나라의 이익을

위해서라고 그들을 설득할 수 있다면 그들은 우릴 지지할 걸세."

"하지만 어떻게?"

너렌드러가 물었다.

"그냥 나만 따라와. 내가 계책을 마련하고 있으니까."

형의 대답이었다.

이때 트러이록껴의 부인들이 수군댄다며 그에게 잔소리를 했다.

"밥 먹을 시간도 쉴 시간도 없이, 그저 수군대고 쓰기만 하고 계시네요. 뭐, 최소한 당신들 입이라도 피곤하겠어요."

트러이록껴는 자기가 작업하고 있던 문서들을 둘둘 말더니 책상 서랍에 던져 넣고는 잠가 버렸다.

"무슨 일이에요?"

그의 작은 부인이 물었다.

"우린 온통 당신들 두 사람에 관한 얘기만 하고 있었다오."

그가 농담을 했다.

그러나 그들은 이 말을 무시하고는 점심을 먹으러 오고 있는 왕녀와 너렌드러의 부인인 자기들의 동생에 대해 이야기를 나눴다. 그 후로는 손님들이 도착할 때까지 주로 사냥과 야생생물에 관한 이야기가 두서없이 흘러갔다. 왕녀는 자기 아들을 데리고 왔다. 열두 살인 윤더 프러 땁 정은 자기 아버지를 닮아 잘 생긴 친구였다. 아이는 삼촌들과 아버지에게 멋진 군대식 경례를 하고는 조용히 큰 왕세자비의 손을 잡으며 말했다.

"숙모, 섬세르 삼촌들은 저한테 더 이상 경례를 하지 않아요."

"아무러면 어떠니. 아직은 네가 윗사람들을 존경해야 돼."

그녀가 말했다.

아이는 울기 시작했고, 그의 숙모는 달래 보려고 했지만 달랠 수가 없었다. 왕의 손자로서 그 아이는 상속자 명단에서 비르 섬세르보다 높은 지위가 주어졌었다. 하지만 정 바하두르가 죽은 다음, 섬세르 형제들은 그의 상위 신분을 무시하기로 선택했고, 그래서 그의 감정이 상한 것이다.

사실상의 권력자는 런노딥이 아니라 디르 섬세르라는 것이 의미심장해 보였다. 런노딥은 그저 섬세르 집안의 수중에 있는 볼모일 뿐이었다. 디르 섬세르의 역할에 대해 약간의 제재를 가하고 회의적인 태도를 건전하게 보여 줄 수 있었던 유일한 사람이 두 왕자의 어머니인 큰 왕비였는데, 그녀는 세상을 떠났다.

윤더가 한 말은 악의 없는 불평이었겠으나, 큰 삼촌의 가슴속에 있는 반란의 불에 기름을 더 붓는 격이 되었다.

트러이록껴는 그들 모두에게 작별을 고하고 자기 서재로 돌아갔다. 서랍에서 문서를 꺼내 놓고 그는 작업을 시작했다. 우선, 그는 저거트 정이 시리 띤 마하라자가 되는 것을 볼 것이다. 하지만 태평스러운 저거트 정은 자신은 어떨지 모르겠다. 일단 그렇게 되고 나면 그는 권력을 그것이 원래 속해 있던 궁으로 다시 가져오는 데 문제가 없을 텐데.

이런 생각들에 사로잡혀 있었으므로, 그는 자신의 기본 설계 각 장 위에다 굵고 크게, '시리 띤 마하라자 저거트 정' 이라고 썼다.

28

프리트비 나라얀 샤 사후의 네팔 역사를 되돌아보는 것은 음모와 학살과 전반적인 정치적 속임수에 관한 기괴한 이야기를 되돌아보는 것이다. 라나 바하두르 왕에서부터 라젠드라 왕에 이르는 전 시대는 예쁜 그림이 거의 없다. 그 시대에는 궁정의 유력자들이 한 집안에 대항해서 다른 한 집안을 세우곤 하던 끊임없는 권력투쟁이 있었다. 피를 흘리는 것으로 끝나지 않을 만큼 자주 있었던 투쟁들이었다. 이 모든 투쟁의 속편이 정 바하두르가 총리가 되고 난 후에 일어난 저 유명한 '코트 대학살 사건'이었다.

따라서 그가 저항을 받을 확률이 너무 큰지라, 트러이록껴는 아버지와 아내들조차도 자신이 무슨 짓을 꾸미고 있는지 알게 할 용기가 나질 않았다. 그의 아버지는 아마 그에게 이렇게 말했을 것이다. 네팔의 폭력적인 역사를 기억할 만큼 나이 많은 사람들과 그렇게까지 늙지는 않았지만 그것을 알고 있는 많은 사람들은 권력이 궁정의 유력자들에게로 돌아간다는 생각만 해도 불안해할 거라고.

그럼에도 불구하고, 트러이록껴는 온 마음과 영혼을 계획에 쏟았고, 일부러 대중들과 더 밀접하게 접촉하려고 했다. 하지만 그의 이런 행동

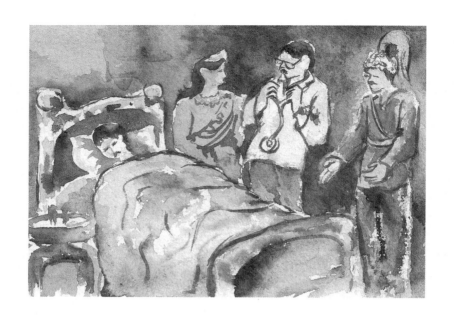

은 당시 왕족의 행위와는 맞지 않았으므로 대중들은 시리 띤 마하라자
를 전복시키려는 음모가 있다는 소문을 퍼뜨리기 시작했다.

그것은 트러이록껴에게는 중요하고도 비통한 교훈이었다. 대중들은
일반적으로 자기들의 빵에 버터를 발라 주는 쪽을 택할 것이며, 그들
가운데 이상주의자와 순교자는 거의 없다. 대개는, 그들은 자기들의 지
도자들이 희생하는 일을 하기를 기대하고 나머지는 글쎄, 그들이 '산
토끼와 함께 달리고 사냥개와 함께 사냥하는' 기술을 완벽하게 구사하
기를 기대한다.

트러이록껴가 사람들과 접촉하는 일이 많아진다는 소문이 많아지자,
저거트 섬세르와 디르 섬세르는 왕궁을 하누만 도카에서 히티 궁으로
옮기고는 그곳을 나라얀 히티 궁이라고 불렀다. 그때부터 왕족을 만나
기를 바라는 사람은 얼마나 중요한 사람이건 간에 총리의 허락을 먼저
받아야 했다. 오고 가는 모든 사람들에 대해 엄중한 경계가 지속되었

고, 모든 편지가 검열되었다. 트러이룩껴는 다른 사람들의 권력에 굴하지 않을 정도로 힘을 키웠었으나, 그 정도가 아니고 자신의 권력을 키우는 것에 생각이 미쳤다.

세월이 지나 그의 큰 부인은 딸 사누를 낳았고, 작은 부인은 프리트비라는 이름의 아들을 낳았다. 그의 정치적인 꿈은 변함이 없었고 느리지만 착실하게 그는 군정과 행정의 특정한 당파들을 자기편으로 만들었으며, 거기에다 상당한 조신들까지도 얻었다.

저거트 섬세르는 죽었고 디르 섬세르가 총사령관이 되었다. 그러나 저거트 정이 총사령관이기는 하지만, 디르 섬세르는 자기 조카가 그 특정한 직위와 함께 맡아야 정상인 총리의 업무를 맡는 것을 허용하지 않았다. 저거트 정은 이에 대해 항의하며 런노딥에게 간청했지만, 총리는 디르 섬세르의 뜻을 거스르지 않으려고 했다.

그 결과 저거트 정은 자기 삼촌들로부터 완전히 소외되었으며, 그들 또한 그에게서 신뢰를 전부 잃었다. 그 결과 그는 왕세자 트러이룩껴의 당파로 완전히 넘어가서 그 그룹의 주요 구성원이 되었다.

한편 디르 섬세르의 아들들은 반대 그룹을 결성했는데, 그 또한 사실상 정치적인 그룹이었다. 그래서 총리는 감히 복종하지 않을 수 없는 두 당파 사이에 끼여 이러지도 저러지도 못하고 괴로워했다. 디르 섬세르가 대체로 모든 것을 운영했으므로 런노딥은 대부분을 그에게 의존했다. 또 한편으로는, 그의 부인은 저거트 정을 좋아했고 런노딥은 용기가 없어 왕자들에게 불복하지 못했다. 따라서 저거트 정도 상당히 많은 권력을 즐길 수가 있었다. 오직 런노딥, 총리, 모든 사람들의 불모인 런노딥만이 자신의 영광을 잃었다.

신하들은 누구한테 가야 할지, 혹은 누가 무엇을 결정할 수 있는지 알지 못했다. 모든 것이 엉망진창이었다. 그들은 누구한테 가서 특혜를 부탁해야 할지 혹은 실권이 어디에 있는지 알지 못했다. 이럴 때에 트러이록껴가 행동했더라면 성공했을 텐데. 그의 그룹은 결코 더 강해지지도 더 받아들여지지도 못했는데, 저거트 정의 인기는 하늘을 찌를 듯했다. 그러나 그는 자신이 변화해야 할 때를 놓쳤고, 그것이 그가 얻을 수 있는 마지막 기회였다.

그는 어느 정도까지는 행동했을 수도 있었는데 그렇게 하지 못했다. 그건 저거트 정 자신 때문이었다.

런노딥의 부인은 런노딥이 저거트 정을 자기 아들로 입양해서 후에 직함을 그에게 물려줄 계획을 가지고 있었다. 그녀는 당시 그 계획을 런노딥에게 막 알려 주려는 참이었다. 그는 완전히 그녀에게 쥐어 살고 있었고 저거트 정은 왕족의 총애를 아주 많이 받고 있었으므로, 런노딥이 거절할 것 같지는 않았다. 저거트 정은 트러이록껴의 유혈 쿠데타보다는 차라리 이 생각이 더 마음에 들었다.

실제로, 트러이록껴가 바야흐로 행동을 취하려고 할 때마다 저거트 정이 그를 방해하곤 했다. 그리고 저거트 정이 자신이 없는 것 같아 트러이록껴도 계획을 실행하지 못하고 우물쭈물하곤 했다. 그는 저거트 정이 그렇게 행동하는 것은 섬세르가에 대해 형제애 같은 느낌을 가지고 있어서라고 생각했으나, 사실은 저거트 정이 너무 게으름뱅이여서 누가 등을 떠밀어 시키지 않으면 아무것도 결단성 있게 하지 못하기 때문이었다.

모든 사람들의 사랑과 흠모의 대상이라, 그는 코끼리만한 이기심을 가지고 있었다. 그는 말 아홉 마리가 끄는 마차를 타고 다니며, 디르 섬세르에게는 매우 분하지만, 거의 정 바하두르가 받았던 만큼 숭배를 받았다.

자기에게 편하게 찾아오는 사람들에게 돈을 뿌려 주고, 불의 신에게 바치는 배화 의식에다가 수십만 루피를 썼으며, 금으로 체중을 재고는 후에 그것을 가난한 사람들에게 나누어 주었다. 그는 또 파슈파티나트 _(카트만두에 있는 힌두교 사원으로 세계문화유산으로 등재되어 있다) 사원에 황금소를 바쳐서 대중들에게서 한층 더 많은 사랑을 받았다.

당연히 사람들은 온통 그를 찬양했다. 디르 섬세르는 가난했고 런노딥은 인색했으니, 저거트 정은 그들을 더욱 그렇게 보이게 만들었다. 저거트 정은 총리의 급료를 받고 있고 디르 섬세르와 런노딥은 일과 책임을 떠맡고 있다는 것을 사람들은 알지 못했다. 그들은 애정을 살 만한 돈이 없었다. 저거트 정 덕분에 트러이록껴의 조직은 과도하게 강력해졌다.

어느 날 아침 트러이록껴가 귀에 참을 수 없는 통증을 수반한 병에 걸렸을 때 임계점에 도달했다. 그는 열 때문에 눈이 흐릿해지고 붉어졌으며 거의 움직일 수도 없었다. 그의 부인들은 너렌드러와 저거트 정과 왕실 의사를 불러왔다.

꺼비라즈는 노련한 의사였지만, 약초로 만든 그의 조제약은 왕자의 열을 내리지도 통증을 줄여 주지도 못했다.

저거트 정과 너렌드러가 아유르베다 전문가들을 데리고 도착했지만 아무 효과도 없는 것 같았다.

오래지 않아 왕세자의 거처는 사람들로 가득 찼다. 그의 아버지는 뭘 해야 좋을지 자신이 없어서 아무 말 없이 앉아 있었고, 그의 작은 부인은 벌써 눈물을 흘리고 있었으며, 런노딥과 디르 섬세르는 그의 고통의 원인이 뭔지 몰라 당황했다.

저거트 정은 귀의 여신에게 공물을 보내기로 결정했지만, 디르 섬세르는 그런 종류의 일에는 믿음이 없어서 영국 총독부의 의사가 와서 보게 하면 어떨까 하고 트러이록껴에게 물었다.

왕세자는 너무 많이 아파서 대답을 명확하게 하지 못했지만, 저거트 정은 삼촌과 자기 사이에 지속되고 있던 침묵을 딱 한 번 깨면서 이의를 제기했다.

"영국인 의사가 전하를 만지게 하는 것은 신성모독일 텐데요."

저거트 정은 소고기를 먹는 외국인이 만지면 왕자를 오염시키고 그래서 자기들의 기도가 전부 무효가 될까 봐 두려웠다. 왕자는 그의 종교적 순결을 잃을 테고, 그보다 더 나쁜 것은 어떤 징조가 있을 수 있다는 것이었다. 왕비는 말할 것도 없이 저거트 정의 견해를 지지했다.

그러나 디르 섬세르는 멀리 넓은 지역을 여행한 군인이었다. 그는 자신들의 믿음이 무엇이든 그것은 그들의 종교적 순결과 초연함에 관한 것일 것이며, 그것은 매우 상대적인 문제라는 것을 알고 있었다. 각 문중은 자기 자신들에 관한 이런 믿음을 조장하기를 좋아했다. 그는 또 자신의 나라가 의학에 관한 한 얼마나 후진적인지도 알고 있었다. 그는 외국인 의사를 왕궁으로 데려오는 것은 그들의 신앙을 부정하는 것과 거의 같은 것이란 걸 깨달았지만, 그는 또 외국의 의학이 우월하니 혹시 왕세자를 치료할 수도 있다는 것도 알고 있었다. 그는 영국인 의사를 데려오려는 입장을 고수하고 있었고, 다른 사람들은 반대 입장을 고수하고 있었다. 마침내 그가 말했다.

"사느냐 죽느냐의 문제일 땐, 접촉해도 되느냐 접촉해선 안 되느냐를 따져선 안 된다고 생각합니다. 왕실 의사가 하루나 이틀 계속 치료해 보도록 합시다. 그러나 진전이 없으면 제가 영국인 의사를 데려오겠습니다. 그는 전문가입니다."

이 해결 방법이 모두에게 만족스러운 것 같아 런노딥은 꺼비라즈에게 정말 하루 이틀 사이에 진전을 볼 수 있겠느냐고 물었다. 그러나 꺼비라즈는 말하기를 거부했다. 그때 그는 병을 진단조차 하지 못했던 것이다. 그래서 런노딥은 왕세자에 대한 의학적 처치를 감독할 책임을 디르 섬세르에게 맡기고는 떠났다.

다음 며칠 동안, 너렌드러와 저거트 정은 할 수 있는 온갖 종교의식을 마련하고, 알려진 모든 베다와 아유르베다 의사들을 찾아 카트만두 구석구석을 샅샅이 뒤졌다. 그들은 또 마술 의사들도 데려와서 치료 효과를 위해 온갖 주문을 다 시도해 보았다. 불철주야 트러이록껴 옆에서 밤을 새웠지만 좋아지기는커녕 그는 서서히 악화되어 갔다.

열에 들떠 있는 그가 작은 부인에게 자기 책상에서 문서를 가지고 오라고 했다. 열쇠는 그의 신성한 실(브라만, 크샤트리야, 바이샤 계급의 남자들이 왼쪽 어깨에서 오른쪽 겨드랑이로 걸치는 끈)에 달려 있었다. 그녀가 문서들을 가져오자, 그는 떨리는 손으로 그것들을 들고는 물끄러미 바라보았다. 그것은 그의 소중한 꿈의 상징이었다.

황금 새장 안의 새들은 자기들 주위에서 무슨 일이 일어나고 있는지도 모르는 채 그 안에서 날아다니고, 유리로 된 두 개의 수족관 안에서 물고기들이 헤엄치고 있었다. 꽃병에 담겨 창문가에 놓인 꽃들은 이제막 꽃이 피어나고 있었다. 주위에 온통 생명이 있었지만 트러이록껴의 생명은 점점 꺼져 가고 있었다.

그는 아이들을 보게 해 달라고 했다. 그는 아들과 자신의 문서들을 번갈아 바라보면서 눈물을 흘렸다. 아이들이 자기들이 보고 있는 드라마가 뭔지도 모르고 놀고 있을 때 그는 아내들에게 명령했다.

"그 문서들을 불태워 버려요. 께서르와 카르다르 볼라에게 불태우라고 해요. 난 오래 살지 못할 거요."

작은 부인은 그의 품에 안겨 어린애처럼 울고, 께서르와 카르다르는 문서를 가져가 불태웠다. 하지만 그들은 일부는 태우지 못했다. 아이들이 가지고 놀고 있었기 때문이다.

트러이록껴는 그들이 문서를, 자신의 노고와 노동의 상징을 태우는 것을 지켜보았다. 자신이 산 채로 불태워진다 해도 불타고 있는 문서를 보는 것만큼 괴롭지는 않았을 것이다.

그는 작은 부인을 돌아보며 그녀를 달래려고 애썼다. 그러면서 낮은 소리로 지금까지 했던 어떤 것보다 중요한 가르침을 그녀에게 주었다.

"자, 그렇게 울 시간이 없소. 당신은 아주 조심해야 돼요. 이제부터는 단순하고 솔직한 모습으로 살 여유가 당신한텐 없어요."

그의 얼굴을 들여다보며 눈물로 번들거리는 얼굴로 그녀가 말했다.

"당신을 기쁘게 하는 일이라면 뭐든 하겠어요. 이 죽을 것 같은 고통을 덜어 주는 것이라면 뭐든요."

트러이록껴는 그녀의 손을 꼭 잡고 말했다.

"잘 들어요. 아버님도 이젠 오래 못 사실 거예요. 그분은 마음이 너무 약해요. 프리트비는 아직 어린애고 내가 죽고 나면 우리 아들에게서 왕위를 빼앗으려는 음모와 계략들이 많이 있을 거요. 당신은 매사에 현명하고 조심해야 합니다. 그래야 우리 아들에게 정당한 지위를 보장해 줄 수 있어요."

"당신이 돌아가시면 저도 죽고 싶어요. 제발 절 혼자 두고 가지 마세요."

그녀는 발작적으로 울며 말했다.

그는 그녀를 달래며 토닥거렸다.

"이런, 이런. '순장' 따윈 절대 생각하지 말아요. 그런 생각 절대 하면 안 돼요. 당신한테는 장차 왕이 될 아들이 있잖아요. 그 아이가 아버지 어머니에다가 할아버지까지 잃으면, 저들이 함부로 대하고 학대할 거예요."

울음을 자제하면서 그녀는 그를 슬픈 눈으로 한참을 바라보다가, 이윽고 고요한 목소리로 말했다.

"하지만 여보. 오, 신이시여! 제가 뭘 하면 되지요?"

"잘 들어요. 이 왕위를 위해서라면 당신의 가장 친한 친구도 당신을 살해할 거예요. 우리 친척들은 더 말할 것도 없고. 이걸 항상 명심하고 모두에게 약빠르게 행동하세요. 너렌드러와 저거트 정은 우릴 사랑하지요. 그러나 내가 가고 나면 그들은 왕이 되고 총리가 되기 위해 음모를 꾸밀 거예요. 이걸 절대 잊지 말아요. 난 내 아들이 안전하게 왕위에 오를 때까진 평화롭게 쉬지 못할 거예요."

두 사람의 대화는 여기서 멈췄다. 트러이록껴의 큰 부인이 많은 사원에서 보내온 공물을 담은 쟁반을 들고 들어왔기 때문이다.

"왜 울고 있니, 동생아? 전하께서 더 나빠지신 거야?"

"아니요, 그 문제라면 난 더 좋아지지도 않고 더 나빠지지도 않아요."

트러이록껴는 약한 소리로 말을 이었다.

"난, 이제 얼마 안 남았소. 그러니 당신들 두 사람은 서로서로 도와야 해요. 당신들 두 사람 모두 프리트비의 어머니이니, 난 두 사람 모두에게 경고해 줘야겠소. 누군가가 그 아이를 죽이려 할지도 모른다는 걸 말이오. 당신 동생한테 이런 충고를 하고 있었는데, 그 때문에 그녀가 울기 시작한 거라오."

그러나 트러이록껴는 큰 부인에게는 그녀의 동생에게 해 주고 있었던 경고를 자세히 다 말해 주지는 않았다. 결국, 저거트 정은 생모가 같은 그녀의 친오빠 아닌가. 그로 인해 그녀는 섬세르 집안 사람들이 프리트비를 반대하는 음모를 꾸밀 거라고 생각하기 시작했고, 반면에 그녀의 동생은 너렌드러와 저거트 정을 경계하게 되었다. 그들 사이의 알력의 씨앗은 이미 뿌려졌다. 작은 부인이 자기 아들을 위해 섬세르 집안 사람들을 현실적으로 자신의 동지로 여겼기 때문이다.

트러이록껴의 상태가 갑자기 나빠져서 모든 주치의들이 왕비와 함께 그의 방으로 달려왔다. 의사들이 모든 조치를 다 취해 봤지만 그는 천천히 혼수상태에 빠지기 시작했다. 바깥 안마당에서는 불의 신이 그를 대신해서 달래지고 있어서, 저거트 정은 제사장에게 왕세자를 위해 므리튠자야 찬가를 영창해 달라고 부탁했다.

디르 섬세르와 쩐드러가 바로 그 순간에 왕세자를 즉시 진찰할 영국 외과 전문의인 화이트웰 소령을 대동하고서 달려왔다. 영국인 의사는 통역을 맡은 쩐드러에게

"전하께서는 패혈성 귀농양이십니다. 지금 당장 수술하지 않으면 목숨이 위태로워지십니다."

트러이록껴의 침대 틀은 단단한 금으로 되어 있고, 그의 요강까지도 은으로 만들어져 있었다. 그는 다이아몬드와 루비 등 태양 아래 온갖 값비싼 보석들을 가지고 있지만, 치료할 수 있는 수술 도구는 하나도 없었다. 네팔에는 적절한 치료를 해 줄 수 있는 병원이나 진료소가 단 한 군데도 없었다. 의사는 당황했다.

여기 있는 저들은 값비싸고 사치스러운 것들을 많이 가지고 있다. 스코틀랜드산 위스키, 프랑스산 마차, 오스트레일리아산 말 등. 그러나 의약품이라든가 수술 기구 같은 꼭 필요한 것은 하나도 없었다. 그들의 '오래된' 전통과 미신 때문에, 그들은 자신들의 왕위 계승자의 목숨을 구할 수가 없었다.

의사는 방관할 수밖에 어찌해 볼 도리가 없어서, 서른두 살의 젊은 왕세자가 세상을 떠나는 모습을 지켜보며 눈물을 흘렸다.

저거트 정과 왕녀의 미래에서 태양이 영원히 졌다.

29

　트러이록껴가 사망한 그해에 수렌드러 왕도 죽었고, 얼마 안 돼 왕비도 그 뒤를 따랐다. 너렌드러와 프리트비를 유일한 왕위 계승 경쟁자로 남겨 놓고 두 세대가 가 버렸다.

　전통적인 네팔 법률에 따르면 너렌드러는 프리트비보다 권한이 적었으므로, 다섯 살의 프리트비가 왕위에 오르고 그의 어머니가 섭정하게 되었다. 엄밀히 말하자면 모후였으나, 모든 사람들이 그녀를 왕후라고 불렀으며, 그에 따라 그녀의 언니는 그 운이 다했다.

　큰 변동 없이 프리트비를 왕위에 앉힐 책임이 디르 섬세르에게 요구되고 있었으므로, 프리트비의 어머니는 그에게 고마움을 느꼈다. 그는 이제 많은 권력을 손에 쥐게 되어, 프리트비가 왕위에 오르고 나자 자기 아들들과 친척들을 요직에 앉혔다. 권력과 지위가 오름에 따라 자산도 불어나, 오랜 세월 곤궁하고 인색하게 살던 데에서 벗어나 그는 이제 오랜 빚들을 청산할 수 있게 되었다.

　시간이 지날수록 모후와 섬세르 가족들은 한층 더 가까워졌고, 그래서 그녀는 일부러 너렌드러와 저거트 정에게는 일정한 거리를 두었다. 왕실에 대한 섬세르 가족의 영향력은 극도로 강해졌다.

　디르 섬세르의 적들은 그가 트러이록껴를 독살하기 위해 외국인 의
사를 데려왔다고 비난하면서 그에게 반대하는 말들을 수군거렸지만,
그런 소문이 궁에 있는 두 왕비 귀에 들어갔을 때 그들은 그냥 무시해
버렸다. 트러이록껴는 자기들 눈앞에서 병에 걸렸고 외국인 의사는 다
른 모든 방법들이 실패했을 때에서야 겨우 데려와졌다는 것을 다른 누
구보다 잘 알고 있었던 것이다.

　하지만 너렌드러 왕자는 자기 형이 디르 섬세르의 음모로 인해 죽었
다는 것을 확신할 수 있어서 기뻤다. 그래서 어느 날 궁을 방문했을 때,
그는 그런 생각을 모후인 형수에게 말했다.

　"전 할 말이 없네요. 우리 중 아무도 그걸 증명하려고 뭘 하지도 않았
잖아요. 게다가, 지금 디르 섬세르 삼촌을 탓해 봐야 죽은 사람이 살아
오지도 않고요."

　그러나 너렌드러는 섬세르네 책임이라고 확신하면서 복수를 다짐했

다. 그는 형수에게 그렇게 말하고는 형의 문서들을 가져다 달라고 부탁했다. 트러이록껴가 자신의 전성기를 바쳐서 고안해 놓은 계획을 실행하기 위해서였다.

그러나 트러이록껴가 그녀에게 너렌드러와 저거트 정에 대해 경고한 적이 있었으므로, 그녀는 그들을 신뢰하지 않고 있었다. 그녀는 그 비밀문서가 무엇에 관한 것인지 알아보고 싶어 한 적도 없었고 또 지금 그것을 너렌드러에게 주고 싶지도 않았다. 그녀는 디르 섬세르를 향한 그의 복수심이 혹시 디르 섬세르가 자기 아들을 왕위에 앉힌 사실 때문이 아닌가 하는 생각이 들었다. 그녀는 눈물을 펑펑 쏟으며 대답했다.

"아이들이 전부 다 찢어 버렸어요."

"뭐요!"

너렌드러가 대경실색하며 외쳤다.

"일부는 께서르와 볼라를 시켜 태워 버렸어요. 사실 대부분은 못 쓰게 됐지요."

너렌드러는 도저히 믿을 수가 없어서 침울하게 침묵에 빠졌고, 그녀는 우울한 모습으로 그냥 앉아 있었다.

마침 다행스럽게도 프리트비가 들어왔다. 그가 자기 삼촌에게 막 절을 하려는 참에 그의 어머니가 손을 잡아 못하게 했다.

너렌드러는 모후의 이런 행동을 전혀 알아채지 못하고는 어디서 놀고 있었냐고 프리트비에게 다정하게 물었다. 다시 한 번 그의 어머니는 그가 대답하지 못하게 가로막았다. 엄밀히 말해서, 너렌드러가 프리트비에게 절을 했어야 하지만, 그는 프리트비를 왕이 아니라 조카로 대하고 있었다. 모후는 너렌드러의 행동을 모욕으로 받아들여서 두 뺨이 분노로 붉어졌다. 너렌드러도 형수의 이상한 행동에 그 못지않게 모욕을 받았다는 느낌이 들었다.

이 이상하고 짧은 장면으로 경직된 무대 위로 트러이록겨의 큰 미망인이 올라왔다. 프리트비에게 줄 단것들을 조금 가지고서. 모후는 그녀를 보자 발끈 성을 내며 그 자리를 떴다. 그들은 사이가 썩 좋지 않았다. 언니가 동생에게 섬세르네를 너무 많이 믿지 말라고 끊임없이 몰아댔기 때문이다. 언니가 너렌드러를 돌아보며 말했다.

"보세요, 당신까지 날 잊어버렸잖아요. 내 외갓집 친척들은 날 무시해요. 차라리 죽는 게 낫지."

"형수님 친척들에 대해서는 너무 걱정하지 마세요. 저거트 정이 곁에 있는 한 걱정하실 필요 없습니다."

"아, 그도 나쁘기는 매한가지예요. 일전에 그를 오라고 불렀더니 와서는 내 동생만 보고 내 안부는 물어볼 생각도 안 하더라고요."

사실 그건 전갈을 잘못 전한 심부름꾼의 잘못이었지만 그녀는 그것을 알 턱이 없었다. 그녀의 동생이 섭정이 되었으니, 모두가 그녀의 마음에 들려고 하고 큰 부인은 무시하는 건 지극히 당연한 일이었다. 그것은 비열하고 야비하지만 그런 환경에서는 정상이었다.

너렌드러가 대답했다.

"아마, 그는 프리트비를 보러 왔겠지요. 자기의 승진에 대해 승인을 받으려고요. 그는 시리 띤 마하라자가 되기를 간절히 바라고 있잖아요."

"아이고, 나라면 그거 쉽게 해 줄 수 있을 텐데. 왜 저거트 정이 그것 때문에 내 동생 비위를 맞춰야 하죠? 프리트비는 그 애의 아들이라기보다 오히려 내 아들이에요. 잠도 나하고 자는 걸요."

그러면서 그녀는 프리트비에게 말했다.

"아들아, 넌 내가 부탁하면 승인해 줄 거지?"

"승인이 뭐예요, 엄마?"

"누가 네 엄마인지 말해 줄래, 나의 임금님?"

"엄마지."

그는 자랑스럽게 대답했다.

이 대답은 언제나 그녀를 행복감으로 홍조를 띠게 하고, 춥고 어두운 그녀의 삶에 약간의 온기를 불어넣어 주었다. 그러나 그건 어린 공주 사누에게는 즐겁지 않았다. 그녀가 그 방에 들어온 건 마침 그들의 대화가 막 그 대목에 이르렀을 때였던 것이다.

"엄만 내 엄마잖아요. 쟤 엄마는 모후고요."

"너 어떻게 그런 말을 할 수 있니?"

그녀의 어머니가 그녀를 꾸짖었다.

"그는 왕이야. 모든 것이 그의 것이란다. 우리도 마찬가지로 그의 신하야!"

"나도 왕이 되어서 모든 걸 다 가질 거예요."

사누는 소리 지르면서, 마음 붙일 곳이 없어 울기 시작했다.

그녀의 어머니는 웃기 시작했고 너렌드러도 웃었다. 두 사람은 함께 사누의 격분한 무구함을 달래 주려고 애를 썼다.

"울지 마라. 우리가 언젠가는 너도 왕으로 만들어 줄 테니, 이제 그만 울어."

프리트비는 사탕을 깨물어 먹으며 누이가 몹시 재미있다고 생각했다. 바로 그때 시녀가 와서 오일 마사지하러 가자고 그를 불렀다. 그는 빛나는 작은 얼굴을 큰 어머니한테로 돌리며 말했다.

"나 가도 돼요, 엄마?"

그러면서 마치 자기와 같이 가자는 듯 그녀의 손을 세게 잡아끌었다.

"그래, 가거라. 가서 마사지 받은 후에 돌아와라, 내 아들."

프리트비는 삼촌에게 가도 되냐고 허락을 구하며 작별을 고했다. 어쨌든 그는 겨우 다섯 살이었고 왕이 된다는 게 무엇을 의미하는지 잘 알지 못했으니까. 그가 방에서 나가자마자 큰 왕비와 너렌드러는 어떻게 하면 저거트 정이 시리 띤 마하라자가 되게 해 줄 수 있을까를 의논하기 시작했다.

마사지 방은 은 화로에서 나오는 석탄의 빛으로 붉게 빛나고 있었고, 창문들은 외풍을 막기 위해 천과 대나무를 덧대 놓았다. 그의 어머니는 매일 하는 이 의식을 직접 감독했다.

"사탕을 얼마나 많이 먹었니, 아들아?"

그녀가 물었다.

"열 개요."

"단것을 너무 많이 먹으면 얼마나 건강에 나쁜지 비르 삼촌이 말해 주지 않았니?"

그는 대답하지 않았고 방에는 잠시 사제가 왕의 건강을 위해 기도하는 기도실에서 들려오는 브라민의 영창 소리만 울려 퍼졌다.

"어머니, 승인이 뭐예요?"

어린 왕이 물었다.

"뭣 때문에 어린아이가 승인에 대해 알고 싶어 해야 할까?"

그녀는 단호하게 물으면서 마사지를 계속했다.

"큰 어머니와 삼촌이 내가 그들에게 그걸 주기를 원해요. 그런데 저는 그게 뭔지 모르겠어요."

그녀는 경악해서 거의 말을 잃었다. 제일 먼저 떠오르는 생각은 그들이 자기 아들을 폐위하기 위해 함께 음모를 꾸미고 있다는 것이었다.

본능적으로 그녀는 저들이 저거트 정을 시리 띤 마하라자로 만들려고 하는 런노딥의 부인의 계획에 연루되어 있을 가능성이 있다는 생각이 불현듯 떠올랐다.

"만약 그런 일이 일어난다면, 그는 프리트비 자리에 사누를 대신 앉힌 다음 궁극적으로는 너렌드러를 앉히겠지. 남편이 옳았어."

그녀는 속으로 생각했다. 그러자 마치 그녀의 소란스러운 생각에 대답이라도 하듯 프리트비가 말했다.

"엄마, 사누도 왕이 되면 누구 옥좌가 더 클까요, 내 거 아니면 사누 것?"

그녀는 입안이 바짝 마르고 눈썹에 땀방울이 맺혔다.

"이런 모든 얘길 누가 너한테 했니?"

그녀는 엄하게 말했다.

"너!'

하며 그녀는 하녀들을 다그쳤다.

"네가 왕을 모시러 갔을 때 나의 언니와 시동생이 무슨 얘기를 하고 있었지?'

그러나 그들은 아무것도 듣지 못했고 그래서 주의를 잘 기울이지 않았다고 호되게 야단맞았다. 왕과 왕비에게 반대하는 말을 할지 모르는 사람들은 전부 엿듣고 보고하는 게 그들의 임무였던 것이다.

마사지가 끝난 다음, 그녀는 프리트비와 함께 작은 응접실로 돌아갔다. 그녀의 눈은 울어서 부어 있었지만 그들은 알지 못하는 것 같았다.

너렌드러는 디르 섬세르가 프리트비 대신 우뺀드러 왕자의 손자를 왕위에 앉히려 하고 있다는 또 다른 소문에 대해 그녀에게 들려주려고 했다. 하지만 그녀는 그의 말에는 귀 기울이지 않았다. 왜냐하면 그녀는 이미 너무도 잘 알고 있었기 때문이다. 누가 자신의 적들인지를.

남편이 죽은 후 그녀 안에서 어떤 변화가 일어났던가! 지금 그녀는 언니보다 더 성급해졌고 더 독설가가 되었다.

가장 중요한 것은 자기 아들과 왕위였다. 그녀는 지금 너렌드러의 말을 들으면서 거의 필사적으로 아들에게 매달렸다. 그러나 큰엄마의 무릎에 있는 사탕에 온통 마음을 빼앗기고 있는 그녀의 아이는 자기한테서 요리조리 벗어나서는

"난, 엄마 아들이야."

라고 말하며 자기 큰엄마 곁에 붙어 앉아 있었다.

그의 어린 마음에도 벌써 알고 있었다. 이건 큰엄마한테서 맛있는 사탕을 보상으로 받게 될 일종의 아첨이라는 것을. 지금 이 순간 그에게는 그것이 가장 중요한 것이었다.

그의 어머니는 그가 노는 모습, 누이와 재잘대는 모습을 지켜보면서 한순간 자신의 의심이 사라졌으며, 그녀는 미소를 짓고 자기의 동서와 함께 행복하게 깔깔 웃었다.

이때다 싶어서 너렌드러는 다시 한 번 트러이록껴의 문서를 요청했다. 모후는 그것들을 그에게 넘겨주는 게 영 꺼림칙해서 질질 끌고 있었으나, 너렌드러를 믿지 못할 이유가 전혀 없는 그녀의 언니는 그것들을 가져다가 그에게 주었다. 문서에는 크고 굵은 글씨로 이렇게 쓰여 있었다.

'시리 떤 마하라자 저거트 정.'

30

트러이록껴가 살아 있을 때 저거트 정은 왕위 계승자와 함께 자신을 시리 띤 마하라자로 만드는 일을 진척시켰었다. 하지만 트러이록껴의 죽음으로 그의 계획은 폐기되었고 그의 관심은 시들기 시작했다. 그는 총사령관으로서의 자신의 임무에 집중하고 즐겁고 편안한 삶을 영위하는 것을 더 좋아했다.

정 바하두르가 살아 있을 때 그는 이따금 아들 며느리의 불필요한 낭비에 대해 경고하는 게 좋겠다고 생각했었다. 왕녀는 마노하라를 왕궁의 복제품으로 만드는 데에 돈을 아낌없이 썼으며, 그곳에서도 왕실의 예법을 따라야 한다고 우겼다. 그녀의 남편은 그녀의 아들처럼 '전하'라고 불렸다.

이 모든 것이 디르 섬세르를 말할 수 없이 괴롭혔다. 그래서 그는 서둘러 저거트 정을 그의 모든 공적인 군대 업무에서 해임했다. 그래서 저거트 정은 일자리가 없어졌으나 여전히 상당한 급료와 일반 대중의 아첨을 받았다.

시간을 보내기 위해 저거트 정은 더욱더 많은 돈을 마노하라에 쏟아부어서, 총리 관저가 무색해질 정도였다. 그는 이탈리아에서 대리석을

가져와서 몇 마일 밖에서도 보이는 가장 높은 작은 탑 위에 황금 지붕을 얹었다. 널찍한 정원에서는 사슴과 공작들이 여유작작 까불어 대고, 실내는 온 세계에서 들여온 미술 명품들로 장식되었다. 그것은 진열품이었는데 실제로 사람들은 그것을 진품이라고 생각했으며, 네팔 방방곡곡에서 카트만두를 찾아오는 모든 사람들에게는 그것이 '꼭 봐야만 하는 것들' 중 하나였다.

저거트 정은 집 문제로 바쁘지 않을 때면, 말 아홉 마리가 끄는 마차를 타고 사원들을 방문하느라 바빴다. 그것은 아내들의 혼수의 일부였다. 저거트 정은 그것을 사용하는 데에 죄책감 같은 건 없었다. 비록 관습상 그것은 왕과 총리만이 말 아홉 마리가 끄는 마차를 탈 자격이 있었지만. 그와 왕녀가 그 마차를 타고서 시내를 누비는 모습이 자주 눈에 띄었다. 마차를 타고 다니는 내내 모든 하녀들은 부채질을 계속해야 했다. 파리에 알레르기가 있는 그녀의 마마를 위해 파리를 쫓아 버리기 위해서였다.

그것이 디르 섬세르를 노발대발하게 만들었다. 그는 진짜로 그것이 고의적으로 자기, 곧 디르 섬세르를 질투하게 만들려는 순전한 자기과시라고 믿었다. 저거트 정이 더 당당해질수록 디르 섬세르는 그만큼 더 그의 콧대를 꺾어 놔야겠다고 결심했다. 저거트 정이 일부러 디르 섬세르의 화를 돋우려고 그 모든 것을 하고 있다는 소문이 돌았다.

저거트 정은 그 소문을 듣자 자기 삼촌에게 화가 나서 그를 더 이상 찾아가지도 않고 그와는 말도 하지 않았다. 저거트 정은 디르 섬세르가 상속자 명단에서 자신의 아들들의 지위를 올리기 위해 자기를 쫓아내려 하고 있다고 확신하게 되었다. 삼촌과 조카가 교착상태에 빠졌다.

한편, 런노딥은 무슨 일이 일어나고 있는지 알아차리지도 못하고 있었다. 하지만 균열이 점점 커져서 그조차도 도저히 모를 수가 없게 되었다.

왕녀는 그게 다 남편의 나쁜 운수 탓이라고 하며, 그에게 더 나은 행운을 가져다 줄 종교 의식을 공들여 준비했다. 아낌없는 기부로 저거트 정은 일반 대중들에게서 한층 더 많은 사랑을 받았고, 그는 짓밟힌 사람들의 은인으로 알려졌다. 그들은 그에 대한 자신들의 크나큰 존경을 담은 이름으로 그를 부르지 않고, 단순히 대장군이라고 언급했다. 한편 디르 섬세르는 자기 조카를 사회에서 추방해야겠다는 결심을 더욱 굳혔다.

디르 섬세르의 다음 단계는 저거트 정이 받고 있던 시리 띤 마하라자의 급료를 몰수해서 그것을 런노딥에게 되돌려 주는 것이었다. 이것은 너무 정직해서 탈이라 국고 기금에는 손을 대어 본 적도 없는 런노딥에게는 엄청난 구원이었다. 총리의 급료를 받지 못했기 때문에 그는 자신의 높은 직위에 걸맞은 수준의 생활을 유지하기가 힘들었다. 그래서 디르 섬세르의 결정이 그에게는 외면상 불행해 보이나 실은 행복한 일이었다.

하지만 저거트 정에게는 그것이 심각한 타격이었다. 아낌없이 주는 것이 그의 취미라서 그 자신이나 그의 가족은 총리의 수입 없이는 안락하게 살기가 불가능했을 것이다. 깊은 모욕감을 느낀 그는 분명한 행동을 취하기로 작정했다.

그는 너렌드러 왕자를 찾아가 비밀을 털어놓았다. 그러고는 둘이 함께 트러이록껴의 그룹을 부활시키기 시작했다. 그 그룹의 목적은 디르 섬세르가 몰락하게 만드는 것이었다.

하지만 너렌드러 왕자의 집에서 그들이 좀 더 심각한 모임을 갖던 중, 군대의 한 분대가 눈치채지 못하게 그들을 덮쳐 모두 체포했다. 삽시간에 그들은 모두 검거되고 그들의 문서들도 모두 압수당했다. 몇몇 불운한 사람들은 창문을 뛰어넘으려고 하다가 밖에 더 많은 군인들이 자기들을 기다리고 있는 것을 보았을 뿐이다. 그들의 음모는 결정적으로 싹부터 잘려 버렸다.

그들이 체포됐다는 소식은 들불처럼 퍼져나갔고, 전 도시가 극심한 공포에 사로잡혔다. 대중은 편리하게도 디르 섬세르가 트러이록껴를 독살했다는 소문을 잊었고, 저거트 정을 잊었으며, 그 대신 티베트 전쟁 당시 매우 훌륭하게 행동했던 디르 섬세르의 무용담과 용감한 행위를 기억하기로 선택했다. 밤사이 디르 섬세르가 저거트 정을 대신하여 사람들의 영웅이 되었다. 군인들과 경찰은 저거트 정의 지지자들을 제거하기 위해 숨을 만한 곳을 구석구석 뒤졌으며, 지지와 협조를 얻고 싶은 나머지 자신의 친척들을 신고하는 치사스런 짓까지 하는 사람들도 있었다. 아들이 아버지를 신고하고, 아내가 남편을 신고했다. 그것은 대중의 비겁함을 보여 주는 비극적인 예이다. 얼마 지나지 않아 굽

실거리고 움츠린 사람은 악명 높은 께서르 중위와 그의 친구 볼라였다. 그들은 트러이록껴 왕자가 음모를 꾸미던 시작 단계부터 함께한 핵심 멤버들이었음에도, 그들은 모든 문서를 디르 섬세르에게 넘겨주었다. 자신들은 결백을 입증하기 위해, 저거트 정과 너렌드러가 그 문서를 작성했다고 주장했다.

그 후로는 별다른 일이 없어, 너렌드러 왕자와 저거트 정은 재판에 회부되어 총리의 공식 관저인 히티 궁의 안마당으로 끌려갔다. 그들은 정부에 대한 반역으로 고발되어 그 자리에 섰고, 배심원들은 모두 상속 명부에 올라 있는 사람들로 구성되었다. 하지만 최종 결정은 디르 섬세르가 할 것이라는 걸 아무도 믿어 의심치 않았다. 너렌드러와 저거트 정은 나머지 다른 음모 가담자들과 함께 서서 기다리고 있고, 안마당에는 죽음 같은 정적이 내려앉았다. 이어지는 긴장감은 참을 수 없을 정도였고, 거의 고통스러웠다. 어느 한 사람 숨을 쉴 용기도 나지 않을 만큼.

런노딥이 문서 한 다발을 회랑 아래로 집어던지며 지트 정에게 읽으라고 했다. 귀가 어두운 지트가 머뭇거리자 커드거 섬세르가 그것들을 집어 올렸다. 런노딥이 그들 두 사람이 함께 읽어야 한다는 신호를 보내자 그들은 그렇게 했다.

문서는 런노딥을 까시로 보내고 디르 섬세르를 살해한 다음 저거트 정을 시리 띤 마하라자로 만든다는 구상의 줄거리를 잡아 놓은 것이었다. 거기에 저거트 정과 너렌드러, 그리고 다른 많은 사람들의 서명이 있는 것이 확인되었다.

그러나 이것이 트러이록껴가 준비한 문서인 건 틀림없으나, 께서르와 볼라가 자신들의 혐의를 벗기 위해 약삭빠르게 거기에다 그들의 이름을 더 적어 넣은 것이었다. 그들은 그 문서를 저거트 정과 너렌드러 왕자가 준비한 것처럼 보이게 만들었다.

디르 섬세르가 그처럼 강력한 입장을 취했던 적이 없었다. 모두가 정식으로 고발되어 반역죄의 판결을 받았다. 교수형에 처해진 사람이 있는가 하면 사회적으로 추방된 사람들도 있었다. 나머지는 그저 종신형으로 투옥되었으며 재산은 몰수되었다. 이제 남은 건 저거트 정과 너렌드러 왕자뿐이었다.

너렌드러 왕자는 왕족 혈통이니, 판결을 받을 땐 필히 왕이 참석해야 했기 때문에 프리트비 왕에게 히티 궁에서 열리는 재판에 임석해 달라는 전갈을 보냈다.

한편, 디르 섬세르는 오랫동안의 좌절이 속에서 폭발해 진저리를 치며 저거트 정을 저주하고 협박했다. 특히 디르 섬세르를 화나게 만드는 것은 근본적으로 자기가 트러이룩껴 왕세자를 살해했다는 소문에 대해 저거트 정이 책임져야 한다고 스스로가 믿는다는 사실이었다. 그러나 저거트 정은 내내 초연했다.

런노딥이 조용히 말했다.

"아들아, 너는 네가 바랄 수 있는 것은 모두 가졌다. 하지만, 왜 이 어처구니없는 일에 휘말렸지? 자 어서 너의 디르 섬세르 삼촌에게 용서를 구하렴."

이젠 너무 늦었다. 저거트 정은 자신이 법률 업무를 담당할 때 깨달은 것이 있었다. 아버지 시대에 아버지가 그것을 군정 및 민정과 분리시켰어야 했다는 것이다. 아버지가 그렇게 하셨더라면 자기가 지금 디르 섬세르와 마주 서 있지는 않았을 텐데. 역시 너무 늦었고 그는 자비를 빌지는 않을 것이다. 그 결과로 어떤 일들이 일어나든.

"왜, 제가 빌어야 하죠?"

그가 대들었다.

"제 용서를 빌어야 할 사람들은 당신들이에요. 당신들이 유죄지, 제가 아니라고요."

약간 움찔하며 런노딥이 소심하게 말했다.

"누구, 나? 이 문서에 서명한 건 바로 넌데 왜 내가 용서를 빌어야 하지?"

"네, 그래요. 물론, 제가 그 계획들을 세웠어요. 마치 사촌들은 상관할 바 아니라는 식이네요."

저거트 정은 이렇게 대꾸했다. 눈에 보이는 게 없을 만큼 화가 나서 그만 자기가 범한 것보다 더 많은 것을 공공연히 시인하면서.

"네가 감히 어떻게?"

디르 섬세르가 우뢰 같은 소리를 질렀다.

"너 도대체 뭐하는 인간이냐? 금으로 네 체중을 재고 아홉 마리 말이 끄는 마차를 타고 놀러나 다니고 말이야. 돈에 파묻혀 산다는 이유만으로 네가 왕이라고 생각하는 게냐? 이 천하의 바보 같은 놈, 이 건달 놈."

"전, 제가 좋아하는 종교 행위를 치를 수 있습니다. 그건 삼촌이 상관할 바가 아니지요. 종교 행위는 사회적 지위와는 아무 상관이 없습니다."

"소리 지르며 나한테 말대꾸하지 마라. 안 그럼 네놈 머리통을 부숴버릴 테다."

디르 섬세르가 호통을 쳤다.

"해보세요, 그럼. 하지만 전 삼촌이 저한테 얼마나 불공평하게 하셨는지 모두에게 다 알리겠어요. 설사 삼촌이 절 죽인다 해도요. 계속해요, 절 죽이라고요. 그러면 제 무구한 영혼이 당신을 따라다닐 거예요. 깡패 같으니라고!"

"자, 저거트. 넌 방금 우릴 죽이려는 음모를 꾸몄다고 시인했잖니. 그런데 어떻게 네가 결백할 수 있느냐?"

런노딥이 조용히 끼어들며 말했다.

"법이 유효하다면 저는 결백합니다. 왜냐하면 아무것도 위반하지 않았기 때문입니다. 저는 그저 제가 받은 부당함에 항의했을 뿐입니다. 디르 섬세르 삼촌은 위조된 문서를 제출하셨어요. 저는 저지르지도 않은 죄에 대해 절 유죄로 만들기 위해서요. 그러니 그러고 싶으시면 절 죽이세요. 제가 결백하다는 건 신만이 아시겠지요. 그리고 신의 법정에서만 흑백이 가려질 겁니다."

아들이 없는 런노딥은 자기가 끔찍하게 사랑하는 저거트 정의 혐의를 벗겨 주고 싶은 마음이 간절했다. 그러나 디르 섬세르는 그를 처벌하기로 결심했고, 런노딥은 동생을 두려워했다. 그는 그 문서가 진짜인지 아닌지 보기 위해 철저하게 감정해 봐야겠다는 마음도 먹지 못했다. 그러지는 못하고 그는 저거트 정을 달래려는 요량으로 작은 소리로 이렇게 말했다.

"너를 고통스럽게 한 부당함이 뭐냐, 디르 섬세르 삼촌에게 설명해 보아라. 네가 그에게 대든다 해도 용서해 주겠다. 난 네 아버지가 우리들한테 해 주신 것을 잊지 않았다."

디르 섬세르는 그 말을 우연히 듣고는 버럭 소리를 질렀다.

"저 애는 자기 아버지나 삼촌들을 존경하지 않아요. 만약 그랬다면 아마 우린 저 앨 용서했을지 모르죠. 하지만 쟤는 자기 아버지가 이룩해 놓은 것을 전부 망치고 있어요. 저 앤 우리 모두에게 저주라고요."

"흥, 아버지가 나한테 남겨 주신 급료를 빼앗아 가서 내 아버지의 규칙을 깬 사람은 바로 삼촌이에요."

하고 저거트 정이 되받아쳤다.

"하, 네가 온 길거리에다가 금을 뿌리기 시작했을 때 넌 우리가 뒷짐

지고 서서 놀고 있네, 하고 보기만 할 거라고 생각했니? 네 아버진 네가 그 돈을 잘 판단해서 쓸 거라고 생각하셨겠지, 헛되이 쓰지 않고 말이 다."

런노딥이 끼어들며 말했다.

"아무튼 네 삼촌과 나 다음엔 네가 시리 떤 마하라자가 될 테고 급료 도 받게 될 게다. 하지만 그때까지는 이대로 해야 돼. 한 직위에 봉급을 이중으로 지급할 순 없으니까."

저거트 정이 보기에 그들은 그 급료를 자기에게 되돌려 주지 말아야 한다고 합의한 것 같았다. 화가 나 얼굴이 벌개져서 저거트 정이 날카 롭게 소리 질렀다.

"삼촌이 아니라, 내가 마하라자가 되었어야 해요. 난 정 바하두르의 장남이고, 마하라자를 계승하는 건 언제나 장남이니까요. 하, 당신들은 불법 상속자 명부를 만들려고 날 파트르 가타로 보냈잖아요!"

"네가 잘못 알고 있구나, 걱정이다."

하고 런노딥은 몹시 긴장해서 침을 꿀꺽 삼켰다.

"우리는 우리 아들들에게 자리를 물려줄 권한을 가진 진정한 마하라 자가 아니다."

"삼촌이 가짜 마하라자라는 말을 하고 계시는 거예요? 삼촌은 카스키 와 람중의 마하라자이고, 바로 그 자리에 앉아서 예포를 받으시지요. 대관식도 하셨지요. 삼촌 부동산에서 나오는 수입을 사용하고 계시면 서 자신이 가짜라고 말씀하시려는 겁니까? 잘못된 건 삼촌이에요, 제가 아니라요. 국왕 폐하는 어떠실까요. 글쎄요, 그게 정말 그분의 의지였 다면 누가 시리 떤 마하라자가 되었어야 했는지 우리 모두 알 텐데요?"

"저거트 정, 너 지금 내가 마하라자가 되어서 화가 났다는 말을 하려 는 게냐?"

"물론이지요."

디르 섬세르가 입맛이 쓰다는 듯 그에게 말했다.

"저 앤 내가 총사령관이라는 것도 참을 수 없을 걸요."

"모두가 제가 시리 띤 마하라자가 되기를 원했어요. 국왕 폐하와 왕족 전체가, 국민들이, 모든 사람들이요. 하지만 당신들은 그들 모두의 바람을 거슬렀고 저도 반대하지 않았어요. 하지만 당신들이 제게서 모든 것을 가져가 버렸을 때 전 항의하지 않을 수가 없었지요. 이 음모의 장본인들은 당신들이에요. 당신들이 이렇게 만들었으니까요."

"우리는 아무것도 공모하지 않았다. 우린 그저 네 아버지의 바람을 따르고 그가 만들어 놓은 상속자 명부를 삼가 지켰을 뿐이다."

런노딥은 이렇게 대꾸하며 침울하게 자리에 앉았다.

그는 종교적인 사람이었고, 권력을 전혀 탐하지 않았으며 언제든 자신의 직함과 책임을 기꺼이 포기할 의향이 있었다. 자기가 권력을 강탈하려고 음모를 꾸몄다는 저거트 정의 주장을 듣고 난 후로는, 그는 더 이상 들을 마음이 없었다.

저거트 정과 디르 섬세르는 다시 한 번 입씨름을 벌였다. 상황이 너무 멀리 가 버려서 디르 섬세르는 가벼운 처벌로는 만족하지 못할 거라는 것이 보이기 시작하자 총리의 눈에서 눈물이 흘렀다.

"천하의 멍청한 놈! 네가 네 아버지 뒤를 이어 시리 띤 마하라자가 되었다면, 도대체 네 뒤를 누가 계승할 거라고 생각했느냐?"

디르 섬세르가 악을 썼다.

"물론, 제 아들이죠. 계승하는 건 언제나 아들이니까요, 형제들이 아니라. 불량배들과 불한당들의 나라에서나 형제들이 마하라자를 계승하죠. 사악한 자들만이 그런 짓을 하고, 완전 얼간이만이 다른 누군가의 것인 권좌를 자기 형제에게 주겠지요."

244

지트는 자기 형의 말에 정말로 기절할 지경이었고, 가족 전부가 그랬다. 그들은 그가 하는 말에 화를 냈다. 그러면서, 현 상태대로 유지되기만 한다면 자기들 모두가 시리 띤 마하라자가 되기를 바래 볼 수 있지 않겠나, 하는 생각들을 했다. 그들 모두 주먹을 흔들며 그의 처벌을 요구하고, 고함을 질러 그의 입을 막았다. 유일하게 자기 아버지를 이해할 수 있어야 할 사랑하는 아들 우다까지도 자기 삼촌들을 따라서 뭔가 끔찍하게 잘못된 행동을 했다.

자기 말이 자기 형제들과 심지어 아들한테까지 끼친 영향을 보면서 저거트 정은 머리를 떨어뜨렸다. 그러고는 미동도 않은 채 땅만 내려다보며 서 있었다. 바로 그 순간에 프리트비 왕이 모후와 함께 들어왔다. 아주 작은 왕을 시원하게 해 주려고 분주히 부채질하고 있는 수행원들에 둘러싸인 어린 소년이 거대한 왕좌에 앉으니 그 모습이 보이지도 않을 지경이었다. 그는 일어나고 있는 일 때문에 혼란스러워 보였다.

모후는 사방을 둘러막은 별도의 자리로 걸어 들어가 앉았다. 그녀도 눈에 띄게 겁을 내고 있어 무슨 말을 해야 할지 적당한 말을 찾지 못할 정도였다.

"왜 우리를 불렀지요?"

"마마, 너렌드러 왕자와의 공모에서 저거트 정은 저와 저의 형제를 살해하려는 음모를 꾸몄고, 그런 다음 국왕 폐하를 폐위하려는 계략을 세웠습니다. 이것을 증명할 문서들이 바로 여기 있습니다."

모후는 죽어 가던 남편이 했던 경고를 다시 한 번 떠올리면서 큰 소리로 울기 시작했다. 디르 섬세르는 그녀가 피고인들 때문에 우는 거라고 믿었고, 다른 사람들도 모두 그렇게 믿었다. 피고인들 자신까지도. 그녀의 눈물을 보며 디르 섬세르는 너렌드러와 저거트 정을 위한 반론이 절대 나오지 않기를 바라며 불안해했으나, 그나 다른 모든 사람들은 그녀가 왜 우는지에 대해 잘못 알고 있었다. 그녀는 자기 아이에게서 왕위를 훔치려고 기를 쓴다고 생각되는 사람들에 대한 연민의 감정은 전혀 없었다.

"우리가 뭘 해야 하지요, 디르 섬세르 삼촌?"

디르 섬세르가 대답했다.

"우리는 가족에 대한 정과 정부 업무를 뒤섞는 실수를 할 순 없습니다. 저는 폐하를 은밀히 공격하기 위해 치사스러운 짓까지도 서슴지 않는 자들을 참을 수가 없고 또 그런 자들이 벌을 면하게 해 줄 의사가 전혀 없습니다."

"그러니까, 어떻게 해야 하나요?"

그녀가 재차 물었다.

"마마께서 명하시는 대로 행해질 것입니다."

디르 섬세르는 마지막 순간에 그녀가 자기 친척들에게 자비를 보이면 어쩌나 하는 두려움에 머뭇거리며 말했다.

"그러니까 뭘 어찌하면 되냐고요."

그녀가 끈질기게 물었다.

"분명히 말씀드리자면, 저들은 처벌받아야만 합니다."

"그럼, 그렇게 하세요."

하고 그녀가 명을 내렸다.

런노딥은 모후만은 가벼운 선고를 내리는 데 찬성할 거라 믿고 왕을 부른 거였는데, 부른 보람도 없게 되었다. 그는 그녀에 대해 잘못 알고 있었고, 이젠 그가 끼어들기에도 너무 늦었다.

저거트 정과 너렌드러 왕자는 종신형을 선고받고 인도 알라하바드 감옥에 수감되었다.

31

3년 후 디르 섬세르는 죽었다. 그토록 용감하고 외경심을 일으켰던 군인의 죽음치고는 너무도 비극적이었다. 목에 걸린 뼈 한 조각을 제거하지 못했던 것이다. 뼈가 목에 걸린 지 며칠 만에 그는 사망했다.

그가 죽자 런노딥은 너렌드러 왕자와 저거트 정을 사면하고 알라하바드로부터 본국으로 소환했다. 그는 조카들의 별다른 반대 없이 그렇게 할 수 있는 지위에 있었다. 이미 지트 정을 총사령관에, 런비르 정을 부사령관에 임명했기 때문이다. 그들은 이쯤 되면 어쨌거나 저거트 정의 코가 완전히 빠져서 다시는 어떤 식으로든 정치적으로 재기하지 못하게 될 거라고 생각했다.

하지만 국민들은 저거트 정이 어떤 지위에 오를지 좀 궁금했다. 그러나 그들은 런노딥이 사임해서 까시로 물러나고, 자기 대신 저거트 정이 시리 떤 마하라자라고 선포할 생각을 가지고 있다는 것은 꿈에도 모르고 있었다.

저거트-너렌드러 사건에 연루되어 가택연금을 당했던 퍼드머 정도 풀려났으나 그에게는 직위는 주어지지 않았다. 런노딥은 일단 저거트 정이 정권을 장악하고 나면 퍼드머 정도 고려될 거라는 온갖 희망을 갖

고 있었다.

물론, 저거트 징이 곧 시리 띤 마하라자가 될 거라는 소문이 있었기 때문에, 너렌드러 왕자와 그가 카트만두로 돌아오자 항상 있게 마련인 비열한 식객들과 아첨꾼들은 지체 없이 그 두 사람을 위한 영웅 환영식 준비에 들어갔다. 그들은 화려하게 줄지어 마노하라까지 왔는데, 거기에는 섬세르 문중을 공공연히 비방하려는 이중의 의도가 있었다. 섬세르네에게는 도둑이니, 불한당들이니, 부랑자들이니 하는 꼬리표가 붙었고, 군중들은 그들의 파멸을 요구했다.

께서르와 볼라는 환영 인파를 규합하는 사람들 가운데에서도 자기들이 눈에 띈다는 것을 꼼꼼하게 확인하고는, 너렌드러와 저거트 징이 없는 동안 내내 자기들이 얼마나 힘들게 살았는지를 분명하게 밝혀 달라고 그들을 종용했다. 그들은 어떻게든 마노하라에 잘 보이려고 디르 섬세르의 죽음을 희화화해서 흉내 내어 사람들을 재미있게 해 주었다. 들는 사람들이나 하는 사람들 모두에게 다소 식상한 몸짓이지만 훌륭한 사람들이 사소하고 비열한 행동에 말려드는 일이 종종 있다.

저거트 정은 자신이 시리 떤 마하라자가 될 예정이라는 말을 께서르에게서 듣고는 언제 그런 소문을 들었느냐고 그에게 물었다.

"각하께서 감옥에 가셨던 그날부터입니다. 하지만 저는 며칠 전에서야 섬세르 형제들이 각하께서 돌아오시는 문제에 대해 의논하는 것을 우연히 들었는데 그들은 겁이 나서 죽을 지경이었습니다."

왕녀는 남편을 보며 만족스러운 미소를 지었고, 볼라는 그 소식이 어떻게 받아들여졌는지 확인하고는 빠른 말로 지껄였다.

"각하께서 저희를 떠나셨을 때 저희는 목숨을 끊고 싶었습니다, 주인님. 하지만 그렇게 되면 저희 왕녀 마마를 보살펴 드릴 사람이 아무도 없지 않습니까. 그래서 감히 그러지도 못했습니다."

저거트 정은 이런 말들에 자기 아내만큼이나 눈에 띄게 감동받았다. 그들을 속이기는 너무나도 쉬웠다. 왜냐하면 그들은 정신적으로 사람들이 자기들에게 하는 말을 듣고 쉽게 믿었기 때문이다.

그러나 왕녀가 올바르게 상황을 보는 눈을 가졌더라면, 남편이 알라하바드로 떠나던 날 께서르와 볼라가 보호자로서가 아니라 디르 섬세르의 첩자로서 왔었다는 것을 반드시 기억해 냈을 텐데.

"저희는 다시 태어난 것 같습니다."

께서르는 간청하는 자세를 취하면서 말했다.

"저희는 스스로 목숨을 끊으려고 했습니다만, 어떻게 알았는지 디르 섬세르가 그걸 알고는 저희를 협박했습니다. 저희 가족에게 아주 끔찍한 결과가 올 거라고요. 그는 아마 저희의 망령이 자기를 쫓아다닐까봐 두려웠나 봅니다. 그는 저희를 승진까지 시켜 주었고 저희 친구들은 각하께서 분명히 돌아오실 테니 기다려 보자며 저희를 설득했습니다.

저희들에게는 오늘이 얼마나 기쁜 날인지 모릅니다."

그들은 기쁨의 눈물을 흘렸다. 악어의 눈물이었지만 저거트 정은 알지 못했고, 그들이 승진한 것을 축하해 주기까지 했다. 왕녀는 그들에게 울음을 그치고 그렇게 기쁜 일에는 기뻐해야 한다고 열심히 설득했다.

"전 절대, 절대 그 열일곱 악마들에게는 머리를 숙이지 않았습니다. 그들은 제 피를 뽑고 산채로 껍질을 벗기겠다고 협박했습니다."

께서르는 다시 한 번 눈물을 펑펑 쏟으며 이렇게 말했다.

"내가 이제 집에 돌아왔으니, 너희들은 더 이상 두려워하지 마라."

저거트 정이 말했다.

두 공모자는 노골적으로 얼굴을 환히 빛내며 안마당으로 걸어갔다. 그곳에서는 모여든 군중들이 기다리고 있었다. 또 다른 소문을 시작할 준비를 마치고서,

"친구들, 우리는 더 이상 두려워할 필요가 없습니다. 우리들의 장군이 돌아오셨고, 우리는 그분에게서 열일곱 마리의 두루미들^(디르 섬세르의 죽음을 애도하느라, 섬세르 형제들은 흰 옷을 입고 있었다)은 교수형에 처해질 거라는 말을 들었소!"

우레와 같은 박수 소리가 군중들 사이에서 터져 나왔다. 아이러니컬하게도 저거트 정이 추방될 때는 슬픔에 빠진 왕녀를 도와주려고 온 사람이 단 한 명도 없더니 그녀의 행복은 모두가 나서서 나누겠다고 한다. 지금 디르 섬세르의 아들들을 욕하기는 얼마나 쉬운가!

디르 섬세르가 트러이록껴를 독살했다는 소문이 또다시 나돌면서 군중들은 저거트 정을 비난하는 자들에 대해 격분의 도가니 속으로 빠져 들어 갔다. 그때 저거트 정이 나타나서 그들에게 축하하자고 재촉했다. 낮은 소리로 그가 아내에게 말했다.

"네팔이 나를 잊었다고 생각했으니 내 생각이 얼마나 잘못됐는지, 보

세요, 얼마나 많은 사람들이 날 위해 울어 주고 나의 귀환을 간절히 바랐는지를 말이오. 마치 내가 없는 동안 저들은 죽어 있었던 것 같군요. 저들이 우리의 진정한 친구들이니 우린 반드시 저들의 사랑과 헌신에 보답해야 합니다."

그는 다시는 실수하지 않았다.

32

신임 영국 총독 버클리 대령이 국왕에게 자기의 신임장을 제출하게 되어 있어서 정부는 축제 행사를 열었다. 정부의 중요 인사들이 모두 하누만 도카 접견실에 모였다. 붉은 카펫이 대문까지 펼쳐져 있었으며 군인들이 장식에 마지막 손질을 하고 있었다. 라인쵸에 있는 영국 총독 관저로부터 하누만 도카까지 영국과 네팔의 국기들이 아침 산들바람에 나부끼고 있었다.

군대는 특별 의식용 군복을 입고 있었는데, 엄밀히 말하면 아직 애도 기간 중인 섬세르 형제들까지도 그랬다. 가장 화려한 것은 현재 총사령관인 지트 정의 군복이었다. 그는 가슴에 대각선으로 드리워진 황금 장식줄과 어깨에는 황금 견장이 달린 붉은색 튜닉과 흰색 바지를 입었다. 그의 헬멧의 극락조 깃털들이 산들거리는 봄바람에 부드럽게 흔들리고, 관에 박혀 있는 보석들은 햇빛 속에서 찬란하게 빛났다. 그는 배후에서 형제들이 지지해 주고 있는 덕분에 조심스럽고 자랑스럽게 움직였다. 그 유명한 상속자 명부상의 자신의 위치에서의 안전에 관한 내용이다. 전령들이 그가 도착했음을 나팔 소리로 알리고 그의 모습이 발코니에 나타나자 부사령관 런비르는 근위병들에게 '받들어총'이라고 명령을 내렸다. 의장대를 사열한 후, 모두 자리에 앉아 마하라자 런노딥이 오기를 기다렸다.

런노딥이 사임하고 까시로 가고 싶어 한다는 것은 모두가 아는 사실이었다. 그가 자신의 직함을 저거트 정에게 물려주기를 원한다는 것 또한 모두가 아는 사실이었다. 물론, 그들 중 한 사람도, 상속자 명부에 이름이 올라 있는 사람이라면 단 한 사람도 그런 일이 일어나도록 놔둘 생각은 추호도 없었다. 그것이 지트 정이 그렇게 자신 있게 거드름 피우며 걸을 수 있었던 이유였다. 그의 지위가 안전하다는 것은 곧 다른 사람들 모두의 지위도 안전하다는 것을 의미했다.

하지만 그들은 바로 그 순간에 저거트 정이 총리의 마차를 타고서 총리 호위대의 에스코트를 받으며 하누만 도카로 오고 있다는 것을 알지 못했다. 총리의 초승달 휘장만 없을 뿐, 어느 모로 보나 마하라자였다.

그것은 런노딥의 발상이었다. 그는 저거트 정에 대한 여론을 시험해 보고 싶었던 것이다. 그는 저거트 정이 인기를 얻어 놓으면 수월하게 자신의 직무를 저거트 정에게 넘겨줄 수 있을 거라고 믿었다. 문중의 다른 나머지 사람들과 조신들은 이 계략이 뭔지도 몰랐다. 사실, 마노하라에서부터 께서르와 볼라에 이끌려 온 사람들을 제외하고, 대부분의 대중들은 그게 시리 띤 마하라자가 아니라는 것을 알지도 못했다. 총리의 마차를 보면서, 그들은 총리가 안에 있겠거니 하고 추측할 뿐이었다. 수많은 사람들이 그를 환호하며 마차에 꽃과 버밀리온 가루, 튀긴 쌀 등을 뿌렸고, 저거트 정은 그것이 진짜 자기를 위한 것이라고 믿으며 만족스러워했다.

마차가 하누만 도카에 도착하자, 나팔이 울리고 모든 사람들이 일어나서 총리를 맞이했다. 지트가 앞으로 나서며 받들어총을 했고 마차가 멈췄다. 총리의 전속 부관인 사마르 대령이 마차 문을 열고 경례를 했

다. 저거트 정이 사마르 대령의 어깨를 짚으며 마차에서 내려설 때 모두가 자신의 눈을 믿을 수가 없었다.

한편 저거트 정은 의장대 사열이 자신을 위한 것이라고 진짜로 믿어서 주저하거나 당황하지 않고 연단으로 걸어갔다.

저거트 정은 상속자 명부에서 자격을 박탈당했다. 그런데 명단에 없는 사람에게, 더구나 총사령관인 지트 앞에서 의장대를 제공한다는 것은 규칙에 어긋나는 것이었다. 모두가 어찌해야 할지 몰라 난처했다. 어떤 결정이 내려져야 하나, 경례를 해야 하나 말아야 하나. 시간은 흘러가고 있었다. 전령들은 벌써 받들어총이라고 소리쳤고, 군대는 참을성 있게 그들의 명령을 기다리고 있는 중이었기 때문이다. 한편, 저거트 정은 전원 경례 받을 준비를 마치고 단 위에 서 있었다.

사마르 대령은 몹시 난처했지만 마하라자와 나머지 문중 사람들이 아마도 저거트 정이 의장대 사열을 해야 한다고 정했나 보다 생각했다.

그래서 가장 좋은 것은 총사령관을 위해 경례하는 것이라는 결정을 내리고는 그렇게 했다. 나팔 소리가 한 번 더 울리자 조신들이 모두 일어나 저거트 정에게 경례를 했다. 상속자 명부에 이름이 올라 있는 사람들은 단 한 사람도 일어나지 않았다. 저거트 정도 물론 이것을 알아챘다. 그러나 그는 자기가 없는 동안 의식 규정이 새로 바뀌었나 보다 하고 생각했다.

하지만 관찰자들에게는, 그들이 자리에서 일어나거나 혹은 일어나지 않는 것이 명령에 따른 것이건 아니건 간에, 이것은 이해관계의 충돌이며, 칼집 하나에 칼이 두 개 있다는 것, 시리 띤 마하라자를 놓고 두 명의 경쟁자가 있다는 것이 아주 빤히 보였다. 변화무쌍한 네팔의 역사에서조차도, 그것은 유별난 상황이었다.

경례를 받고 난 후, 저거트 정은 하누만 도카 건너편에 있는 사원으로 가서 돈과 공물을 분배하고 사제들로부터 프라사드(힌두교나 불교 사원 같은 데서 여러 과일이나 사탕을 앞에 놓고 기도를 마친 후 나누어 먹는 음식 또는 꽃이나 빨간 천 목걸이 등을 말함)를 받은 다음 돌아와 중요한 행사를 위해 따로 마련된 거실로 들어갔다.

그곳에는 상속자 명부의 연공에 따라 모두 위치가 정해진 그의 형제들과 사촌들이 앉아 있었다. 지트는 총사령관의 의자를, 런비르는 부사령관의 의자를 차지했으며, 거기에는 당연히 저거트 정을 위한 자리는 없었다. 그는 모욕을 받는 기분이었고 마음이 상했다. 그들이 자기에게 경례를 하지 않은 이유가 새로운 의식 절차와는 아무 상관이 없다는 것이 갑자기 분명하게 이해되기 시작했기 때문이다.

"난, 어디 앉지?"

그가 자리를 요구하며 물었다.

지트는 듣지 못하는 체했다. 어쨌거나 그는 귀가 어둡기는 하니까. 하지만 저거트 정을 완전히 무시하고 있는 나머지 다른 사람들은 경우가 달랐다.

상황을 완화시켜 보려고 사마르 대령이 총리가 도착하면 좌석 배치를 적절하게 정리하겠다고 약속하면서 그들에게 대충 좀 앉아 보라고 부탁했다.

사마르 대령의 태도에 용기를 얻은 저거트 정이 지트에게로 걸어가서 그의 의자 끝에 앉았다. 지트는 여기에 대해 뭐라고 하지는 않았지만 자기 형은 무시한 채 런비르와 계속 대화를 나누었다.

하지만 다른 사람들은 양심의 가책도 없이 노골적으로 곤혹스러움을 표시했다. 특히 커드거 섬세르는 일어나서 소리쳤다.

"저거트 정의 이름은 명부에서 삭제됐어요. 그는 우리와 함께 앉을 권리가 없다고요."

그러고는 나머지 다른 사람들이 자기 말에 동의하는 것에 힘입어 대담해져서는 칼을 빼들었다. 그러자 나머지 다른 사람들도 그를 따라서 칼을 빼들었다. 딱 한 번 그들 모두가 일치했다. 대개는 섬세르네는 정 바하두르네가 제안하는 것이라면 그게 뭐든 반대하곤 했지만, 이번에는 아니었다. 지금 그들은 저거트 정에 맞서 하나가 되었다.

이런 모습을 보고도, 저거트 정은 비록 무기는 없지만 침착함을 잃지 않았다. 그는 뎁 섬세르는 칼을 빼지 않았다는 것을 알았다. 곧 경비병들이 사마르 대령을 보호하기 위해 방으로 들어왔다.

사마르 대령이 이들 마하라자의 개인 경비병들의 담당자였던 것이다. 그 순간에 저거트 정이 한마디만 했더라면 그는 그들 모두를 기꺼이 따뜻하게 감싸 줄 수 있었을 텐데, 그는 이 어중이떠중이들에게 완전히 정나미가 떨어졌다. 하지만 그는 여전히 침묵을 지켰고, 그래서 잘하면 네팔의 시리 띤 마하라자가 될 수도 있었을 마지막 기회를 잃어버렸다.

잠시 후 총리가 다가오고 있음을 알리는 나팔이 울리자, 혼란이 수습되고 경비병들은 철수했다.

왕과 모후가 접견실에 들어서자, 관계자들 모두가 앞다퉈 자기 나름으로 사건에 대해 말하느라 분주했다. 그러나 런노딥은 그들에게 영국 총독이 금방이라도 도착할 것 같으니 싸우지 말라고 명령함으로써 그 문제를 슬쩍 피해 갔다. 다시 한 번 자기 자리가 없는 저거트 정만 빼고는 모두가 자리에 앉았다. 그래서 런노딥은 그에게 마하라자의 의자를 내주고 자신은 왕 옆에 섰다. 겉으로는 끽소리도 하지 않았지만 모두가 속에서는 부글부글 끓고 있었다. 모후까지도 불쾌함을 드러냈다. 사실 그 자리에서 그것을 솔직하게 나타낸 사람은 모후뿐이었다. 그녀는 자기 오빠 퍼드머 정은 아직 박탈된 채로 있는데 어째서 저거트 정은 상속자 명부에 재임명되었는지에 대해 알고 싶다고 요구했다. 그러자 모든 정 바하두르네들과 섬세르네들이 일제히 일어나 침묵으로 항의하면서 나가 버려 아수라장으로 변해 버렸다.

런노딥은 사임하고 업무를 저거트 정에게 넘겨주려는 자신의 생각이 그리 쉽게 이루어지지는 못하겠다는 것을 알았다. 몹시 실망한 그는 국왕 모자에게 작별을 고하고는 접견실을 떠났다.

그가 급작스럽게 떠나는 바람에 관리들은 크게 놀랐으나, 그들이 의식을 취소할 건지 말 건지 논의하고 있는 동안 영국 총독이 안마당에 도착했다. 그는 마침 나가는 중이던 런노딥과 마주쳤다. 그들은 악수를 나누었고, 런노딥은 문간 계단에서 왔다 갔다 하고 있는 지트에게 총독을 접견실로 안내하라고 지시했다. 더 이상 별 어려움 없이 상속자 명부에 있는 나머지 사람들은 그들의 뒤를 따라 안으로 도로 들어갔고, 그 사이 저거트 정과 시리 떤 마하라자 런노딥은 집으로 돌아갔다.

33

영국 총독은 자신의 신임장을 제출했고, 모두가 떠났다. 하지만 섬세르 형제들은 말을 타고 집에 가려면 차례를 정해야 했다. 그들에게는 말이 두 필밖에 없었기 때문이다.

그래서 커드거와 쩐더러, 라나, 그리고 빔은 뒤에 남아 함께 있다가 그날의 사건에 대해 토론하게 되었다.

"그러니까, 저거트 정이 일단 마하라자가 되고 나면 우릴 없애버릴 게 분명하다고."

라나가 말했다.

"라나 말이 맞아."

하며 빔이 그 말에 동의했다.

"난, 그가 알라하바드에서 돌아오는 길에 우리를 매달 만큼 큰 나무에 모조리 표시를 했다는 말도 들었는걸."

하며 그는 낄낄거리며 소름 끼치게 웃었다.

"그래서 내가 일어나서 그에게 반대했던 거야. 그가 마하라자가 되려고 하면 난 죽음을 불사하고 반대할 거야. 그렇게 되게 내버려 두진 않겠어."

커드거가 그들에게 말했다.

쩐더러가 물었다.

"요점이 뭐야? 우리한텐 그에게 대항할 만한 공격력이 없어. 조금 전만 해도 우린 커다란 무덤에 한꺼번에 들어갈 뻔했잖아."

"홍, 무덤이 하나든 여러 개든 마찬가지야."

커드거가 대꾸했다. 그러면서 그는 주머니에서 종이 뭉치 하나를 꺼냈다.

그것은 네팔에서 보낸 정치범, 즉 너렌드러와 저거트 정의 행동에 관해 알라하바드에서 영국으로 보내는 월례 보고서들이었다. 이 특별 보고서에 따르면, 저거트 정과 너렌드러 왕자는 자기들이 석방되면 "섬세르네들을 산 채로 껍질을 벗겨서 싹 쓸어 버리겠다."고 협박하고 있었다. 섬세르 형제들은 당연히 그 보고서를 믿었다. 일반적으로 영국인들은 거짓말을 하지 않는다고 인정되고 있었기 때문이다.

사실은 저거트 정은 오직 디르 섬세르에 대한 미움을 표현했을 뿐이다. 그의 아들들에 대해서는 아니었다. 그 집안 전체를 자기의 적이라고 공공연하게 말한 건 바로 너렌드러 왕자였다. 커드거가 그 보고서를 읽어 주자, 듣고 있던 그의 형제들은 처음에는 극도로 흥분하다가 마침내는 죄수였던 두 사람에 대해 끓어오르는 분노가 무시무시하게 그들을 덮쳤다.

말이 돌아오자 커드거와 쩐더러를 남겨 놓고 라나와 빔이 출발했다. 잠시 그들은 가끔씩 둘 다 할 줄 아는 영어를 섞어 가며 수다를 떨었다. 이 둘은 아주 뛰어난 사람들이었다. 교활한 권모술수가인 쩐더러는 엄청난 자원과 다루기 가장 힘들다는 행정과 군사 기구를 아주 잘 다루고 관리할 수 있는 능력을 갖췄다. 그리고 커드거는 타고난 지도자였다. 다혈질에다 성미가 급했지만 그럼에도 불구하고 그의 주변에는 그를

따르는 추종자들이 모여들었다. 그러나 두 사람 모두 자기들이 어떤 재능을 가지고 있는가는 전혀 중요하지 않다는 것을 꿰뚫어 보고 있었다. 그들이 정상을 차지할 가망은 없어 보였다. 그것을 가져다 줄 부와 권력이 없었기 때문이다. 하루가 느릿느릿 지나가고 있었고, 그들은 자신들의 미래에 대해 함께 주절거렸다. 자신들을 기다리고 있는 것에 대해 검토해 볼수록 용기가 점점 사라졌다.

말들이 돌아오자 그들은 함께 집으로 향했다. 그러나 커드거는 도중에 동생과 헤어져 바그 궁으로 깐치를 보러 갔다. 깐치와 모후는 모두정 바하두르의 딸들로 어머니가 같았다. 깐치는 우뺀드러 왕자의 아들과 결혼했다. 디르 섬세르가 그녀의 후견인이었는데 그가 죽자 커드거가 아버지를 대신했다.

섬세르 형제들에게 대단히 호의적이었던 깐치는 배다른 오빠인 저거트 정에 대해서는 애정이 없었다. 부분적으로는 저거트 정이 섬세르 형제들에게 적개심을 갖고 있다고 생각해서였고, 부분적으로는 자기의 친자매인 모후가 그를 눈에 띄게 두려워하고 있었기 때문이다.

모후는 저거트 정이 자기 아들에게서 왕위를 빼앗아 너렌드러 왕자나 트러이록꺼의 딸 사누에게 줄까 봐 두려워했다. 그런 이유로 그의 급료를 박탈하고 그를 알라하바드로 추방하는 것을 재가한 것이었고, 지금은 그를 두려워할 이유가 더 많아졌다. 왜냐하면 자신이 그를 법대로 처벌하라고 재가했으니, 혹시 그가 시리 띤 마하라자가 되면 그녀에게 복수하고 싶어 할 것이라는 건 의심의 여지가 없었기 때문이다. 커드거가 깐치를 보러 간 것은 바로 모후가 어떤 방향으로 생각하고 있는지를 정확하게 확인하기 위해서였다.

그가 도착하자 깐치는 걱정스럽게 그를 맞아들이더니, 불안하게 물었다.

"뭐가 잘못됐나요? 기분이 언짢아 보여요. 시장하신가요?"

"아뇨, 괜찮아요. 벌써 먹었습니다."

그는 솔직하게 음식을 달라고 하는 게 당황스러워서 거짓말을 했다. 그러나 그녀가 하인을 시켜 먹을 것을 좀 내오라고 하자 마음이 놓였다.

하녀 둘이 방에 남아 있어서(당시에는 지체 높은 여자가 남자와 단 둘이 있는 것은 옳지 않다고 여겨졌기 때문이다), 깐치는 마음속에 있는 것을 그에게 묻기가 망설여졌으나 결국 말했다.

"누구랑 싸우셨죠, 제 느낌이 그래요. 그래서 뭐가 잘못됐나요?"

"저거트 정과 싸웠습니다."

"뭐—요?"

그는 영국 총독을 위한 리셉션에서 일어난 일에 대해 자세히 들려주기 시작했다. 저거트 정이 수상이 되는 것에 관한 자신의 생각에 대해 그녀는 어떻게 생각하는지 말해 주기를 간절히 바라면서. 그녀는 하녀들이 듣지 못하게 그에게 바싹 다가앉으며 낮은 소리로 말했다.

"모후는 끔찍하리만치 공포를 느끼고 있어요. 그의 이름을 듣는 것도 참지 못하지요."

이 말에 용기를 얻은 커드거는 하마터면 그녀에게 한 가지 계획을 들려줄 뻔했다. 그는 런노딥을 죽이고 저거트 정을 완전히 거꾸러뜨려야 하지만, 어쩌면 지금은 적당한 때가 아닐지 모른다고 느껴져서 이 문제에 관해 모후가 어떻게 생각하는지 더 많은 정보를 그녀에게서 들으려고 애를 썼다.

"아, 난 당신한테 더 이상 말할 수 없어요. 내가 알고 있는 것을 누설하지 않겠다고 맹세한걸요."

그녀는 이렇게 말했으나 그의 호기심은 더 커져만 갔다.

그러나 그는 기다릴 수가 없었다. 그는 이제 막 통로 끝에 있는 빛을 본 어두운 터널 속에 있는 사람 같았다. 그는 얘기를 더해 달라고 그녀를 졸랐다.

"못해요. 그렇게 하지 않겠다고 신 앞에서 맹세했는데 그런 약속을 어떻게 깨뜨릴 수 있겠어요? 내 양심이 허락하질 않아요."

하지만 커드거는 그런 윤리 도덕 따위에 감동받을 사람이 아니었으므로, 그녀가 알고 있는 것을 발설하라고 계속 압박했다. 다른 때에는 대개 그녀에게서 정보를 빼내는 데 성공했지만, 이번에는 자신이 실패하게 될까 봐 두려웠다. 그래서 그는 화를 내며 말했다.

"좋습니다, 말씀하시지 마세요. 하지만 우리 열일곱 명이 툰디켈에 매달리면 그때 이것만 기억하세요. 저를 안 도와주셨다는걸."

"아이고! 맙소사. 일어날 일이라는 게 그거예요?"

"아! 됐습니다. 당신이 살고 계시는 집은 사형수들을 숨겨 주는 곳으로 유명하지요. 지금은 틀림없이 그런 것에 익숙해지셨을 겁니다. 저희가 사형받을 때 그냥 기도나 하세요, 고통 없이 빨리 끝나게요."

이렇게 말하는 그의 눈에 눈물이 고였다.

깐치가 알고 있는 것을 알고 싶어 죽을 지경인 커드거는 마지막 수단으로 연극을 해 봐야 했던 것이다. 그러면서 슬쩍 곁눈질을 해 보니, 그녀가 방을 나가는 하녀들에게 의미심장한 시선을 던지며 말했다.

"저애들이 들으면 우린 그야말로 끝장이에요."

하며 그녀가 말을 이었다.

"그런데 말이에요, 비르 섬세르와 모후가 이 문제에 대해 여러 번 의논했어요."

"모후에게 접근하는 건 총리실에서 엄격하게 통제되고 있는데 도대체 어떻게 그렇게 할 수 있었지요?"

커드거는 깜짝 놀라며 물었다. 그런 규정을 도입한 사람이 바로 자기 아버지이고 또 그것이 얼마나 엄격하게 적용되고 있는지 자기가 아는데 어떻게 그런 일이 있을 수 있는지 알 수가 없었다.

깐치가 히스테릭하게 웃으며 말했다.

"두 사람은 발라주에서 두 번 만났고, 또 한 번은 고다바리에서 만났어요."

그녀는 이렇게 말하면서 곧 덧붙였다.

"그러나 날 너무 많이 심문하지 말아요. 지금은 오직 살해만이 이 모든 문제들을 해결할 것 같으니까……."

커드거는 속으로 생각했다.

"그래, 모든 게 들어맞는구나. 비르 섬세르는 깐치와 부인 더너의 도움으로 모후를 만난 거야."

깐치가 이 모든 얘기를 그에게 하면서 두려워하는 건 당연했다. 시리 떤 마하라자와 그가 총애하는 사람에 대항해서 음모를 꾸미는 것은 믿을 수 없이 위험한 일이었다. 발각되면 어떤 경우에라도 살아남지 못했을 테니까. 그러나 처음엔 힘들었지만 그것을 극복하고 나자 깐치는 아무런 주저 없이 그에게 모든 것을 말해 주었다.

"그들 모두 살해당하게 되어 있어요. 런노딥, 저거트 정, 그리고 정 바하두르 형제들 모두요."

문제를 해결할 평화로운 수단이 전혀 없어 보였으므로, 커드거는 모든 주요 당파들을 암살하는 것만이 유일한 해결책이라는 결론에 도달했다. 깐치와 모후도 역시 같은 생각이라는 것이 그에게는 커다란 구원으로 다가왔다. 정 바하두르의 이 두 딸이 자기의 친 남자 형제들이 살해되어야 한다고 생각하는 게 그에게는 조금도 놀라운 일로 보이지 않았다. 이제 그들의 행동 방향은 분명해졌다. 이제 어떤 행동 방침을 취할지에 대해 그들 모두 의견이 일치한 것으로 보였다.

34

런노딥과 저거트 정은 하누만 도카에서 열렸던 영국 총독 리셉션에서 일어난 사건들에 대해 얘기를 나누는 중이었다. 저거트 정은 자기가 무슨 말을 하든 혹은 어떻게 느끼든 삼촌은 자기가 그런 식으로 느낄 권리를 묵인해 줄 거라는 강한 자신감이 있었다. 아무튼 그는 런노딥이 좋아하는 사람이었으니까.

"각하, 커드거는 그런 고집쟁이에요. 그 아버지가 저를 고통을 겪게 만들더니 이젠 아들이 저보다 낮은 서열을 갖기를 거부하네요."

저거트 정은 화가 나서 펄펄 뛰었다.

"그건 걱정하지 마라. 그 사건은 그냥 다 잊도록 해. 그게 좋다. 그 애 성미가 급하기는 하지만, 분별력을 갖도록 해 보마."

"잊어버리라고 말하기는 쉽죠. 하지만 그렇게 쉽진 않아요. 그들은 저에 대해 말도 안 되게 웃기는 얘기들을 퍼뜨리고 있어요. 전, 한 적도 없는 말을 제가 했다고 주장하면서요. 섬세르 형제들만 그러는 게 아니고 제 형제들까지도 저에게 대항하고 있네요. 말씀해 주세요. 자기들 아버지가 했던 것 때문에 내가 자기들한테 복수할 거라고 생각해서 도대체 뭐가 좋을까요?"

"얘야, 그냥 무시하려고 해 봐라. 참을성을 좀 가져. 너그럽게 품으면 다 잘될 거다. 네가 맏이잖니. 그러니 네가 통솔력을 가지고 그 애들의 감정을 배려해 가면서 다독거려야 된다. 안 그러면 넌 그들을 절대 이길 수가 없어."

"글쎄요, 좋아요. 노력해 볼게요. 조심하세요, 저들이 너렌드러와 절 제거하려는 계략을 꾸미고 있다고 들었어요. 비르 섬세르와 커드거는 각하까지 없애고 싶어 한다는 말도 들었는걸요."

"바보 같은 소리. 난 그들을 해친 일이 없다. 자, 이젠 상황을 이성적으로 보도록 해 봐라. 네 아버지를 생각하고, 그분이 자신의 모든 권력을 쟁취한 투쟁에 대해 생각해. 디르 섬세르는 네 아버지의 오른팔이었지만, 네 아버지는 합당한 이유 없이는 그에게 권력을 주지 않으셨다. 그는 그것을 정당하게 얻었어. 넌 그의 아들들을 네 친형제들처럼 여길 줄 알아야 된다." 하면서 잠시 생각에 잠겨 있더니 이윽고 이렇게 덧붙였다.

"비르 섬세르가 라월삔디에서 돌아오면 난 사임하고 까시로 은퇴하
련다."

그는 지금 영국인들이 라월삔디에서 개최한 대형 군사 시범을 얘기
하고 있는 것이다. 비르 섬세르가 네팔군 4개 부대를 이끌고 그곳으로
가기로 되어 있었다. 하지만 그때의 네팔의 정세는 일촉즉발의 위기 상
황이어서, 저거트 정은 이 부대들을 비르 섬세르가 아니라 자기 아들
윤더 프러땁의 휘하에 두는 게 어떻겠느냐는 제안을 해야만 할 것 같았
다. 비르 섬세르는 그 부대들을 자신의 이익을 위해 마음대로 사용할지
모르기 때문이다.

하지만 런노딥은 찬성하지 않았다. 그는 벌써 비르 섬세르의 명령서
에 서명한 데다, 그것을 무효라고 할 마음은 내키지 않았다. 그렇게 했
다간 쩔쩔매며 이것저것 설명해야 할 일이 생기는 걸 피할 수 없을 것
이다. 그는 저거트 정에게 그 문제에 관해 형제들과 상의해 보라고 부
탁했으나 저거트 정은 싫다고 했다.

다른 일에 몰입해서 자신들이 나누고 있는 주제의 불편함을 피해 보
려는 시도로, 런노딥은 옆으로 돌아앉아 람의 이름을 쓰기 시작했다.
그는 그 이름을 쓰고 또 썼다. 사람들은 이렇게 하면 창조주가 많은 복
을 가져다 줄 거라고 믿었다.

한창 이러고 있을 때 커드거가 들어오자 총리와 저거트 정은 그의 방
문이 어쩐지 심상치 않을 것 같은 두려움에 불안한 눈길을 주고받았다.
그들은 아마도 하누만 도카의 거실에서 시작된 논쟁이 계속되고 있다
는 것을 알고 있어서였을 것이다.

하지만 커드거는 다투러 온 게 아니라 염탐하러, 그리고 자신의 견해
를 증명하기 위해 온 것이었다.

저거트 정이 정권을 잡으면 섬세르 문중을 전부 제거할 것이라는 듣기 힘든 소문들이 있었다. 전에 섬세르네를 지지하던 사람들은 벌써 저거트 정을 위해 그들을 버렸으며, 섬세르네의 적들은 노골적으로 자기들의 기쁨을 표현했다. 잇달아 일어난 절망 속에서 섬세르 형제들은 런노딥을 암살하려는 계획을 벌써 마무리지어 놓았다. 하지만 그들은 외삼촌인 께서르 싱 타파와 시로마니 아카리아라 불리는 유력한 브라민의 지지가 필요했다. 아직은 께서르와 시로마니가 그들의 계획을 아버지 살해라며 비난하고 있고, 런노딥이 이처럼 어려운 시기에 카트만두를 떠날 생각을 할 거라는 것을 그냥 섬세르네로 끌어들이려는 의도로 외삼촌을 총리 궁으로 데려왔다.

께서르는 경의를 표한 다음 방문 곁에서 지켜보았고, 께서르는 런노딥의 발을 만졌다. 런노딥은 황급히 발을 빼면서 맏형인 저거트 정에게 먼저 절을 하라고 했고 커드거는 그렇게 했다. 런노딥은 이걸 보며 정말로 상당히 놀라며 반겼다. 그래서 그는 이 사나운 조카가 이제야 드디어 이성적으로 보게 되었다고 믿었다. 그는 너무 기뻐 커드거를 열광적으로 포옹하고 입을 맞추면서 저거트 정에게는 가서 숙모, 곧 시리 떤 마하라니를 모셔오라고 했다. 저거트 정은 그 즉시 그렇게 했다. 그러더니 다시 한 번 커드거를 돌아보며 런노딥이 물었다.

"라월삔디에 누굴 보내야 할까, 비르 섬세르 아니면 윤더 프러땁? 솔직하게 말해 봐라. 비용이 많이 들 거라고 들었는데, 정해진 대로 해야 한다면 비르 섬세르가 네팔의 위신을 세울 만한 여유가 있을까?"

"그건 전적으로 각하께 달려 있습니다, 각하."

바로 그때 런노딥의 아내가 방으로 들어왔다. 저거트 정은 아내와 함께 시리 떤 마하라니의 방에 남았다. 런노딥은 위안을 주기 위해 커드거의 어깨를 안으며 아내를 재촉했다.

"마하라니, 우리가 진작부터 의논해 오던 걸 커드거에게 들려주세요."

그녀가 애정을 듬뿍 나타내며 그에게 말해 주었다.

"오, 커드거. 우린 곧 떠날 거야. 그러니 네가 너의 형제들과 사촌들 모두를 다독거려서 함께 평화롭게 잘 지내야 한다."

"어딜 가시는데요?"

그는 짐짓 모르는 체하며 물었다. 께서르 삼촌이 본인들의 입으로 직접 들을 수 있게 하기 위해서였다.

"물론, 까시지. 은퇴하는 거야. 우리 나이엔 아주 흔한 일이잖니."

문밖에 서서 지켜보던 께서르는 이 노부인이 가 버리면 뒤이어 일어날 끔찍한 혼란에 대해 생각만 해도 질릴 것 같았다. 커드거는 극도로 절망스러운 태도를 취하면서 말했다.

"그래도 어머니, 어떻게 우릴 남겨 두고 떠나실 수가 있어요? 그러시면 우린 고아나 다름없게 되고 말 텐데요. 제발 가지 마세요."

우쭐해하며 그녀가 대답했다.

"자, 자, 아들아. 너희들 모두 이젠 다 어른이다. 우리가 여기서 영원히 너희들을 돌봐 주기를 바라지는 않겠지? 사실, 난 네 삼촌에게 우리 출발이 너무 오래 지연되고 있다고 말하고 있단다."

"그러나 이런 때에 떠나시면 피의 숙청이 있을 거예요. 그건 생각 안 해 보셨군요."

커드거가 항의했다.

실제로 분홍빛 소나기가 내린 적이 몇 번 있어서, 그걸 보고 일반 대중들은 풍부한 상상력으로 머지않아 피의 숙청이 있을 거라고 믿었다. 커드거의 간청이 런노딥의 마음에 새로운 불안의 홍수를 일으켜, 그는 근심스럽게 물었다.

"심각한 문젯거리라도 있을 거라고 생각하는 거냐? 이상한 빛깔의 비에 대해 사람들이 정말로 뭐라고들 말하지?"

한동안 커드거는 대답하지 않았다. 그냥 자기 생각에 빠져 있는 것이었다. 그러나 마침내 아주 냉정하게 말했다.

"두 분이 떠나시자마자 국가적 재난을 초래하게 될 권력 쟁탈이 일어날 거라고들 말합니다."

총리의 가슴이 무너져 내렸다. 이건 정말이지 듣고 싶지 않은 말이었다. 잠시 고통스럽게 생각에 잠겨 있던 그가 입을 열었다.

"애야, 너희들 중에 맏이는 저거트 정이다. 그래서 내가 떠나면서 저거트 정을 마하라자로 만들 생각이다. 그러면 너희들은 각자 명부에 올라 있는 위치에 따라 모두 상속하게 될 거야. 그게 내 결정이다."

커드거가 항의했다.

"하지만 명부에 따르면, 삼촌을 계승할 사람은 지금 총사령관인 지트 정이어야 해요. 어떻게 다른 사람이 정당한 계승자의 자리를 빼앗아서 총리가 될 수 있습니까? 저거트 정의 서열은 오래전에 파기됐잖아요."

진실은 런노딥이 단 한 번도 저거트 정을 처벌하기를 원치 않았다는 것이며, 그는 그 특별한 조카를 너무 지나치게 총애하고 있었다. 그를 처벌해야 한다고 주장한 사람은 바로 디르 섬세르였다. 그러나 그는 그런 것을 커드거에게는 말하기가 힘들었다.

"이젠 너희들 모두, 저거트 정도 포함해서, 과거를 잊고 서로서로 지지해 주기 시작할 때가 되었다."

"대체 우리가 그걸 어떻게 잊을 수 있어요?"

커드거가 퉁명스럽게 말했다.

"그도 잊지 않을 거고, 우리도 분명히 그럴 거예요. '입 맞추고 친구가 되라'는 삼촌의 얄팍한 이데올로기는 이런 때에는 효과가 없을 겁니다."

"뭐라고, 무슨 말이냐?"

런노딥이 화를 내며 말했다.

"넌, 방금 바로 여기 내 앞에서 저거트 정한테 맏형에게 하는 예를 표하지 않았느냐?"

"그건 사실이에요. 하지만 가족관계와 정치를 한데 섞는 실수를 범하지 말자고요. 저거트 정은 반역죄를 지었고, 그 때문에 명부에서 삭제됐어요. 그건 우리 잘못이 아니에요. 그건 그의 잘못이고, 그를 총리로 받아들일 준비가 된 사람이 아무도 없단 말이에요. 우리 가족이 아무리 감상적이라 해도 말이지요. 한 번 반역자는 언제나 반역자예요. 혹시라도 지금 떠나신다면 정말로 유혈 참사가 일어날 테니, 삼촌의 계획을 재고해 주시기를 빕니다."

섬세르 집안과 정 바하두르 집안의 대를 이은 불화의 시초는 경제적 불균형에서 비롯되었었다. 하지만 여러 해에 걸쳐 그것이 점점 커져 가더니 진짜 정치적인 원한이 되었다. 자신들의 목적을 위해 한 파벌에 맞서 상대 파벌을 세우는 기회주의자들 덕분이었다. 섬세르 가문은 정 바하두르 가문이 자기들을 절멸시킬 거라고 정말로 믿었고, 정 바하두르 가문은 섬세르들은 도덕적으로 부패했다고 믿었다. 그래도 런노딥은 여전히 그들 모두를 불러 모으는 꿈을 꾸고 있었다. 그의 모든 노력들이 아무 소용이 없다고 생각하는 것이 그를 몹시 화나게 만들었다. 그래서 그는 커드거에게 아무 대답도 하지 않은 채 등을 돌리고는 람의 신성한 이름을 다시 쓰기 시작했다.

하지만 그의 마하라니는 커드거의 열정적인 간청에 반응을 하지 않을 수가 없었다.

"저들이 서로를 죽이고 이 궁을 불태워 버린다 해도 우리가 알 게 뭐냐."

그녀는 고래고래 소리 질렀다.

"우린 여기서 그 꼴을 보진 않겠다."

이런 말들이 께서르 타파를 확 깨게 했다. 그는 이제 저거트 정이 정권을 잡으면 그의 조카들, 섬세르 형제들은 망하게 되리라는 것을 완전히 확신하게 되었다. 그는 자신이 이 사태를 받아들일 수 없다는 것을 알고 있었으며 그래서 그의 마음에 격한 분노가 일어났다. 그때 마하라자가 말했다. 그는 단호한 눈길로 커드거를 보며 이렇게 말했다.

"나는 너희들 모두가 저거트 정에게서 그의 적법한 권리를 박탈하고 싶어 한다고 정말로 믿는다. 그렇게는 잘 안 될 거다. 우리가 가지고 있는 모든 권력은 정 바하두르가 획득한 것이고, 그래서 난 그것을 저기 있는 그의 장남에게 확실하게 넘겨줄 생각이다."

께서르는 화가 너무 나서 피가 끓는 것을 느꼈으며 눈썹이 금세 땀으로 덮였다.

커드거는 자기 삼촌에게 마구 대들었다.

"저거트 정은 자기의 적법한 권리를 잃었고 그건 우리 잘못이 아니에요. 삼촌이 그렇게 명령하셨거든요. 아니면 그걸 잊어버리셨나요?"

런노딥은 못 들은 체했으나, 그의 마하라니가 말했다.

"그건 아주 맞는 말이다만, 저거트 정에게서 그의 권리를 박탈한 바로 그 권위만이 그걸 되돌려 줄 수 있단 말이다."

커드거는 숙모가 바로 마하라자의 은퇴와 저거트 정의 계승을 밀어붙이고 있는 사람이라는 것을 알고 있었다. 그래서 자신의 감정을 통제하려고 무던히도 애를 쓰며 그가 대답했다.

"네, 전 복종할 준비가 되어 있습니다. 그러나 다른 사람들, 특히 지트는 절대 그러지 않을 겁니다. 지트는 자신이 총리가 될 거라고 기대하고 있는데, 어떻게 타협을 기대하실 수 있으세요?"

런노딥이 역정을 내며 대꾸했다.

"너희들이 나를 아버지로 존중한다면 당연히 나한테 복종하겠지. 너희들 가운데 나나 내 말에 대해서 콧방귀나 뀌는 사람들에 대해서 내가 할 수 있는 건 아무것도 없다."

그러고는 쓰기를 다시 시작했다.

거기에서 저거트 정은 그 문제로 설득하는 것은 아무 소용없는 짓이라는 것을 깨달았다. 그가 떠날 때에도 런노딥은 여전히 신성한 람의 이름만 쓰고 있었다. 몹시 착잡한 마음으로 께서르 타파는 커드거의 뒤를 따라 나가며 람의 찬미가를 살짝 읊조렸다.

35

"아까 총리가 뭐라고 하는지 들으셨어요?"

"그래 들었다."

께서르가 우울하게 이마를 닦으며 말했다.

"이제 만족하세요?"

커드거가 물었다.

그의 삼촌은 울적하게 고개를 끄덕이고는 정문에서 시로나미 아카리아를 만나 런노딥과 나눈 대화에 대해 그에게 들려주었다.

께서르와 아카리아는 이제 진짜 딜레마에 빠졌다. 임종의 자리에서 디르 섬세르는 그 두 사람에게 자기 아들들을 지도하고 돌봐 달라고 부탁했었다. 이제 런노딥을 살해하려는 섬세르 형제들에게 그들이 충고를 해 줘야 할까? 저거트 정이 정권을 잡으면 그들을 파멸시킬 게 거의 확실해 보였다. 그러나 그들이 불확실한 미래의 언저리에서 머뭇거리고 있는 동안 커드거의 마음은 이미 저만치 앞으로 달려가고 있었다. 기운차게 말 위에 올라타고는 께서르에게 가서 자기 형제들을 소집해 달라고 했다.

"너 어디 있을 건데?"

"걔들이 알아요."

커드거는 이렇게 말하며 바그 궁 쪽으로 말을 돌려 무서운 속도로 달려갔다.

"뭐가 잘못됐어요, 오라버니?"

그가 집안으로 들어서자마자 깐치가 물었다.

"지체할 시간이 없어요. 모든 준비가 끝났습니다. 모후께선 언제 이리로 오시나요?"

"벌써 비르 섬세르와 함께 위층에서 기다리고 계세요."

커드거는 이 소식에 좀 놀랐다. 비르 섬세르는 지금 숨어 있기로 되어 있었기 때문이다. 쿠데타가 결국 성공하지 못하게 되면 비르 섬세르는 인도로 몸을 피할 수 있어야 하니까. 커드거는 계단을 성큼성큼 올라갔다.

섬세르 문중과 모후는 일시적인 정략이라는 단 하나의 목적으로 일치단결했다. 비르 섬세르와의 비밀 회합은 오로지 그녀의 가족 곧 정 바하두르 가문을 궤멸시키려는 목적으로 이루어져 왔다. 사실 그녀는 해결책이 보이지 않았다. 저거트 정이 총리가 되고 나면 너렌드러를 왕위에 앉히거나, 아니면 대안으로 사누 공주를 왕위에 앉히고 너렌드러가 섭정할 거라는 소문이 있었기 때문이다. 또 그녀는 거의 돈 한 푼 없이 쫓겨나게 될 거라는 악소문도 있었다. 모후에게는 그야말로 저거트 정과 그의 지지자들을 두려워할 온갖 이유들이 있었으니, 그녀와 그녀의 동생 깐치가 저거트 정을 파멸시켜 줄 사촌들과 연합하는 데 양심의 가책을 가져야 할 이유가 무엇이겠는가. 아무튼 그녀의 아들이 왕위를 잃을 판이었다. 여자들에게는 언제나 조상보다는 자손이 더 소중한 법이다.

"시로마미 만났니?"

커드거가 거실에 들어서자마자 비르 섬세르가 물었다.

"그래서 모든 게 결정됐어요?"

모후가 덧붙여 물었다.

"네, 모든 준비가 다 끝났습니다. 이제 그 두 분 모두, 께서르 삼촌까지도 다 찬성하셨어요."

커드거가 자신 있게 대답했다.

갑자기 팽팽한 긴장감이 감돌았다. 이제는 최종 결정이 내려졌고, 모후의 눈에는 눈물이 가득 고였다.

"큰 왕비는 우리 일에 대해서 아무것도 몰라야 돼요. 그녀는 저거트 정의 부인과 너무 친하거든. 그가 총리가 되고 자기가 내 자리에 앉게 될 거라는 생각에 그녀는 자기 딸에게 나한테 복종하라는 말도 더 이상 하지 않아요."

"걱정하지 마십시오. 필요한 모든 예방 조치를 모두 취해 놓았습니다."

커드거가 그녀에게 이렇게 말하자 그녀가 말했다.

"확실하죠?"

"물론입니다. 걱정 마세요. 앉아서 제 형제들을 기다리시기만 하면
됩니다. 벌써 그들을 부르러 사람을 보냈거든요."

그래서 그들은 소파에 함께 앉아 작은 소리로 소곤거렸다. 지금 당장,
시급히 해야 할 일은 아무도 모르게 프리트비 왕을 바그 궁으로 데려오
는 것이었다. 하지만 대개의 경우 총리가 아주 꼼꼼하고 안전하게 어린
소년의 움직임을 하나하나 살피고 있으므로, 그를 데려오는 것은 그리
쉬운 일이 아니었다.

커드거가 한 가지 계략을 내놓았다. 모후의 몸종들이 왕궁으로 가서
일층 창문에서 왕을 내려주면 께서르 타파가 아래에서 기다리고 있다
가 그를 받아 내린 다음 몰래 숨겨서 안전한 바그 궁으로 데려온다는
것이었다. 해볼 수 있는 건 이것뿐이었다.

그들은 자신들이 정치적 음모에 얼마나 깊이 빠져 있는가를 알고는
약간 충격을 받았다. 모후와 그녀의 동생은 소리 내어 울기 시작했다.
비르 섬세르는 불안해 보였고, 커드거는 긴장으로 얼굴이 상기되었다.
그러나 그 시점에서 되돌아가고 싶어 하는 사람은 아무도 없었다.

바로 그때 하녀가 라나와 쩐더러, 빔 그리고 께서르 타파가 아래에서
기다리고 있다고 알리자 모후는 그들을 데려오라고 지시했다.

그들이 나타나자 커드거는 프리트비 왕을 바그 궁으로 모셔올 계획
을 그들에게 대략 알려 주고는, 조심해야 한다는 충고와 함께 께서르를
임무 수행을 위해 보냈다. 빔은 탄약을 입수하러 급파되었고, 모후는
몸종들을 께서르 타파에게 딸려 보냈다.

별안간 박차가 가해지는 것을 보고는 숙녀들이 한층 더 신경이 날카
로워져서 커드거는 모든 것이 다 순조롭게 잘될 거라며 그들을 안심시
켜 주어야 했다. 모두에게 자신감을 불어넣기라도 하려는 듯 쩐더러가

아래층으로 달려 내려가 행동 개시에 길한 시간이 언제인지 시로마니에게 별점을 봐 달라고 했다. 그 시간은 바로 그날 밤 10시 45분이었다. 이제 빨리 움직여야 했다.

그들 모두가 별안간 의기소침해지는 바람에 숙녀들은 또다시 눈물을 흘렸다. 자기들이 자제력을 잃게 되지 않을까 불안해진 라나는 모후에게 며칠 더 기다리는 게 낫지 않겠느냐고 물었다.

"오늘 밤이어야 해. 모든 준비가 다 끝났단 말이야."

커드거가 딱 잘라 말했다.

쩐더러와 라나는 망설였으나 모후가 갑자기 단언했다.

"아니, 안 돼. 오늘 밤에 해치워 버려야 돼."

"언니 말이 맞아요, 오빠들. 쇠가 달구어졌을 때 두드려야 해요."

깐치가 그들에게 말했다.

한편 빔이 탄약을 가지고 돌아오자 그들은 모두 자신이 선택한 무기를 점검하고 채비하기 시작했다.

비르 섬세르는 자기들의 계획이 극도로 조심스럽게 마련되었다는 사실에도 불구하고 신경이 날카로워지고 초조해지는 느낌이 들었다.

지금 여기 있는 형제들은 그를 제외하고는 모두가 한 어머니 태생이었다. 그 혼자만 디르 섬세르의 큰 부인에게서 태어났다. 그들은 결코 정말로 자기를 마하라자로 만들어 주려는 게 아니라 자기 대신 커드거를 권좌에 앉히려는 것인지도 모른다는 그런 불안감 속에서도 그는 그들의 계획을 실행에 옮기는 것을 돕고 있었다. 그러나 지금 그는 자기들 손으로 아버지 살해라는 범죄를 저지르게 되는 것이 두려웠다. 그래서 그런 말을 했다.

"우리가 서로를 죽이는 걸 피하려면 아버지 살해를 저지를 수밖에 없어."

커드거는 최선을 다해 안심시키려고 하면서 그렇게 말했다.

깐치가 그의 말을 가로막으며 안을 내놓았다.

"마음에 그런 죄책감이 있다면 대신해 줄 사람을 고용하면 되잖아요."

그건 영리한 제안이긴 하지만, 커드거가 기꺼이 그 일을 해 줄 사람을 찾아야 했고 또 그 사람은 후하게 대가를 받아야 할 것이었다. 잠시 생각해 보더니, 그는 상속자 명부에 없는 덤버르 섬세르에게 10만 루피를 주면 그 일을 기쁜 마음으로 해 줄지 모른다고 했다. 그러자 라나와 빔, 그리고 쩐더르는 그 가격이면 자기들도 잘할 수 있다고 분명하게 말했다. 그러나 그들의 형은 이건 단지 그 일을 하기 위해서만이 아니라, 엄밀히 말하면 자기들이 그 일을 하는 걸 피하기 위해서 기꺼이 그만한 돈을 지불하려는 것이라는 점을 일깨워 주었다. 이때쯤 비르 섬세르는 조금 안정이 되어 그들과는 떨어져서 자기만의 생각에 깊이 골몰해 있었다.

음식이 제공되었지만 기다림에 하도 긴장해서 식욕이 다 사라진 듯 그들은 그냥 깨지락거리기만 했다. 자기들 앞에 놓여 있는 것에 대한 생각에, 마치 위경련이라도 일어난 것 같았다.

커드거가 빔에게 말했다.

"넌, 집에 가서 덤버르를 데려오면 좋겠다."

"그는 벌써 아래층 현관에 앉아 있는 걸. 탄약 상자를 갖고 돌아올 때 그를 데리고 왔어." 하고 빔이 대답했다.

깐치는 하녀를 시켜 그에게 음식을 한 접시 가져다 주라고 하면서 그를 위해 아주 세심하게 고르고 골라 담았다. 하녀가 접시를 가지고 내려갔을 때 덤버르는 아무 데도 없었다. 그는 현관에 남아 있는 것은 자신의 품위를 떨어뜨리는 것이라고 생각해서 위층의 큰 홀로 가서 혼자 앉아 있었다.

그런데 공교롭게도 런노딥의 직속 부관 사마르 대령이 현관에서 기다리고 있었다. 그는 비르 섬세르가 다음 날 몇 시에 라월삔디로 출발하는지 알아 오라는 저거트 정의 지시를 받고 온 것이었다. 그를 덤버르라고 오인한 하녀가 그에게 음식을 주었다.

하지만 덤버르 대령을 데려오라는 커드거의 명령을 갖고 그 하녀가 돌아왔을 때, 사마르 대령은 그냥 음식을 더 달라며 그녀를 돌려보냈다. 이런 일이 몇 번 일어나자, 그때까지 아래층에 있는 게 자기들의 형제인 덤버르 대령이라고 믿으며 위층에 있던 남자들은 그의 노골적인 식탐에 당황했고, 깐치는 실제로 자신이 직접 마련해 준 음식의 진가를 그토록 분명하게 알아주는 것에 의기양양해졌다. 마침내 사마르는 하녀에게 자기 부인을 위한 음식도 좀 싸 달라고 부탁했다.

하녀는 대령의 부탁을 가지고 위층으로 갔다. 커드거는, 지금까지는 후하게 대접한다는 명목으로 그냥 내버려 뒀지만, 그 요구를 듣더니 폭발해서는 그 대령을 당장 자기들 앞에 데려오라고 명령했다.

사마르가 방에 들어왔을 때, 그는 벼락을 맞은 듯 놀랐다. 말할 필요도 없이 그 사람들은 자기의 주인들이었던 것이다. 그들 모두를 그리고 그들이 들고 있는 무기를 한 번 보는 것으로 뭔가가 진행되고 있다는 확신을 갖기에 충분했다. 그는 모후에게도 예를 갖추지 않은 채 몸을 돌려 방에서 나가며 악을 쓰기 시작했다.

"도와주세요, 총리가 위험해요. 도와줘요, 저거트 정이 위험해요."

그러나 그의 말은 아무한테도 들리지 않았다. 그 즉시 덤버르가 위층에서 달려 나와 형제들을 도와 사마르 대령을 아무에게도 들리지도 보이지도 않는 다락방으로 끌고 가서 가뒀던 것이다.

그는 밤새 거기서 계속 소리 질렀다.

"도와주세요, 총리가 위험해요. 도와줘요."

그러나 그를 구해 주러 오는 사람은 아무도 없었다.

36

바그 궁이 살인과 정치적 압제에 대한 생각으로 침울해 있는 동안, 저거트 정의 저택인 마노하라의 불빛들은 화려하게 빛나고 있었다. 집 주인 내외는 보통 밤 11시 전에는 절대 저녁을 먹지 않았고, 새벽 1시 나 2시 전에 자는 일이 좀처럼 없었다. 매일 늦은 저녁 만찬 후에 조신 들과 관리들, 심지어는 하인들까지 접견하는 것이 그들의 습관이었다.

이 특별한 밤에 안마당은 북적거렸다. 저거트 정이 시리 띤 마하라자 의 은좌에 오를 때 상연하기로 되어 있는 뮤지컬 연극의 최종 총연습을 위해 선택된 밤이었기 때문이다. 주역을 맡은 두 명의 무용수가 있었 다. 하나는 꾸슘 라따로, 그녀의 주요 재능이 풍성한 옷 밑에 있는 관능 성이라는 인상을 강하게 주는 뛰어나게 관능적인 여인이었다. 또 한 사 람 허시나는 투명한 옷 밑으로 그녀의 잘 다듬어진 몸의 날씬한 단단함 을 그대로 보여 주어서, 완전히 노출하면서도 뭔가 이국적인 신비에 싸 여 있다는 인상을 주는 것이 특기다.

불행하게도 저거트 정이 감옥에서 돌아온 후로는 어딜 가나 섬세르 가족에 대한 인신공격에 탐닉하는 것이 아주 흔히 볼 수 있는 일이 되 었다. 그것은 카트만두 주민들에게는 조금 지나치게 잘하는 오락거리

정도였다. 그들이 유포시킨, 흔히는 진짜 사실이라는 실체와는 거리가
먼 소문들 말이다. 섬세르네들에 대한 미움을 열심히(청중 가운데 정 바하두르네
가 하나라도 있을 때면 특히 더) 주지시키려고 하는 사람들은 대부분 몸짓으로 이
야기하며 섬세르 집 방향으로 침까지 뱉곤 했다. 그것이 꼭 섬세르들에
게 육체적인 해를 끼치는 것은 아니라 해도, 그건 일종의 상스럽고 무
질서한 군중의 판단을 그들에게 보여 주는 것이다. 그래서 그런 행동을
하는 사람들을 가르치지 않아서 그렇다는 말들을 많이 했다. 이런 사람
들이 바로 이 나라의 수도에서 여론을 만들어 내는 사람들이었다.

저거트 정과 왕녀는 대개는 디르 섬세르가 통치하던 시절에는 거의
같은 방식으로 저거트 정을 욕했던 바로 그 사람들에게서 퍼져 나온 이
런 독설들을 목격하는 데에 상당히 익숙해져 있었다. 그들이 여기에서
정치적인 지혜를 거의 배우지 못했다는 것은, 다른 데도 아닌 자기 집
안마당에서 자기 사촌들에게 적대적으로 연출된 연극의 리허설을 하

도록 허용했다는 사실에서 분명히 알 수 있다.

저거트 정과 왕녀는 위층의 한 방에서 진행 과정을 지켜보고 있었는데, 그곳에서 왕녀와 몸종들은 다음 날 라월삔디로 떠나는 군대를 위한 환송식에서 그녀가 입을 화려한 옷과 장신구들을 맞춰 보고 준비하느라 분주했다. 그녀는 또 자기가 시리 띤 마하라니가 되는 날 입을 것도 정하고 있었다. 잠시 후 저거트 정이 그녀를 놀리기 시작했다.

"당신이 어떻게 시리 띤 마하라니가 될 수 있지요? 그건 강등인데. 저는 부인을 하나 더 얻어야겠어요."

짜증나는 체하며 그녀가 화난 표정을 그에게 보이자, 그는 그녀를 자기 쪽으로 끌어안으려고 했다. 그녀는 하인들 앞이라 당황스러워하며 그의 포옹에서 살짝 빠져나왔지만, 그는 그녀를 또다시 끌어당겨 오래 꼭 끌어안았다. 자기들 두 사람 외의 존재는 아랑곳없이. 한편, 당황한 그녀의 몸종들은 분주하게 온 방 하나 가득 흩어져 있는 옷이며 장신구들을 원래의 장소에 갖다 놓았다. 그러고는 이미 식기 시작한 화로를 들고 나갔다.

남편의 포옹에서 벗어나며 왕녀가 말했다.

"내일 비르 섬세르가 우리에게 작별 인사하러 언제 올까요?"

"사마르 대령이 알아보러 갔는데 아직 돌아오지 않고 있어요. 벌써 왔어야 하는데 이상하네."

그는 시계를 흘끗 보며 말을 이었다.

"벌써 열 신데."

그는 시가를 입에 물고 방 안을 이리저리 왔다 갔다 했다.

"당신도 알겠지만 사마르는 오래전에 왔어야 하지 않소."

"어쩌면 우리 아들을 보러 타파털리에 갔을지도 모르죠."

그의 아내는 코에 분을 바르고, 흰 머리카락을 남아 있는 검은 머리카락 사이로 감추느라 만지작거리며 말했다. 그녀는 손질을 끝내고는 여닫이창 곁에 서 있는 저거트 옆으로 와서는 잠시 말없이 있다가 입을 열었다.

"그 사람은 보통 땐 시간을 잘 지키는데."

"그러게요. 그가 아직도 오지 않고 있는 것은 비르 섬세르가 내일 여기 오지 않기로 작정했기 때문이 아닌가 하는 생각이 드네요."

"그런 이유는 아니라고 봐요. 그 사람이 왜 우리한테 그렇게 이상하게 행동해야 할까요?"

그녀가 다소 의아한 표정으로 물었다.

바로 그 순간에도 그녀의 집 안마당에서는 비르 섬세르와 그의 형제들은 명예를 훼손당하고, 욕을 먹으며 위험에 처해 있었다. 그럼에도 불구하고 그들은 왜 존경심과 애정을 가지고 자신들을 대하지 않을까?

그녀는 너무 천진난만해서 도대체 그 이유를 알 수가 없었다.

하기야 그녀의 남편도 그 이유를 모르는데 어찌 그녀가 알 수 있겠는가. 그는 자신이 정 바하두르 집안의 장남이라는 사실만으로 자기 문중의 나머지 다른 사람들이 모두 자신에게 협조해야 한다고 믿었다.

그는 지금 자신에게 대항하는 친척들에 대한 생각에 화가 났다.

"그들 모두가 요즘 나를 반대하고 있어요. 당신은 그들의 진짜 색깔을 몰라요. 그들에게 분명하게 말했어요. 자신들의 분수를 알라고 말이요. 하지만 그들은 침소봉대하면서 마하라자와 나를 협박하고 있어요. 바보 촌놈들. 빈곤이 있는 곳엔 언제나 사악함이 있고, 그들이 바로 아주 좋은 그 예지요!"

"어째서 그 사람들한테 그런 식으로 고약하게만 말하세요? 옳지 않아요. 전 아버지의 잘못 때문에 그 아들들을 벌주는 건 이해하지 못하겠어요. 당신이 마하라자가 되면 그들을 친절하고 신중하게 대하셔야 해요. 아무튼 그들의 아버지는 아무것도 남겨 준 게 없잖아요. 가엾은 더너는 몸과 영혼을 함께 지키기가 힘들어요. 가난하다는 이유만으로 그들을 미워하는 건 비열하고 구역질나는 일이에요. 그건 절대 그들 잘못이 아니에요. 당신이 그렇게 말씀하시는 걸 들으면 참을 수가 없어요."

"아니, 이런. 내가 그들을 미워한다고 누가 그래요. 난 그냥 그들에게 관례를 따르라며 약간 겁을 주려고 했을 뿐이에요. 하지만 그들은 나의 의도를 오해하고 나를 죽이겠다고 협박하고 있어요. 그런 말들이 들려옵니다."

그는 연극 연습이 한창인 쪽으로 몸을 돌렸다.

꾸슘이 숲 속의 명랑한 자유분방함 속에서 까불어 대는 공작의 포즈로 힌디 노래를 부르고 있었다. 그녀는 노련한 연기자는 아니고 사실은 일개 초보자에 불과했으나, 타고난 무용수로서의 재능과 유연함을 갖추고 있었다. 춤이 끝나자 그녀는 절을 하고는 허시나에게 자리를 내주고 물러갔다. 그녀는 늘 그렇듯 마치 벌거벗은 여신처럼 온 세상을 찾고 있는 것처럼 보였다. 여닫이 창문으로 보고 있는 두 사람은 시간이 지날수록 그녀는 속살이 훤히 내비치는 옷을 걸치고 보는 이들의 애간장을 녹여내듯 감각적인 몸놀림을 하면서 미끄러지듯 무대로 나왔다. 만약 저거트 정과 그녀가 좀 더 주의 깊게 행동했더라면, 그들이 믿어 왔던 뿌리가 보다 영광스럽고 금빛 찬란한 미래가 되었을 텐데.

고대 그리스인들은 이런 말을 한다, 아니 적어도 했다. 인간이 저지를 수 있는 가장 큰 죄악은 '교만' 혹은 '지나친 자존심'이라고. 이 말은 지나친 자만은 그 자체의 '인과응보'나 몰락을 초래하게 된다는 말이다. 자신의 미래에 대해 너무 과신한 저거트 정은 아첨꾼들이 사실과 내용까지 지나치게 사촌들을 비방하도록 허용하는 과오를 범하고 있었다. 허시나가 무대에서 물러가자 사촌들을 더욱 매도하는 악의적인

285

공연들이 상연되었다. 그러나 사실 그렇게까지 할 필요성은 없었다.

커튼이 올라가자 한 무리의 배우들이 신화 속의 악마로 분장을 하고 있었다. 그들은 칼과 나무망치들을 들고서 자신들을 섬세르 형제들이라고 소개했다. 저거트 정이 아끼고 좋아하는 뎁은 이 희화화된 연극에서 빠져 있었다. 거기에는 중요한 의미가 있었다. 사람들이 웃기 시작했다. 하지만 저거트 정의 마음은 불편해졌다.

"각하, 우리가 어떻게 저 사람들에게 우리 사촌들을 이런 식으로 풍자하게 놔둘 수 있지요? 저건 우리한테도 해로워요. 어쨌든 우리는 같은 가족이지 않아요. 그런데 어찌 우리 가족을 저들이 이런 식으로 모욕하게 내버려 둘 수 있나요?"

저거트 정은 정색을 하고 말하는 아내를 의미심장한 눈길로 바라보았다.

"그래요, 당신 말이 맞습니다. 저들이 이런 걸 하려고 했다는 건 나도 정말 미처 몰랐소."

저거트 정이 미안한 표정을 지으며 대꾸했다.

"저 사람들에게 당장 그만두라고 말씀하셔야 됩니다, 각하."

왕녀는 간청을 하듯 저거트 정에게 말했다.

저거트 정은 연극을 멈추게 하라는 명령을 내리고는 침울하게 방 안을 거닐기 시작했다.

"우리 사촌들은 모든 사람들이 적개심을 품게 만들었어요. 군대와 민정 관리들 모두를요. 내가 아니었으면 그들은 벌써 오래전에 모두 내쳐졌을 걸요. 그들은 곳곳에 빚이 있는데, 그걸 갚을 능력도 없고 그럴 의지도 없어요. 내가 그들을 너무 많이 지원해 주면 내 평판이 나빠지게 될 테고, 그들이 그들을 돌보아 주지 않으면 정말 비참한 결말을 겪을 수밖에 없을 거요. 이 무슨 고약한 딜레마에 빠져 있는 건지."

그는 께서르 대위와 교활한 볼라가 와서 연극을 다시 하게 해 달라고 애원할 때에도 여전히 침울한 표정을 짓고 있었다.

"각하, 섬세르 집안 사람들이 각하께 한 짓들을 저희가 어찌 잊을 수가 있겠습니까? 저들이 각하를 얼마나 모욕적으로 대했습니까? 저들은 풀숲에 숨어 있는 뱀입니다. 혹시 각하께서 총리가 되신 후에도 저들을 크나큰 연민으로 대하신다면, 각하를 사랑하는 저희들 같은 사람들은 죽거나 추방되고 말 것입니다. 저희는 각하께서 이런 적들에게 둘러싸여 끌려 다니시는 것을 차마 볼 수가 없습니다. 이들은 악질 반역자들입니다."

저거트 정은 마음을 정하지 못하고 잠자코 있었다. 그때 두 무용수 꾸슘과 허시나까지 나타나 공연을 계속하게 해 달라고 애원을 하는 통에 저거트 정과 왕녀는 차마 '안 된다' 고 말할 수가 없었다. 그러나 이것은 현명하지 못한 결정이었다.

교활한 사기 수법에 조종당한 결정이었던 것이다. 저거트 정이 스스로 함정에 빠지는 것은 항상 이런 식이었다. 그는 사리를 냉철하게 판단했던 아버지 정 바하두르의 능력에는 훨씬 미치지 못하고 있었다. 그의 아버지 정 바하두르가 항상 권력과 힘이 있는 자들을 둘러싸고 싸구려 아첨을 늘어놓는 작자들을 가려내는 탁월한 인식력을 그는 물려받지 못했다.

연극은 다시 재개되었다. 저거트 정과 왕녀는 연극을 다시 하도록 해준 대가로 어쩔 수 없이 그 연극을 보아야 했다. 연극은 군인들이 비르 섬세르에게 반란을 일으켜서 그 자리에서 그를 살해하는 것을 보여 주었다. 대부분의 연기자들은 여자들이었으나 그들은 맡은 역을 잘 연기했으며, 섬세르들이 죽어 가는 연기를 할 때, 죽음의 순간에 고통으로 몸부림치고 뒹구는 연기를 기가 막히게 묘사해 냈다.

왕녀는 차마 더 이상 눈을 뜨고 볼 수가 없었다. 그녀는 마침내 눈을 감고서 "람 람." 하고 외치며 울기 시작했다. 저거트 정은 너무도 생생한 연기가 보여 주는 어마어마한 공포에 압도되어 자기도 모르게 런노딥이 언젠가 익살맞게 했던 말이 떠올랐다.

"네가 섬세르네 식구들을 죽이도록 하인들을 훈련하고 있다는 말이 들리던데 이게 다 무슨 말이냐?"

그의 삼촌이 지금 이것을 본다면 그는 격노해서 얼굴이 붉그락푸르락해져 그 소문이 사실이라는 것을 정말로 믿을 것이다. 그는 그 연극을 계속하게 내버려 둔 것이 얼마나 지혜롭지 못했는가 하는 생각에 몸서리를 치며 목청껏 소리쳤다.

"그만, 그만 중지해라. 그만두라고. 이 연극을 당장 그만둬."

연기가 급히 중단되었으나 극중의 비르 섬세르와 섬세르네들은 이미 죽어서 바닥에 누운 뒤였다. 그러나 이것은 단지 연기일 뿐이었다. 진짜 현실의 실제 드라마에서는 마지막 회 커튼은 아직 내려지지 않았다.

37

이제 행동 개시 시간인 밤 10시 45분이 다가왔다. 커드거와 그의 형제들이 런노딥의 방으로 올라가기 위해 벽을 기어오를 때 히티 궁 위에는 죽음 같은 고요함이 덮여 있는 것 같았다.

그들 모두가 런노딥의 방 정문을 마주하고 서자 커드거가 앞으로 나서서 나무로 된 문에 나 있는 작은 구멍으로 방 안을 들여다보았다. 기름 램프의 오렌지색 빛 속에서 커드거는 마하라자가 베개에 가슴을 대고 침대에 엎드려 있는 것을 보았다. 오른쪽을 바라보며 누워서 그는 한 글자로 시작되는 친숙한 '람 람'을 쓰고 있었다. 그 왼쪽에는 마하라니와 세 명의 다른 여자들이 앉아 있었다. 하녀 둘은 마하라자의 발에 기름을 바르고 있었다. 발만이라는 이름의 민정 부관이 그에게 신문을 읽어 주고 있었다. 그는 먼저 인도에서 일어난 종교 폭동 기사를 읽어 주고, 다음으로 영국에 관한 기사를 읽기 시작했다. 하지만 그는 끝까지 다 읽지 못했다. 런노딥이 끼어들며 그를 방해했기 때문이다.

"발만, 영국에서는 총리가 사임하면 어떻게 되지?"

"각하, 그들은 또 다른 사람을 선출합니다."

"어떻게 그렇게 한단 말이냐?"

런노딥은 놀랐다.

"누구나 다 자신이 지지하는 후보자들을 선출하는 데 참여합니다. 과반수의 표를 얻으면 선거에서 승리하게 되고, 그러면 이번에는 승리한 집단이 자기들 가운데에서 총리가 될 사람을 뽑습니다."

런노딥은 우수에 찬 미소를 지었다. 네팔에서는 암살이나 심지어는 대량 학살을 통해 총리가 되는 일이 비일비재하고 있으니 말이다. 그는 악습에 갇혀 있었다. 만약 그가 지배력을 느슨하게 했다면 악습이 그를 죽였을 것이다. 그러나 그는 늙고 약하니 과연 얼마나 버틸 수 있을까?

발만에게 그가 말했다.

"자네 생각엔 어느 것이 가장 좋은 시스템인 것 같나. 영국 것 아니면 우리 것? 진실을 말해 주게. 그리고 두려워하지 말게."

그러나 네팔의 정치적인 네트워크가 단 하나의 가족에 의해 조종되고 총리의 말이 신성한 법률일 때 어떻게 발만이 진실을 말하리라고 기대할 수 있겠는가? 다른 의견은 어떤 것이라도 무조건 반역으로 해석되고 있는데 말이다. 그런 시스템에서 누가 용기 있게 자신의 진실한 의견을 표현할 수 있겠는가? 발만도 예외는 아니었다.

"마하라자, 저는 영국 시스템의 진가를 조금도 인정하지 않습니다."

"도대체 왜지?"

"그들은 행동은 별로 하지 않고 말만 많습니다. 그들은 죄악도 두려워하지 않습니다. 그들의 시스템에는 오래가는 장점이라고는 없습니다, 제 생각에는요."

런노딥은 죄라는 개념 자체를 싫어했다. 발만에게서 이런 말을 듣자 놀랍기도 하고 약간은 겁이 나기도 해서 그는 영국의 선거라는 주제로 얘기하던 것도 다 집어치우고, 다시 한 번 미친 듯이 '람 람'을 쓰기 시작했다.

구멍을 통해 한눈에 방 전체를 훑어보면서, 커드거는 자기가 들여다보고 있는 문이 안에서 잠겨 있다는 것을 알아차리고는 깜짝 놀랐다. 런노딥은 보통은 문을 잠그지 않는다. 그러니 분명 잘못해서 걸쇠가 미끄러져 잠긴 것이리라. 이건 큰 문제였다. 걸쇠가 잠기지 않았다면, 그들은 덤버르만 보내서 런노딥을 쏘게 했을 텐데. 이젠 문을 부수지 않고는 불가능하게 되었다. 궁을 순찰하고 있는 경비병들이 칠백 명 이상이나 되었다. 까딱 잘못했다간 섬세르 형제들은 죽음을 면치 못하는 처지에 놓이고 말 것이다.

잠시 머뭇거리다가 빔이 솔선해서 문을 두드리며 알렸다.

"마하라자, 라월삔디로 갈 부대에 관해 뵈러 왔습니다. 영국 공사관에서 보내온 급한 전갈이 있어서요."

제법 그럴싸한 구실이었다. 군사 열병식은 시작부터 네팔과 델리 궁 사이에는 언쟁이 있었다. 거기에 네팔은 하나의 독립국가로서 참여하겠다고 주장했고 델리 궁은 네팔을 제후 토후국으로 대하겠다고 주장했기 때문이다. 이것은 델리 궁과 네팔 외무성 사이의 상당한 의견의 일치를 끌어냈는데, 그것은 빔의 중재로 성사된 일이었다.

양측의 논쟁이 마지막에 어떻게 전개되었는지도 듣고 싶고 또 어떤 반칙이 있으리라고는 전혀 의심하지 않았기 때문에, 런노딥은 발만에게 문을 열어 주라고 지시했다.

한편 바깥 베란다에서는 커드거가 불이란 불은 모조리 다 껐다. 빔은 때를 기다리는 퓨마 같은 자세를 취하고 계단 꼭대기에 조용히 서 있었고, 쩐더러는 베란다에 숨어 있어 보이지 않았다. '람 람'

덤버르가 앞장서서 방에 난입했고, 그 뒤를 라나와 커드거가 따랐다. 각자 모제르 피스톨을 하나씩 들고서. 그들의 모습에 하녀들은 너무나도 두려워서, 그들 중 두 명은 기절했고, 한 명은 너무 무서워 그만 오줌을 싸는 바람에 옷이 다 젖고 말았다. '람 람'을 쓰기에 너무 열중한 나머지 그 방의 다른 사람들이 모두 공황 상태에 빠진 줄도 모르고 있던 런노딥은 아무도 말을 안 한다는 것을 깨닫고는 별안간 얼굴을 들어 보았다.

"이게 뭣들을 하는 짓이냐?"

갑자기 침입한 그들을 바라보며 그가 놀라 물었다.

침입자들이 비록 전부 검은 외투를 입고 있었지만 런노딥은 그들을 알아보았다. 그러고는 수상쩍은 듯이 그들의 컴컴하고 음산한 얼굴들을 자세히 들여다보았다. 한편, 덤버르는 총리의 가슴에 총을 찔러 넣었다. 덤버르는

"이것이 아내의 말을 들은 한 남자의 운명이다."

원래의 각본에는 이렇게 말하게 되어 있었으나, 첫 마디에서 더듬는 바람에 덤버르는 시간을 너무 많이 낭비하고 있었다.

엄습해 오는 공포에 런노딥은 울상이 되어 그의 마지막이 될 말을 입 밖에 냈다.

"디르 섬세르의 아들들마저 나를 살해하러 왔느냐?"

그러나 런노딥 만큼이나 공포에 사로잡힌 커드거가 서투르게 방아쇠를 당기는 바람에 총알이 삼촌의 얼굴로 곧바로 발사되었다.

그의 치아가 부서져 입천장으로 튀었고, 피가 콸콸 쏟아져 나왔다. 거기에다가 일을 마무리하기 위해 덤버르와 라나가 함께 그의 이마와 가슴에 총을 발사했다.

위대한 네팔의 시리 띤 마하라자는 자신의 피가 홍건히 고여 있는 침대 위로 허무하게 무너졌다. 총알의 충격으로 역시 그 위에도 람의 상서로운 이름이 쓰여 있는 그의 터번에 불이 붙었다. 그의 부관 발만은 벽에 딱 달라붙어서는 무서워 땀을 뻘뻘 흘리며 훌쩍훌쩍 울고 있었다.

한편, 두려움에서 가까스로 회복된 하녀들은 덤버르와 라나를 도와 런노딥의 부인을 아무도 그녀의 울부짖음과 비명을 들을 수 없는 방에 가뒀다. 이는 비록 천박한 철학이기는 하지만, '때려눕힐 수 없으면 합세하라'는 바로 그 말을 근거로 한 행동이었다.

이때쯤 계단 꼭대기에 서 있던 빔이 방으로 들어와 미동도 없는 자기 삼촌의 몸에다 잔인하게 총을 쏘아 댔다. 그러나 그의 행동은 조금은 쓸 데 없는 야비한 짓이었다. 어쩌면 뒤늦게 든 생각으로 자기가 받을 10만 루피의 값을 해야겠다고 마음먹었기 때문일지도 모른다.

총소리가 들리자, 경비병들이 사방에서 궁으로 달려 올라왔지만 그들이 마하라자의 방에서 만난 것은 칠흑 같은 어둠과 코를 찌르는 지독한 냄새였다. 무슨 일이 일어났는지, 마하라자가 어디로 사라졌는지 알아내려고 하는 동안, 우왕좌왕 왁자지껄 한바탕 소동이 일어났다. 그러는 가운데 커드거가 소리쳤다.

"까트왈 대령, 멈춰라, 움직이지 마."

어둠 속에서 아무도 커드거를 보지 못했지만 까트왈은 그의 목소리를 알아들었다. 그리고 그 역시 공모자의 하나였으므로 그는 경비병들에게 물러서라고 명령했다. 그때까지도 어떤 경비병들은 자기들의 장교들의 명령에 따라 계속 전진하고 있어서, 커드거가 아무리 소리를 질러도 아수라장 속에서 그의 목소리는 들리지 않았다.

불안과 긴장이 그곳을 엄습해 와, 형제들은 자기들이 극도로 궁지에 몰려 있다는 것을 알아차렸다. 발각되기라도 하면 필시 경비병들에게 죽임을 당할 판이었다. 잔뜩 겁을 먹은 그들은 어둠 속에서 함께 오들오들 떨었다.

빔은 자기들이 아직까지 살아 있는 것은 프리트비 왕이 바그 궁에 안전하게 모셔져 있기 때문일 거라는 것을 깨달았다. 그가 자기들의 구세주일 것이다. 설사 여기서 대량 학살이 일어나 모두가 다 죽더라도, 왕과 모후는 위험이 없는 안전한 곳에 있다.

이때 경비병들이 방 안에 대고 총을 쏘아 댔다. 무단 침입자들은 눈에 띄는 대로 사살해야 하는 것이 군사복무 규정이었으므로, 섬세르 형제들은 자기들이 오래가지 못할 거라고 확신했다. 하지만 그런 일은 끝내 일어나지 않았다. 위기의 순간에, 섬세르 집안이 가난하고 자손이 많다는 사실이 그들을 구해 주었다. 대략 300명 남짓 되는 장교들 모두가 어떤 식으로든 공모자라는 것이 밝혀졌다. 군인들은 섬세르 형제들을 알아본 순간 무기를 버렸던 것이다. 아직 설명할 것이 많이 남아 있기는 했지만, 일단 관련 장교들이 사태를 장악하고 나자, 디르 섬세르를 위해서라면 언제든 기꺼이 목숨을 내놓을 각오가 되어 있던 그들이 모여들어 그의 아들들의 안전을 도모했다.

바로 이때 평정을 되찾은 커드거가 계단 꼭대기로 가서 발표했다.

"마하라자 정 바하두르께서 확립해 놓으신 체제를 유지하기 위해서는 런노딥을 암살해야 했습니다. 여러분 모두 저거트 정이 어떻게 반역죄를 선고받았었는지 분명히 기억하실 겁니다. 여기 계신 여러분 가운데에도 그를 법의 심판대에 세운 분들이 계십니다. 그런데 마하라자 런노딥의 의도는 자기는 까시로 제거시키고 자신의 지위를 바로 그 반역자인 저거트 정에게 물려주려는 것이었습니다. 틀림없이 여러분 모두 그 소문을 들으셨겠지만, 만약 저거트 정이 권력을 잡게 된다면 우리 모두에게 무슨 일이 일어날지 생각해 보신 적 있습니까? 우리는 저거트 정에게 개인적인 감정은 없습니다. 그러나 우리가 한 일에 대해서는 선택의 여지가 없었습니다. 우리가 행동하지 않았다면, 우리 자신들이 파멸되었겠지요. 우리와 함께 정 바하두르가 만들어 놓은 바로 그 정치체제도 함께요. 제가 제 삼촌을 살해한 것은 바로 정 바하두르의 유산을 지키기 위한 것이었습니다. 이런 것들이 우리 자신의 문제이기도 하지만, 우리가 그런 극단적인 방법에 호소한 것은 우리나라를 위해서이기도 합니다. 우리는 언제나 정 바하두르가 정해 놓은 규칙들을 따를 것이며 그것들이 네팔 역사에서 변치 않는 기록으로 자리 잡게 할 거라는 것을 약속합니다. 여러분은 우리를 두려워하지 않아도 됩니다. 혹시라도 우리 삼촌의 죽음에 흘려야 할 눈물이 있다면, 그 눈물을 흘릴 사람들은 바로 우리입니다. 그러나 저는 여러분께 묻습니다. 우리가 그럴 여유가 있을까요? 우리는 네팔의 왕위를 보존하기 위해 아버지 살해를 저질렀습니다. 왕과 나라가 다른 모든 것에 우선하기 때문입니다. 여러분은 시리 뗀 마하라자의 경비병들로서의 자신의 임무를 충실하게 수행하셨으며, 우리는 여러분이 이기심 없는 헌신이라는 바로 그 정신으로 앞으로도 그렇게 하실 거라고 믿어 마지않습니다. 자 이제, 여러분은 모두 여러분의 막사로 돌아가셔도 좋습니다."

쥐 죽은 듯 고요했고, 누구 하나 입도 뻥긋하지 않았다. 하나씩 둘씩, 그들은 작별 인사를 하기 시작했고, 개중에는 가면서 이렇게 중얼거리기도 했다.

　"그래, 저들한테 걱정스러운 일이 아니라면, 우리한테야 걱정될 게 뭐 있겠어?"

　그러나 어떤 사람들은 마지막으로 런노딥의 시체를 한 번 더 보려고 뒤에 남기도 했다.

　"실컷 잘 봐 두세요."

　하고 말하고는 형제들은 런노딥의 시체를 들어 올려 충계층 아래로 굴려 버렸다. 런노딥의 시체는 난간에 부딪쳐 쿵, 딱, 소리를 내며 굴러 떨어지다가, 땅바닥에 닿아서야 비로소 멎었다. 바로 조금 전에 기이하게도 신의 신성한 이름을 향해 흘러나왔던 신선하고 따뜻한 피가 잔인하게 가해진 아버지 살해의 상처들로부터 아직도 배어나오고 있었다.

38

한편, 비르 섬세르는 암살자들이 돌아오기를 기다리면서 바그 궁의 위층 방 안을 쉴 새 없이 왔다 갔다 하고 있었다. 그의 마음에 제일 먼저 떠오르는 질문은 그들이 성공했을까 못했을까, 만약 성공했다면 누가 마하라자가 될 것인가, 커드거일까 자기일까, 하는 것이었다.

코트 대학살이 일어났을 때, 일곱 형제들은 정 바하두르를 총리로 만들고 배다른 형제인 박티 비르 쿤와르를 축출했었다. 비르 섬세르는 자기에게도 그와 똑같은 일이 일어날 수 있다는 두려움으로 가득 차 있었다. 그렇게 그는 조마조마한 마음으로 기다렸다.

11시 15분과 11시 30분 사이의 어느 때인가에, 커드거가 바그 궁으로 돌아왔다. 그는 시리 띤 마하라자의 머리쓰개와 총리실 마크인 초승달을 가지고 왔다. 그는 또 마하라자의 전임 개인 경호원을 대동하고 있었다.

그는 지체 없이 비르 섬세르에게 시리 띤 마하라자를 부여했다. 간단히 집무실의 장비들을 그에게 넘겨주기만 하면 되는 일이었다. 그때쯤 섬세르가의 식구들이 바그 궁으로 꾸역꾸역 모여들었다. 그들은 벌써 무장을 하고서 필요하다면 이 형제들을 위해 싸울 준비가 되어 있었다.

하지만 상황은 이제 커드거의 수중에 들어 있었고 네팔의 권력은 완전히 비르 섬세르의 것으로 인정되었다. 비르 섬세르의 기쁨의 잔이 가득 찼다. 그렇지 않았다면 초라했을 뻔했는데, 그날은 그의 인생에 있어서 가장 영광스러운 날로 변해 있었다. 행운이, 그렇게 보였다. 오래 기다린 끝에 드디어 그의 것이 되었다.

이 소식이 퍼지자, 사람들이 새로운 마하라자에게 경의를 표하기 위해 어느 틈에 바그 궁으로 몰려들었다. 도로는 성원을 보내는 사람들로 가득 찼고, 툰디켈 연병장에는 불이 밝혀졌다. 그들은 모두 커드거의 지혜와 통찰력을 찬양하는 노래를 불렀다. 그가 마치 네팔의 악을 일망타진하기라도 한 것처럼 그를 '우리의 장군님'이라고 부르는 지지자들로 무리를 이루고 있었다. 덤버르의 이름 역시 상당한 찬양을 받았다.

하지만 여자들은 자기들의 런노딥 삼촌의 비극에, 그리고 정 바하두르 집안의 사촌 형제들의 불확실한 운명에 눈물을 흘렸다. 사실 그들이

하고 있는 것은 정확하게 그 누구도 절대 해선 안 되는 것, 즉 정치를 감상과 뒤섞지 말라고 커드거가 공표한 것이었다. 레디 더너는 앞으로 왕녀에게 닥칠 일을 생각하니 거의 제정신이 아니었다.

이때까지도 암살자들은 모후를 정식으로 배알하지 않고 있었다. 그래서 그들은 위층으로 올라가 피로 얼룩진 몸을 씻었다. 붉은 살인자의 옷이며 손이며 얼굴에 피살자들의 피가 마구 튀어 있었기 때문이다. 목욕을 마친 그들은 모후를 알현하러 갔다.

모후도 눈물을 흘리며 애통해하고 있어서 그녀의 자매인 깐치는 그녀를 위로하려고 애를 썼다. 커드거는 그녀가 이토록 침울해하는 것을 보고는 어떻게 시작해야 할지 잘 몰랐다. 그러나 일어난 일은 이미 일어난 것이다. 그는 형제들이 마하라자의 방에 처음 들어갔을 때 런노딥의 하녀들 중 하나가 옷에 오줌을 싼 얘기를 들려줘서 그녀를 웃겨 마음을 놓이게 하려고 했다. 이 말에 모후와 그녀의 동료들은 살짝 터져 나오려는 웃음을 참기가 힘들었다. 일단 분위기가 만들어지고 주제가 띄워지고 나자, 쩐더러는 커드거가 경비병들에게 했던 연설의 웅변술을 마치 브루투스가 줄리어스 시저를 살해하고 나서 했던 연설과 비교하면서 묘사했다.

오래지 않아 분위기는 좀 더 누그러지고 즐거워졌다. 그러자 형제들은 자기들의 이름 뒤에다 정 바하두르라는 이름을 덧붙이기로 결정했다는 사실을 모후와 의논했다. 비르 섬세르와 커드거는 그것이 대중을 설득하는 데 강한 긍정적 효과를 가질 거라고 정확하게 추측했다. 모후와 깐치는 자기 아버지의 이름이 이런 식으로 영속되리라는 것에 만족했다.

그들이 이런 모든 것을 의논하고 있는 사이 까트왈 대령과 그들의 삼촌 께서르 타파가 정 바하두르 집안사람들이 모두 타파털리에서 달아나고 있다는 소식과 큰 왕세자비가 벌써 영국 공사관에 피신했다는 소식을 가지고 도착했다.

커드거는 즉시 상황을 장악하고는 그들에게 자기도 가겠으니 툰디켈에 군대를 집합시키라고 명령하고 적절한 명령을 내렸다. 그는 또 자기 이름과 열일곱 명의 섬세르 형제들의 이름에 변화가 생긴 것도 그들에게 설명해 주었다.

"우리는 이제 섬세르 정 바하두르 라나예요."

그가 강조했다.

께서르와 까트왈은 바그 궁에 남아 숨 한 번 쉴 때마다 이 이름들을 되뇌었다. 마치 이 이름들이 마법의 주문이라도 되는 것처럼. 전에는 단 한 명뿐이었는데 이제는 열일곱 명의 정 바하두르가 생겼다.

툰디켈에는 수많은 사람들이 프리트비 국왕이 비르 섬세르에게 시리 띤 마하라자의 직위를 수여하는 것을 보기 위해 모였다.

악단은 명랑하게 연주하고 예포가 발사되었으며, 만세 소리가 작은 계곡 구석구석에서 메아리쳤다.

39

한편 마노하라에서는 총리의 궁에서 그런 참혹한 암살극이 일어났는지도 모른 채 공연이 끝나고 헌신의 노래 순서가 시작되었다. 저거트 정과 왕녀도 함께 발코니에서 지켜보았다. 빈부귀천 없이 모두가 어깨를 마주 스치며 음악의 리듬에 따라 몸을 흔들었다.

"하레 람, 하레 람, 하레 람, 하레, 하레……."

그들 중 그 누구도 바로 그 순간 자기들 주위에서 무슨 일이 일어나고 있는지에 대해선 눈곱만큼도 모르고 있었다.

갑자기 안마당에서 난투가 벌어지더니 군중들이 허둥대며 사방으로 달아나기 시작했다. 종교적인 찬송의 평화로운 최면 분위기가 얼결에 끝나 버렸다. 횃불과 등불을 든 사람들이 다 달아나 버려서 무대를 둘러싼 등불들 가운데 유일하게 남아 있는 것이 약하게 깜박거리며 무대 위에 섬뜩하리만치 새빨간 빛을 한 줄기 던지고 있었다.

"죽기 살기로 달아나라, 런노딥이 죽었다— 살해됐다! 달아나— 비르섬세르가— 아, 달아나, 람, 람, 하레 람."

군중들이 마노하라에서 최대한 멀리 떨어지려고 달아나면서 울부짖는 비명 소리가 대기에 가득 찼다.

그때가 한밤중인 12시 30분이었다. 저거트 정이 창문에서 소리쳤다.

"무슨 일이냐, 무슨 일이 일어나고 있는 게냐?"

그러나 죽음 같은 침묵과 두려움으로 질식할 것 같은 분위기 말고는 아무것도 없었다. 모두들 자기 집안에 틀어박혀 나오지 않고 마노하라의 하녀들도 다른 사람들과 마찬가지로 거의 제정신이 아니었다. 그들도 다른 사람들과 똑같이, 최대한 빨리 모든 방문과 창문들을 닫아걸었던 것이다.

자기들 위로 갑작스럽게 내려앉은 매서운 두려움에 콧구멍이 따끔거리는 걸 느끼면서 저거트 정의 오감은 비상이 걸렸고 위가 마구 울렁거렸다. 그는 조심스럽게 계단을 내려갔다. 왕녀는 잠옷을 입고 있었기 때문에 계단 꼭대기까지만 따라왔다. 그녀는 남편이 아래층 바닥에 내려섰는지 감히 지켜볼 용기도 나지 않을 만큼 겁이 나고 떨렸다.

거기에는 아무도 없었다. 경비 초소는 텅 비어 있고 안마당에는 섬뜩한 정적만이 가득했다. 입이 바싹 마르는 것을 느끼며 그는 천천히 바깥 쪽의 사각형 안마당으로 들어섰다. 거기서 그는 어느 나무에 숨어 있는 하인 두 명을 찾아냈다. 그들은 주인을 알아보고는 나무에서 내려와 절을 했다.

돌처럼 굳은 하인들의 얼굴에 시선을 던지며 그가 물었다.

"무슨 일이냐? 왜 그렇게들 떨고 있는 게냐? 다들 어디 갔지?"

눈물을 삼키며, 그들은 저거트 정에게 하르카 정(저거트 정의 넷째 동생, 어머니는 다르지만) 대령이 런노딥이 암살당했고 비르 섬세르가 마하라자로 선포되었다는 소식을 가지고 왔었다는 이야기를 들려주었다. 그 소식을 전함과 거의 동시에 하르카는 사라졌다는 것이다. 미칠 것 같은 공황 상태에서 그는 죽기 살기로 달아났던 것이다.

저거트 정의 분노가 하늘을 찔렀고 그의 비통의 잔이 넘쳤다. 그는 확실히 알고 있었다. 동생이 온 것은 자기에게 즉시 인도로 떠날 준비를 하라는 분명한 메시지를 전할 목적이었다는 것을. '충실한' 가신들과 그 밖의 아첨꾼들이 그 메시지를 저거트 정에게 전하지 않는 바람에 하르카의 의도는 좌절될 수밖에 없었다. 그에게 전하기는커녕 그들은 그의 개인 경호원들이나 그 밖의 다른 '충성스런' 하인들과 함께 달아나 버렸다. 그들은 가능한 한 빨리 새로운 체제에 충성을 맹세하기 위해 달아난 것이다. 자기들이 먹은 소금의 주인과 함께 남을 명예와 위엄을 갖춘 사람들은 오직 이들 두 사람, 필경 하층민 중에서도 최하층민일 두 하인들뿐이었다.

저거트 정의 귀에 자기 심장 뛰는 소리가 들렸다. 그 소리가 점점 더 크게 울리면서 그는 이마에 흐르는 땀을 닦았다.

"장군님."

하인 중 한 명이 자진해서 말했다.

"저희는 하르카 정 대령을 알아보지 못했습니다. 신심이 깊은 사람처럼 사프란 가운을 입으시고 몸에 재를 바르고 계셨거든요. 말씀하시는 것을 듣고서야 그분인 줄 알았습니다."

저거트 정은 자신이 섬세르 형제들의 음모에 대해 처음 알았을 때 런노딥에게 더 강하게 주장했어야 했다. 그러나 그가 그것을 깨달았을 때는 이미 너무 늦어 있었다. 모후와 그녀의 자매도 거기에 가담하고 있다는 것을 알고 있었으면서도, 삼촌에게 확고하게 말하지 못했다. 이젠 너무 늦었다. 아이러니컬하게도 그는 공모가 그토록 오랫동안 구체화되고 있었는데, 자신의 인기가 변함없이 흔들리지 않아서 섬세르 형제들의 계획은 도저히 실현될 수 없다고 얼마나 굳게 믿고 있었는가 하는 생각이 떠올랐다. 흔들림 없는 그의 인기도 이것으로 끝이었다.

다른 하인이 흐느껴 울며 말했다.

"각하, 저희가 듣기로는 정 바하두르 집안 식구들은 눈에 띄는 대로 사살하라는 명령이 떨어졌고, 또 각하를 죽이려고 한 소대가 파병되었다고 합니다. 그들은 아마 저희들도 죽일 것 같습니다."

저거트 정이 그들에게 말했다.

"그래, 그래. 너희들은 달아나는 게 낫겠다, 당장. 만약 요행히 그들이 나를 죽이지 않으면 내 너희를 찾으러 사람을 보내마. 그들이 임무를 수행하면, 왕녀와 내 아들에게 무슨 일이 일어날지 아무도 모른다. 그러니 너희들이 반드시 돌아와서 그들을 보살펴 줘라. 쉬, 쉬, 이제 그만 울어라."

그는 체념한 듯 조용히 하인들을 타일렀다.

"너희들 우는 소리가 왕녀 마마 귀에 들어갈라. 어서 가서 숲 속에 몸을 숨겨라."

저거트 정으로서는 출구가 없었다. 그들은 그를 살려 두지 않을 것이다. 정 바하두르의 장남이니까. 장남이며, 가장 부유하며, 가장 사랑받는 사람이니까. 그는 영국 공사관에 피신하겠다고 요청하지도 않기로 마음먹었다. 알라하바드에 있을 때 그는 자신의 결백을 주장하며 석방을 청원했는데 영국인들은 정면으로 거절했었다. 그러니 그는 이제 그들에게 구걸하러 가진 않을 것이다. 아무튼 병사 수백 명이 라인차우르로 가는 길을 올라올 테니, 그가 발각되지 않고 '그곳에' 갈 수 있는 길도 없었다. 길에서 똥개처럼 죽느니 차라리 자기 집에서 용감하게 죽는 게 나았다. 지금은 어떻게 하면 자신의 명예를 가장 잘 지킬 수 있을까 하는 것이 문제였다.

이런 것에 대해 아내에게는 아무 말도 할 수가 없었다. 그녀는 자결하거나 아니면 그에게 형제들에게 목숨을 빌라고 고집을 부릴 테니, 그는 둘 중 어느 것을 선택해야 한다는 생각에 참을 수가 없었다. 그래서 그는 자기 목숨이 붙어 있는 한 그녀에게 사실을 말하지 않기로 작정했다.

그가 집으로 돌아왔을 때 그녀는 그가 아까 그녀를 떠났던 바로 그 자리인 계단 꼭대기에서 그를 기다리고 있었다. 그녀가 물었다.

"무슨 문제라도 있어요? 무슨 일이에요? 왜 당신 얼굴이 그렇게 상기되어 있지요? 그게 다 웬 소란이에요?"

"불안하오?"

그가 나지막이 물었다.

"아, 그럼요, 당연하지요. 불안해요."

"음, 별거 아니에요. 이 소동이 다 연극의 일부라네요. 웃느라 얼굴이 빨개진 겁니다. 불안해하지 말아요, 내 사랑. 신을 믿으세요."

그녀는 그를 믿었다. 그녀는 언제나 그를 믿고 신뢰했기 때문이다. 그들은 함께 침실로 들어갔다.

"하지만 대포 소리는 뭐죠?"

그녀가 느닷없이 불안에 떨며 물었다.

"그건 내일 라월삔디로 가는 부대예요. 그냥 연습하고 있는 겁니다."

그가 대답했다.

"아, 이것 좀 보세요, 여보. 내가 사리를 입을 테니 좀 봐주세요. 내일 비르 섬세르의 고별식에 입을 건데, 마음에 드세요?"

감정이 마비되어 인간의 모습을 하고 있지만 속은 텅 빈 껍데기인 그가 그녀에게 그 옷 대신 흰 사리를 입어 보라고 했다.

"쯧, 쯧."

그녀가 화난 척하며 말했다.

"남편이 살아 있는 여자는 절대 흰 사리를 입으면 안 돼요. 그것도 모르면서 어떻게 마하라자가 되려고 하세요?"

그러나 그는 아내의 말이 전혀 들리지 않았다. 암담한 자신의 생각에 빠져서, 그는 대화를 놓치고는 그녀를 멍하니 바라보았다.

"무슨 문제 있어요? 당신 마음에 뭔가가 있는데. 전혀 당신답지 않아요. 자 어서요, 뭐죠?"

그가 자기 가슴속 번민에 대해 그녀에게 무슨 말을 할 수 있었겠는가? 그가 말할 수 있는 건, 지금에서야 깨달은 것이지만, 그녀의 오빠 트러이록꺼가 살아 있을 때 기회들을 놓쳐 버렸다는 것이었다. 런노딥이 암살당한 건 모두 그의 잘못이었으며, 그에 대한 비탄이 그의 가슴을 갉아먹고 있었다. 부와 편안한 생활과의 타협에 자신이 그토록 지나치게 만족하지 않았더라면, 이 모든 것을 막을 수 있었을 텐데.

"저, 그… 그게……."

그가 말을 더듬었다.

"난, 당신이 내일 울까 봐 걱정이오."

"아니 세상에 내가 대체 왜 그래야 하죠?"

그녀가 놀라며 물었다.

지금 이 모든 일들을 그녀에게 이야기해 주고 싶은 참기 힘든 충동을 억누르며 그가 대답했다.

"디르 섬세르 삼촌이 티베트로 떠날 때 당신 어머니가 어떻게 우셨는지 똑똑히 기억하고 있소. 내일 환송식에서 당신도 울지 않을까 하는 생각이 들어서요. 난 당신이 우는 걸 차마 볼 수가 없어요. 당신 눈에서 떨어지는 눈물 한 방울이 나한테는 일곱 바다를 모두 합친 것보다 더 깊거든요. 그러니 당신이 뭘 하든 울지 말아요, 내 사랑. 내일 말이오."

그는 애정을 담아 그녀를 애무했다.

"아, 당신은 절 너무 사랑하세요. 내가 죽으면 당신한테 무슨 일이 일어날지……."

그녀는 입속으로 중얼거렸다.

"운명을 누가 알겠어요."

그녀는 슬프고 심란한 그의 눈을 사랑스럽게 들여다보았다.

"오, 내 삶의 여신 나의 공주. 남편이 먼저 죽는 게 자연의 법칙이란 거 몰라요? 난 당신의 사랑스러운 무릎을 베고 죽을 거예요. 그때 당신 날 위해 울면 안 돼요."

그는 험상궂은 표정을 지으며 말했다. 마치 자신의 의지로 그녀가 자기의 죽음을 더 편하게 받아들이게 만들기라도 할 것처럼.

"싫어요, 내가 먼저 죽을 거예요, 내 사랑. 당신이 죽을 거라는 생각이 들면 난 목숨을 끊을 거예요. 당신 없이는 살아갈 수가 없어요."

"안 돼요, 절대 안 돼. 세상에서 가장 소중한 당신은 오래 살아야 해요."

그는 그녀의 무릎을 베고 누웠다. 그러고 있는 내내 그녀는 남편의 머리칼을 만지작거리며 애정을 담아 그에게 이야기했다. 얼마나 지났을까, 그녀가 그에게 이제 그만 쉬라고 재촉했다.

"내일 비르 섬세르가 와서 우리가 아직도 자고 있는 걸 보면, 우린 부끄러워 죽고 말 거예요."

그녀가 부드러운 소리로 말했다.

저거트 정이 머리를 들며 말했다.

"아, 그가 직접 우릴 죽이러 오진 않을 거예요. 아무튼 부끄러워서든 아니면 다른 이유로든 누군가가 죽는다면, 그건 당신이 아니라 나일 거요."

그는 마치 농담인 것처럼 큰 소리로 웃었다. 그러나 그는 바로 자신을 보고 웃고 있는 것이었다. 농담은, 결국 자신에 대한 것이었다. 이 세상이 이젠 텅 비었고, 모든 꿈과 사랑이 눈물과 슬픔의 끝없는 홍수 속으로 산산이 부서져 갔다. 하지만 그것을 알 리 없는 왕녀는 그를 따라 웃었다. 자기들의 약속된 영광스러운 미래를 함께할 기쁨에 넘친 웃음을.

자기들 주위에 그림자들이 드리워지고 있을 때 그들은 서로의 품에 따뜻하게 안겨서, 그렇게 함께 웃고 또 웃었다.

40

소식이 퍼지는 데에는 그리 오래 걸리지 않았다.

비르 섬세르는 시리 띤 마하라자가 되었고, 섬세르 집안사람들은 자기들 이름 뒤에 '정 바하두르'를 덧붙였다.

당연히, 사람들은 저마다 새 총리가 잘 되기를 빌어 주러 바그 궁으로 직행했다. 불과 조금 전까지만 해도 마노하라에서 섬세르 집안사람들을 비방하는 연극을 즐겼던 사람들까지도.

그것은 온전한 정신의 종말이었다. 일반 민중들에게는 단 한순간의 조용함도, 단 일 초의 두려움도 없었다. 그들은 아버지 살해라는 이 범죄를 너무도 쉽사리 받아들일 준비가 되어 있었던 것이다. 지식인이라고 하는 사람들과 브라만 계급 사람들까지도 살인자들을 징계해야 한다는 말은 단 한마디도 입 밖에 내지 않았다. 살인자가 용감한 자가 되고 살해된 자가 죄인이 될 때, 그야말로 타락이다.

'악은 그것을 행한 자들보다 오래 살아남는다. 선은 그들의 뼈와 함께 묻힌다.'

아봉의 음유시인은 200여 년 전에 줄리어스 시저에 대해 썼는데, 그의 말들이 카트만두의 길고 어두운 밤에 살아 있는 증거가 되었다.

　바그 궁의 큰 거실에서는 섬세르 일족이 새로 찾아낸 자기들의 풍요
로움을 기쁜 마음으로 꼼꼼히 살펴보느라 분주했다.

　비르 섬세르가 더너는 자기의 큰 마하라니로, 럭치미는 자기의 작은
마하라니로 불리게 될 거라고 공식적으로 발표했다. 벌써 바그 궁에 나
타나서는 기회 있을 때마다 가장 두드러지게 저거트 정을 공공연히 비
난하고 있던 께서르와 볼라는 이 소식을 듣자, 작은 마하라니가 군중들
앞에 모습을 보여 주어야 한다고 요구했다. 이 말에 거기 모여 있던 수
천 명의 군중들은 일제히 옳소, 옳소 하며 아우성이었다.

　럭치미는 새로 얻은 지위를 매우 자랑스러워하며 발코니에 모습을 드
러냈다. 그녀는 붉은 사리를 입고, 다이아몬드 티아라, 별 모양의 펜던
트와 여러 겹의 줄이 달린 목걸이, 그리고 갖가지 빛깔과 모양의 반지들
을 끼고 있었다. 하녀 하나가 존경받는 그녀의 머리 위로 우산을 받쳐
들었고, 그녀는 기다란 파이프로 물 담배를 뻐끔뻐끔 피우고 있었다.

커드거는 럭치미에게 그렇게 으리으리한 칭호를 주는 문제 전반에 대해 못마땅했었다. 그는 그녀가 레디 더너 같은 왕족 혈통과 같은 칭호를 누리는 것은 적절치 않다고 생각했다. 하지만 지금 그 럭치미가 작은 마하라니로서 공식적으로 모습을 드러냈다. 커드거는 선택의 여지가 없기도 했지만, 태연한 얼굴로 그녀에게 경례하라고 명령했다.

뷰글들이 울려 퍼지고, 악단은 연주를 하기 시작했다.

물 담뱃대를 넘겨주고 시동생들의 도움을 받으며 당당하게, 럭치미는 군대식으로 차려 자세로 서서 천천히 삼면을 모두 돌아보면서 경례를 잘 받았다. 마침내 예포가 발사되고 군중들은 감사하며 포효했다.

작은 마하라니는 카트만두 출신의 네왈족이었다. 그래서 이번 경우에 그녀의 가족과 옛 이웃들은 이런 절호의 기회를 그냥 지나칠 수 없어서 그 지역에 우물을 파 달라고 요청했다.

그런 공적인 방식으로 자신의 과거와 결부되는 것이 내키지 않았기 때문에, 청원자가 나타나면 새 마하라니는 자신의 모국어인 네왈족 언어를 못 알아듣는 체하며 하인에게 통역해 달라고 부탁했다. 통역이 해 주는 말을 듣고 나면 대답을 해 주었는데, 그녀는 마하라자가 시의 전 지역에 수돗물과 수도꼭지를 마련하고 있다고 네팔 말로 알려 주었다. 하지만 그녀의 네팔 말 발음이 누가 들어도 네왈족 언어인지라 비르 섬세르는 자기가 총애하는 사람의 잘못된 발음에 웃음을 터뜨렸다. 마하라니는 얼굴이 빨개지며 머리를 숙이고 있다가 남편을 수줍게 바라보며 미소 지었다. 과분한 위대함은 언제나 비천한 신분을 부끄러워하는데, 그것은 예나 지금이나 같다.

그러고 나서 비르 섬세르는 승진하고 상을 받을 사람들의 이름을 소리 내어 읽었다. 커드거는 당연히 총사령관이 되었고, 덤버르는 장군이 되었다. 비르 섬세르는 자기 형제들에게 다이아몬드와 진주가 박히고 극락조의 깃털로 만든 깃털 장식이 달린 머리쓰개를 선물했다. 레디 더 너의 소생이건 럭치미의 소생이건 그의 아들들도 모두 장군이 되었다.

이런 위풍당당한 전시가 모두 끝난 다음, 럭치미는 섬세르 형제들에 의해 저질러진 아버지 살해의 죄를 속죄하기 위한 의식에 대해 사제들과 상의하기 위해 안으로 들어갔다. 시로나미는 까시로 가서' 야가' 를 수행하라는 명령을 받았으며, 그 대가로 60만 루피라는 거금을 약속받았다.

이것은 비르 섬세르가 110만 루피를 찾아내야 한다는 것을 의미하는 것이었다. 그것도 당장에. 50만은 암살에 대한 보상으로 자기 동생들에게, 그리고 60만은 시로나미에게 줄 돈이었다. 하지만 그의 수중엔 한 푼도 없었다. 결국 어떤 식으로든 비르 섬세르는 이 돈을 국고에서 꺼내 올 수밖에 없었다. 공적 자금으로 후하게 인심 쓰는 것이 비르 섬세르의 치세의 한 특징이 될 것이었다.

비열함도 또 하나의 특징이었다. 께서르와 볼라는 저거트 정을 비방할 어떤 계획을 의논하기 위해 모였다. 영국 공사관에 보낼 소고기를 세관에서 도둑맞은 일이 있었는데, 께서르와 볼라는 그것을 수입한 사람이 저거트 정이라는 소문을 내기로 되어 있었다. 적어도 여기까지의 진행 과정에서는 그를 죽이자는 얘기는 없었다. 그저 그에 대한 거짓말을 퍼뜨려서 그의 삶과 명예의 기반을 파괴하자는 정도였다.

그때 그들은 아직도 다락방에 갇혀 있는 사마르 대령에 대해 뭔가를 해야만 했다. 대령은 멍한 상태로 끌려와 그들 앞에 섰다. 자신의 은인에 대한 그의 깊은 슬픔은 진짜였다. 그는 자기 가슴을 치고 옷을 찢으며, 눈물을 걷잡을 수 없이 흘리고 있었다.

그의 진심어린 슬픔이 커드거로 하여금 무자비하도록 잔인해지게 만들었다. 화가 난 그는 다른 사람들을 자극해서 대령의 신체에 야만적인 행위를 가하게 만들었다. 그에게 침을 뱉고, 무자비하게 고문하는 등, 목숨만 간신히 붙여 놓은 채 온갖 가혹행위를 가했다.

그 순간의 분위기에는, 충실한 인간과 그의 정직한 비탄 따위를 봐줄 만한 여지는 전혀 없었다. 사마르는 조국으로부터 추방당했다. 께서르는 소령으로, 볼라는 미르 슈바로 진급되었다. 배신에 대한 보상도 가지가지였다.

41

두 시간 반이 지나고, 역사적인 밤도 끝나 가고 있었다. 새벽을 알리는 희미한 여명이 벌써 그 기다란 손가락으로 하늘을 가로지르고 있었고, 장밋빛 안개가 흩어지는 밤의 그림자와 섞여 하나가 되었다.

이제는 소령으로 불리는 께서르는 타파털리에 도착했다. 타파털리는 화려한 모습과 부유함으로 이름이 나 있는 지역이었다. 이는 대부분 정 바하두르 집안사람들의 저택이 이곳에 있었기 때문이었다.

께서르는 사냥 중이었다. 그것은 산토끼와 함께 달리고 사냥개들과 함께 사냥하는 데 노련한 사람이어서라기보다는 그 일에 더 적합한 사람이어서였다. 하지만 정 바하두르 집안사람은 단 한 명도 보이지 않았다. 침대에는 아직 온기가 남아 있었고, 코카인은 아직도 후카 파이프 안에서 타고 있었으며, 정 바하두르 집안사람들이 과도하리만치 좋아하는 향수 냄새도 아직 방 안에 그대로 남아 있었다. 그러나 사람들은 단 한 명도 보이지 않았다.

그럴 때 가장 손쉬운 것은 집집마다 값나가는 보석들과 미술 명품들을 약탈해서 새 마하라자의 집으로 보내는 것이다. 그러기 위해 바그 궁에서부터 아주 빠른 속도로 움직였다. 병사들도 부자들의 물건을 자기들의 전리품으로 슬쩍 빼돌릴 거라는 건 안 봐도 빤한 일이었다. 결국, 사랑과 전쟁에서는 모든 것이 정당하니까.

하지만 그들이 큰 사령관 런비르 정의 집에 도착해서 보니 적어도 침대 하나는 누군가가 차지하고 있었다. 뎁 섬세르였다. 자신의 가족보다는 정 바하두르 집안사람들과 어울리는 것이 더 편했기 때문에, 그는 런비르 정과 술을 마시며 밤을 보냈던 것이다. 런노딥의 암살 소식을 접한 런비르는 식구들과 도망치면서 뎁에게는 경고하지 않았다. 당연히 섬세르 형제들이 친형제를 해치지는 않을 거라고 생각했기 때문이다.

자고 있는 뎁을 발견한 병사는 그의 이름을 몰랐으므로 께서르에게 와서 총사령관의 넷째 동생인 장군을 찾아냈다고 했다.

"그자의 목을 베어라. 장군이든 장군이 아니든, 끝장내 버려."

병사가 크꾸리를 빼들고 계단을 향해 뒤로 돌았다. 그러나 잠시 머뭇거리던 께서르가 뒤에서 그를 불렀다. 다섯 형제들은 모두 런노딥 암살에 가담했는데, 쩐더러만 그를 쏘지 않아서 결과적으로 보상으로 받기로 되어 있던 10만 루피를 받지 못했다는 것이 갑자기 기억났던 것이다. 께서르는 평범한 일개 병사가 자기 대신 상을 받게 놔둘 의사가 전혀 없었으므로, 자기 손으로 그 장군을 죽이겠다고 말하며 그 장군이 자고 있는 방으로 안내하라고 요구했다.

살인자들은 함께 그 방으로 들어가서 자기들의 희생자가 아무것도 모른 채 잠들어 있는 침대를 내려다보았다.

뎁은 실크와 벨벳 누비이불을 머리끝부터 발끝까지 덮고 있어서, 께서르는 그를 알아보지 못했다. 병사가 날렵하게 이불을 벗겨 내자 께서르는 그가 커드거의 넷째 동생인 뎁이라는 것을 알아보았다. 말을 잃은 께서르는 부들부들 떨며 끽끽 우는 소리를 냈다. 께서르와 함께 들어간

병사는 소령을 그의 운명에 맡겨 두고 자기만 살금살금 기어서 나가 버렸다.

뎁은 머리끝까지 화가 나서는 께서르의 따귀를 사납게 후려갈겼다.

"이 개자식, 네놈이 뭔데 이렇게 이른 시각에 날 깨운단 말이냐? 게다가 감히 내 이불을 벗겨? 똥돼지 같은 놈."

그러나 께서르는 그저 어쩔 줄 모르며 말을 더듬었다.

"아, 오 주 주인님. 여, 여기서 주, 주무시지 마, 마셨어야 합니다. 하마터면 저 저희들이 시 시 실수할 뻔했습니다."

"무슨 실수?"

뎁이 미친 듯이 날뛰며 다그쳤다.

이제 다시 평정을 찾아 입심 좋은 말솜씨가 준비된 께서르가 대답했다.

"여기는 반역자의 집입니다, 각하. 여기서 주무시지 마셨어야 합니다. 저희가 하마터면 끔찍한 실수를 할 뻔했습니다. 부디, 저희를 용서해 주십시오."

"런비르 정을 반역자라고 하다니, 이게 무슨 개똥 같은 소리냐?"

뎁은 베개 밑을 더듬으며 피스톨을 찾았다. 그러나 피스톨은 이미 사라지고 없었다. 그 방에 있는 벽장 속에서 총들이 사라진 것처럼.

"빌어먹을 총이란 총은 다 어디로 간 게야?"

뎁이 다그쳤다.

"그것들은 모두 몰수돼서 시리 떤 마하라자인 비르 섬세르 정 바하두르 라나의 개인 경비병들에게로 넘겨졌습니다."

"대체 무슨 소리를 하고 있는 게냐?"

뎁이 소리 질렀다.

"빌어먹을 이 스리 떤 마하라자 비르 섬세르 정 바하두르 라나는 누구야?"

께서르는 뎁이 무슨 일이 있었는지 이리도 전혀 모르고 있다는 게 도무지 믿어지질 않았다. 그는 정 바하두르 형제들은 모두 반역자로 선포되어서 눈에 띄는 대로 사살하게 되어 있다는 것을 그에게 얘기해 주려고 했는데, 그것이 그냥 뎁의 피를 끓게 만들었다.

"뻔뻔스럽게도 감히 정 바하두르의 아들들을 죽인다는 말을 하고 있구나. 얼간이 같은 놈. 너 완전히 돌았구나?"

그는 자기 안경을 집어 들어 쓰고는 께서르를 자세히 들여다보았다.

"저희는 더 이상 정 바하두르 형제들을 정 바하두르의 아들이라고 말하지 않습니다."

하고 께서르가 단언했다.

"그들은 모두 반역자들이며, 섬세르 형제들이 정 바하두르의 진짜 아들들이라고 선포되었습니다."

"네놈이 분명 취해도 단단히 취했구나."

뎁이 이렇게 말하며, 께서르의 입 냄새를 맡았다. 그러나 께서르는 정신이 말짱했으며, 오히려 뎁의 입에서 수입 위스키 향이 새어 나왔다.

마침내 께서르는 뎁이 완전히 깜깜하다는 것을 깨닫고 목소리를 낮춰 어떤 일들이 일어났었는지를 가능한 한 짧게 요점을 말해 주기 시작했다.

뎁의 눈에서 눈물이 펑펑 쏟아졌다. 그의 가슴은 공포가 엄습해 오기 시작할 때의 느낌 외에는 아무것도 없이 텅 비었다. 혀가 입천장으로 말려 올라가 말을 할 수가 없었다.

그때 그의 삼촌 께서르 타파가 방에 들어와서는 상황을 가볍게 해 보려는 시도로 농담을 하며 말했다.

"뭐야, 아직도 침대 속에 있네. 네가 자고 있는 동안에 네팔이 변한 걸 넌 모르지? 넌 쿠데타에 대해 아무것도 몰라? 넌 진급했단다. 애야, 네 자신의 세계에만 빠져 있는 동안에도 말이지."

"무슨 변화요? 일거에 아버지를 살해하고 대량 학살한 거요?"

뎁이 쉰 목소리로 소리 질렀다.

"자 자, 조류를 거슬러 가려는 우리는 누굴까?"

하며 그의 삼촌이 대답했다.

그러나 뎁으로서는 그건 생각할 수도 없는 일이었다. 그의 삼촌 런노딥은 너무나도 단순하고 정직한 남자였다. 단 한 번도 공적 자금을 자신의 경비로 쓴 적이 없었고, 그러기는커녕 네팔 역사상 최초로 적절한 회계 시스템을 도입했었다. 사람들이 어떻게 그런 사람이 살해되기를 바랄 수 있단 말인가?

"넌, 작은 마하라니를 보러 가야 한다."

께서르 타파가 뎁의 생각을 깨며 말했다.

뎁은 런노딥의 둘째 부인을 말하는 것으로 잘못 알아들었다. 그는 럭치미가 누구인지도 몰랐는데, 하물며 자기 형이 그녀와 결혼했고 자기가 마하라자가 된 순간 그녀를 작은 마하라니의 지위로 올려 주었다는 것은 알 턱이 없었다.

"제가 지금 어찌 감히 그분을 뵈러 갈 수 있겠습니까."

하고 그가 투덜거리며 말했다.

"이런 일이 일어난 후에 우리 중 누군가를 보는 건 그분 상처에 소금을 뿌리는 것과 같겠죠. 그분이 아직 애도 중인 동안에는 감히 갈 생각이 없습니다."

뎁이 잘못 알아들은 것을 깨닫고는 그의 삼촌이 말했다.

"비르 섬세르의 작은 마하라니를 말하는 거다."

"도대체 그게 누구예요?"

"자, 자, 온 세상과 네 아내는 벌써 그녀를 알현했다. 그런데 너, 그녀의 시동생인 너는 그녀가 누군지도 모르고 있잖니. 어서, 그녀는 랄 궁에 있다. 그곳으로 가라."

"랄 궁은 또 어디예요, 제발요?"

께서르 타파가 설명해 주었다. 섬세르네의 집은 이제 이름을 랄 궁으로 바꿨다. 사실, 벽은 붉은 진흙으로 칠해져 있고, 너무 황폐해져서 '궁'이라는 이름에는 걸맞지 않다. 랄은 실제로 붉으니까 됐다 쳐도 궁전은 절대 아니었다. 그래서 뎁이 그런 말을 했다.

그의 삼촌이 말했다.

"하지만 그들은 이제 대저택을 지을 거다. 어서, 시간이 허비되고 있잖니. 서둘러라, 어서 가자."

그들이 도착할 무렵, 랄 궁을 둘러싸고 텐트들이 즐비하게 늘어 서 있었는데, 군정 및 민정 사무관들이 거주하기 위해 임시로 급조된 것들이

었다. 네팔 국기가 녹슬고 약한 지붕에서 벌써 펄럭이고 있었다. 집안
은 조신들, 새 마하라자가 잘 되기를 빌기 위해 꽃과 과일을 가져온 사
람들로 붐볐다.

뎁이 들어가자, 랄 궁 안에 평소처럼 모여 있던 '간신배'들과 '아첨
꾼'들의 무리가 달려 나와서는 그에게 인사를 하며 터무니없이 알랑거
렸다. 그러면서 그들은 그를 자기들의 어깨 높이까지 들어 올렸다가 자
기들이 흥분해서는 거실 안으로 거의 던지다시피 했다.

폭도들의 손아귀에서 빠져나오며 그는 삼촌을 따라 주 거실로 들어
갔다. 비르 섬세르와 럭치미를 뺀 섬세르 가족 전부가 그곳에 모여 있
었다.

여자들은 한데 모여 우글거리며 신이 나서 재잘대고 있었는데, 뎁은
그들이 모두 런노딥과 정 바하두르 사촌들 집에서 약탈해 온 보석들을
걸치고 있는 것을 알아챘다. 그 장면을 보자 그는 구역질이 났다. 그는
자기 아내 쪽을 보았다. 그 순간 그에게는 마치 그녀가 정 바하두르 집
안사람들의 해골을 목에 걸고 있는 것으로 보였다. 방 전체가 말 그대
로 그림들과 집안의 귀중품들로 가득 차 있었다. 모두 약탈해 온 것들
이며, 모두 죽은 자들의 피로 악취를 풍기는 것들이었다. 부의 여신이
섬세르 일족에게 미소 지었다. 그러나 무엇을 희생해서 얻은 것들인가!

뎁은 얼굴에 흐르는 땀을 닦으며, 여자들을 바라보았다. 젊고 아름다
운 여자들도, 우툴두툴하고 못생긴 여자들도 모두가 금과 은, 다이아몬
드 등 온갖 빛깔의 보석들을 달고 있었다.

오직 커드거만이 행복하지 않았다. 뎁은 그를 보면서 그의 눈에서 후
회의 빛을 읽었다. 마치 커다란 비탄이 그의 가슴을 갉아먹고 있는 것
같았다. 커드거로서는, 그건 너무 과도했다. 과잉 도살, 과잉 약탈, 그
리고 과잉 진급까지도. 커드거는 비르 섬세르가 그렇게 마구 밀어붙이

는 행동을 하기 전에 먼저 시간을 가지고 상의했어야 한다고 느꼈다. 뎁은 그때 커드거에게서 들은 것이지만, 명단 상으로 보면 앞으로 열여덟 단계나 남아 있는 그도 어떻게 진급될 수 있었는지. 그는 사령관이 되었는데, 그건 그 전날 밤까지만 해도 그의 가장 친한 친구 중 하나였던 런비르 정의 지위였다.

하지만 그 두 사람은 자신들의 생각을 나눌 시간을 갖지 못했다. 뎁이 곧 보석을 올바르게 착용하는 법을 가르쳐 달라며 수다를 떠는 여자들에게 둘러싸였기 때문이다. 거꾸로 단 사람도 있고, 목걸이를 머리에 쓴 사람이 있는가 하면, 그 반대로 한 사람도 있으며, 모자 핀을 신발에 꽂은 사람들도 있었다. 그들은 전에 한번도 그런 화려한 장신구를 가져본 적이 없었다. 그래서 마치 무도회에 온 어부의 아내들처럼 행동하고 있었다. 뎁은 그들을 보면서 킬킬 웃으며 자기는 바쁘니 자기 아내나 레디 더너에게 물어보면 어떻겠냐고 했다. 삼촌이 비르 섬세르의 작은 마하라니를 만나야 한다고 그를 불렀던 것이다.

병사들이 마하라자의 침실 여기저기에서 축 늘어져 있거나 잠자고 있었다. 그 집은 작아서 부부가 잤을 만한 곳이 어디에도 없었기 때문에, 그건 아주 수수께끼 같은 일이었다. 마하라자가 랄 궁에서 자지 않았다는 것을 알아차리고 있는 사람이 아무도 없는 것 같았다. 뎁은 비르 섬세르가 어디 있는지 아는 사람이 아무도 없다는 게 믿어지지가 않았다. 하지만 그가 막 찾아보자고 하려는 참에, 비르 섬세르가 보석으로 주렁주렁 치장하고서 무장한 경비병들에 둘러싸여 다가오고 있었다.

뎁을 보자 비르 섬세르는 억지로 미소를 지으려고 했으나, 뎁은 그가 두려워 말을 할 수가 없었다. 얼음 같은 냉기가 그를 엄습하면서 그는 깨달았다. 비르 섬세르는 자기 형제들의 손에 목숨을 잃게 될까 봐 두려워하기 시작했다는 것을. 이것이 그가 자기 침실에서 자지 않으려고 하는 이유였다.

뎁의 의심은 커드거가 그에게 인사하려고 다가오자 비르 섬세르가 마치 벼락이라도 맞은 것처럼 비틀거리면서 뒷걸음질 치며 중심을 잡느라 자기의 소령들 중 한 명의 어깨를 움켜잡았을 때 확인되었다. 두려움은 곧 사라졌다. 그때 섬세르 집안사람들 모두가 그의 축복을 받으려고 앞으로 나아왔기 때문이다. 그럼에도 불구하고, 그의 다른 형제들은 그것을 알았다. 특히 정 바하두르가 정해 놓은 규칙에 따라 자기들의 가장 큰 형을 권좌에 앉히는 데 큰 역할을 했던 커드거는 그토록 불신하는 모습을 보자 비통해졌다.

오래 기다린 끝에 마침내, 피로 물든 길을 걸어서, 섬세르 집안사람들은 권력과 부와 특권을 얻었다. 하지만 그렇게 하는 데에서 그들은 커다란 상실을 겪었다. 사랑과 애정의 상실, 지금까지 그들 가족관계의 하나의 상징이었던 이기심 없이 나누는 마음을. 그것은 다시는 되찾지 못할 상실이었다, 두 번 다시는.

42

 쿠데타가 일어난 지 얼마 안 되어, 정 바하두르 형제들과 그들의 가족들은 피신 계획을 의논하러 타파털리에 있는 판차얀 사원에 모였었다. 거기서 그들은 총사령관 지트 정, 사령관 퍼드머 정, 너렌드러 왕자와 작은 왕세자비는 벌써 영국 공사관에 피신했다는 것을 알게 되었다. 그래서 그들도 그 뒤를 따르기로 결정했다.

 하지만 런비르 정과 윤더 프러땁은 얼마 못 가 그들과 헤어졌다. 수중에 돈이 하나도 없다는 것을 깨달았기 때문이다. 영국인들이 피신처를 제공하기는 하겠지만 돈이 없으면 안 되었고, 돈이 없으면 그들도 유지할 수가 없었다. 그래서 두 사람은 돌아가서 할 수 있는 만큼 값나가는 것을 모아 보기로 했다. 윤더 프러땁이 한 번 더 막 집을 빠져나왔을 때 께서르 소령이 자기의 소대를 이끌고 그곳에 도착했다.

 "장군들은 어디로 갔느냐?"

 그가 경비병에게 다그쳤다.

 "윤더 장군님은 막 가셨습니다. 다른 사람들은 모두 어젯밤에 떠나셨고, 나타난 사람은 아무도 없습니다."

 그 경비병은 약간 내키지 않아 하며 대답했다.

"그래, 그가 어느 길로 갔지?"

께서르가 조급해하며 다그쳤다.

정 바하두르 가족에게 고용되어 자라난 경비병이 애매하게 길 쪽을 가리키자, 병사들은 사방으로 흩어지기 시작했다. 하지만 그들 대부분이 밤새 한숨도 못 자서 몹시 지쳐 있었다. 그들 중 한 명이 우연히 런비르 정이 숨어 있는 건초 더미 위에 몸을 던졌다. 런비르 정은 윤더 프러땁과 다시 만나기로 했는데 만나지 못해 공사관에는 못 갈 것 같다는 결론을 내렸다. 그래서 그는 병사들이 그 지역을 떠날 때까지 건초 더미 속에 숨어 있기로 한 것이었다.

"야, 쩽바, 건초 더미를 수색해."

하사관이 명령했다.

쩽바는 대답하고 싶지도 않았고, 온몸이 너무 나른했다. 명령이 몇 번 되풀이되자 그는 벌써 수색했다고 대답하고는 자고 싶은 마음에 벌렁

324

드러누웠다. 이에 지지 않고 하사관은 자신이 직접 건초 더미를 수색해 볼 요량으로 다가왔으나 쩽바가 그의 주의를 딴 데로 돌렸다.

"아, 하사관님. 마하라자는 죽은 거예요, 살해된 거예요?"

"그게 너랑 무슨 상관있냐? 그가 네 아버지라도 되냐? 우리가 왜 그 사람을 걱정해야 하지?"

하사관은 물어뜯을 듯이 말했다.

"그는 가슴에 커다란 구멍이 있던데요. 그래서 여쭤 보는 거예요."

"입 닥치고 그런 쓸데없는 얘긴 하지 마라. 넌 가슴에 있는 구멍이 뭘 뜻한다고 생각하느냐?"

"제기랄, 자 들어보세요. 그들이 말하는데 빔 섬세르는 그가 죽은 다음에 쐈대요. 뭣 때문일까요?"

"이런 덜 떨어진 자식, 그것도 질문이라고 하고 있네. 정 바하두르 형제들 찾는 거나 잘해, 아님 내가 널 흠씬 패줄 테다."

"제가 그들을 찾으면 어떻게 돼요?"

쩽바가 멍청하게 물었다.

"시원찮은 놈. 넌 지난밤의 명령도 못 들었니?"

"예, 들었지요."

"그래, 이 망할 놈아. 네가 만약 장군을 죽이면 장군이 될 거고, 소령을 죽이면 네가 소령이 되는 거고, 그런 식으로 되는 거야. 비르 섬세르가 런노딥을 죽이니까 그가 당장 마하라자가 되지 않았느냐?"

하사관은 잠시 영감을 받아 이렇게 말하면서, 이것이 쩽바를 일어나게 할 한 가지 방법이라고 믿었다. 그러자 아둔한 쩽바는 하사관이 한 말 한마디 한마디를 절대적으로 믿었다.

"아니 그럼, 제가 당신을 죽이면 제가 하사관이 되는 건가요?"

그가 깜짝 놀라며 물었다.

하사관은 웃으며 손가락으로 쩽바의 목을 찌르며 발로 걸어찼다.

"손가락 하나면 네 숨통을 끊어 놓을 수 있어. 네가 날 어떻게 죽이겠다는 거냐, 아둔한 녀석아?"

그는 쩽바의 얼굴을 보며 웃었고, 진짜 멍청이가 된 쩽바도 따라 웃었다.

이때쯤엔 완연한 아침이라 촌사람들이 일어나 돌아다녀야 할 텐데, 공기 중엔 정적이 감돌고 사람 그림자 하나 눈에 띄지 않았다. 하지만 얼마 후 어떤 농부 하나가 그들 쪽으로 걸어오고 있었다.

"이봐요!"

하사관이 농부를 향해 소리쳐 불렀다.

"오는 길에 윤더 프러땁 장군 못 봤소?"

그러나 그는 그저 질박한 시골 사람으로, 자기만의 세계에 빠져 있었다. 그 장군을 본 적도 없었고, 하사관의 말을 알아듣지도 못했다. 오는 길에 어떤 장군을 보았더라도 그가 누구인지 알아보지는 못했을 것이다. 그 농부는 특유의 사투리로 대답했다.

"죄송해유, 무슨 말인지 못 알아듣겠시유."

하면서 그는 가던 길을 가 버렸다.

다시 얼마의 시간이 지난 뒤 한 떼의 병사들이 도로를 따라왔다. 지난밤 이들은 저거트 정을 위해 일한다는 것을 자랑스럽게 여겼었다.

쩽바가 그들을 소리쳐 불렀다.

"어디로 가는 거요?"

"마노하라요."

그들이 대답했다.

"뭣 때문에?"

"그들이 우리더러 그 장군을 죽이라고 해서요."

그들 중 한 명이 대답했다.

"당신들은 뭐하고 있소?"

"정 바하두르 집안사람들을 찾고 있소."

쩽바가 대답했다.

"그래요, 진급을 원한다면 지금이 그걸 거머쥘 때요. 이런 기회 다신 얻지 못할 거요."

그들은 뒤에다 대고 고함을 치고는 길을 따라 어슬렁거리며 가 버렸다.

쩽바는 계곡 사람이 아니어서, 그에게는 카트만두 사람들처럼 세련되지 못했다. 그는 하사관이 나중에 한 말, 그러니까 자기가 죽인 사람의 지위를 얻게 될 거라는 말을 곧이곧대로 믿었다. 그래서 병사들이 길을 따라 저만치 갔을 때, 그는 그들 쪽으로 몸을 돌리는 시늉을 하며 물었다.

"하사관님, 저 사람들은 자기들이 장군이 되기 위해 장군들을 죽이려고 하는 건가요?"

하사관이 대꾸하며 고함쳤다.

"멍청아, 그 장군을 진짜로 쏜 한 사람만 장군이 되는 거야, 저들 모두가 아니고. 그래서 내가 너더러 건초 더미를 수색하라고 말하고 있는 거라고. 우리가 장군 둘을 찾으면, 우리 자신이 장군들이 될 수 있으니까."

"하사관님, 우리 소령을 죽이세요. 그러면 당신이 소령이 되잖아요."

쩽바가 제안했다.

께서르 소령과 하사관은 동시에 입대했다. 그들은 정 바하두르의 개인 경호원들 안에 있는 세포이(토착 민병)였다. 당연히 하사관은 께서르의 진급을 시기했고, 쩽바도 그걸 모를 만큼 우둔하지는 않았다.

"으악, 그 교활하고 나쁜 여우 같은 놈. 그놈은 단번에 죽일 가치도 없어. 무딘 크꾸리로 난도질당해야 하는데. 그놈이 내 진급 기회를 몇 번이나 망쳐 놨다고. 교활한 개자식, 내가 자기 비밀을 모르는 줄 알고."

쩽바는 너무 순진해서 지금 일어나고 있는 사건들 뒤에 함축된 정치적 의미를 알지 못했다. 하지만 그는 지금 그날이 죽이고 진급할 수 있는 특별한 날이라는 것을 완전히 믿고 있었다. 그는 지금 자기가 죽인 사람이 누구든 그 사람의 신분을 얻게 될 거라고 확신하는 그 이상이었다. 그의 눈빛이 하사관 모자에 있는 은 초승달 배지에 탐욕스럽게 꽂혔다. 그 순간 그에게는 하사관의 봉급이 환상적인 액수로 보였다. 자기가 하사관이 된다면 자기 마을 사람들에게서 얼마나 존경을 받겠는가. 그건 그가 늘 원하던 직업이었다.

쩽바의 마을에서는 사람들이 쫓아가서 서로를 크꾸리로 마구 치는 치명적인 게임을 하며 놀았다. 누군가 죽어서 쓰러지면, 그럼 유감이지만 어쩔 수 없는 일이다. 그러나 그 게임은 그중 한 명이 너덧 번 깊이 베이고 나서야 비로소 끝이 나곤 했다. 중재도 없고, 불평도 없었다. 그건 그저 누구나 함께할 수 있는 장난일 뿐이다. 그런 잔인한 환경 출신이기 때문에 쩽바는 눈 하나 깜짝 하지 않고 라이플을 뽑아 자기의 하사관을 쏘아 죽였다.

총소리에 께서르 소령이 와서 그 장면을 보았다. 쩽바는 똥 더미에 올라앉은 벼룩처럼 태연하게 하사관의 시체 옆에 서서 께서르에게 자기가 왜 하사관을 죽였는지 정확하게 들려주었다.

께서르는 내심 기뻤다. 너렌드러와 저거트 정의 음모에서 께서르를 유죄로 만들 수도 있는 서류들을 ^(하사관이) 간직하고 있었기 때문이다. 이제, 오래 기다린 끝에 마침내 손톱 밑의 가시가 빠진 것 같았다. 게다가 모든 공무원들에게는 반역이라고 의심되는 사람은 누구라도 쏠 수 있는 완전한 권위가 부여되지 않았는가. 새 마하라자는 자기 친형제들을 특별히 감시하고 반란의 기미만 보여도 사살하라는 명령까지도 내렸다. 이런 모든 학살의 북새통에서 하사관 하나를 살해한 게 무슨 대수인가? 쩽바의 등을 토닥거리며 께서르가 말했다.

"잘했다. 네가 진급하는 걸 똑똑히 보게 되겠는 걸."

마음이 놓인 쩽바는 그 일을 축하하기 위해 께서르 소령과 나란히 앉아 담배를 피웠다. 그들이 앉아 있을 때, 한 농부가 건초 한 꾸러미를 지고 걸어오고 있었다. 그 사람 뒤로 영국 사냥개 두 마리가 따라왔다. 그것을 본 순간 께서르는 의심이 들었다. 어떻게 저런 일개 촌놈이 저토록 잘 먹인 사냥개들을 가질 여유가 있단 말인가.

"쩽바, 가서 저 농부가 저 개들을 어디서 얻었느냐고 물어봐라. 저 개들은 정 바하두르 집안 누군가의 것인 것 같다."

쩽바는 그 농부를 소리쳐 불렀으나 농부는 그저 발걸음만 재촉했다. 그래서 쩽바는 그에게 계속 소리쳤다.

"내가 데리고 오는 게 아닙니다."

농부는 부드럽고 세련된 네팔 말로 대답했다.

"저 녀석들이 날 따라오고 있어요."

그의 유창한 네팔 말이 께서르 소령을 놀라게 했고, 지금 건초 더미 속에 숨어 있는 런비르 정은 겁이 잔뜩 났다. 한편 사냥개들은 그 농부의 다리 냄새를 킁킁 맡으며 그가 움직이는 것을 방해하고 있었다.

"저리 가라, 이 망할 놈의 개들."

그가 화를 내며 말했으나, 이번에는 영어였다. 개들은 계속 그를 따라갔고 농부는 길을 계속 걸어갔다.

수상한 생각이 들어 께서르와 쩽바는 그를 따라갔다.

처음에는 완벽한 네팔 말로 말하더니 농부 신분에 걸맞지 않게 그 다음엔 영어로 말했다. 그리고 그들이 더 가까이 다가가서 보니 그는 시계를 차고 다이아몬드 반지를 끼고 있었다. 이 사람은 농부가 아니었다.

"저건 정 바하두르 집안이야."

께서르가 낮은 소리로 이렇게 말하더니, 두 사람은 달리기 시작했다. 께서르는 달리는 내내 농부에게 서라고 외쳐 댔다.

등에 지고 있던 꾸러미를 내던지고 농부는 사냥개들보다 앞서서 산토끼만큼이나 빨리 달렸다. 그의 모자와 머플러가 떨어지자 그의 모습이 드러났다. 윤더 프러땁 장군이었다. 저거트 정의 아들이며 수렌드러 왕과 정 바하두르의 손자. 그가 계속 달리는데 별안간 쩽바의 얼굴이 눈앞에 나타나더니 그의 길을 가로막았다. 하지만 개들이 그 병사를 공격해 준 덕분에 윤더 프러땁은 방향을 바꿔 지그재그로 달렸다. 그들이 자기에게 발사할 때를 대비해서였다.

그를 결코 따라잡지 못할 거라는 것을 알고는 께서르는 그를 조준해서 총을 쏘았으나, 빗맞았다. 윤더 프러땁은 다리가 말을 듣는 한 빨리 달려서 나무들 사이로 몸을 숨겼다. 그가 달려갈 때 병사 둘이 더 그에게 총을 쏘았고, 그는 진짜 농부들 몇 명이 일하고 있는 탁 트인 들판을 벗어나려고 가로질러 갔다.

농부들은 무슨 일이 일어나고 있는지 알아보려고도 하지 않고 무심하게 그저 자기들 일만 계속했다.

께서르는 한 번 더 발사했고 이번에는 도망자의 다리에 맞혔다. 그의 유명한 날아가는 발이 느려졌다. 그다음 총알은 그의 어깨에 박혔다. 이제 심하게 상처 입은 그는 다리를 질질 끌다가 마침내 멈췄다. 그는 어쩔 줄 몰라 하며, 고통 속에서 어린아이의 애원으로 돌아가 애처롭게 외쳤다.

"엄마, 모후마마! 도와주세요. 저들이 날 죽이려고 해요."

께서르가 쏜 마지막 총알이 그의 가슴을 가르며 구멍을 냈다. 그는 진흙탕 속으로 쓰러졌다. 흐릿해 보이는 눈앞에 풍경이 빙빙 돌았다.

"모후마마, 전 죽어 가고 있어요."

이렇게 중얼거리더니 숨이 멎었다.

그가 태어났을 땐 온 도시가 불을 밝혔고, 이틀 밤낮을 축제를 열고 도박을 즐겼었다. 그는 이 도시의 자랑이었고, 잘 생긴 청년이었으며, 어떤 이들은 살아 있는 아폴로라고 생각하기도 했었다. 그러나 꼬리에 꼬리를 물고 위기가 닥치더니 점점 더 나빠져서 급기야 이렇게 죄 없는 희생자 중 하나인 윤더 프러땁이 학살까지 당했다.

이렇게 피로 얼룩진 폭력에 맞서 목소리를 내는 사람이 아무도 없었다. 사실, 그들은 모두 자기들의 주머니를 채우기 위해 이 끔찍한 혼란에서 이익을 취하고 있었다.

께서르가 윤더 프러땁으로부터 값나가는 것들을 약탈해서는 그것들을 손수건에다 조심스럽게 싸고 있을 때까지 그 젊은 희생자는 숨이 간신히 붙어 있었다. 쩽바는 그 모든 것을 보았다. 쩽바는 그날 자기가 쏘아 죽이는 사람이 누구든 그의 신분을 얻게 될 거라는 것을 다시 한 번 기억해 냈다. 그는 이미 하사관이 되었는데, 소령이 되면 왜 안 되겠는가? 게다가 그에게 보석은 아무래도 상관없었다. 그는 께서르를 정확히 조준한 다음 등 뒤에서 꽝 하고 총을 쏘았다.

께서르는 어처구니없이 즉사하고 말았다. 소령이 된 쩽바는 재빨리 보석들을 긁어모은 다음 마노하라로 향했다. 그는 다음 번에는 장군이 되려고 하였다.

들판에는 침묵의 목격자들 위로 죽음 같은 정적이 내려앉았다. 윤더 프러땁의 시체는 마치 마지막 포옹이라도 하듯 땅 위에 엎어져 있었고, 그의 젊은 피는 대지의 검은 밭고랑과 한데 섞이고 있었다.

43

수백 개의 불빛들이 밤새 도시 주변에서 번쩍거리고 너울거렸다. 저거트 정은 그저 망령들이 횃불을 들고 있는 거라고 말해 줌으로써 그것들을 털어 버렸다. 어둠 속에서 통곡하고 한탄하는 소리가 그들에게로 실려 왔다. 런노딥은 살해된 거라고, 그리고 비르 섬세르가 시리 띤 마하라자의 은좌에 올랐다고. 그 소리들은 아마 몇몇 지지자들이 실제로 자기들의 모습을 직접 드러내지는 않으면서 저거트 정에게 경고하려고 하는 것인지도 모른다. 저거트 정은 왕녀에게 그 소리는 화장터 근처를 떠도는 유령의 소리라고 말해 주었다. 그의 말이 그녀의 가슴에 공포심을 불어넣어 그녀는 재빨리 창문들을 꼭 걸어 잠그고 누비이불 속으로 들어가 숨었다.

그는 사형 집행을 기다리고 있는 사형수인지라, 괴로운 마음속에서 마구 일어나는 두려움을 그녀와 나눌 수가 없었다. 그녀의 입장에서는 유령 같은 횃불들과 섬뜩한 메아리들이 화장터에서 들려온다는 생각에 정신이 말똥말똥해졌다. 그들에게는 평생 동안 가장 긴 밤이었다.

군대가 라월삔디에서 돌아오면 저거트 정이 시리 띤 마하라자가 될 거라는 생각을 위안으로 삼으면서 그녀는 잠에 떨어졌다. 그때가 거의 새벽이었다.

하지만 저거트 정은 잠을 이루지 못하고 그냥 그녀 곁에 누워 막연히 어딘가를 응시하고 있었다. 그는 입을 쩍 벌리고 있는 어두운 나락으로 질질 끌려 떨어지고, 떨어지고, 또 떨어지고 있었다. 그리고 새벽이 가까워 올수록 불안은 더 커져 갔다. 그러나 그는 그 불안을 그녀와 나눌 수가 없었고, 그녀에게 진실을 말하지 않고 있다는 것에 대해 죄책감을 느꼈다.

이제 그에게는 시간이 얼마 남지 않았다. 그의 생각들은 운명과 맞섰던 그의 전 생애 그 어느 때보다도 명료하고 각성되어 있었다.

정부의 체제가 그렇게 독재적이지만 않아도, 권력이 다른 손으로 넘어갈 때마다 피비린내 나는 학살에 호소할 필요가 없을 텐데. 독재적인 체제가 더 이상 가동되지 않게 되면, 권력을 쥐고 있는 사람들뿐만 아니라 그 가족까지도 위험에 빠진다. 결국, 솜나트가 옳았다. 자기의(저거트) 가족이 대중의 경제적 상태를 향상시키기 위해 무엇을 한 적이 있던가? 자기들이 해야만 한다고 늘 생각했던 것은 무엇이었나? 권력에 집착하는 것, 자신의 적들을 파멸시키고 압제적인 법을 통해 그들을 예속시키는 것? 그의 아버지, 정 바하두르조차도 말년에는 자신의 체제에 대한 믿음을 잃었다. 그는 '순장제도'를 금지하지 않았던가? 그렇다, 정말 그랬다. 그러나 결국엔 그는 자신의 아들들과 추종자들을 거의 믿지 못해서 그의 부인들까지도 '순장'을 저지르고 말았다. 그것은 정 바하두르가 그의 적들에게 보복당하지 않으려는 것이었다. 그렇다면 저거트 정의 아버지가 32년간이나 통치를 하는 동안 어떤 점이 좋았단 말인가? 그가 마련해 놓은 것이 뭐든 간에 그리 쉽게 무너질 수 있는 거라면 뭐가 좋았단 말인가?

서글픈 마음으로, 그는 광대한 테라이의 고독 속에서 죽어 간 아버지

를 생각했다. 비록 폭군이긴 했으나, 저거트 정은 자기 아버지가 큰 사람이라는 걸 알았다. 영국의 어떤 역사가는 그를 가리켜 아시아의 나폴레옹이라고 하기도 했지만, 그의 죽음은 세상에 알려지지도 못했다. 어떤 아들도 그의 화장용 장작더미에 불을 붙여 주지 못했고, 마지막 남은 뼈, 그들을 낳아 준 뼈들을 가져가지도 못했고, 불멸의 강가 강에 그 뼈들을 묻어 주지도 못했다.

그는 이름도 없는 아무개로 화장되었고, 그가 죽었다는 소식은 그의 친척들에게조차 숨겨졌다. 그런데 뭣 때문에 그랬을까? 그것은 계승이라는 '영광스러운' 역할을 저지르기 위해서였다.

그의 생각은 잠시 친구이자 매형인 왕세자에게서 머물렀다. 무엇이 그를 자극해서 작은 왕비에게 너렌드러와 그를 경계하라고 경고하게 만들었을까? 아, 고작해야 두려움과 불안정 정도일 텐데. 좀 덜 독재적인 정부 하에서였다면, 트러이록껴는 국민들이 그의 아들의 계승을 지지할 거라고 안심하면서 평화롭게 눈을 감았을 텐데.

만약 시간이 처음 시작으로 되돌아갈 수만 있다면. 만약 그럴 수만 있다면! 보통선거만 있었더라도 사랑하는 디르 섬세르 삼촌과 자기가 소원해질 이유가 없었을 텐데. 그 대신 가족 간의 계약이 있었을 테고, 결국엔 디르 섬세르도 권력이 자기 수중에서 빠져나가는 것이 너무 두려워 목에 걸린 야생 새의 뼈가 서서히 자신의 목을 조여 목숨을 잃게 놔두진 않았을 텐데. 그보다는 인도로 가서 치료를 받았을 텐데. 그는 자신이 장악한 권력을 잃으니 차라리 고문과도 같은 죽음을 택하고 말았다.

저거트 정은 마지막으로 그리고 슬픈 마음으로 모든 삼촌들 중에서도 가장 사랑했던 런노딥을 생각했다.

그의 유일한 소망은 까시로 은퇴하는 것이었는데 먼저는 정 바하두르가 그다음으로는 디르 섬세르가 가지 못하게 했었다. 런노딥 삼촌은 저거트 정 자신에게 잘못 행해진 일들을 바로잡으려고 했다. 그는 권력을 자기 조카에게 넘겨준 다음 평화롭게 은퇴하기를 꿈꾸었고 바랐을 뿐이었는데, 그는 자신의 소박한 꿈에 대하여 자신의 피로 값비싼 대가를 치르고 말았다. 이 모두가 정 바하두르의 역할을 위해서였다. 가족 안에서의 갈라진 틈은 그 어느 때보다 넓어졌고, 정 바하두르 집안은 절멸될 위기에 놓여 있었다. 그는 미래에 대한 생각에 몸서리를 쳤다. 내분이 일어난 집은 지탱하지 못한다. 그러나 자기, 그러나 저거트 정 자신은 최후의 파멸을 볼 만큼 오래 살지 못할 것이다.

그의 병사들이 집에 다가오는 소리가 들려왔을 때 왕녀는 아직 곤한 잠에 빠져 있었다. 창문으로 내다보자, 카트만두 위로 일렬로 늘어서 있는 붉은 깃발들과 이른 아침의 빛 속에서 움직이고 있는 사람들이 눈에 들어왔다.

어쩌면, 저들은 섬세르 집안에 맞서 들고일어난 사람들이 아닐까? 저들은 자신의 혈통 중에서 가장 좋은 사람을 악랄하게 살해한 사람들에 맞서 들고일어날 준비가 되어 있는 성실한 사람들이 아닐까?

깃발들에 무슨 슬로건이 쓰여 있는지 보이지 않아 그는 쌍안경을 집어 들었다. 쌍안경에 보이는 사람들은 그토록 오래전, 그가 사랑하는 사람이 그를 지켜보던 바로 그 사람들이었다. 그의 희망은 다시 한 번 무너졌다. 눈에 들어오는 것은 온통 비르 섬세르에 대한 찬양뿐이었던 것이다.

사람들이 강요된 싸구려 아첨 이상의 것을 할 수 있을 거라고 믿은 자신이 얼마나 바보 같은가. 그가 사랑했고 그래서 총리가 된 다음에 시로 승격시켜 주려고 했던 이웃 마을 티미에조차도, 비르 섬세르를 찬양하고 그 자신을 혹평하는 슬로건들이 걸려 있었다. 그건 그를 불신하는 새로운 체제의 선동으로 행해진 것이라는 것을 그도 안다. 그러나 도대체 사람들은 왜 그토록 비겁하게, 그토록 재빨리 복종하는 것일까? 그게 명예롭지도 진실이지도 않다는 것을 알 때에도 말이다.

쌍안경을 타파털리로 돌리자 들판에 누워 있는 두 구의 시체가 눈에 들어왔다. 하나는 그가 총애하던 께서르의 것이었다. 그런 다음 시체들 주위를 배회하는 까마귀들과 독수리들을 쫓고 있는 사냥개 두 마리를 알아보면서 심한 구역질이 밀려왔다. 그건 마치 거대한 창으로 가슴을 찌르는 것 같았다. 가슴이 조여들면서 눈물이 앞을 가렸다. 저거트 정은 차마 더 이상 자세히 바라볼 수가 없었다. 그는 지금 들판에 누워, 맹금류들에게 먹잇감이 되고 있는 건 바로 자기의 사랑하는 아들일 거라고 짐작했다.

머리를 조금 움직여서, 쌍안경을 영국 공사관으로 돌렸다. 그곳 안마당에는 그의 가족 중에서 망명한 사람들인 총사령관과 장군들, 너렌드러 왕자와 큰 왕세자비가 영국 공사와 그의 부인의 보살핌을 받고 있었다. 그 외국인들을 생각하며 그의 가슴이 따뜻해졌다. 그들은 늘 차갑고 딱딱해 보였었는데, 지금 몹시 도움이 필요할 때 그들의 제스처는 마음에서 우러나는 염려를 보여 주고 있었다. 슬픔과 위기의 순간에 어떻게 반응하는지를 봐야 비로소 사람을 진실로 알게 된다.

병사들이 그의 집 정문을 부수기 시작하자 그는 걱정스러운 눈으로 아내를 흘끗 보았다. 그녀는 여전히 곤히 잠들어 있었다. 그는 황급히 아내에게 이제 다시는 쓰지 못할 마지막 말을 쓰기 시작했다.

여보, 피할 수 없는 죽음을 피할 수 있는 사람은 아무도 없소. 우리의 것과 같은 이런 체제에서는 우리는 언제나 최악의 상황에 직면할 준비가 되어 있어야 합니다. 제발 바라건대, 내가 죽더라도 날 위해 울지 마세요.

오, 나의 공주! 내 사랑. 당신을 영원히 행복하게 해 주는 것이 나의 가장 열렬한 소망이었지만, 이것조차도 난 실패했습니다. 나 때문에 당신이 참고 견뎌야 했던 고통을 후회해 봐야 이젠 너무 늦었소. 얼마나 오랫동안 난 당신이 우는 모습을 봐야 할까요?

우리 사회는 생명이나 재산에 대한 안전이 보장되지 않는 사회이고, 그래서 여기서는 지배자와 피지배자 모두 끊임없이 위험에 처해 있어요. 아들들은 영원히 자기 아버지의 잘못에 대한 대가를 치르라는 요구를 받고, 그 대가는 언제나 피로 지불하게 되어 있습니다. 그것은 가혹한 사실이지만 진실입니다. 그러니 더 이상 눈물을 흘리지 마세요. 이런 야만적인 환경에서 눈물의 자리는 없습니다.

우리에게 일어난 일이 우리 아이들에게 하나의 경고가 되기만을, 그리고 우리의 실수로부터 그들이 우리 사회를 다시 만들어 나가고 그래서 우리 사회가 좀 더 문명화된 세계에서 자리를 잡게 되기만을 기도하세요.

아! 내 사랑, 내 소중한 사람. 이런 생각들 속에서 위안을 찾으세요. 위대한 치유자인 시간이 당신의 눈물을 말려 주고 당신의 상처받은 가슴을 돌봐주기를. 나의 사랑과 축복은 영원히 당신 것입니다.

신께서 당신과 내 가족에게 용기와 인내를 가지고 이 역경을 직면할 힘을 주시기를 기도합니다. 나의 다른 기도들은 오직 당신만을 위한 것입니다. 이 세상이 끝날 때까지 나는 당신의 것이라는 것을 기억해 주세요.

저거트 정

그는 편지를 그녀의 베개 밑에 숨기기 전에 읽어 보려고 했지만, 손이 떨리고 눈물이 앞을 가려서, 그냥 베개 밑에 쑤셔 넣고는 작별의 표시로 그녀의 얼굴에 손을 갖다 댔다. 이제는 병사들이 내부 안마당에 들어와 있는 소리가 들려왔다. 그러나 그는 그녀를 떠나기 싫었다. 그에게는 자기가 낳은 자식보다도 더 어린애 같은 사람인 그녀를.

그의 손길이 입맞춤이라고 생각했는지 그녀는 몸을 뒤척였지만, 자기 얼굴에 떨어지는 그의 따뜻한 눈물은 느끼지 못했다. 긴 베개가 남편이라고 생각했는지 그것을 자기 쪽으로 당겨 끌어안았다. 그는 차마 더 이상 그녀를 보고 있을 수가 없었다.

어찌 이 지경이 되었는가. 그들이 결혼했을 때, 카트만두의 기쁨은 그들의 기쁨과 하나였었는데. 지금은 바로 그 카트만두가 그에게 반감을 가지고 그는 저지른 적도 없는 죄로 미움을 받고 있다.

그는 이제 냉소적으로 웃는다. 산산이 부서진 자신의 꿈을 보며 웃고, 살해된 희망을 보고 웃었다. 그럴 때면 으레 술에서 위안을 찾곤 했었으나, 오늘은 아니다. 오늘은 숨결에 알코올을 부을 날이 아니다. 그 대신 그는 자기의 왕녀가 집안에 마련해 놓고 예배 드리는 작은 성소에 놓여 있는 성수를 조금 마셨다. 그런 다음 공물들을 집어서 심등 앞에 올려놓았다. 화장용 장작더미로 가기 위해 잠깐 태어나는 힌두교 임금에 어울리게, 그는 금화 한 닢을 입에 물고 목에는 보리수나무 열매를 엮은 줄을 걸었다. 그들이 이미 문을 통과해서 계단을 올라오고 있었으므로, 그는 급히 터번에다 성스런 바질 잎을 뿌리고 람의 신성한 이름이 새겨져 있는 숄을 둘렀다. 그리고 바로 그 신의 이름을 읊으면서 그는 침실을 떠나 계단 꼭대기로 걸어갔다.

자기를 죽이러 온 그들을 내려다보며 물었다.

"내 아들은 어디 있느냐?"

"내가 그를 쐈소. 그리고 나는 지금 여기, 당신을 쏘러 왔소."

께서르를 쏘아 죽인 쩽바가 아마 어느 장군의 총이었을, 총을 들어 올리며 대꾸했다.

저거트 정의 눈앞에 슬프도록 탁 트인 들판에서 땅에 흥건히 고인 핏속에 잠겨 누워 있는 윤더 프러땁의 모습이 떠올랐다.

"공주 마마."

왕녀를 소리쳐 부르는 순간, 그는 쩽바가 쏜 총을 맞고 계단 밑으로 떨어졌다. 총알이 그의 가슴을 관통하며 구멍을 냈다.

그들의 아들, 윤더 프러땁 장군의 사진이 벽에서 떨어져 산산조각이 났다. 그와 동시에 왕녀는 어수선한 꿈에서 깨어났다. 그리고 침실에서 달려 나가더니 저거트 정과 마찬가지로 계단에서 떨어졌다. 그녀는 단 한순간의 머뭇거림도 없이 계단에서 몸을 날려, 자갈마당을 향해 죽음으로 돌진했다. 그녀의 부드러운 몸은 살아서나 이제 죽어서나 남편의 몸 위에서 마침내 휴식을 찾았다. 그리고 그들의 고통도 차갑고 쓸쓸한 땅 위에서 영원히 끝이 났다.

그들의 침실에는 그들의 사랑의 추억이 담긴 유일한 물건인 쌍안경 하나가 쓸쓸하게 놓여 있었다.

이 책을 내면서 작가 다이아몬드 라나를 추억하다

이근후
(이화여대 명예교수 · 가족아카데미아 이사장)

1. 다이아몬드 라나 선생과의 인연

내가 다이아몬드 라나 선생을 처음 만난 것은 1990년 2월이다. 네팔-이화의료봉사단이 두 번째로 네팔을 방문했던 시기다. 그때 다이아몬드 라나 선생은 아들의 의료적 문제로 자문을 받기 위해 우리 숙소에 오셨다. 마침 정형외과 교수님이 계셔서 자세한 자문을 해 드릴 수 있었다. 그때 고맙다는 인사로 그의 소설 『The Wake of the White Tiger』를 주셨다.

원래는 'Seto Bagh'란 제명으로 네팔어로 출간된 소설인데 며느님인 그레타 라나(Greta Rana)가 영문으로 번역한 책이다. 이 책은 1984년에 초판되었다. 이번에 번역한 한국어판의 텍스트로는 1999년에 출간된 재판본을 사용했다. 내가 작가로부터 책 선물을 받은 것이 올해로 꼭 23년째가 된다. 나는 그동안 이 책을 번역하여 한국에 소개하고 싶은 마음이 있었으나 미루다 기회를 많이 놓쳤다. 2004년도에 박완서 선생과 함께 네팔을 간 일이 있었다. 그때 나는 다이아몬드 라나 선생을 소개하고 이 책을 박완서 선생께서 번역을 해 주시면 좋겠다는 말씀을 드렸다. 이루지 못하고 박완서 선생이 2011년 타계하셨다. 그 해 내가 네팔 의료봉사를 위해 카트만두에 갔을 때 다이아몬드 라나 선생은 병원 중환자실에 누워 계셨다. 병문안 간 나를 보고 반가워했다. 그러면서 그는 나에게 두 가지 문서를 건네주었다.

하나는 출판계약서이고 다른 하나는 'Wake'를 설명한 메모지였다. 나에게 책을 건네준 지 20년이 넘었는데 그런 생각을 하고 만드신 문서일 것이다. 나는 이 문서를 들고 귀국하자 3월에 곧 그의 부음을 듣게되었다. 같은 해에 박완서(1월) 선생과 다이아몬드 라나(3월) 선생의 부음을 듣고 많은 아쉬움과 죄송한 마음이 묘하게 겹쳤다. 좀 깊게 생각하면 이 책을 진작 번역해 내지 못한 나의 게으름이 죄의식처럼 다가왔다. 그래서 정채현 선생과 내가 작업을 함께 시작했던 사연이 있다. 다행이 종합문예지 『연인』의 발행인 신현운 시인이 계간지에 먼저 연재를 하고 끝나면 바로 단행본으로 출판해 주시기로 약속을 했다.

이 번역본이 나오기까지 협력해 주신 분들이 많다. 독자의 입장에서 원고를 읽고 수정해 주신 최오균 선생, 이희정 시인 그리고 손자인 이한결 군이 있다. 네팔 사람으로는 한국에 와서 네팔 관광성 서울사무소장을 맡고 있는 시토울라(K.P. Sitoula) 선생, 그리고 한국에 유학하여 서울대학교에서 학사, 연세대학교에서 석사과정을 마친 나바디프(Navadeep Rajbhandari) 선생이 등장인물에 대한 고증이나 원어민 발음으로 교정해 주셨다. 그리고 초대 주한 네팔 대사였던 까말(Kamal Prasad Koirala) 선생께서 추천 메시지도 주셨다. 각 장마다 삽화를 그려 주신 분도 네팔의 중견화가 샤키야(Ratna Kaji Shakya) 선생이다. 이 모든 분들에게 감사를 전한다.

이제 선생님은 타계하셨지만 이 책을 선생의 영전에 바친다. 다이아몬드 라나 선생을 회고하는 글은 내가 1995년도에 인터뷰한 글로 대신하고자 한다.

2. 1995년 이근후의 인터뷰

"아니 선생님을 동물원에다 감금을 했다고요?"

사람을 동물원에다 감금을 하다니 그럼 동물 취급을 했단 말일까?

다이아몬드 섬세르 정 바하두르 라나(Diamond S.J.B. Rana) 선생은 자신의 경험을 이야기하면서도 마치 소설 속의 주인공을 객관적으로 이야기하듯 너털웃음을 짓는다.

자그마한 키에 뚜렷한 윤곽의 얼굴 모습이 아주 당찬 느낌을 준다. 우리 나이로 77세인데 그의 인상이나 움직이는 모습이 77세라고는 느껴지지 않는다. 이분은 다름 아닌 '화이트 타이거(White Tiger)'를 써서 네팔의 베스트셀러 작가가 된 바로 그 다이아몬드 선생이다.

동물원에 갇혔었다는 이야기는 그의 전력을 들어보면 있을 법한 이야기다. 그는 일생을 통해 8번의 감옥행을 하고 그 가운데 가장 길게 감옥 생활을 한 것이 6년이다. 전부를 합하면 10년은 족히 넘는다. 이런 그의 전력이니 동물원엔들 안 들어갔을려구. 동물원에 가게 된 것은 한번은 정부에 잡혀 감옥에 수용하려고 하니깐 라나 선생의 지지 군중들이 모여 데모를 벌였단다. 그를 체포하여 구금하는 것이 부당하다며 데모를 일으키니까 정부에서는 그를 빼돌려 잠시 동물원에 가두어 놓고는 그를 잡아가지 않았다고 오리발을 내밀었다는 에피소드다. 군중들이 잠잠해지고 난 다음에야 형무소로 이감되어 갔다니 웃지 못할 일이다.

그렇다면 그는 왜 감옥을 자기 집 드나들 듯했을까? 다이아몬드 라나 선생은 한마디로 자유 투사다. 네팔의 정치적인 소용돌이 속에서 일생을 그가 희구한 자유로운 네팔을 만들기 위해 노력한다는 것이 바로 감옥과 친하게 된 이유다. "소설을 쓰시는 분이 투사라니 어울리지 않는데요?" 그런 질문을 할 수 있을 만큼 그가 쓴 '화이트 타이거'란 소설은 네팔의 근대소설의 효시가 되었음은 물론 영어, 힌두어, 프랑스어, 일본어 등으로 번역되어 네팔 작품으로는 세계적으로 알려진 작품을 쓴 작가다.

"소설요? 소설 쓰는 일은 나의 전공이 아닙니다. 소설은 정치를 하기 위해 쓴 것에 불과합니다."

그의 말 그대로 그가 네팔 불후의 명작을 쓰게 된 것도 사실 조용한 히말라야 산록의 서재에서 쓴 것이 아니라 어두컴컴한 높은 담벼락 속의 감옥에서 쓴 것이다. 이상향을 건설하려는 라나 선생의 생각은 항상 현실과의 마찰을 낳는다. 그때도 라나가의 폭정은 물러나고 진정한 왕정은 복귀되었지만 달라진 것이 하나도 없었다는 거다. 그래서 또 저항을 하다 잡혀간 것이다. 1962년부터 1966년 사이 그가 감옥에 있을 때 쓴 정치소설이 바로 '화이트 타이거'이다. 얼마 전까지 네팔 의회당의 당수로 네팔 수상을 역임한 분도 그와 함께 같은 시기에 감옥에 있었는데 그가 쓴 초고를 읽어 주던 기억이 있다고 회고한다.

그는 그의 할아버지 이야길 많이 한다. 할아버지는 제1차 세계대전에 종군하여 영국 황실로부터 작위를 얻은 분인데 1919년 카트만두로 이주해 왔다. 그때 자기가 태어났다는 거다. 그는 할아버지의 영향을 받아 인도에 있는 육군사관학교(India Mawh Military School)에 입학하여 군인의 길을 걷게 된다.

"선생님께서 자신이 라나가의 족벌인데 왜 라나가의 정치를 반대했습니까?"

이 해답을 얻기 위해서는 네팔의 오늘이 있기까지의 정치적인 이음을 한번 살펴볼 필요가 있다. 네팔은 지금으로부터 약 2,500년 이전에도 네왈족이 토착하여 있으면서 독자적인 문화를 이루고 있었다. 남부의 가빌라바스투에선 부처님이 탄생했으니 2,500년도 더 넘는 역사에 기록된 문화를 지닌다.

초기의 역사는 기록보다는 유적지의 유물들이나 전설로 내려오는 것이 많다. 역사적 기록으로 나오는 최초의 왕조는 고팔 왕조(Gopals)와 아히르 왕조(Ahirs)인데 이들 왕조는 대개 기원전 5세기경에 창건되었다고 한다. 고팔이란 뜻이 소를 치는 소지기란 뜻이고, 아히르는 물소를 치는 물소지기란 의미란다. 소를 숭상한 것을 보면 힌두 문화권이었음을 쉽게 알 수 있는데 이 왕조의 키라트(Kirats)라는 임금은 지금도 마하바라드(Mahabharat)란 이름의 신으로 힌두교도들의 추앙을 받고 있다.

고팔 왕조를 이어 잠시 동안 쩐드러밤시 왕조(Chandravamshi)로 바뀌지만 그도 오래 지탱하지 못한다. 쩐드러밤시 왕조를 평정하고 새로 건국하게 된 릿차비 왕조(Licchavi)가 명실상부한 역사시대를 연 왕조가 된다. 릿차비 왕조는 기원전 4세기말경에 나라를 세운 것으로 보이는데 확실한 역사적 기록은 만다 데바 왕(Mandadeva, 464~505)이 집권하던 시기에 와서야 카트만두 주변의 작은 도시국가들을 통합한다. 한때 인도와 티베트의 세력에 밀려 고전하다가 드디어 기원 879년에 멸망하고 만다.

릿차비 왕조가 멸망한 이후 약 500년간은 네팔의 왕조가 불확실하다. 아마도 이때 인도의 굽타나 무갈 제국의 영향 하에 있지 않았나 하는 생각이지만 종속국이 된 일은 없다. 13세기 초에 이르러 카트만두 분지에는 말라 왕조(Malla)가 탄생한다. 말라 왕조는 네팔의 중심 종족인 네왈족이 세운 나라로서 지금 카트만두를 중심으로 남아 있는 찬란한 유적들의 주인이다. 당시 네왈족의 지도자였던 아리 말라(Ari Malla)가 말라 왕조를 세우는데 14~15세기를 지나면서 말라 왕조의 문화적인 전성기를 맞게 된다. 15세기 중엽에 이르러 야크샤 말라(Yakshya Malla) 왕이 그의 세 자녀에게 카트만두 분지를 분할하여 영토를 내어줌으로써 말라 왕국도 카트만두, 파탄, 박타푸르의 삼국시대를 연다. 이 시기에 람중

(Lamjung) 지방에서 드라비야 샤(Dravya Shah)라는 사람이 고르카 지역으로 가서 고르카 공국(Gorkha)을 세운다. 이 공국이 지금의 왕조가 탄생하게 되는 기초가 된다. 1742년 나르 부팔 샤(Nar Bhupal Shah)가 아들 프리뜨비너라얀 샤(Prithvinarayan Shah)의 도움을 얻어 고르카 왕국을 창건했다. 프리뜨리너라얀 샤(1723~1775)는 카트만두의 말라 왕조를 공격하여 통일의 위업을 달성하게 되는데 첫 번째로 박타푸르를 1764년에 카트만두를 1767년에 공략하여 항복을 받았다. 파탄이 영국의 힘을 빌려 끝까지 항쟁했으나 1769년 말라 왕국의 최후를 고한다. 이때 통일국가를 이룬 고르카 왕조를 그들의 성을 따서 샤 왕조라고 부르는데 지금의 임금이 바로 샤 왕조의 11대 임금이다.

1845년 정 바하두르 라나(Jang Bahadur Rana)에 의해 쿠데타가 성공함으로서 이때부터 임금은 상징적인 존재로 남고 실권은 모두 라나가 사람들에게 넘어갔다. 라나가의 세습으로 통치된 이 기간이 자그마치 104년 동안이나 계속된다.

다이아몬드 라나 선생의 소설 '화이트 타이거'도 이 라나가의 궁중 이야기다. 그는 자신이 라나가의 일원이면서 라나가의 세습적인 통치를 반대한 왕정파의 핵심 인물로 활약하다 옥고를 치른 것이다.

"내 자신 당시 군인의 신분으로 반 라나 집단의 기수로 활동했으니 잡혀가는 것은 당연한 일이 아니겠느냐."고 한다.

이 라나 반대 집단의 항쟁은 극적으로 이어져 왕정을 회복시키는데 성공한다. 네팔에 가면 공공 기관의 이름에 트리부반이란 이름이 많이 붙어 있다. 가령 카트만두의 트리부반 국제공항이 그렇고 유일한 종합대학인 국립대학의 이름이 또한 트리부반대학교이다. 이처럼 트리부반이란 이름이 많은데 이 이름이 다름 아닌 왕정 회복 쿠데타에 성공한 샤 왕가의 제9대 임금인 트리부반 빌 비크람 샤(Tribhuwan Bir Bikram Shah,

^{1906~1954)} 왕의 이름을 따서 붙인 것이다. 그는 지금까지 유명무실했던 왕권을 라나가로부터 회복시켜 강력한 왕권을 행사한 걸출한 임금이다. 1947년 인도가 영국의 식민지에서 벗어나 독립국을 이룬데 자극을 받은 트리부반 왕은 당시 그가 망명하고 있던 인도의 도움과 국내의 왕당파들의 도움으로 1951년 2월 18일 드디어 입헌군주국을 선포하기에 이른다. 이날은 현재도 네팔의 독립기념일로 정하여 성대한 기념식을 갖고 있다. 라나가와의 이 투쟁 과정에서 다이아몬드 라나 선생의 드라마 같은 인생 역정이 시작된 것이다.

"스물일곱 약관의 중위로 서슬이 시퍼런 라나가의 무단정치에 맞서 왕권이 회복되어야 한다고 외쳤으니 온전할 이치가 있겠습니까?"

라나 선생의 말이 옳다. 그는 곧바로 잡혀 군법회의에서 사형선고를 받았는데 이를 기점으로 오히려 많은 군대 내부의 반라나 인사들이 결집하기에 이르렀고 급기야는 44명의 라나가 장교들이 반기를 들었고 이런 운동은 점점 확산되었다. 1950년 트리부반 왕을 중심으로 이들 소장파 장교들과 많은 지지자들에 의해 카트만두로 입성한 그들은 명실상부한 역 쿠데타로 왕권을 다시 장악하기에 이른다.

트리부반 왕이 남긴 업적은 네팔의 근세사를 바꾸어 놓았다고 해도 과언이 아니다. 첫째로는 유명무실했던 왕권을 회복시켜 실질적인 왕권을 강력히 행사하는 입헌군주국을 재창건했다는 것이고, 둘째로는 그때까지 거의 쇄국정책 일변도로 문을 닫고 있던 현실을 국제적인 흐름의 감각에 맞추어 개방의 틀을 닦았다는 점이다. 셋째로는 네팔의 근대화를 이룰 기틀을 만들어 주었다는 점이다.

1955년 트리부반 왕이 갑작스럽게 서거하자 그의 아들인 마헨드라 ^(Mahendra)가 왕위를 계승한다. 그는 부왕의 유지를 받들어 많은 정치적인 개혁을 했으며 1959년에는 네팔 최초로 민주적인 방식에 의해 선거를 실시하고 양원제의 의회정치를 연다. 왕정 복귀에 뒤따르는 네팔 국민들의 팽배한 욕구는 급기야 급진적인 개혁의 물결 속에 충돌이 일어나서 마헨드라 왕이 헌정을 중단시키는 사태가 1960년대에 일어난다. 민주정치의 첫발을 내디딘 지 불과 1년 반의 단명으로 끝나 우리나라의 1960년을 연상시킨다. 이런 와중에서 영원한 이상론자 다이아몬드 라나 선생도 끝없는 민주화 투쟁으로 이어져 동물원에 갇히는 해프닝도 겪게 된다.

"민주화될 줄 알았는데 라나 무단정치 때나 왕정이 회복된 후의 정치 상황이나 그게 그거였습니다. 헌 술을 새 부대에 담은 것이나 다름이 없었습니다."

그래서 그의 투쟁은 끝나지 않고 이어진 것이다.

"이젠 명실상부한 민주화를 이룬 것 아닙니까? 정당제도도 부활되고 정치적인 자유도 있고 또 모든 것이 그전과 같지는 않잖습니까?"

사실 이런 나의 질문은 피부로 느껴 온 것들이다. 1982년 내가 네팔에 첫발을 들여놓았을 때의 격렬했던 학생들의 데모가 1990년에는 결정적인 민주화 데모로 이어져 많은 변화를 수용하기에 이르렀다. 현재의 임금인 제11대 비렌드라 비르 비크람 샤 데바(Birendra Bir Bikram Shah Deva) 왕은 1975년 2월 24일에 대관식을 갖고 왕위에 올라 지금까지 네팔의 격동기를 이끌어 가고 있다. 비렌드라 왕은 학생들의 저항으로 네팔에 다시 봄을 연 임금으로 기록된다.

"정치적으로 이전보다는 많이 나아졌지만 그러나 진정한 민주주의가 정착을 하자면 아직은……."

말끝을 흐리는 것을 보니 아직도 마음에는 차지 않나 보다. 그러나 그는 언제나 그랬듯이 정치의 일선에서는 물러나 그가 젊었을 때 저돌적으로 이룩한 민주화의 터전이 잘 열매를 맺을 수 있도록 지켜보고 있다.

"이젠 작품을 안 쓰셔도 되겠습니다. 소설을 정치적인 수단으로 쓰셨다니깐 이젠 안 쓰셔도 되는 것 아닙니까?"

나는 노 작가의 마음을 한 번 더 흔들어 보았다.

"지금까지의 나의 생애의 경험과 작품을 연관시켜 마지막 작품으로 자전적인 소설을 썼으면 합니다. 그 테마도 결국은 정치적인 바탕이 주된 것이 될 겁니다."

"선생님의 작품이 우리나라에서도 많은 사람들에게 읽힌다면 많은 공감을 불러일으킬 것입니다."

빈말이 아니다. 반독재 투쟁의 산물로 창작해 낸 이야기이니 우리들의 과거 반독재 투쟁과 일말의 공감대가 있으리라는 기대에서 그런 말을 했다. 금년 2월에 나와 함께 네팔 여행을 한 적이 있는 박완서 선생이 다이아몬드 라나 선생의 '화이트 타이거'를 번역하도록 약속을 하셨으니깐 우리들이 그의 소설을 읽을 수 있을 날도 멀지 않다.

"내년에 다시 뵈어요."

한참 새집을 짓느라고 부산하게 어질러진 신축현장에서 나에게 그가 지은 '화이트 타이거'와 또 다른 그의 작품을 한 보따리나 주었다.

3. 2010년 이한결의 인터뷰

"책을 쓰신 이유가 무었입니까."라는 질문에 라나 선생은 독재 정부를 타파하기 위해서였다고 말한다. 그는 네팔에는 독재정치 대신 민주주의가 들어서야 한다고 생각했고 정부 인사를 선출하는 과정에서 선거가 필요하다고 생각했다.

왕은 그의 친구이자 가족이었으나 독재정치를 하는 왕을 비난했고 민주주의가 들어서야 한다는 의견을 피력했다. 다른 친척들처럼 정부의 편에 서서 편한 삶을 추구할 수 있었지만 정치 개혁을 위해서 그는 정부의 반대편에서 싸웠다고 한다. 그러다가 종신형을 받기도 했고 심지어는 동물원에 감금되기도 했다. 민주주의를 위해 싸운 30년 중에 6년을 감옥에서 보내며 이 책을 썼다고 한다. 감옥살이를 하면서도 그의 투쟁은 글로써 계속되어 왔던 것이다. 그가 민주주의를 위해 싸우지 않았으면 적어도 장관은 했을 것이라며 너털웃음을 짓는다. 네팔의 왕정 정치가 붕괴되고 민주주의가 들어서기 시작한 것이 불과 3년 전이다. "지금 네팔의 정치 상태에 만족하십니까?"라는 나의 질문에 일단은 만족한다고 했다. 하지만 이제 겨우 한 걸음 내딛었을 뿐 아직 갈 길이 100년은 멀다는 얘기도 덧붙인다.

본격적으로 그가 쓴 '화이트 타이거'의 내용에 대해 질문해 보았다. 그가 쓴 책의 시대적 배경은 그의 고조부대의 이야기이다. 정 바하두르라는 역사적인 인물이 등장하는데 그는 많은 네팔 사람들한테 존경받았던 총리이며 독재자이다. 이 인물을 통해 그가 말하고 싶은 점은 그가 아무리 훌륭한 업적을 세우고 존경을 받았어도 독재정치를 통해 이룬 것들이기 때문에 옳지 않다는 거다. 실로 그때 당시의 네팔 정치는 피로 점철되어 있다고 해도 과언이 아니고 그 중심엔 정 바하두르가 있었다. 이 책에 또 저거트 정이라는 멋있고 순수한 청년이 나온다. 그는 정 바하두르의 아들이며 잘생기고 늠름해서 모든 사람들에게 존경받는 인물이다. 그러나 나중에 그의 아버지 정 바하두르의 잘못된 독재정치의 피해자가 된다. 특별히 라나 선생의 신념을 나타내고 있는 등장인물이 있느냐는 나의 질문에 바로 솜나트라는 인물을 꼽았다. 그러고 보니 솜나트라는 인물은 그와 참 많이 닮았다. 솜나트는 항상 바른말을 하는 그런 인물이다. 그 자신이 왕족이면서 친척들에게 민주주의라는 개념에 대해 설명하려 애쓰고 그로인해 정치적으로 고립되게 된다.

책의 제목에 대해 물어보았다. 왜 책 이름을 '화이트 타이거'로 했을까? 그는 처음엔 그의 글을 출판할 생각이 없었다고 한다. 오랜 시간의 감옥 생활과 민주화 투쟁으로 책을 출판할 만한 돈을 만든다는 것은 상상할 수 없었다. 그러나 그의 글을 읽은 정부 관료이자 그의 친구가 책을 출판해 주기로 했다고 한다. 그가 원했던 제목이 '화이트 타이거'였다고 한다. 제목이 마음에 들지는 않았지만 이 제목이 아니면 책을 못내는데 어떻게 하겠느냐며 웃는다.

마지막으로 그의 근황에 대해 물었다. 그는 올해 93세가 되었다. 한국 사람 기준에서도 상당히 많은 나이지만 네팔 사람 기준에서는 굉장히 많은 나이다. 그럼에도 불구하고 나이에 비해 상당히 건강해 보이셨다. 다른 것은 다 괜찮은데 눈이 잘 안 보여서 글을 읽거나 쓰지 못 하는 게 가장 아쉽다고 했다. 글을 읽거나 쓰지는 못해도 항상 네팔의 민주주의를 생각하며 지낸다고 했다. 남은 생애 동안 또 하고 싶은 일이 무엇이냐는 나의 질문에 다이아몬드 라나 선생은 더 이상 할 것이 없다고 했다. 이제 네팔은 젊은이들의 손에 맡겨졌고 그들이 잘 풀어 나가리라 믿는다고 한다.

자기 자신이 왕족이면서 왕의 정치를 비판했던 그는 자기의 편한 삶보다 자기의 신념과 네팔의 민주주의를 위해 한평생을 바친 분이다. 이 책뿐만이 아니라 그가 쓴 모든 책들은 하나도 빠짐없이 민주주의의 사상을 포함하고 있다. 그의 책들은 네팔을 민주주의로 바꾸는데 굉장히 큰 역할을 차지했으며 그는 살아 있는 네팔의 민주투사이다.

| 부록 |

정 바하두르와 섬세르의 남자 가족들

(Male Members of the Jung Bahadur & Shumshere Families)

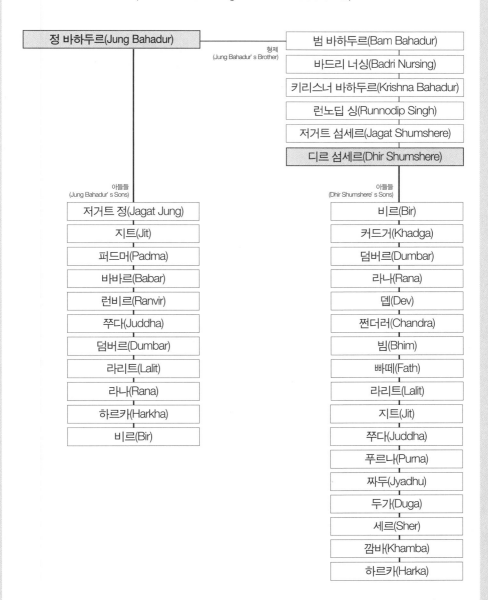

정 바하두르(Jung Bahadur)

형제
(Jung Bahadur's Brother)

범 바하두르(Bam Bahadur)

바드리 너싱(Badri Nursing)

키리스너 바하두르(Krishna Bahadur)

런노딥 싱(Runnodip Singh)

저거트 섬세르(Jagat Shumshere)

디르 섬세르(Dhir Shumshere)

아들들
(Jung Bahadur's Sons)

저거트 정(Jagat Jung)

지트(Jit)

퍼드머(Padma)

바바르(Babar)

런비르(Ranvir)

쭈다(Juddha)

덤버르(Dumbar)

라리트(Lalit)

라나(Rana)

하르카(Harkha)

비르(Bir)

아들들
(Dhir Shumshere's Sons)

비르(Bir)

커드거(Khadga)

덤버르(Dumbar)

라나(Rana)

뎁(Dev)

쩐더러(Chandra)

빔(Bhim)

빠떼(Fath)

라리트(Lalit)

지트(Jit)

쭈다(Juddha)

푸르나(Purna)

짜두(Jyadhu)

두가(Duga)

세르(Sher)

깜바(Khamba)

하르카(Harka)

351

नेपाली राजदूतावास
Embassy of Nepal
Seoul
The Republic of Korea

Message

It gives me pleasure to learn that Prof. Dr. Rhee Kun Hoo, an academician and well known intellectual of Korea is bringing out a special supplement of "Nepal Culture Series 6" in continuation of his pursuit of promoting Nepalese culture in Korea.

As culture carries the core characteristics and value of the society, it is imperative to learn culture in order to understand the particular society and its development. As a blend of multiple cultures of Aryan from south and Mongolian from North as well as with the mix-up of its own indigenous, Nepal showcases the finest example of cultural harmony and amity among them. Nepal, therefore, is known as a colourful garden of multicultural, multilingual, multi-religious, multi-racial and multi-ethnic people with its distinct identity. It is interesting that Ninety-six ethnic communities of Nepal speaks more than 103 dialects, so diverse in nature but so much intertwined and intermingled in each other that it forms a true Nepali character.

While appreciating the work of Prof. Rhee Kun Hoo for his dedication in promoting Nepal-Korea relations through cultures, I wish him all success in his endeavour. I firmly believe that the Nepal Culture Series 6 would be able to illuminate the cultural aspects of Nepal.

Kamal Prasad Koirala
Ambassador of Nepal to the Republic of Korea